Anita Augustin

Der Zwerg reinigt den Kittel

Anita Augustin

Roman

Ullstein

4. Auflage 2012

ISBN: 978-3-550-08005-0

Gesetzt aus der Sabon
Satz: Pinkuin Satz und Datentechnik, Berlin
Druck und Bindearbeiten: CPI – Clausen & Bosse, Leck
Printed in Germany

Für Luzia und Hellmut

0

Sie nehmen dir alles, wenn es so weit ist. Alles, was du noch hast. Den Wohnungsschlüssel, die Möbel, die Gummipalme. Sie nehmen dir das Recht, aufzuwachen, wann du willst, und einzuschlafen, wann du willst. Das Recht, *keine* Schonkost zu essen, *keine* Vitamintabletten zu schlucken und so viele Schlaftabletten, wie du willst.

Das Recht, einsam zu sein.

Und wenn sie dir alles genommen haben, dann geben sie dir einen Biographiebogen. Das ist ihr erstes Geschenk an dich, es werden noch andere kommen, zum Beispiel die Liste mit dem Freizeitangebot oder der Fragebogen über deine Erfahrungen beim letzten Gedächtnistraining, aber der Biographiebogen ist das erste.

Er ist ein Geschenk, also sei nicht undankbar, bleib locker und hör vor allem auf, so zu tun, als sei die Gummipalme echt gewesen und die Einsamkeit gewollt. Als sei dein altes Leben in Ordnung gewesen, bevor sie es dir genommen haben.

Hör auf damit.

Schöne Sache, so ein Biographiebogen. Da steht alles drin, was du früher einmal warst. Berufstätig, aktiv, erfolgreich. Deine Hobbys stehen drin, also die, die du früher einmal hattest. Radfahren, Glasmalerei, Modelleisenbahn. Sie fragen dich, ob du früher eher glücklich warst oder eher unglücklich, ob du chronische Krankheiten hattest, ob du depressiv warst. Sogar nach deiner Lieblingsfarbe fragen sie dich und schreiben

Schwarz in die Rubrik und machen einen Verweispfeil zur Rubrik *Depression,* wo ein fettes X steht.

Wenn du sagst, dass deine Lieblingsfarbe neuerdings Gelb ist, so ein warmes, nahrhaftes Dottergelb, dann interessiert sie das einen Scheißdreck.

Du sagst: Ich habe die Glasmalerei aufgegeben und würde jetzt lieber Kampfsport betreiben.

Keine Reaktion.

Du sagst: Ich war früher immer eher unglücklich und würde jetzt lieber glücklich sein, wenn sich das machen lässt.

Keine Reaktion.

Dann fragen sie dich, ob du noch alleine aufs Klo gehen kannst, wie dein Waschwasser temperiert sein soll und ob du für deine Bestattung vorgesorgt hast.

So viel zum Thema Zukunft.

EINS

1

Irgendwer muss ja schuld sein, die Frage ist nur: Wer.

Es gibt drei Möglichkeiten:

Erstens Karlotta, weil es ihre Idee war.

Zweitens Marlen, weil sie mitgemacht hat.

Drittens Suzanna, weil ihr nichts Besseres eingefallen ist, als die ganze Zeit kichernd danebenzustehen und alle paar Sekunden in die Hände zu klatschen von wegen *Weitermachen! Weitermachen!*.

Am Ende haben die drei beschlossen, dass *ich* schuld bin.

Nun gut.

Was soll's.

Einer muss es ja sein, und zuerst habe ich mich natürlich gewehrt und gesagt, dass es viele Dinge im Leben gibt, die ziemlich erstrebenswert sind, zum Beispiel reich sein oder schön sein, um nur die Klassiker zu nennen, und glücklich sein natürlich, aber schuld sein, das will doch keiner.

Und die Wahrheit ist: Wir sind alle schuld, alle vier, weil wir es gemeinsam getan haben. Wir haben die arme Frau gemeinsam niedergeschlagen und in den Keller geschleppt, und dort haben wir sie gemeinsam stundenlang misshandelt.

Gequält.

Gefoltert.

Schwere Körperverletzung, so nennt man das, und wenn jemand bei einer schweren Körperverletzung nur danebensteht und kichert und klatscht, statt *Hilfehilfe!* zu schreien oder *Polizeipolizei!,* dann nennt man das unterlassene Hilfeleistung, und deswegen ist Suzanna *auch* schuld, obwohl sie nicht geschlagen hat und nicht getreten, nicht gebissen und gekratzt.

Wir waren echt gut in Schwung, aber hallo.

Jetzt sind wir wahrscheinlich schon seit Tagen in den Schlagzeilen, im Fernsehen zeigen sie Bilder von uns, und wer weiß, vielleicht ist die arme Frau ja tot mittlerweile. Ihren schweren Verletzungen erlegen, wie man so sagt, und so steht es wahrscheinlich in der Zeitung, so sagt es wahrscheinlich der Fernsehsprecher, wir wissen es nicht.

Wir lesen gerade keine Zeitung.

Wir haben gerade keinen Fernseher.

Wir haben Probleme.

Vielleicht haben wir ja sogar ein bisschen Glück und sie lebt noch, die arme Frau, das wäre ganz gut für uns, weil auf schwere Körperverletzung ohne Todesfolge nicht ganz so viele Jahre stehen wie auf Körperverletzung mit. Aber das ist Spekulation, zurück zu den Fakten.

Problem Nummer eins: Wir sitzen im Gefängnis.

Problem Nummer zwei: Wir sitzen zu Recht.

Problem Nummer drei: Wir haben noch eine Chance.

Das mit der Chance klingt jetzt vielleicht komisch, aber manchmal ist so eine Chance kein Anlass zur Freude und eher eine Belastung. Manchmal ist es besser, man hat keine mehr, weil sich die Lage schlagartig entspannt, wenn sie aussichtslos ist. Leider haben wir noch eine Chance, und das liegt nicht an uns, das liegt an den Zeiten, in denen wir leben.

Früher zum Beispiel, wo so ein Gefängnis noch Zuchthaus geheißen hat und nicht Justizvollzugsanstalt, da wäre alles ganz einfach gewesen und ganz entspannt. Sie hätten uns geschnappt, sie hätten uns verurteilt, und aus. Keine weitere Diskussion, keine Untersuchungshaft, zehn Jahre Zwangsarbeit.

Felsen kleinklopfen im Steinbruch zum Beispiel oder Torf stechen.

Heutzutage ist das anders. Da bekommst du noch eine Chance, bevor sie dich in die Anstaltsbäckerei schicken zum Keksebacken, was übrigens auch nicht viel besser ist als Torfstechen, wenn du es zehn Jahre lang tun musst.

Norbert Klupp. So heißt unsere letzte Chance. Doktor Norbert Klupp, um genau zu sein, Gerichtspsychiater.

Heute Mittag nach einem ziemlich miserablen Essen ist die Tür zu unserer Zelle aufgegangen, und er ist hereingekommen. Die Wärterin hat ihm aufgesperrt, dann ist sie im Türrahmen stehen geblieben und hat aufgepasst, schließlich sind wir vier gefährliche Frauen.

Wir liegen in unseren Betten. Stockbetten, zwei Stück. In dem einen Suzanna und Karlotta, in dem anderen ich und Marlen, dazwischen drei Quadratmeter PVC-Boden, ganz hinten ein vergittertes Fenster, alles in allem ist das hier wie im Ferienlager, nur ohne Ferien.

»Frau Block? Almut Block?«, sagt unser Besuch.

Drei Finger zeigen aus unterschiedlichen Richtungen auf mich.

»Wie es aussieht, bin das ich«, sage ich.

Meine Stimme ist nicht besonders freundlich, und vom Bett stehe ich jetzt auch nicht auf, das ist mir zu anstrengend, obwohl ich im Erdgeschoss liege. Ziemlich unhöflich von mir, zugegeben, aber ich weiß ja noch nicht, dass dieser schmale junge Mann mit der randlosen Brille ein Gerichtspsychiater ist und unsere letzte Chance. Außerdem bin ich müde.

Ich bin übrigens immer müde, aber das nur nebenbei.

Auch nur nebenbei: Die Zigarette in meinem Mundwinkel, die ist natürlich verboten. Man darf hier nicht rauchen, man wird dafür bestraft. Aber ob ich jetzt fürs Rauchen oder für schwere Körperverletzung zehn Jahre lang Kekse backen muss, spielt auch keine Rolle mehr.

»Mein Name ist Klupp«, sagt unser Besuch und geht auf mich zu, »Doktor Norbert Klupp.«

»Schön für Sie«, sage ich. »Es gibt schlimmere Titel, zum Beispiel Diplomingenieur, und schlimmere Namen gibt es auch, zum Beispiel ...«, ich suche nach einem wirklich blöden Namen, Marlen im ersten Stock über mir sagt:

»Zum Beispiel Almut Block.«

»Sehr witzig«, sage ich und ziehe an der Zigarette, Suzanna kichert. Das macht sie immer, wenn Marlen einen schlechten Witz macht, und Marlen macht ständig schlechte Witze, deswegen kichert Suzanna auch ständig.

Doktor Klupp streckt mir die Hand entgegen, ich überlege, ob ich sie nehmen soll. Die Hand ist schön. Feine Finger, helle Haut. Keine Adern, keine Pigmentflecken, ich betrachte diese makellose weiße Hand und denke an Milch. Ich denke an Mehl und wie weich es ist, wenn man hineingreift, ich betrachte die Fingernägel.

Tautropfen.

Perlen.

»Lieber nicht«, sage ich und drücke die Zigarette am Bettpfosten aus, den Stummel stopfe ich zu den anderen Stummeln unter die Matratze. Dann hebe ich demonstrativ meine rechte Hand.

»Ich gebe Ihnen lieber nicht die Hand, Herr Doktor, ich will Sie ja nicht schmutzig machen.«

Doktor Klupp glotzt auf das runzlige Ding am Ende meines Arms. Es hängt in der Luft wie etwas, von dem man nicht so genau weiß, was es sein soll. Vielleicht ist es menschlich und eine Hand, vielleicht ist es aber auch die Pfote eines Affen oder doch nur ein schrumpliges, blaugeädertes Etwas mit nikotingelben Spitzen.

Die Hand einer alten Frau.

Er lässt sein perlenbesetztes Schmuckstück sinken.

»Frau Block, ich wollte Sie nur darauf vorbereiten, dass wir in den nächsten Tagen das eine oder andere Gespräch führen werden. Es geht um Ihre psychische Verfassung und …«

»Um was?«, sage ich und setze mich ruckartig auf, mein Kopf schlägt gegen das Bett über mir.

»Autsch«, sage ich.

»Ätsch«, sagt Marlen.

Suzanna kichert.

»Um was?«, sage ich noch einmal und reibe mir den Kopf.

»Um das, was in dir drin so los ist. Um deine *psychische Verfassung.*« Marlen sagt das so, wie man *voller Staubsaugerbeutel* sagt oder *Mülleimer mit Deckel.* In *dem* Ton.

Suzanna kichert.

»Willkommen, Herr Doktor! Wie schön, dass Sie endlich da sind, wir haben schon auf Sie gewartet!« Karlotta klettert aus ihrem Bett, sie hat als Erste kapiert, dass dieser Klupp unsere letzte Chance ist, aber das werde ich erst später wissen. Jetzt weiß ich nur, dass mir mein Deckel weh tut, wie Marlen sagen würde, und dass es nichts Gutes bedeutet, wenn Karlotta sich einschaltet.

Es bedeutet: Auf in den Kampf!

Jetzt ist sie gelandet und marschiert forsch auf Doktor Klupp zu, die Hand zum Gruß ausgestreckt. Karlottas Hand sieht auch nicht besser aus als meine, nur kleiner. Eine kleine verschrumpelte Affenpfote, sie ragt aus dem Ärmel der Armeejacke, die Karlotta immer trägt, so ein braungrün geflecktes Ding aus den dreißiger Jahren, ein guter Punkt, würde ich sagen. Das ist jetzt ein guter Punkt, um die ganze Szene hier in der Zelle für einen Moment einzufrieren und in aller Ruhe ein paar Details zu besprechen. Meine Lieblingsfarbe zum Beispiel oder mein Lieblingsgetränk. Oder was ich früher so gemacht habe, beruflich, bevor ich ins Altenheim gegangen bin und einen Biographiebogen bekommen habe. Bevor ich kriminell geworden bin.

Pausetaste. Standbild.

Lieblingsfarbe: Schwarz.

Lieblingsgetränk: Kaffee.

Essgewohnheiten: normal.

Schlafgewohnheiten: normal.

Das mit den Schlafgewohnheiten ist eine Lüge, der Rest ist wahr.

Auf die Frage *Sind Sie Raucher?* habe ich auch wahrheitsgemäß geantwortet. Ich habe nein gesagt. Nein, ich bin Kettenraucher.

Haben Sie soziale Kontakte, zum Beispiel Ehepartner, Lebensabschnittspartner, Kinder, Enkelkinder, Vereinsfreunde et cetera?

Nein. Nur meine besten Freundinnen, Karlotta, Suzanna und Marlen.

Gibt es Personen, Lebewesen, Gegenstände oder Situationen, die bei Ihnen Ängste auslösen?

Ich weiß nicht mehr so genau, was Suzanna und Marlen damals auf die Frage geantwortet haben, aber Karlotta hat nein gesagt. Wie aus der Pistole geschossen, *bäng,* mitten ins Herz der Wahrheit. Karlotta hat vor nichts Angst, nicht einmal vor sich selbst.

Marlen hat gelogen, was das Zeug hält.

Welcher von den folgenden Beschäftigungen würden Sie in der Pflegeeinrichtung gerne nachgehen?

Musizieren? Ja.

Handarbeiten? Ja.

Gesellschaftsspiele? Ja.

Gottesdienstbesuche? Aber sowas von!

Ich weiß nicht, ob Marlen je eine Kirche betreten hat, aber ich glaube nicht. Und ich will mir gar nicht vorstellen, was passiert, wenn sie es eines Tages tut. Wahrscheinlich fallen die

Engel vor Schreck aus dem Fresko, und die marmorne Muttergottes fängt zu weinen an. Blut statt Tränen, versteht sich.

Nur bei *Welche berufliche(n) Tätigkeit(en) haben Sie ausgeübt?* war Marlen ehrlich, weil sie einen schönen Beruf gehabt hat, früher einmal, so wie Karlotta und Suzanna auch.

Suzanna: Krankenschwester.

Karlotta: Lehrerin.

Marlen: Witwe.

Lauter schöne Frauenberufe, und dass Suzanna nur deswegen jahrzehntelang in einem Hospiz gearbeitet hat, weil sie den Leuten gerne beim Sterben zusieht, das muss man ja nicht sagen.

Muss man ja nicht sagen, dass Karlottas Schüler über viele Generationen hinweg ihre Sportlehrerin Karlotta Könick immer nur Killerkönick genannt haben.

Und dass Marlen nicht nur *einmal* Witwe war, sondern ziemlich oft, das muss man auch nicht sagen, schon weil es zum Berufsprofil gehört.

Siehe: Leichenbestatter.

Siehe: Totengräber.

Die müssen ja auch mehr als *einen* Menschen unter die Erde bringen, damit sie von ihrem Beruf leben können.

»Sehr witzig«, würde Marlen jetzt sagen und grinsen. »Wirklich witzig, Almut, meine Liebe. Und jetzt erzähl uns von *deinem* Beruf.«

Regisseurin.

Ich habe jahrzehntelang immer gesagt, dass ich Regisseurin bin, und in alle möglichen Formulare habe ich unter *Beruf* immer Regisseurin geschrieben, manchmal auch Theaterregisseurin, damit die Leute nicht denken, ich mache irgendeinen künstlerisch wertlosen Schrott beim Fernsehen oder beim Film.

»Komisch«, würde Marlen jetzt sagen und wieder grinsen,

»ich habe noch nie von einer Theaterregisseurin gehört, die den Schauspielern in die Kostüme hilft.«

»Seltsam«, würde Karlotta sagen und auch grinsen, »ich habe noch nie von einer Theaterregisseurin gehört, die verschwitzte Kostüme in die Reinigung bringt oder selbst durchschrubbt.«

»Und ist das eigentlich wahr«, würde Suzanna sagen und kichern, »ist das wahr, dass Schauspieler manchmal in ihre Kostüme pissen vor lauter Aufregung?«

Leider wahr.

Oft habe ich Kotspuren gefunden.

Ankleiderin.

Ich war dreißig Jahre lang Ankleiderin in einem Theater, noch dazu in einem schlechten, noch dazu am Stadtrand. Jeden Tag eine Stunde im Bus hin und eine Stunde wieder zurück, früher war das Gebäude ein Schlachthof, dann haben sich irgendwelche bekifften Aktionskünstler einquartiert. Politisches Theater und so, aber da war ich noch nicht dabei. Nach dem politischen Theater ist ein Musicalschuppen daraus geworden, und ich habe angeheuert.

Das Phantom der Oper, Die Schöne und das Biest, Cinderella. Knöpfe annähen, Hemden bügeln, reinhelfen, raushelfen. Bei *Dracula, das Grusical* habe ich nach jeder Vorstellung stundenlang falsche Zähne gereinigt. Chor der Vampire. Ein paar von den Choristen wollten kein Gebiss tragen, und da habe ich ihnen vor jeder Vorstellung Eckzähne aufkleben müssen.

Schlechter Atem. Belegte Zungen.

Zur hundertsten Vorstellung haben sie mir eine Flasche Sekt geschenkt.

Nette Geste.

Die Armeejacke hat mir keiner geschenkt, die habe ich geklaut, zum Abschied sozusagen. An meinem letzten Arbeitstag bin ich ins Kostümlager gegangen, und ich weiß bis heute nicht, warum ich ausgerechnet dieses hässliche alte Ding genommen habe. Gerochen hat es auch. Du kannst so ein altes Ding waschen, sooft du willst, den Geruch kriegst du nicht mehr weg, das liegt an den Männern. Jahrzehntelang haben da irgendwelche Männer reingeschwitzt, keine Ahnung, wie viele, aber die historische Reihenfolge ist klar: Nazis, Neonazis, Faschingsnazis, Schauspieler.

Jetzt trägt Karlotta die Jacke, und vielleicht habe ich das damals im Kostümlager ja schon geahnt. Vielleicht war da so eine Ahnung, dass ich Karlotta bald wiedersehen werde, und wenn du deine beste Freundin nach vielen Jahren wiedersiehst, dann ist es ganz gut, du hast ein Geschenk dabei.

Etwas, über das sie sich freut.

Das sie inspiriert.

Zum Beispiel zu der einen oder anderen guten Idee.

Wir machen dieses Miststück fertig. Wir schlagen sie nieder, und dann machen wir sie fertig.

Die Idee mit dem Altenheim war übrigens auch von Karlotta. »Wir gehen auf Urlaub«, hat sie damals zu uns gesagt, »alle vier, gemeinsam. So eine Seniorenresidenz ist wie ein Hotel: Wäschedienst, Zimmerservice, Vollpension. Kleine organisierte Ausflüge ins Grüne oder sonst wohin. Dampferfahrt, Kaffeefahrt, super Sache.«

Mein Gott ja, warum nicht. Du kannst deinen Lebensabend mit einer Gummipalme verbringen oder mit ein paar abgenutzten Möbeln, also warum nicht mit deinen besten Freundinnen.

Rückspultaste. Start.

»Willkommen, Herr Doktor! Wie schön, dass Sie endlich da sind, wir haben schon auf Sie gewartet!« Karlotta steht vor Doktor Klupp stramm, gleich wird sie ihm die Hand geben, und mir wird schlagartig klar, was sie vorhat. Sie will mich ausliefern. Als Opfertier zur gerichtspsychiatrischen Schlachtung durch diesen Doktor Klupp.

Karlotta, du hinterfotziges kleines Luder!

»Ich war's nicht!«, sage ich laut, es klingt wie ein Schrei. »Ich war's nicht!«

Doktor Klupp glotzt mich an.

»*Sie* war's!«, sage ich und zeige auf Karlotta. »*Sie* ist schuld, nicht ich! Und durchgeknallt ist sie auch! Sieht man doch gleich, schon an der Jacke! Siebzig Jahre auf dem Buckel und trägt eine Armeejacke, die spinnt ja, die Alte!«

Doktor Klupp glotzt, Karlotta auch. *Verdammt, erwischt,* denkt sie, ich kann es sehen. Bei Doktor Klupp kann ich nicht sehen, was er gerade denkt, das kann ich nur bei meinen besten Freundinnen, die ich fast so gut kenne wie mich selbst und fast so lange, und deswegen weiß ich auch ganz genau, was jetzt passieren wird.

Und da passiert es auch schon.

»Glauben Sie ihr kein Wort, Herr Doktor.« Karlotta ballt ihre widerliche kleine Pfote zur Faust, dann streckt sie einen verschrumpelten Finger aus und zeigt auf mich. »*Sie* ist schuld.«

»Blödsinn.« Marlen hebt lässig den Arm und zeigt auf Karlotta. »*Sie* ist schuld, Herr Doktor.«

»Find ich nicht«, sagt Suzanna fröhlich, »*ich* finde, *sie* ist schuld.« Suzanna zeigt auf Marlen. »Oder vielleicht doch nicht *sie*«, Suzanna zeigt wieder auf Marlen, dann auf mich, »sondern *sie*.« Doktor Klupp glotzt mich an. »Und die Wahrheit ist«, Suzanna macht eine Kunstpause, »*sie* ist schuld.« Suzanna zeigt auf sich selbst, *kicher*.

Zwei Minuten später sind wir allein in der Zelle. Doktor Klupp hat sie mit schnellen Schritten verlassen, die Wärterin hat den

Schlüssel ins Schloss gesteckt und zweimal umgedreht, davor hat sie uns noch den Vogel gezeigt.

»Krisensitzung!«, kläfft Karlotta. »Marschmarsch, aus den Betten!«

Widerstand zwecklos, sogar Marlen gehorcht, wir setzen uns an den wackligen Tisch unterm Fenster.

»Situation«, sagt Karlotta. »Wir haben eine *Situation*. Ziemlich vielversprechend, wenn wir sie meistern. Wenn nicht: Chance verpasst. *Letzte* Chance, alles klar?«

Wir nicken.

»Ich fasse zusammen. Erstens: Dem kleinen Gerichtspsycho ist es scheißegal, wer morgen zum Gespräch kommt, aber eine von uns muss kommen, eine von uns muss an die Front, korrekt?«

Wir nicken. Genau das hat Doktor Klupp gesagt vor seinem Abgang, nur höflicher.

»Und zweitens?«, sage ich.

»Nichts zweitens, Ende der Zusammenfassung. Jetzt zur Sache. Wie wir aus dem Fernsehen wissen, geht das mit der Unzurechnungsfähigkeit so: Jemand tut etwas Verbotenes und kommt dafür ins Gefängnis. Er hat zum Beispiel sein Kind zu Tode geprügelt oder seine Frau geschlachtet, jetzt sitzt er in Untersuchungshaft und wird von einem Gerichtspsycho untersucht. Wenn der Psycho feststellt, dass der Mann ganz normal ist, hat der Mann verloren. Er wird verurteilt, und das war's dann für die nächsten zehn, zwanzig Jahre.«

»Der arme Mann«, sagt Suzanna ernst und ein bisschen traurig.

»Genau. Armer Mann.« Karlotta nickt.

Momente des Mitgefühls.

»Aber wenn er Glück hat, der Mann«, sagt Karlotta, »dann stellt der Gerichtspsycho etwas anderes fest, nämlich die sogenannte Unzurechnungsfähigkeit zum Zeitpunkt der Tat.«

»Bedeutet?«, sage ich.

»Bedeutet: Der Mann kann für seine Tat nicht bestraft werden, wenn er zum Zeitpunkt der Tat in einem der folgenden Zustände war:

Seelisch gestört.
Emotional verwirrt.
Drogensüchtig.
Schwachsinnig.
Minderjährig.«

»Bedeutet?«, sage ich.

»Bedeutet: Wir müssen überlegen, wer von uns am ehesten
seelisch gestört,
emotional verwirrt,
drogensüchtig,
schwachsinnig
oder minderjährig ist.«

»Minderjährig!« Suzanna klatscht begeistert in die Hände. »Ich will minderjährig sein!«

Karlotta verdreht die Augen, ich verdrehe die Augen, Marlen grinst. Dann legt sie sanft eine knochige Hand auf Suzannas Wange und sagt tätschelnd: »Schwachsinnig, Schätzchen. Du fällst eher in die Kategorie schwachsinnig.« Suzanna kichert.

»Konzentration!«, kläfft Karlotta. »Systematisch vorgehen! Ausschlussverfahren! Minderjährig fällt flach, schwachsinnig fällt flach, seelisch gestört auch. Das ist zwar jede von uns, mehr oder weniger, aber wer ist das nicht. Will sagen: Mit einer handfesten Psychose kann keine von uns aufwarten, oder?«

Karlotta sieht mich an.

Suzanna sieht mich an.

Marlen sieht mich an und grinst. »Na ja«, sagt sie und macht *tätscheltätschel*, diesmal auf *meiner* Wange, »unsere liebe Almut hat schon das eine oder andere Problem mit dem Zeug, das in ihr so drin ist, nicht wahr, Almut, mein Schatz?«

Sehr witzig.

»Stimmt«, sagt Karlotta mit einer abfälligen Geste in meine Richtung. »Lieblingsfarbe Schwarz, Schlafgewohnheiten abartig, alles sehr labil, aber eine solide seelische Störung ist das nicht, also Schwamm drüber.«

Ja. Schwamm drüber.

»Und was jetzt?«, sagt Marlen. »Was machen wir jetzt, mein General?«

»Weiß nicht«, knurrt Karlotta, »muss nachdenken.«

Sie denkt nach.

Wir warten.

Marlen betrachtet ihre Fingernägel, Suzanna starrt ins Leere. Einundzwanzig, zweiundzwanzig, ich fange stumm zu zählen an, weil mir gerade nichts Besseres einfällt, bei achtundzwanzig hat Karlotta eine Idee.

Karlotta hat eine Idee, der Herr steh uns bei.

»Biographie«, sagt sie. »Leben. Eine beschissene Kindheit, ein verkacktes Leben. *Das* klappt immer. Wer von uns hat so ein richtig verkacktes Leben gehabt?«

Ich habe mich gewehrt, aber nur kurz, da war nichts zu machen.

»Nun gut, was soll's, gut«, habe ich gesagt und mir eine Zigarette angezündet. Aber ohne Garantie. Das habe ich auch noch gesagt: Null Garantie dafür, dass es klappt, vielleicht will dieser Doktor Klupp ja gar nichts wissen von meinem Leben, egal wie verkackt es war.

»Will er sicher«, hat Marlen gesagt. »Gehört nämlich zum Berufsprofil bei einem Gerichtspsychiater, dass er in die Scheiße greift.«

»Wäh!«, hat Suzanna gekichert, und Karlotta hat mir ihre kleine Pfote auf die Schulter gelegt. Inniger Druck, tiefer Blick.

»Du schaffst das, Almut«, hat sie gesagt. »Du bist die Beste. *Unsere* Frau an der Front. Wir werden an dich denken, wenn du morgen zu diesem kleinen Klugscheißer gehst. Unsere Kraft wird mit dir sein.«

Dann hat sie ihre Pfote von meiner Schulter genommen und das Zeichen gemacht. Macht sie immer, das Zeichen, wenn ihrer Meinung nach irgendeine Art von Krieg beginnt. Mittelfinger, Zeigefinger, eingedrehter Daumen. V wie Victory.

2

Ein Raum ohne Fenster. Kahle Wände, ein Tisch, zwei Stühle. Muffige Luft, wahrscheinlich ist die Lüftung kaputt.

Erste Sitzung.

»Frau Block, ich werde Ihnen jetzt ein paar Fragen stellen, und ich bitte Sie, mit Ja oder Nein zu antworten. Sind Sie bereit?«

»Ja.«

»Fühlen Sie sich überwiegend gut?«

»Nein.«

»Fühlen Sie sich voller Energie?«

»Nein.«

»Sind Sie meistens guter Stimmung?«

»Nein.«

»Sind Sie mit Ihrem Leben grundsätzlich zufrieden?«

»Nein.«

»Denken Sie manchmal an ...«

»Um Himmels willen, jetzt fragen Sie mich schon direkt, was Sie wissen wollen. Das ist ja hier wie bei diesen Tests in irgendwelchen Frauenzeitschriften von wegen *Welcher Typ bin ich?*. Eher der Herbsttyp oder eher der Sommertyp? Also, Herr Doktor: Wenn Sie wissen wollen, ob ich depressiv bin, dann fragen Sie mich doch einfach direkt, und ich werde Ihnen eine direkte Antwort geben. Und weil wir schon dabei sind: Ja, ich bin depressiv. Nicht immer, aber grundsätzlich. Eher der Wintertyp, wenn man so will. Kann ich jetzt gehen?«

Zweite Sitzung.

»Frau Block, ich habe mir den Biographiebogen kommen lassen, der bei Ihrem Einzug in das Seniorenwohnheim ausgefüllt wurde. Unter *Schlafgewohnheiten* haben Sie ›normal‹ angegeben. Ich möchte Ihnen trotzdem ein paar Fragen zu Ihren Schlafgewohnheiten stellen. Bitte beantworten Sie die Fragen mit Ja oder Nein. Sind Sie bereit?«

»Ja.«

»Haben Sie Einschlafstörungen?«

»Nein.«

»Haben Sie Durchschlafstörungen?«

»Nein.«

»Haben Sie das Gefühl, zu wenig zu schlafen?«

»Nein.«

»Haben Sie das Gefühl, zu viel zu schlafen?«

»Nein.«

»Schlafen Sie unruhig?«

»Nein.«

»Träumen Sie viel?«

»Nein.«

»Sagen Sie die Wahrheit?«

»Nein. Kann ich jetzt gehen?«

Dritte Sitzung.

»Frau Block, ich habe nicht den Eindruck, dass Sie besonders kooperativ sind, deswegen schlage ich vor, wir machen noch einen letzten Test und schließen die Befragung dann ab. Ich sage Ihnen ganz offen: Es ist ein Demenztest. Demenzielle Erkrankungen sind laut Strafrecht ein Argument für Schuldunfähigkeit. Wir wissen beide, dass Sie geistig vital sind, also bitte versuchen Sie nicht, mir etwas vorzuspielen. Der Test ist reine Routine, ich *muss* ihn machen, also lassen Sie uns das zügig erledigen, und dann können Sie gehen. Sind Sie bereit?«

»Ja.«

Oh ja!

Ich kann gehen, hat er gesagt. Nur noch *ein* Test, und ich kann gehen, zurück in die Zelle, zurück zu den anderen. Sie werden mich fragend ansehen, wie nach jeder Sitzung, und ich werde sagen: »Voll zurechnungsfähig, Leute. Ab in die Ferien!«

»*Nicht* witzig«, wird Suzanna sagen, und dass sie sehr traurig ist, weil wir jetzt zehn Jahre lang Kekse backen müssen. Marlen wird säuerlich anmerken, dass von einem Staubsaugerbeutel wie mir nichts anderes zu erwarten war. Wie Karlotta reagiert, will ich gar nicht wissen. Ich werde es erleben, und es wird kein schönes Erlebnis sein, aber das ist mir egal.

»Welche Jahreszeit haben wir gerade, Frau Block?«

»Sommer.«

»Welchen Monat?«

»August.«

»Wo sind wir hier?«

»Im Gefängnis.«

Doktor Klupp macht sich eine Notiz.

»Und wo genau im Gefängnis?«

Ich überlege. Von der Zelle in den Gesprächsraum gehen wir immer fünf Stockwerke nach unten, die Wärterin und ich. Die Zelle ist im vierten Stock, also wird das hier wohl der Keller sein.

»Im Keller«, sage ich.

Doktor Klupp macht sich eine Notiz.

»Ich werde jetzt drei Worte sagen, Frau Block. Bitte wiederholen Sie diese Worte.

Mond.

Zitrone.

Ball.«

»Mondzitroneball.«

Doktor Klupp nimmt einen losen Zettel aus seinem Notizbuch.

»Bitte lesen Sie, was auf diesem Zettel steht, und tun Sie es.«

Er schiebt mir den Zettel zu. Hoffentlich steht da jetzt nicht *Sag Norbert zu mir und küss mich*. Ich beuge mich vor, die Schrift ist ziemlich klein, ich lese.

Schließen Sie die Augen.

Ich lese noch einmal.

Schließen Sie die Augen.

»Nein«, sage ich und schiebe den Zettel weg.

»Wie?«

Doktor Klupp sieht mich irritiert an.

»Nein. Ich werde das *nicht* tun.«

»Aber ...«

»Nichts aber. Meine Augen bleiben offen.«

»Frau Block, das ist nur ein Routinetest.«

»Ich weiß. Machen wir weiter, nächste Aufgabe. Von mir aus können Sie mir einen Punkt abziehen für die Sache mit den Augen.«

Doktor Klupp rückt seine Brille zurecht, obwohl sie gar nicht verrutscht ist. Sieht echt übel aus, so eine randlose Brille, sie steht ihm. Jetzt beugt er sich ein Stück über den Tisch zu mir vor.

»Frau Block«, sagt er eindringlich, »ich kann die Befragung nicht abschließen, wenn Sie den Demenztest verweigern. Ich kann kein Gutachten schreiben, und das bedeutet: Alles verzögert sich. Außerdem«, er beugt sich noch ein Stück weiter vor, »wird man Sie von Ihren ...«, er sucht nach einem Wort, »Ihren Freundinnen separieren, bis Sie sich kooperativ zeigen. Man wird Sie in eine Einzelzelle stecken, Frau Block.«

Der Einzelne und seine Zelle. Der Mensch und sein Gehäuse. Vier Wände, in der Mitte ich, ganz allein. Keine schlechten Witze, kein Gekicher, nicht einmal eine Gummipalme zum Reden, und die Möbel schweigen mich an. Wochenlang, monatelang, vielleicht Jahre.

Gibt es Personen, Lebewesen, Gegenstände oder Situationen, die bei Ihnen Ängste auslösen?

Ich habe damals nicht geantwortet und nur mit den Schultern gezuckt. Das steht körpersprachlich für keine Angabe. Ich wollte nicht lügen, aber die Wahrheit sagen wollte ich auch nicht, und die Wahrheit ist: Ich bin nicht Karlotta, und deswegen habe ich Angst. Vor Situationen. Nicht vor allen, aber vor zweien.

Situation eins: alleine sein.

Situation zwei: die Augen schließen.

Ich muss mich entscheiden: Angst haben oder Angst haben.

Welche ist größer?

Ich schließe die Augen.

Meine Lider klappen nach unten, und sofort sind sie da, die Flecken. Rötliche Flecken überall, zuerst noch vor schwarzem Hintergrund, sie flimmern und machen dieses Geräusch, von dem ich nie weiß, ob es ein Knirschen ist oder ein Knistern. Ob es klingt wie Sandpapier, das meine Pupillen wundscheuert, oder wie etwas, für das ich keinen Vergleich habe.

Knister. Knirsch.

Die Flecken werden größer, sie breiten sich aus, sie verschmelzen, jetzt ist alles rot. Ein rotes Meer, ein flammender Ozean. Das Wasser ist siedend heiß, das Wasser brennt, es verschlingt meine Augäpfel, mein Gott, tut das weh, ich reiße die Augen auf.

Ratsch.

Doktor Klupp betrachtet mich interessiert.

»Zufrieden?«, sage ich. »Können wir jetzt weitermachen?«

Meine Augen tränen, meine Stimme klingt komisch. Jemand hat meine Stimme genommen und in einen Schraubstock geklemmt, ich befreie sie mit einem Räuspern.

»Frau Block«, Doktor Klupp betrachtet mich noch interessierter, »Sie sind schweißgebadet.«

Ach wirklich? Danke für die Information, Klugscheißer.

»Was ist da gerade mit Ihnen passiert, Frau Block?«

Geht dich nichts an, Klugscheißer.

»Hat es etwas mit Ihren Schlafgewohnheiten zu tun? Ich habe vom Seniorenwohnheim den Bericht der leitenden Oberschwester angefordert, und aus diesem Bericht geht hervor, dass Ihre Schlafgewohnheiten alles andere als normal sind. Da steht, dass Sie nicht schlafen können, Frau Block.«

Die Oberschwester ist eine böse, böse Frau.

Doktor Klupp klappt sein Notizbuch zu.

»Wir lassen das mit dem Demenztest, Schluss für heute. Morgen fangen wir mit der Biographiearbeit an.«

3

Fruchtfliegen schlafen zehn Stunden pro Tag, mit offenen Augen. Sie können ihre Lider nicht schließen, weil sie keine haben.

Die beliebtesten Versuchstiere in Schlaflabors sind Ratten und Menschen. Millionen von Hirnströmen fließen jede Nacht durch irgendwelche Maschinen, die alles messen. Betawellen, Deltawellen, Ebbe und Flut. Tausende Männer und Frauen mit Schlafstörungen liegen verkabelt in ihren Betten, Tausende verkabelte Ratten in ihren Käfigen. Alle schlafen, und keiner weiß, warum.

Es ist ein Geheimnis.

Es gibt Spekulationen.

Wir schlafen, weil wir uns im Schlaf regenerieren.

Wir schlafen, weil wir im Schlaf Informationen verarbeiten.

Kann sein, vielleicht, höchstwahrscheinlich.

Tatsache ist, dass Ratten nach zwei Wochen tot sind, wenn man sie nicht schlafen lässt. Sie bekommen ihre Körpertemperatur nicht mehr auf die Reihe und sterben an Überhitzung. Wenn man ihnen zu Beginn des Experiments ein paar Brandwunden verpasst, sterben sie mit offenen Wunden. Die Wunden heilen nicht ohne Schlaf.

Der Schlaf ist das eine, das andere ist der Traum.

Ratten, Schweine, Menschen, alle höher entwickelten Tiere träumen. Sogar Enten träumen und Hühner, die eine oder andere Fledermaus soll auch schon dabei erwischt worden sein, man kann das messen. Der Traumschlaf in der REM-Phase hat ein anderes Wellenmuster als der Tiefschlaf. Die Betawellen zum Beispiel sehen im Traumschlaf genauso aus wie im Wachzustand, und das ist schon bemerkenswert: Du bist so gut wie wach, wenn du träumst.

Wenn du ein ganz besonders hochentwickeltes Säugetier bist, zum Beispiel ein Delphin, dann schläfst du überhaupt nie, ohne wach zu sein. Halbhirnschlaf. Du ziehst im Wasser deine Kreise, deine linke Hirnhälfte schläft, die rechte ist wach, nach ein bis zwei Stunden erwacht die linke und löst die rechte ab. Genaugenommen schläfst du nie, wenn du ein Delphin bist. Chronische Asomnie. Sowas macht depressiv mit der Zeit, deswegen sehen Delphine auch immer irgendwie traurig aus.

Antidepressiva, sedierend.

Analgetika, sedierend.

Neuroleptika, sedierend, und Rohypnol natürlich, kiloweise, mein Gott, es ist ja nicht so, dass ich es nicht versucht hätte. Ich habe *alles* versucht, aber das ist lange her. Vierzig Jahre würde ich sagen, vielleicht auch mehr, ich kann mich nicht erinnern. Auf jeden Fall hat alles nichts genützt, und irgendwann war mir das dann zu blöd mit den Ärzten und den Medikamenten.

Haben Sie Einschlafstörungen?

Nein, weil ich nicht einschlafe.

Haben Sie Durchschlafstörungen?

Nein, weil ich nicht schlafe.

Träumen Sie viel?

Kein Schlaf, kein Traum.

Seit vierzig Jahren passiert immer dasselbe, wenn ich die Augen zumache: die Flecken, das Knistern oder Knirschen, der brennende Ozean, der Schmerz.

Kann ja kein Mensch schlafen mit diesem Wahnsinn unter seinen Lidern!

Unmöglich?

Ja, das ist natürlich unmöglich, vierzig Jahre lang nicht zu schlafen, und wahrscheinlich bilde ich mir das nur ein. Viele Leute mit chronischer Asomnie glauben, dass sie nie schlafen, dabei schaffen sie es doch die eine oder andere Stunde. Und vielleicht schlafe ich ja, hin und wieder, ohne es zu merken, mit offenen Augen.

Vielleicht bin ich eine Fruchtfliege.

Vielleicht bin ich eine Ratte. Laborratte, sehr zählebig. Jemand hat mir vor vierzig Jahren ein paar Brandwunden verpasst und lässt mich nicht schlafen, jetzt wartet er seit vierzig Jahren darauf, dass ich sterbe, aber ich lebe. Mit offenen Wunden.

Biographiearbeit.

Arbeit an meinem verkackten Leben. Den Finger in die Wunden legen, mit beiden Händen im Dreck wühlen.

Was soll ich morgen sagen zu diesem Doktor Klupp? Soll ich sagen: Herr Doktor, Sie müssen sich Ihre schönen Hände nicht schmutzig machen, es ist nämlich ganz einfach, ich bin ein Delphin. Ein trauriges Säugetier, das nie schläft. Immer müde, immer gerädert, man hält mir Reifen hin, ich springe durch die Reifen, manche davon brennen.

Wir schlagen das Miststück nieder, hopp, sagt Karlotta, und ich springe.

Wir machen das Miststück fertig, hopp, ich springe.

Gewalt ist nur eine Art Zeitvertreib für Tiere wie mich, Herr Doktor, irgendwas müssen wir ja tun, wir Delphine, bis es endlich so weit ist. Bis der Moment endlich da ist, in dem wir einschlafen, mit *beiden* Hirnhälften. Und dann passiert etwas sehr Schönes mit uns: Wir vergessen.

Wir vergessen zu schwimmen, wir vergessen zu atmen. Wir sinken langsam auf den Grund des Meeres oder des Beckens, in dem wir leben, und dort unten schlafen wir uns dann so richtig aus.

ZWEI

1

Wenn du in Rente gehst, passiert Folgendes: Du hast schlagartig gute Laune. Schon am ersten Tag, was sage ich, schon am Morgen des ersten Tages. Du wachst auf, ohne Wecker, einfach so. Keine tonnenschweren Augenlider, keine Radiostimme, die dir sagt, dass es draußen noch dunkel ist und entweder regnet oder schneit. Dass jetzt gleich ein bisschen Gutelaunemusik kommt, die allen ein bisschen gute Laune machen soll. Und dann kommt *Don't worry, be happy.*

Du wirst das nie wieder hören.

Außerdem wirst du nie wieder ächzend aufstehen und deine tonnenschweren Augenlider ins Bad schleppen, zu einem Spiegelbild, das dir irgendwie bekannt vorkommt, weil es dich an die Leute erinnert, die dir gleich in der U-Bahn oder im Bus begegnen werden.

Leute auf dem Weg zur Arbeit.

Steuerzahler.

Im Winter sind die Gesichter dieser Leute schmutziggrau wie der Schneematsch auf den Straßen. Im Frühjahr schmilzt der Matsch, die gefrorene Hundescheiße taut auf, alles ist voller Schlaglöcher.

Nie wieder.

Du wachst auf, draußen ist es schon seit Stunden hell, das mit der senilen Bettflucht ist ein Gerücht, das mit den steifen Gliedern auch. Hopphopp zum Bäcker, die Sonne scheint, oder auch nicht, das ist ab jetzt egal, weil du ab jetzt Sonne im Herzen hast. Die Verkäuferin mit dem schmutziggrauen Gesicht reicht dir zwei Croissants über den Tresen. Sie hat noch geschätzte vierzig Jahre vor sich, du zwinkerst ihr zu.

Durchhalten, Schätzchen!

Spiegeleier mit Speck, Milchkaffee, Schokoladencroissants.

Das mit dem Altersdiabetes ist ein Gerücht, das mit den Cholesterinwerten auch. Deine Dritten halten bombig, also lass dir nichts einreden von wegen Haferschleim und pürierte Bananen.

Von wegen einsam: Lass dir nichts einreden.

Hau rein, und dann nichts wie raus aus dem Haus! Die Welt da draußen ist voller gutgelaunter alter Menschen, die gerade ihre Prothesen erbarmungslos in eine knusprige Scheibe Speck geschlagen haben und jetzt überlegen, was sie heute noch so anstellen werden. Menschen wie du, graue Panther, Millionen davon. Vor der Rente waren sie steuerzahlende Matschgesichter, jetzt sind sie Raubtiere. Immer auf dem Sprung, nie auf der Flucht, immer auf der Jagd nach allem, was Spaß macht, immer im Rudel unterwegs.

Turbosenioren.

Best Ager.

Am Montag Radtour, am Dienstag Kaffeefahrt, am Mittwoch Tanztreff, am Donnerstag Aqua Fitness, am Freitag Nordic Walking, am Samstag Shoppen, am Sonntag Schreibwerkstatt. Internetkurs, Kegelclub, Bastelgruppe. Kulturreisen, Städtereisen, Kreuzfahrten, bleib fit, mach mit, wer rastet, der rostet, wird Zeit, dass Sie mich unterbrechen.

Doktor Klupp sieht mich schweigend an. Siebte Sitzung.

In der vierten Sitzung wollte er, dass ich ihm aus meiner Kindheit erzähle. Kann mich nicht erinnern, habe ich gesagt.

In der fünften Sitzung wollte er, dass ich ihm aus meiner Jugend erzähle. Lange her, habe ich gesagt.

In der sechsten Sitzung habe ich ihn gefragt, ob ich rauchen darf, weil ich mich dann besser konzentrieren kann bei der Biographiearbeit. Er hat genickt. Dann wollte er, dass ich frei assoziiere. Zum Wort »Nacht«.

Mondzitroneball, habe ich gesagt und mir eine Zigarette angezündet.

Heute hat er zu mir gesagt, dass ich ihm irgendetwas aus meinem Leben erzählen soll, egal was. Und dass ich nicht mehr rauchen darf, wenn ich nicht kooperiere.

Jetzt sieht er mich schweigend an. Seine Augen hinter den Brillengläsern sind rot geädert. Müde Augen, blaue Schatten, seine Hände liegen gefaltet auf dem geschlossenen Notizbuch.

»Das mit den Raubtieren war ein Witz«, sage ich.

Schweigen.

»Kein guter Witz, zugegeben, aber ein Witz, immerhin.«

Schweigen.

»Der Rest sollte auch witzig sein, und das hat vielleicht nicht so gut geklappt, aber ich meine: Was erwarten Sie von jemandem, der in U-Haft sitzt?«

Er schiebt die Hände noch ein bisschen fester ineinander, die Knöchel treten weiß hervor. Ich betrachte diese überaus fein gearbeiteten Hände mit ihren schneeweißen Kuppen und denke an Berggipfel. Ich denke an winzige Gipfelkreuze aus Stecknadeln, die sich Doktor Klupp in den schlaflosen Nächten bastelt, die ich ihm bereite. Vielleicht tut er das, wer weiß, man tut viele seltsame Dinge nachts, wenn man nicht schlafen kann.

Winzige Gipfelkreuze, winzige Blutstropfen.

»Erzählen Sie«, sagt er und öffnet die Hände, »erzählen Sie mir, wie es *wirklich* war.«

»Da gibt es nicht viel zu erzählen. Die Wirklichkeit ist eher ereignisarm.«

»Frau Block, wenn Sie nicht koope…«

»Jaja, dann darf ich nicht mehr rauchen, alles klar.«

Er klappt das Notizbuch auf.

2

Mein erster Tag in Rente hat damit begonnen, dass ich nicht aufgewacht bin. Wer nicht schläft, muss nicht aufwachen, wer die ganze Nacht rauchend im Bett liegt, braucht keinen Radiowecker mit Digitalanzeige, weil er immer ganz genau weiß, wie spät es ist.

Halbvoller Aschenbecher: ein Uhr. Voller Aschenbecher: drei Uhr. Überquellender Aschenbecher: Guten Morgen!

Habe ich erwähnt, dass ich gar keinen Aschenbecher habe, sondern eine Salatschüssel?

Ich liege im Bett und bin wach, seit ich mich hingelegt habe. Der erste Tag im letzten Abschnitt meines Lebens, und alles ist wie immer. Ziemlich enttäuschend, wenn Sie mich fragen. Und dann fällt mir der Bus ein.

Bei der Vorstellung, dass ich heute nicht mit den anderen Matschgesichtern im Bus sitzen werde, bekomme ich so etwas wie gute Laune. Eine Ahnung davon. Zur Feier des Tages bleibe ich einfach liegen und zünde mir eine neue Zigarette an der alten an. Draußen wird es langsam hell, der Regen wechselt von stark zu strömend, die Salatschüssel auf dem Nachttisch sagt mir, dass der Bus zum Theater in zehn Minuten losfährt. Die Erfahrung sagt mir, dass er wie immer voll ist.

Voller Frauen.

Die Putzkolonne, die Ankleiderinnen, die Garderobierinnen, das Kantinenpersonal, die Souffleusen, die Kassenfrauen. Alle, die auf der Gehaltsliste ganz unten stehen und sich kein

Auto leisten können. Alle, die es nicht geschafft haben und nie schaffen werden, weil die Aufstiegschancen einer, sagen wir, altgedienten Souffleuse zur, sagen wir, dynamischen Pressesprecherin eher gering sind. Schon deswegen, weil Souffleusen ihr Leben lang flüstern oder raunen und es noch keine Pressesprecherin mit Flüstern oder Raunen weit gebracht hat.

Ich liege im Bett.

Ich rauche.

Ich bin im Ruhestand.

Aber in Gedanken, da bin ich ganz bei euch, Mädels!

Ziemlich nett von mir, finde ich, bei *dem* Wetter. Und wisst ihr was, Mädels? Ihr habt es verdient. Weil wir sind alle Schwestern, wir einfachen berufstätigen Frauen, und wir stehen jeden Morgen wie *ein* Mann an den Bushaltestellen dieser Welt, Schulter an Schulter, Seite an Seite.

Schon spannend, so ein Leben als einfache berufstätige Frau. Fast so spannend wie das Leben als Rentnerin. Von welchem wollen Sie mehr hören?

Doktor Klupp kritzelt etwas in sein Notizbuch. Wahrscheinlich malt er gerade ein kleines Bienchen, weil ich so brav kooperiere.

»Solange Sie bei der Wahrheit bleiben, Frau Block, ist mir jede Erinnerung aus Ihrem Leben lieb.«

Das ist lieb von Ihnen, Herr Lehrer.

»Na dann«, sage ich und deute eine hüpfende Bewegung an, »dann machen wir jetzt einen kleinen sportlichen Zeitsprung. Raus aus dem Faulbett der Rente und rein ins Arbeitsleben. Kapitelüberschrift: Ein ganz normaler Tag im Leben einer einfachen berufstätigen Frau.«

Es ist kurz vor sieben, wir stehen Schulter an Schulter auf dem Großparkplatz eines Einkaufszentrums und warten auf den Bus zum Theater.

Der Bus kommt, es ist immer ein anderer, jeden Morgen, weil das Reiseunternehmen Mango Tours jeden Morgen einen anderen schickt. Alle Busfahrer von Mango Tours sehen gleich aus. Fahles Gesicht, entzündete Augen. Seit zwanzig Stunden unterwegs, seit vierundzwanzig, seit achtundvierzig. Sie sehen immer gleich aus, nur die Frisur wechselt.

Heute hat der Busfahrer von Mango Tours schütteres blondes Haar, das ihm vorne über die entzündeten Augen fällt. Er fährt im Schritttempo über den Parkplatz auf uns zu, die riesigen Scheibenwischer bewegen sich hin und her wie hospitalisierte Zootiere, noch dreißig Meter, noch zwanzig, ich sehe das Haar, ich sehe die Augen, auf dem Schild hinter der Windschutzscheibe steht: Neapel.

Gestern war es: Rom.

Vorgestern: Florenz.

Wenn es nach Mango Tours geht, sind wir seit drei Tagen immer weiter Richtung Süden unterwegs.

Schöne Idee.

Während mir der Regen hinten in den Kragen und vorne übers Gesicht läuft, beschließe ich, mich bei Gelegenheit in einem ganz persönlichen Dankesschreiben bei Mango Tours für die schöne Idee zu bedanken. Postskriptum: Und danke auch für die vielen schönen Souvenirs zu der schönen Idee.

Ich finde immer irgendetwas. Unter dem Sitz, auf dem Sitz, in den Ritzen der Polsterung. Gestern war es ein zerquetschtes Stück Seife mit der Aufschrift »Albergo Mariano, Roma«. Vorgestern war es der zerbröselte Rest von etwas, das nach Cantuccini roch.

Der Bus hält, der Fahrer öffnet die vordere Türe, geschätzte vierzig Frauen mit geschätzten dreißig Regenschirmen stürzen auf die schmale Öffnung zu.

Der Sturm auf die Bastille.

Die Eroberung von Karthago.

Es geht um die Fensterplätze.

Ich quetsche mich an einer fettarschigen Souffleuse vorbei und ramme der Frau, die den Putztrupp anführt, meinen Ellbogen in die Seite. »Aua«, greint die Putze. »Schlampe«, raunt die Souffleuse. Der Platz am Fenster ist mein!

Ich lasse mich auf den Sitz fallen, neben mir fällt auch jemand auf den Sitz, es ist die Kassenfrau vom Vormittagsdienst. Ätsch, verloren. Sie wirft mir einen hasserfüllten Blick zu, wie man so sagt, ich mache das Zeichen, V wie Victory, sie zeigt mir den Finger.

Der Regen schlägt gegen die Scheiben, die Stimme aus dem Radio sagt, dass bis zum Wochenende mit keiner Wetterbesserung zu rechnen ist. Heute ist Montag. Dann sagt die Stimme, dass jetzt gleich ein bisschen Gutelaunemusik kommt, die allen ein bisschen gute Laune machen soll.

Don't worry, be happy.

Die Musik klingt blechern, die Kassenfrau holt einen Plastikbehälter aus ihrer Tasche. Er ist grün und mit kleinen bunten Blumen bedruckt.

Die Erste, die immer zu spät kommt, heißt Gabi und gehört zum Kantinenpersonal, Abteilung Küchendienst. In zirka einer Stunde wird sie damit anfangen, geschätzte fünfzig Kilo Kartoffeln zu schälen und in Scheiben zu schneiden. Die Kassenfrau holt etwas aus ihrer Blümchenbox, das nach totem Hund riecht. Gabi hebt beim Einsteigen beide Arme und sagt das, was sie immer sagt:

»Sorry, Leute, bin zu spät. Erschießt mich, wenn ihr wollt.«

»Bängbäng«, sagt jemand in der ersten Reihe matt.

Der tote Hund ist mit Klarsichtfolie überzogen. Die Kassenfrau zieht die Folie ab, ganz säuberlich, ich atme tief ein und halte die Luft an.

Don't worry, be happy.

Gabi arbeitet sich durch den Gang vor, ihre tropfnasse

Handtasche schlägt gegen Köpfe und Wangen. So beginnt der Tag für alle, die keinen Fensterplatz ergattert haben: geohrfeigt von Gabis Handtasche. Die Kassenfrau bekommt auch etwas ab. Sie beißt gerade in den Hund, ich atme aus und wieder ein, hilft ja doch nichts, der Gestank ist überwältigend.

»Blöde Kuh«, sagt die Kassenfrau mit vollem Mund.

»Selber blöd«, sagt Gabi und lässt sich hinter uns auf den Sitz fallen.

Wo sie recht hat, hat sie recht, die Gabi, und wenn ich nicht wüsste, dass die Gabi jetzt gleich einen Plastikbehälter mit grinsenden Smileys aus ihrer gewalttätigen Handtasche ziehen wird, würde ich für einen Moment mir ihr sympathisieren.

Um zehn nach sieben sind auch die Letzten, die immer zu spät kommen, zu spät gekommen, wir fahren los. Um Viertel nach sieben riecht der ganze Bus nach toten Tieren.

Wir fahren durch den Zubringertunnel, wir fahren auf die Autobahn. Im Tunnel hat Gabi damit angefangen, gegen den Vordersitz zu trommeln, erst im Rhythmus von *Sunshine Reggae,* dann im Rhythmus von *Hotel California,* jetzt ist es schon wieder *Don't worry, be happy.*

Die Kassenfrau sagt, dass Gabi aufhören soll, Gabi sagt, dass die Kassenfrau selber blöd ist.

Um zwanzig vor acht klappe ich das Tischchen vor mir herunter, weil ich da so eine Ahnung habe. Nennen wir es Instinkt, nennen wir es Erfahrung, egal, auf jeden Fall fällt mir das Souvenir des Tages entgegen. Ich streife den zerknitterten Flyer glatt, ich lese. Ein paar Minuten später fühle ich mich bestens informiert. Gut zu wissen, dass der Tagesausflug von Neapel nach Capri ein unvergessliches Erlebnis ist und die Aussicht vom Monte Solaro ihresgleichen sucht. Ich zerknülle den Flyer und werfe ihn über den Vordersitz. Das Gesicht der fettarschigen Souffleuse taucht auf.

»Schlampe«, flüstert sie.

»Was?«, brülle ich durch den ganzen Bus. »Ich kann dich nicht verstehen! Sprich lauter!«

Allgemeines Gelächter.

Die Souffleuse zeigt mir den Finger und taucht ab.

»Spaß muss sein!«, brülle ich.

Gelächter.

Um Viertel vor acht hört Gabi mit dem Trommeln auf und fängt mit dem Telefonieren an. Ich erfahre, dass Gabi einen Lebensgefährten hat, der Horst heißt. Ich erfahre, dass Gabis Lebensgefährte Horst schon wieder verschlafen hat und außerdem kein gebügeltes Hemd im Schrank ist. Ich erfahre, dass da sehr wohl ein gebügeltes Hemd ist, nämlich ganz links im Schrank, zwischen einem blaurot gepunkteten Sommerkleid von Gabi und einer grünen Jacke aus Strick, die auch Gabi gehört.

Horst findet das Hemd, Horst findet die Krawatte, Gabi findet Horst süß. »Du bist so ein süßer Wirrkopf«, sagt sie. Horst muss jetzt los. Die Kassenfrau sagt, dass ihr geschiedener Mann seine Hemden auch nie gefunden hat und auch irgendwie süß war, am Anfang. Dann erzählt sie mir die Geschichte ihrer gescheiterten Ehe, es ist zehn vor acht.

An dieser Stelle sollten wir die Vergangenheit fluchtartig verlassen, und das machen wir auch. Wir kehren zurück in die Gegenwart und erholen uns ein bisschen von der Erinnerungsarbeit. Wer jetzt eine Zigarette rauchen will, soll es tun, wer lieber kleine Bienchen in sein Notizbuch kritzelt – von mir aus. Auf jeden Fall entspannen wir uns alle und denken einfach an nichts. In fünfzehn Minuten wird der Bus von der Autobahn abfahren, und dann wird etwas passieren. Etwas Großartiges. Ich spreche hier von einem Höhepunkt, den wir auf keinen Fall verpassen sollten, und das werden wir auch nicht, Hand drauf. Aber bis dahin ist Sendepause. Oder wollen *Sie* die schlecht erzählte Geschichte einer ganz normalen Ehe hören? Wollen *Sie* fünfzehn Minuten lang das Gesicht einer ziemlich abgewirtschafteten Frau Ende dreißig vor sich haben, in Nahaufnahme?

Die Hängelider?

Die Tränensäcke?

Die Magenfalten um den Mund, aus dem es nach halbverdautem Hund riecht?

Na also.

Und deswegen denken wir jetzt an nichts.

3

»Woran denken Sie, wenn Sie an nichts denken?«, sagt Doktor Klupp.

»Und Sie?«, sage ich. Ziemlich schlagfertig, wenn man bedenkt, dass ich gerade noch in der Vergangenheit war und dort herumgehüpft bin, vom Bett in den Bus und dann, *zack,* mit einem Riesensprung in die Gegenwart. Gar nicht schlecht für eine Frau meines Alters.

»Es geht hier nicht um mich«, sagt er, »sondern um Sie.«

Aha. Na dann.

»Niemand kann an nichts denken, das wollen Sie mit Ihrer Frage doch andeuten, nicht wahr? Und wissen Sie was: Sie haben recht.«

Der kleine Klugscheißer hat recht.

»Ich denke zum Beispiel an einen leeren Strand, wenn ich an nichts denke, weil da so gut wie nichts ist. Ein paar zerquetschte Bierdosen vielleicht, aber die kann man ins Meer werfen. Noch besser als der leere Strand ist der Himmel über dem Strand. Er ist grau, wir sind an der Nordsee, nein, Ostsee, wir sind an der Ostsee, waren Sie je an der Ostsee, Herr Doktor?«

»Nein.«

»Ich auch nicht, aber dort ist oft Winter, habe ich mir sagen lassen, und dann ist der Himmel grau, sonst nichts. Noch besser als der Himmel ist Gott, weil Gott ein ewiges Nichts ist, wie der Dichter sagt, und am besten ist dieses Gefühl, das ich vor langer Zeit einmal hatte, ich weiß nicht mehr, wann. Nichts zu fühlen ist genauso unmöglich wie nichts zu denken, aber damals habe ich genau nichts gefühlt.«

»Damals?«, sagt Doktor Klupp.

Damals.

Vor langer Zeit.

Kann mich nicht erinnern.

Ich schließe die Augen. Ich will gar nicht, aber es passiert, bevor ich etwas dagegen tun kann. Rötliche Flecken überall, wie immer, ich kann es knistern hören.

»Und warum«, sagt die Stimme von Doktor Klupp, »warum haben Sie *damals* nichts gefühlt?«

Warum ist das Gras grün?

Warum ist der Himmel grau?

»Ich weiß nicht«, sage ich. »Es ist so lange her.«

Die Flecken werden größer, sie breiten sich aus, rote Geschwüre.

»Aber das Gefühl«, sagt die Stimme, »das haben Sie nicht vergessen.«

»Nein. Es war so ... ich weiß nicht.«

»Und was fällt Ihnen *noch* ein, wenn Sie an das Gefühl denken? Gibt es da *noch* etwas, das Sie mit dem Gefühl verbinden? Berührungen, Gerüche?«

»Keine Berührungen. Aber ich rieche verbranntes Holz, ich rieche verbrannten Stoff. Plastik, geschmolzen. Und dann ist da noch etwas, ich kann es riechen, aber ich kann es nicht zuordnen, warum nur?«

Ja, raunt die Stimme, warum nur?

Verbranntes Haar.

Sprechen Sie weiter, raunt die Stimme.

Menschenhaar.

Ich will gerade weitersprechen, da taucht in dem Meer aus rötlichen Flecken das Gesicht der Kassenfrau auf, *flupp,* wie eine rettende Boje, und aus dem Mund, *flupp flupp,* kommen zwei Sprechblasen.

In der einen steht:

... dann hat er gesagt, dass wir uns auseinandergelebt haben im Laufe der Jahre und dass er das Auto behalten wird, wenn ich die Kinder nehme, quasi als Gegenleistung zu den hohen Kosten, die mit einem Auto verbunden sind, und da habe ich gesagt, dass er ein Arschloch ist, weil nämlich zwei Kinder viel mehr kosten als ein Auto und außerdem viel wertvoller sind, rein emotional betrachtet, und da hat er gesagt, dass ich keine Ahnung von Autos habe, und dann ist er gegangen, und da habe ich den Zweitschlüssel vom Auto genommen und ...

In der anderen Sprechblase steht:

TRAU IHM NICHT.

Ich reiße die Augen auf, *ratsch,* ich sage: »Was wollen Sie von mir? Ständig wollen Sie etwas! Erinnerungen, Gefühle, aber da ist nichts, verstehen Sie, einfach nichts!«

Meine Stimme klingt ziemlich hysterisch. Kann sein, ich verliere gerade die Kontrolle. Ich taste nach der Zigarettenschachtel, den Blick starr auf Doktor Klupp gerichtet, er starrt zurück. Meine Finger finden die Schachtel, wer als Erster die Augen niederschlägt, hat verloren.

Doktor Klupp senkt den Blick.

Na, geht doch.

Ich ziehe eine Zigarette aus der Schachtel und zünde sie an. Meine Hand zittert, die Zigarette zittert, ich klemme sie in den Mundwinkel und lege die Hand flach auf den Tisch, damit der kleine Bastard nichts merkt.

Vergiss es wieder. Vergiss, was du da gerade gedacht hast.

Ich inhaliere tief und betrachte meine Affenpfote. Sie vibriert wie ein morscher Bretterboden, auf dem jemand herumtrampelt, ich presse sie stärker gegen den Tisch, blödes altes Ding.

Doktor Klupp seufzt und faltet die Hände, aber nur kurz,

dann nimmt er den Kugelschreiber und kritzelt etwas in sein Notizbuch.

Soll er doch.

Mir doch egal.

Das Notizbuch ist in Leder gebunden, der Kugelschreiber ist moosgrün und viel zu bauchig für einen Kugelschreiber, die Spitze glänzt golden. Sieht aus wie eine Füllfeder. Ich nehme die Zigarette aus dem Mundwinkel und drücke sie in dem überquellenden Aschenbecher aus. Ich sehe auf meine Armbanduhr, ich habe keine, ich sehe auf den Aschenbecher, höchste Zeit.

»Höchste Zeit, dass wir in die Vergangenheit zurückspringen, Herr Doktor. In fünf Minuten fährt der Bus von der Autobahn ab, und ein ganz normaler Arbeitstag in meinem längst vergangenen Leben als einfache berufstätige Frau erreicht seinen Höhepunkt. Wollen Sie immer noch dabei sein, oder haben Sie gerade keine Lust auf Höhepunkte? Wir können natürlich auch zurück ins Bett springen und dort noch ein bisschen herumlungern, bis ich mich endlich aufraffe und den ersten Tag in meinem längst vergangenen Leben als ganz normale Rentnerin in Angriff nehme.«

Doktor Klupp legt den Kugelschreiber zur Seite und betrachtet das, was er da gerade geschrieben hat. Scheint nicht besonders interessant zu sein, er gähnt. Jetzt fährt er sich mit seinen widerlich schönen Fingern unter die Brille und massiert die Augenlider. Ich beuge mich lautlos über den Tisch. Mal sehen, was unser kleiner Saubermann da hingekleckst hat mit seinem goldgrünen Kugelschreiber, der so tut, als sei er eine Füllfeder. Meine Affenpfote greift nach dem Notizbuch und dreht es um, Doktor Klupp massiert seine Lider, ich lese:

Patientin stagniert; keine Fortschritte bei der Erinnerungsarbeit (heftige Abwehrreaktionen); Verdacht auf schweres psychogenes Vergessen erhärtet sich. Fortschritte Biographiearbeit: Patientin erzählt sehr offen aus ihrem Leben, heute ohne dysfunktionale Kompensationsversuche (Konfabulation über ihre drei Freundinnen). Verdacht auf chronifizierte PTBS erhärtet sich.

Die Schrift ist gestochen scharf und winzig klein. Keine Unterlängen.

Ich drehe das Notizbuch wieder um und lehne mich zurück, gerade noch rechtzeitig, Doktor Klupp zieht seine Finger unter der Brille heraus.

Graphologie ist kein Hobby von mir, aber ich kann es ja trotzdem einmal versuchen:

Wenn deine Schrift gestochen scharf ist, bist du ein Bürokrat.

Wenn deine Schrift gestochen scharf ist und winzig klein, bist du ein verklemmter Bürokrat.

Wenn deine Schrift keine Unterlängen hat, besteht der Verdacht auf chronifizierte TUDK. Das steht für Triebunterdrückung mit dysfunktionalen Kompensationsversuchen (Wichsen).

Wofür PTBS steht, weiß ich nicht. Und es interessiert mich auch nicht.

Doktor Klupp rückt seine Brille zurecht. »Erzählen Sie dort weiter, wo wir aufgehört haben.«

»Im Bett oder im Bus?«

»Wo Sie wollen. Auf dem Feld der Erinnerungen darf sich jeder frei bewegen.«

»Das Üble«, sage ich zum Feldwebel meiner Erinnerungen und zünde mir eine Zigarette an, »das wirklich Üble an den Busfahrten mit Mango Tours: Was, glauben Sie, war das?«

Dass ich jeden Morgen nach Italien oder Griechenland unterwegs war und immer im Theater gelandet bin?

Dass ich jeden zweiten Morgen von einer Damenhandtasche misshandelt worden bin?

»Der Geruch«, sagt Doktor Klupp vorsichtig. »Ich tippe auf den Geruch.«

»Gut geraten, Herr Doktor, aber nicht gut genug. Das wirklich Üble«, ich inhaliere tief, »an den Fahrten mit Mango Tours«, ich atme kräftig aus, »das war«, der Qualm nebelt Doktor Klupp ein, er hüstelt, er wedelt mit der Hand, ich gebe ihm noch drei Sekunden, nichts kommt, der Mann ist ein Versager.

»Das Rauchverbot«, sage ich.

In Gottes Namen, es war das Rauchverbot.

Doktor Klupp nickt verständnislos. Ich wette meine teerschwarze alte Schrumpflunge darauf, dass der Mann noch nie in seinem Leben an einer Zigarette gezogen hat. Armes Schwein. Jetzt denkt er wahrscheinlich an Nikotinsucht und Entzugserscheinungen, wie alle, die keine Ahnung haben.

»Trockener Mund«, sage ich, »Schweißausbrüche, zitternde Hände, alles nicht das Thema.«

Wenn dich jemand fragt, warum du immer noch rauchst, obwohl es eine Droge ist, dann sag: nicht das Thema. Und dann blas ihm den Rauch direkt ins Gesicht, und er wird hüsteln und wedeln und dich fragen, warum du immer noch rauchst, obwohl es schlecht riecht und allen die Sicht vernebelt.

Sag: Bingo.

Sag: genau deswegen.

Damit ich *dich* nicht sehen muss.

Damit ich *dich* nicht riechen muss.

Es wäre alles leichter zu ertragen gewesen, jeden Morgen im Bus, wenn alles hinter einem Schleier aus zartblauem Rauch verschwunden wäre. Vor allem die Sprechblasen.

Geruch: schlimm. Gelaber: schlimmer. *Flupp flupp flupp,* Sprechblasen überall, vollgemüllt mit Text, und mittendrin: ich. Neben mir das Gelaber irgendeiner Kassenfrau oder Garderobierin, hinter mir das Gelaber irgendeiner Gabi oder Gisela, die mit irgendeiner Gudrun oder Gitti telefoniert, und jetzt fängt die fettarschige Souffleuse *auch noch* an, *flupp,* das ist sie, die Sprechblase, direkt über dem Vordersitz, wir sind seit fünfzig Minuten unterwegs, es ist kurz vor acht.

4

Der Regen klebt in Schlieren außen an der Scheibe, vom Fahrtwind festgenagelt, ich klebe innen. Wenn ich mich noch fester gegen die Scheibe drücke, breche ich durch und lande bei hundert Stundenkilometern auf dem Asphalt. Wenn ich nicht sofort tot bin, fährt mich der LKW hinter uns zu Matsch. Die Kassenfrau rückt noch ein Stück näher an mich heran, das macht sie jetzt schon seit fünfzehn Minuten, Zentimeter für Zentimeter. Sie labert pausenlos, ihr Atem zieht sich in feuchtwarmen Schlieren über mein Gesicht. Noch geschätzte drei Minuten, dann fahren wir von der Autobahn ab. Drei Minuten sind nicht viel, ein Klacks, wenn du, sagen wir, gerade in Neapel bist und auf einer Terrasse mit Meerblick Espresso trinkst. Wenn du beim Zahnarzt sitzt, sieht das schon ganz anders aus. Wenn du im Bus von Mango Tours sitzt, neben einer labernden Kassenfrau, dann sind drei Minuten lange genug, um ganz Neapel zu zerstören und wieder aufzubauen.

Während die ersten Häuser von Neapel einstürzen, erfahre ich, dass die Kassenfrau es nach der Scheidung von ihrem Mann, dem Arschloch, nicht leicht gehabt hat, weil es die geschiedene Frau von einem Mann, der ein Arschloch ist, nicht leicht hat.

»Schau, schau«, sage ich und presse mich gegen die verdammte Scheibe.

Alleinerziehende Mutter, zwei Kinder, und das Arschloch zahlt nicht.

»Aha«, sage ich und atme so flach wie möglich.

Während der Palazzo Reale in Schutt und Asche fällt, erfahre ich das eine oder andere Detail aus dem Leben der Kassenfrau als alleinerziehende Mutter. Außerdem erfahre ich, dass die Kassenfrau sehr stolz auf ihre Tochter ist, die jetzt schon im zweiten Semester erfolgreich Architektur studiert.

»Trifft sich gut«, sage ich, »dann kann sie ja Neapel wieder aufbauen.«

Die Kassenfrau glotzt mich verständnislos an. Ihr Mund schließt sich, ich atme zum ersten Mal seit fünfzehn Minuten wieder tief durch. In der winzigen Pause, die mir die Kassenfrau gönnt, erfahre ich, dass die fettarschige Souffleuse gerade auf Diät ist und schon dreihundert Gramm abgenommen hat. Körperfettpräzisionswaage. Außerdem erfahre ich, dass Gabis zweitbeste Freundin nach Gitti Silke heißt und gerade ziemlich verzweifelt ist.

»Durchhalten, Silke«, sagt Gabi hinter mir, »du schaffst das!«

»Zum Frühstück«, sagt die fettarschige Souffleuse vor mir, »nur fünfzig Gramm Rohschinken.«

»Jeden Tag eine Seite, Silke«, sagt Gabi, »und du bist gut in der Zeit.«

»Neapel? Wieso Neapel?«, sagt die Kassenfrau.

»Mittagessen: Putenbrust auf Knäckebrot, zwei Scheiben. Kresse so viel man will.«

»Du musst dich konzentrieren, Silke, dann klappt das bis zur Prüfung.«

»Versteh ich nicht, das mit Neapel, aber auf jeden Fall macht ihr das mit der Architektur total Spaß, und sie sagt immer zu mir: Mami, wenn ich *dich* nicht hätte, dann wäre das nie was geworden mit dem Studium, weil Papi ja immer wollte, dass ich eine Lehre mache, das Arschloch. Also das hat sie natürlich nicht gesagt, das mit dem Arschloch, dazu ist sie viel zu gut erzogen, aber das Arschloch wollte wirklich, dass sie eine Lehre macht, die Katja, und nur den Herbert wollte er an die Uni schicken, dabei ist der Herbert ...«

Ich presse mein Gesicht schräg an das Fenster und starre durch die Schlieren hinaus. Der Bus wechselt die Spur, er verlangsamt und steuert auf die Ausfahrt zu. Die Schallschutzmauer wird flacher, jetzt ist sie weg, ich kann das Theater sehen.

Da steht es.

In der Ferne.

Am Horizont meines verschissenen Lebens, ein Mahnmal.

Herbert ist schlecht in der Schule und internetsüchtig. Silke ist immer noch verzweifelt. Zum Abendessen gibt es zweihundert Gramm fettarmen Frischkäse, Kresse so viel man will.

Ich greife in meine durchnässte Jackentasche, ich taste nach dem Zeitzünder, da ist er. Unbeschädigt, selbst gebastelt. Man tut viele seltsame Dinge, nachts, wenn man nicht schlafen kann, also warum nicht?

Meine Hand schließt sich um den kleinen Reisewecker, der jetzt ein Zeitzünder ist. Ich drücke auf den Knopf für die Weckfunktion, der Zünder tickt los, ich kann es fühlen. Jede Sekunde ein kleiner Schlag. Es heißt immer, die Bombe tickt, dabei tickt der Zünder, die Bombe wartet nur. Sie liegt unter meinem Sitz, der Plastikbehälter ist mit kleinen bunten Totenköpfen bedruckt.

Wir fahren weich in die erste Kurve, Herbert macht eine Internetsuchttherapie, die er nicht machen will, das kostet Geld und Nerven, die Hand in meiner Jackentasche sagt: noch elf.

Wir fahren in die zweite Kurve, Silke wird immer verzweifelter, der Duomo San Gennaro bekommt Sprünge, in der Capella del Tesoro, Ort des Blutwunders, reißen die Wände.

Meine Hand sagt: noch neun.

Sie sagt: noch acht.

Ich sage zur Kassenfrau: Lass deinen Sohn in Ruhe, Schlampe!

Ich sage zur Souffleuse: Sprich lauter, Fettarsch!

Die Kassenfrau glotzt mich an, die Souffleuse schielt über den Sitz. Noch sieben, noch sechs, ich werde nie erfahren, ob Silke für eine Führerscheinprüfung lernt oder für die Abschlussprüfung in einer Berufsfachschule für Kosmetik. Ich stehe auf und drehe mich zu Gabi um, die Hand immer in der Jackentasche, die Hand sagt: noch vier, ich sage: »Egal was es ist, sie wird es nie schaffen. Nie.«

Zwei.

Eins.

Den Rest können Sie sich ja selbst vorstellen. Explosion, Schreie, brennende Oberschenkel, die in der Gegend herumfliegen und so weiter.

Doktor Klupp nickt verständnislos. Er ist ein bisschen blass um die Nase.

»Die Details«, sage ich, »überlasse ich ganz Ihnen. Aber achten Sie darauf, dass die Kassenfrau als Erste in Flammen aufgeht. Das ist mir wichtig.«

Doktor Klupp nickt mechanisch. Der Mann hat keine Ahnung. Keine Ahnung von einer soliden Gewaltphantasie.

Die Nummer mit der Bombe war mein Favorit. Sehr realistisch, gute Spannungskurve. Manchmal habe ich den Bus einfach die Leitplanke durchbrechen und über die Böschung stürzen lassen. Nicht besonders spektakulär, aber sehr effektiv: keine Überlebenden.

»Wissen Sie«, sage ich und ziehe an der Zigarette, »was mir in all den Jahren ein bisschen leidgetan hat und auch heute noch leidtut?«

Doktor Klupp geht nahtlos vom Nicken in ein mechanisches Kopfschütteln über. Schon wieder keine Ahnung, klar.

»Dass ich so viele Busfahrer getötet habe. Unschuldige Männer mit unterschiedlichen Frisuren und dem immer gleichen Gesicht. Fahle Hautfarbe, entzündete Augen. Blutrot wie die Bremslichter hinten am Bus, darunter dunkle Ringe, so dunkel wie die Nacht, in der diese Männer wieder nicht geschlafen haben.«

Meine schlaflosen Brüder im Geiste.

Ich bitte euch um Vergebung, jeden Einzelnen von euch.

Betrachte es als Erlösung, Bruder.

Um kurz nach acht sind wir beim Theater. Der Bus hält auf dem Vorplatz, wir steigen aus und waten auf das Gebäude zu. Oben der Regen, unten die Sintflut. Am Golf von Neapel ist die Sonne längst aufgegangen, sie taucht die zerstörte und wiederaufgebaute Stadt in honigfarbenes Licht.

Der Rest des Tages ist eher ereignisarm.

Um halb elf beginnt die Vormittagsvorstellung. *Pinocchio,* das ultimative Erfolgsmusical für Kinder ab sechs. Ich helfe dem Hauptdarsteller ins Kostüm und fixiere die Teleskopnase. Ausziehbar beim Lügen, einziehbar, wenn Pinocchio wieder brav ist. Der Hauptdarsteller prüft den Mechanismus, die Nase klemmt, der Hauptdarsteller tobt. Ich nehme die falsche Nase wieder ab und reibe sie mit Vaseline ein. Die Nase funktioniert, ich ramme sie dem Hauptdarsteller in seinen behaarten Arsch.

Um halb zwölf trage ich einen Stapel frisch gewaschener Hemden für die Nachmittagsvorstellung aus der hauseigenen Reinigung in die Bügelkammer. *Pinocchio,* das ultimative Erfolgsmusical für Kinder ab sechs, hat gerade Pause. Der Weg aus der Reinigung in die Bügelkammer führt durch das Pausenfoyer. Ich wate durch eine Sintflut von hysterischen Kleinkindern, die an belegten Broten nagen und mit Keksen um sich werfen. Ich verheddere mich in einem Kleinkind, der Stapel rutscht mir aus der Hand, die Hemden sind hinüber. Ich nehme das Kleinkind und stopfte ihm sein belegtes Brot tief in den

Rachen. Das Kleinkind röchelt, es läuft blau an und stirbt unter schrecklichen Zuckungen auf dem Boden des Pausenfoyers.

Um zwei schlitze ich einen Klarinettisten auf und stranguliere ihn mit seinem eigenen Dünndarm.

Um drei beiße ich einer Sängerin die Halsschlagader durch.

Um vier habe ich eine Handvoll Bühnentechniker auf originelle Weise zu Tode gefoltert.

Zwischen fünf und sechs stirbt so mancher.

Um sieben ist meine Schicht vorbei, und ich sitze wieder im Bus. Die Garderobierin neben mir verblutet an einer faustgroßen Wunde in ihrem Hinterkopf.

Gewalt ist keine Lösung.

Gewalt ist das Rätsel.

Die Lösung bin ich.

»Und jetzt«, sage ich zu Doktor Klupp, »erklären Sie einer dummen alten Frau, wofür PTBS steht.«

DREI

1

Mein dritter Tag in Rente. Ich knie auf dem Küchenboden vor dem Herd und schabe Angebranntes aus dem Backofen. Es handelt sich um verkohlte Pizza in mehreren Schichten, die unterste dürfte aus dem Mesozoikum stammen.

Pizza aus der Kreidezeit.

Pizza aus dem Mittelalter.

Jetzt kratze ich gerade am 18. Jahrhundert herum, immerhin. Wenn ich so weitermache, schaffe ich es bis zum Abend in die Zeit der ersten Hexenverbrennungen.

Das war so eine Idee von mir, das mit dem Backofen.

Der Regen, die Salatschüssel, ich liege seit zwei Tagen und zwei Nächten rauchend im Bett, wenn ich so weitermache, stehe ich nie mehr auf. Habe ich mir gedacht, das war heute Morgen.

Ich werde immer tiefer ins Bett sinken, jeden Tag ein paar Millimeter. Die Salatschüssel wird überquellen, egal, ich werde die Zigaretten am Bettpfosten ausdrücken und einfach auf den Boden werfen oder Richtung Fenster, manchmal treffe ich die Scheibe, manchmal nicht, egal.

Das Bettzeug fängt an zu riechen. Egal.

Ich muss aufs Klo. Egal.

Wenn ich so weitermache, werde ich bald keinen Hintern mehr haben und kaum noch einen Rücken. Alles wundgelegen. Dekubitus vierten Grades, Verlust aller Hautschichten, Nekrose des subkutanen Gewebes, Blutvergiftung, Exitus. Wenn ich nicht schon vorher an Dehydration gestorben bin.

Wir alten Leute vertrocknen gerne. Viele von uns verhungern freiwillig. Manche liegen lieber auf ihren eiternden Geschwüren herum, als noch einmal aufzustehen und ihren Backofen auf Vordermann zu bringen. Wir geben gerne auf, wir alten Leute, wenn unser aktives Leben als Steuerzahler vorbei ist und es außer einem verdreckten Backofen nichts mehr gibt, wofür es sich noch zu leben lohnt. Nordic Walking ist natürlich immer ein Grund, keine Frage, aber wem fällt das schon ein, wenn er mit einem handfesten Rentenschock im Bett liegt?

Und jetzt die gute Nachricht: Es gibt einen Trick.

Und jetzt der Trick: einfach aufstehen.

Ich schlage mit einem Ruck die Bettdecke zur Seite und stehe einfach auf. Meine Lunge gibt ein pfeifendes Geräusch von sich, mein rechtes Knie ein knackendes, das linke eher ein knirschendes, meine Hüfte rotiert orientierungslos wie ein aus der Bahn geworfener Planet, jetzt findet sie den Gravitationspunkt und rastet ein. Ich nehme die Salatschüssel und klappere hölzern Richtung Küche. So muss sich Pinocchio als Rentner fühlen.

Das war heute Morgen, wie gesagt, jetzt ist es Mittag, und ich knie immer noch vor dem Backofen. Das 18. Jahrhundert macht mir echt zu schaffen. Ich schabe und kratze, alle zehn Jahre löst sich ein schwarzer Splitter, ich nehme den Splitter vorsichtig zwischen Daumen und Zeigefinger und lege ihn zu den anderen Splittern auf das Zeitungspapier.

Ich will das ja jetzt nicht überstrapazieren mit der abendländischen Geschichte, aber so, wie ich hier knie, mit gekrümmtem Rücken und gesenktem Kopf, sehe ich vermutlich aus wie ein christlicher Märtyrer aus dem 16. Jahrhundert, der auf seine Auspeitschung wartet. Oder wie eine moderne Hausfrau.

Ich ziehe das jetzt durch, egal wie ich dabei aussehe. Denke ich und mache ein Ausrufezeichen hinter den Gedanken. So macht man das nämlich, wenn man sich etwas vorgenommen hat: Man zieht es durch.

Karriere, Ehe, Diät.

Die Wohnung putzen, am Leben bleiben.

Der Sinn: fraglich.

Der Weg: steinig.

Und jetzt die gute Nachricht: Es gibt ein Licht am Ende des Tunnels.

Und jetzt die schlechte Nachricht: Der Tunnel hat kein Ende. Nicht, solange du lebst.

Ich lasse das Messer fallen und ziehe die Hand aus dem Backofen. Ich nehme eine Handvoll Splitter von der Zeitung und werfe sie zurück in den Ofen, den Rest verteile ich großzügig über den Küchenboden.

Ein paar Minuten später liege ich rauchend im Bett.

2

Sechster Tag.

Der Regen schlägt gegen die Scheiben, ich zünde mir eine neue Zigarette an der alten an und drücke die alte in der Salatschüssel aus. In der Salatschüssel, nicht am Bettpfosten, immerhin.

An nichts zu denken ist nicht möglich, deswegen denke ich an die Ostsee. Ich war noch nie dort, wie gesagt, aber so eine Ostsee im Kopf ist genauso gut wie die echte. Der Strand ist leer, ein scharfer Wind pfeift über die Dünen. Dramatischer Himmel, aufgewühltes Meer. Kein optimales Wetter, wenn man an nichts denken will, aber mit dem Wetter ist es wie mit allem: Man muss Geduld haben, dann hört es auf.

Ich inhaliere tief.

Sechste Nacht.

Keine Streichhölzer. Ich zerquetsche die leere Schachtel und werfe sie auf den Boden. Ich wühle in der oberen Nachttischschublade. Zettelkram, Rohypnoltabletten, ein Foto, ein Briefbeschwerer. Ich beuge mich aus dem Bett und öffne die untere Schublade, oder doch nicht, sie klemmt. Ich rüttle am Griff, die Schublade bleibt stur. So wie die sich wehrt, sind da sicher Streichhölzer drin. Höchste Zeit für ein bisschen Gewalt. Ich nehme den Briefbeschwerer und schlage auf die Schublade ein, der Griff springt ab, die Lackierung splittert ab, ich schlage und schlage, jetzt splittert das Holz, mein Gott, tut das gut.

Ich lege den Briefbeschwerer behutsam zurück in die obere Schublade.

Gute Arbeit, mein Freund!

Ich bestreue ihn mit ein paar Rohypnoltabletten.

Träum süß.

Meine Hand fährt durch das Loch in der unteren Schublade, und da sind sie: Streichholzschachteln, haufenweise.

Kaum zu glauben, aber so ist das: Du hast dein Leben lang Erwartungen und Wünsche und so, und nichts davon wird wahr, und dann, ganz am Ende, ist plötzlich Weihnachten und dein innigster Wunsch erfüllt sich.

Ein Schluck Wasser.

Ein bisschen Wundsalbe.

Haufenweise Streichhölzer.

Da ist *noch* etwas. Meine Hand fährt tiefer in die Schublade und tastet nach dem Gegenstand ganz hinten. Er ist rechteckig, er ist aus Plastik, jetzt rutscht er weg, die zweite Hand kommt der ersten zu Hilfe, jaja, so sind sie, die alten Affenpfoten: immer neugierig, immer auf der Suche.

Läuse.

Erinnerungen.

Die Streichhölzer sind großartig, der Gegenstand ist enttäuschend. Ich zünde mir eine Zigarette an und klemme sie in den Mundwinkel. Ich klappe den Walkman auf. *Eject* funktioniert, *Play* nicht. Das werde ich erst gar nicht versuchen, ich meine, wir reden hier über einen Walkman der ersten Generation, außerdem ist das Plastik komisch verformt. Sieht aus, als wäre es an ein paar Stellen geschmolzen und wieder erstarrt. Die Kopfhörer sind in Ordnung.

Ich nehme die Kassette aus dem Walkman, auf dem Etikett steht *Madonna*. Wusste gar nicht, dass ich einmal auf Madonna abgefahren bin, wie man so sagt, ich werfe die Kassette in die obere Schublade, dann den Walkman und die Kopfhörer.

So viel dazu.

Das Foto, also ich muss sagen: ein wirklich guter Schnappschuss.

Ich inhaliere tief und lasse meine inneren Blicke über die sturmgepeitschte Ostsee schweifen.

Siebter Tag.

Die Kartoffelchips riechen muffig. Ich ziehe die zweite Packung aus dem Karton, sie ist löchrig wie die erste, ich reiße sie auf, ich rieche. Die dritte, die vierte, das war's. So viel zum Thema letzte Vorräte.

Ich meine, klar, ich könnte jetzt einfach einkaufen gehen. Meine Rente ist nicht hoch, aber für ein bisschen Brot und fettarmen Streichkäse reicht es. Wenn ich Brot von gestern nehme und auf den Streichkäse verzichte, dann kann ich mir ein Schokoladencroissant leisten.

Ich sollte jetzt wirklich einkaufen gehen.

Ja, das sollte ich.

Ein paar Minuten später liege ich im Bett und esse Chips. Schmecken gar nicht schlecht, schmecken nach nichts.

Siebte Nacht.

Ich zünde mir eine Zigarette an und sehe nach dem Wetter in meinem Kopf. Immer noch ziemlich stürmisch, die Wellen türmen sich grauschwarz Richtung Himmel, ein paar Möwen hängen in den Windkurven. Kann sein, die haben gerade viel Spaß, kann aber auch sein, die haben genau *keinen* Spaß und kämpfen verzweifelt gegen den Wind an, so oder so, das weiß kein Mensch, es schlägt kein Möwenherz in unsrer Brust.

Ich stehe am Strand und winke ihnen zu.

Nicht aufgeben, Leute, das wird schon!

Windstille, Wintergrau, Wundliegen. Alles eine Frage der Zeit.

Achter Tag.

Ich war gerade auf dem Klo, immerhin, jetzt bin ich wieder im Bett und betrachte das Kuvert. Ziemlich dick, fast ein Paket, rechts oben ein fetter Stempel. *Bundesministerium für Familie, Senioren, Frauen und Jugend.* Jemand hat mir das Ding in den Briefschlitz gestopft, vielleicht der Postbote, vielleicht die Ministerin höchstpersönlich.

Ja, so stelle ich mir das vor. Ich stelle mir vor, wie die Ministerin für Familie, Senioren, Frauen und Jugend an meine Tür klopft und sagt: »Frau Block? Sind Sie zu Hause? Ich hätte da etwas für Sie. Für Sie von mir, ganz persönlich.« Vielleicht sagt sie auch: von Frau zu Frau. Etwas in der Art. Dann stopft sie das Kuvert durch den Briefschlitz, weil sie denkt, dass ich gerade auf Kaffeefahrt bin oder beim Nordic Walking. Die Ministerin weiß ja nicht, dass ich gerade an einem Dekubitus vierten Grades arbeite und deswegen nicht öfter aufstehen darf als unbedingt nötig.

Ich reiße das Kuvert auf und kippe den Inhalt vor mir auf die Bettdecke. Ein Brief, eine Broschüre, noch eine Broschüre.

In dem Brief begrüßt mich die Ministerin mit »Liebe Seniorinnen und Senioren«. Dann erklärt mir die Ministerin, dass ich mein Recht auf eine selbständige und aktive Lebensführung auch im Ruhestand nicht verliere und dass ich diesbezüglich mit ihrer vollen Unterstützung rechnen kann. Außerdem, so erklärt mir die Ministerin, sind Innovationskraft und Kreativität keine Monopole der Jugend.

Die Gesellschaft, liebe Seniorinnen und Senioren, braucht dich! Dein Wissen, deine Erfahrung, dein Engagement.

Ich überfliege Leistungsfähigkeit. Ich überfliege Generationenvertrag.

Mobilität.

Partizipation.

Spaß.

Zum Abschluss lasse ich mir von der Ministerin erklären, dass ich nicht nur das Recht auf die eingangs erwähnte selbständige Lebensführung habe, sondern auch darauf, der Gesellschaft meine wertvollen Potentiale zur Verfügung zu stellen. Alle weiteren Informationen finde ich in der beigelegten Broschüre, Kapitel drei, *Freiwilligendienst für Senioren,* und Kapitel vier, *Wirtschaftsfaktor Alter,* erklärt mir die Ministerin, und mir wird klar, dass sie vorhin an der Tür gar nicht gedacht hat, dass ich auf Kaffeefahrt bin oder beim Nordic Walking. Sie hat gedacht, dass ich gerade in einer Kindertagesstätte bin und ehrenamtlich Kuchen backe. Oder Kekse, in einem Behindertenheim. Vielleicht war ich auch gerade im Zoo, erst bei den Elefanten, dann bei den Nashörnern, jetzt bin ich bei den Pinguinen und erkläre der demenzkranken Greisin, die ich im Rollstuhl von Gehege zu Gehege schiebe, zum fünften Mal, dass ich *nicht* ihre Mutter bin. Und auch nicht ihre Schwester. Und dass der Pinguin ganz links im Gehege *nicht* ihr verstorbener Mann ist.

»Alle tot!«, brülle ich die blöde Alte an. »Sie sind alle tot, verstehst du!«

Ziemlich professionell, was ich da so treibe als ehrenamtliche Altenbetreuerin, also rein theoretisch.

Ich zerknülle den Brief und werfe ihn auf den Boden. Ich nehme die erste Broschüre, das dürfte die mit den Informationen sein. Auf dem Cover ist eine Frau mit schneeweißem Haar. Flotter Stufenschnitt, sympathische Lachfalten um die Augen, der Rest erstaunlich glatt. Sie trägt eine rote Clownsnase. Auf ihrem Schoß sitzt ein glatzköpfiges Kind, geschätzte sieben. Keine Augenbrauen, keine Wimpern, Hautfarbe: saure Milch. Im Arm steckt eine Kanüle, der Schlauch führt zu irgendeinem medizinischen Gerät außerhalb des Bildes.

Ich lächle dem Kind zu, es lächelt zurück, todgeweiht.

Wir verstehen uns, Kleiner!

Ich werfe die Broschüre auf den Boden. Ich nehme die zweite Broschüre. Auf dem Cover ist schon wieder eine Frau mit schneeweißem Haar und sympathischen Lachfalten, wahrscheinlich die Schwester von der ersten oder die Kusine. Ab einem gewissen Alter sehen alle gut erhaltenen Frauen gleich aus, egal wie alt sie wirklich sind. Zumindest, wenn es nach den Leuten geht, die solche Broschüren machen.

Die Schwester oder Kusine sitzt mit angewinkelten Beinen auf einem Sofa. Hellgrüne Shorts, gebräunte Schenkel, alles erstaunlich glatt. Neben ihr, im Schneidersitz, eine Göre mit Basecap. Auf dem Sofatisch liegt die Broschüre, die ich gerade in der Hand halte. Die Göre zeigt auf die Broschüre und lacht der Schwester oder Kusine, die wahrscheinlich ihre Oma ist, aufmunternd zu. In ihren fröhlichfrechen Teenageraugen steht: Lass uns spielen, Omi! Omi lächelt erfreut und bestätigend zurück.

Gehirnjogging für Alt und Jung.

Ich lege die Broschüre auf den Nachttisch. Jetzt kein Gehirnjogging, vielleicht später. Später vielleicht, kann ja nicht schaden. Wenn das klappt mit der Blutvergiftung in, sagen wir, acht bis neun Tagen, dann will ich bei klarem Verstand sterben.

Achte Nacht.

Das mit meinen Händen ist echt ein Problem. Ich habe die Dinger einfach nicht unter Kontrolle. Gerade haben sie noch ein paar Chips aus der Packung gezogen, wie angeordnet, jetzt kramen sie ohne Befehl in der oberen Schublade herum und suchen etwas.

Das Foto.

Klar.

Sie können es einfach nicht lassen, die alten Affenpfoten.

Es ist aber auch wirklich ein gutes Foto, das muss man so sagen, da kann man nicht meckern. Ein wirklich guter Schnappschuss, geschossen von mir und meinen Pfoten, die damals noch menschlich waren und die Kamera gehalten haben.

Ich habe sehr menschliche Hände gehabt, müssen Sie wissen. Sehr menschlich und ziemlich schön. Jeder hat irgendetwas, von dem er glaubt, dass es schön ist. Der Mund, die Schultern, die Kniekehlen, was auch immer, bei mir waren es die Hände.

Doktor Klupp nickt. Ich glaube, er versteht zum ersten Mal, wovon ich rede.

Achte Sitzung.

»Meine Hände«, sage ich, »sie waren so schön wie Ihre.«

Er nickt.

»Ziemlich gefährlich, sowas zu sagen, ich meine: Sag zu jemandem: ›Ich habe schöne Hände‹ oder ›Ich habe schöne Kniekehlen‹, und er wird dich auslachen, nicht wahr?«

Er nickt.

»Wirklich wunderschön, Ihre Hände, Herr Doktor. Hat Ihnen das schon einmal jemand gesagt?«

Er seufzt, dann lächelt er mich vorsichtig an. Das Lächeln sieht aus wie eine kleine Tür, die sich in seinem Gesicht öffnet, jetzt nichts wie rein, bevor er wieder zumacht.

»Herr Doktor«, sage ich mit einer Stimme wie warme Honigmilch, »bitte erklären Sie einer dummen alten Frau doch endlich, wofür PTBS steht.«

Die Tür geht ein Stück zu, aber nur ein Stück.

»Was immer es ist, es wird mein …«, ich suche nach einem honigfarbenen Wort, »mein Vertrauen in Sie nicht belasten.«

Er sieht mich ein paar Sekunden prüfend an, sein Lächeln ist nur noch ein schmaler Spalt, aber es ist da. Jetzt seufzt er wieder und sagt: »PTBS steht für posttraumatische Belastungsstörung. Die Symptome sind vielfältig und komplex. Schlafstörungen, Suizidgedanken, um nur zwei zu nennen. Wenn die

Symptome länger als drei Monate nach dem erlittenen Trauma anhalten, spricht man von chronifizierter PTBS. In Ihrem Fall haben wir es mit zirka vierzig Jahren zu tun.«

Ich verstehe kein Wort.

»Sie verstehen jetzt wahrscheinlich kein Wort, aber das macht nichts. Wir arbeiten daran, vertrauen Sie mir.«

»Was ist mit der Strafe?«, sage ich.

»Strafe?«

»Schwere Körperverletzung, eventuell mit Todesfolge. Wie viel bekomme ich dafür, wenn ich dieses chronifizierte Dingsbums habe?«

»Erzählen Sie mir von dem Foto, Frau Block.«

Neunter Tag.

Ich werde jetzt *nicht* ans Telefon gehen. Das werde ich *nicht,* auch wenn es wahrscheinlich der letzte Anruf ist, den ich in diesem Leben bekomme.

Es klingelt zum vierten Mal, dann höre ich meine eigene Stimme.

Verdammt.

Ich habe nicht nur vergessen, das Telefonkabel durchzuschneiden, sondern auch, den Anrufbeantworter in den Backofen zu schmeißen oder aus dem Fenster.

Piep.

»Frau Block?«

Knister.

»Frau Block? Sind Sie da?«

Bin ich nicht. Ich bin an der Ostsee.

»Hier ist Paul Zwerger, vom Kostümfundus.«

Stimme längst erkannt, Zwerger, Anruf zwecklos. Schon deswegen, weil du längst tot bist. Ich habe dich in den letzten Jahren täglich gevierteilt oder ertränkt. Die gerechte Strafe für Arschkriecher und Schleimscheißer deiner Art.

»Ich rufe an wegen einer Jacke, die wir suchen. Eine Armeejacke. Sie ist verschwunden, ich habe das ganze Lager abgesucht, aber die Jacke ist weg, und jetzt wollte ich Sie fragen, ob Sie vielleicht eine Ahnung haben, wo die Jacke ist.«

Keine Ahnung, Zwerger. Sie hängt an meiner Garderobe. Direkt neben der Tür und neben einem Mantel, den ich nie mehr anziehen werde, und einem Schirm, den ich nie mehr zu Hause vergessen werde.

»Ja, also, das war's schon. Und ich rufe nur an, weil mich der Abteilungsleiter darum gebeten hat.«

Der Abteilungsleiter ist tot. Erdrosselt. Mindestens hundert Mal.

»Er ist der Meinung, dass Sie, wie soll ich sagen, die Jacke eventuell irrtümlich mitgenommen haben.«

Leg auf, Zwerger.

»Kann ja passieren, dass man etwas irrtümlich mitnimmt, geht uns allen so, hin und wieder.«

Leg auf.

»Also bitte, rufen Sie mich doch an, wenn Sie eine Idee haben, wie wir das mit der Jacke regeln wollen. Alles ganz diskret, das hat auch der Abteilungsleiter gesagt, wir regeln das alles ganz diskret ...«

Knister.

Zwerger?

Knister.

Bist du noch da?

»Frau Block, wenn ich die Jacke nicht auftreibe, macht mich der Abteilungsleiter fertig. Rufen Sie mich an. Bitte.«

Klack.

Hilf mir, Zwerger.

Urlaub 1983. Die Farben sind ein bisschen verblasst, aber sonst: alles da.

Karlotta sitzt in einem blauen VW Käfer Cabriolet, das Verdeck ist heruntergelassen. Sie grinst in die Kamera und macht das Zeichen, V wie Victory. Der Käfer gehört Suzanna. Sie hat ihn damals von den zusammengesparten Nachtzulagen im Hospiz gekauft und genauso geliebt wie ihren Job.

Dieses Auto, hat sie immer gesagt und stolz auf die Kühlerhaube geklopft, *dieses* Auto fährt nicht mit Benzin, es fährt mit dem Blut der Toten.

Karlotta trägt ein schwarzes Tanktop und eine verspiegelte Pilotenbrille. Ihre Haare sind lang und lockig, so hat sie die damals getragen. Marlen sitzt neben ihr. Sonnenbrille im Stil von Grace Kelly um 1950, hochgeschlossene Bluse. Cremefarben, ärmellos, sehr elegant. Und ziemlich transparent, ich kann den BH sehen, sogar auf dem Foto, feinste Spitze, knallrot. So war das mit Marlen: total elegant auf den ersten Blick, total verludert auf den zweiten. An den Kerl, mit dem sie damals gerade verheiratet war, kann ich mich nicht so genau erinnern. Irgendein Klaus oder Peter aus irgendeinem Elitekader im Bereich Wirtschaft und Finanzen, was weiß ich. Den BH hat Klauspeter bezahlt, so viel steht fest.

Marlen grinst genauso breit wie Karlotta. Sie hält eine dicke Strähne von Karlottas gelocktem Haar in der Hand und pinselt sich mit dem Ende die nackte Achselhöhle.

Sehr witzig.

Suzanna sitzt am Steuer und lächelt in die Kamera. Eine Schönheit.

Urlaub 1983 steht hinten auf dem Foto. Unser letzter, danach haben wir uns aus den Augen verloren. Marmor, Stein und Eisen bricht, alles andere auch.

Am zehnten Tag lecke ich die letzten Chipsbrösel aus der letzten Packung und lese auf Seite zwanzig von *Gehirnjogging für Alt und Jung* die letzte Aufgabenstellung durch.

Ich war echt fleißig, aber hallo.

Im Morgengrauen habe ich angefangen und als Erstes dreißig Blumenrätsel aus zusammengesetzten Blumennamen gelöst.

Wildes Tier + Teil des Mundes = Löwenzahn.

Tapferer Krieger + Stachel = Rittersporn.

Nahrung + weiblicher Vogel = Fetthenne.

Ich habe keine Ahnung von Blumen, aber irgendwie klappt das. Kollektives Gedächtnis oder so.

Gegen Mittag war ich bei den Scherzfragen, Kapitel *Humor hält Alt und Jung in Schwung,* Unterkapitel *Küsse.*

Frage: Wie heißt der musikalische Kuss?

Ich schreibe: Musikus.

Wie heißt der fröhliche Kuss?

Ich schreibe: Fidelikus.

Der astronomische Kuss?

Kopernikus.

Jetzt soll ich Redewendungen finden, die aus zwei Adjektiven bestehen. Beispiel: frank und frei. Beispiel: lieb und teuer.

Ich ziehe an der Zigarette und überlege. Dann schreibe ich:

nackt und bloß.

Ich überlege wieder und schreibe:

angst und bange.

Ich schreibe öd und leer, starr und stumm, null und nichtig.

Ich bin müde.

Das bin ich immer, klar, aber es gibt Steigerungen. Es gibt Superlative. Und die Frage ist: Gibt es Hoffnung?

Vielleicht ruft ja Zwerger noch einmal an, schön und gut, aber, ich meine, was soll ich ihm sagen? Soll ich sagen: Du kriegst die Jacke, Zwerger, wenn du mit mir ein bisschen Nordic Walking machst. Wenn du ein bisschen mit mir redest, von mir aus über deine Hobbys.

Matchboxautos?

Wie interessant, Zwerger.

Ich glaube, ich kann nicht mehr warten. Nicht aufs Wundliegen, nicht aufs Wintergrau, ich muss das jetzt selbst in die Hand nehmen. Höchste Zeit für ein bisschen Schlaf, Bruder des Todes und so, Sie wissen schon.

Ich werfe *Gehirnjogging für Alt und Jung* auf den Boden zu den leeren Chipspackungen, den Zigarettenstummeln und dem anderen Kram und nehme den Walkman aus der Schublade. Ich lege die Kassette ein und setze die Kopfhörer auf.

Warum ich das mache?

Fragen Sie nicht mich, fragen Sie meine Hände.

Ich zünde mir eine Zigarette an und drücke auf *Play.* Ein kurzes Krachen, ein Rauschen, Madonna singt.

If we took a holiday

Took some time to celebrate

Just one day out of life

It would be, it would be so nice.

Mein Kopf sinkt nach hinten auf das Kissen, ich schließe die Augen *You can turn this world around* rötliche Flecken überall, es knistert, aber nur ganz leise, im Hintergrund von Madonna, sie war blutjung damals, ihr erstes Album, ich bin voll abgefahren darauf *And bring back all of those happy days* ich ziehe mit geschlossenen Augen an der Zigarette *Put your troubles down, it's time to celebrate* ich lasse die Hand mit der Zigarette auf die Bettdecke sinken *Let love shine, and we will find* die Zigarette gleitet aus meinen Fingern *A way to come Piep! together* Piep? *And make things better* Almut! *We need a holiday* das ist nicht Madonna, das ist der Anrufbeantworter!

Ich reiße mir die Kopfhörer von den Ohren und schlage auf das glühende Brandloch in der Bettdecke ein.

»Almut, Karlotta hier. Mir ist langweilig. Ruf mich an, aber zackig! Nummer wie gehabt.«

Klack.

VIER

1

Auf dem Großparkplatz vor dem Einkaufszentrum ist nicht viel los. Elf Uhr vormittags, ein paar Hausfrauen schieben Einkaufswagen von hier nach da, wir warten an der verabredeten Stelle, es regnet leicht.

»Der Sinn des Lebens liegt im Werden, Sein und Vergehen.«

Sagt Karlotta.

»Sinn finden im Werden, Sein und Vergehen, Doppelpunkt, *das* ist unsere Ethik.«

Sagt Karlotta.

Ich ziehe an der Zigarette und überlege.

»Das Leben hat viele Gesichter, und jedes Jahr kommen neue hinzu, bis ins hohe Alter. Doch egal ob der Blick schärfer wird oder die Sehkraft schwächer, ob die neuen Gesichter in jedem feinen Zug erkannt werden oder gleichsam in der Ferne schweben wie ein Lächeln – der Mensch braucht einen Ort, an dem er sich geborgen fühlt. Absatz.«

Ich überlege, ob es an den Großparkplätzen liegt oder an mir. Ob es auch auf einem Großparkplatz in, sagen wir, Mexico City so wäre oder in Shanghai. New York, Singapur, Timbuktu.

Der Regen.

Liegt es an den Großparkplätzen oder an mir, dass es immer regnet, wenn ich auf einem Großparkplatz stehe und auf einen Bus warte oder auf ein Taxi, was meinen Sie?

Es liegt am Wetter?

Na gut, wenn Sie meinen.

»*Wir* schaffen einen Ort der Geborgenheit. *Wir* setzen auf zufriedene, glückliche Gesichter. Lächeln ist erwünscht, Ausrufezeichen. Humor ist unser Pflegekonzept. Heitere Gelassenheit heilt nicht alles, aber vieles, denn, Doppelpunkt, wo kein Lachen, da kein Leben.«

»Schau, schau«, sagt Marlen. Sie lehnt an einem grauen Mercedes der oberen Preisklasse und zupft abstehende Fäden aus ihrem Blazer, den vor Lichtjahren irgendein Klaus oder Peter bezahlt hat. Tailliert, goldene Knöpfe. Über allem schwebt lächelnd ein Hauch von Chanel N° 5.

Ich zünde mir eine neue Zigarette an der alten an. Die Stummel am Boden sagen mir, dass wir jetzt seit zwanzig Minuten warten, Karlotta sagt, dass die Würde des Menschen unantastbar ist. Auch oder vor allem, wenn er alt und gebrechlich ist. Marlen winkelt das rechte Knie an und bohrt ihren Stilettoabsatz in den Mercedes.

»Was jetzt: *auch* oder *vor allem?*«, sagt sie und reißt mit einem Ruck einen widerspenstigen Faden heraus.

Ich weiß, dass ein Blazer nicht schreien kann und ein Auto auch nicht, aber ich glaube, ich habe beide gerade schreien gehört.

Quäle nie ein Ding zum Scherz.

Karlotta wedelt entnervt mit der Broschüre, aus der sie uns vorliest. »*Auch* wenn er alt ist, *vor allem* wenn er alt ist, *trotzdem* er alt ist – ist doch scheißegal!«

So viel zur Würde des Menschen.

Gleich ist der Sinn des Lebens dran, wetten?

»Und das mit dem Sinn des Lebens ist mir auch nicht ganz klar«, sagt Marlen.

Gewonnen.

»Ich meine: Sinn finden im Werden, das lasse ich mir ja noch einreden. Prinzip Raupe und Schmetterling. Gerade warst du noch eine niedliche kleine Raupe, jetzt bist du ein widerlicher Fötus im Kokon und auf dem besten Weg, ein fetter grauer Nachtfalter zu werden. Macht Sinn.«

»Larve«, sagt Karlotta und wedelt. »Es heißt Larve, nicht Fötus.«

»Sinn finden im Sein«, sagt Marlen, »ist auch noch okay. Du schlüpfst aus dem Kokon und bist für den Rest deines Lebens ein fetter Falter, mit allem, was dazugehört. Du frisst, du vermehrst dich, du ruinierst Zimmerpflanzen oder ganze Wälder. Ein Schädling. Macht Sinn.« Sie stellt das rechte Bein ab und winkelt das linke Knie an, der Mercedes stöhnt. »Aber dann, ganz am Ende, da packt dich die Sehnsucht. Nach Wärme oder nach Freiheit, eins von beidem, man kann nicht auf zwei Trauerfeiern zugleich tanzen, du musst dich entscheiden: *Entweder* du verbrennst an der Glühlampe *oder* du klatschst an die Fensterscheibe, womit wir beim Vergehen wären, und da frage ich mich schon, wo da der verdammte Sinn …«

Ich blase Rauch aus, Marlen verschwindet hinter einem zartblauen Nebelschleier. Ich drehe den Kopf und blase wieder Rauch aus, Karlotta verschwindet, und dann frage ich mich auch etwas.

Ich frage mich, was wohl der Besitzer des grauen Mercedes gerade so treibt. Schätze, er sitzt in einem der Bürobauten links oder rechts vom Einkaufszentrum und führt gerade ein extrem wichtiges Telefonat. Schätze, so ein juveniler Typ in Anzug und Krawatte, der ständig extrem wichtige Telefonate führt. Abends kommt er dann nach Hause zu seiner Frau und sagt: Schatz, ich habe schon wieder den ganzen Tag extrem wichtige Telefonate geführt und damit ein Schweinegeld verdient.

Ich will gar nicht wissen, was seine Frau dann sagt.

Du bist der Größte.

Ich liebe dich.

Etwas in der Art, egal, auf jeden Fall sieht sie ein bisschen aus wie Marlen vor vierzig Jahren, nur dass Marlen in solchen Fällen nie etwas gesagt hat. Sie hat einfach die Hand aufgehalten. Jetzt stellt sie das linke Bein wieder ab und winkelt das rechte wieder an.

»Sinn finden im Vergehen«, sagt sie, »ist Schrott.«

Stöhn sagt der Mercedes, und ich frage mich, was der juvenile Typ am Telefon wohl tun würde, wenn er es wüsste.

Wenn er wüsste, dass gerade eine aufgetakelte alte Hexe an seiner Luxuskarre lehnt und mit ihrem Stilettoabsatz kleine Löcher in die Fahrertür bohrt. Wenn er wüsste, dass neben der Hexe ein verfettetes altes Weib sitzt, auf dem Boden, im schmuddeligen Jogginganzug, und die edel lackierte Tür als Rückenstütze missbraucht.

Kann sein, er würde sich mitten im Telefonat zu der einen oder anderen soliden Gewaltphantasie hinreißen lassen, kann sein. Fest steht, dass wir schon seit zwanzig Minuten unterwegs sein müssten und der Lack sich nie wieder von der Demütigung durch Suzannas Schmuddeljogger erholen wird.

Vor fünf Minuten hat Karlotta die Broschüre aus der Armeejacke gezogen. Die Broschüre gehört zu dem Altenheim, das wir heute besichtigen. Angeblich werden wir abgeholt, zumindest behauptet das Karlotta.

»Wir werden gleich abgeholt«, hat sie gesagt. »Haustaxi mit Chauffeur, kostenfrei, die Führung auch, ich habe mit dem Heimleiter telefoniert, er freut sich.«

Das war vor zwanzig Minuten, wie gesagt.

Vor zehn Minuten hat sich Suzanna ächzend auf den Asphalt sinken lassen. So könnte man das nennen, aber nur, wenn einem nichts Besseres einfällt. *Sinken* ist nicht wirklich gut. *Sinken* klingt zu sehr nach *gleiten,* klingt zu sehr nach *geschmeidig. Ächzend* entkräftet das natürlich ein bisschen, aber nicht in dem Maß, wie es notwendig wäre.

»Wie würdest du das nennen?«, frage ich Marlen, und bevor ich sagen kann, wovon ich rede, antwortet Marlen: »Eine Frage der Kombination, wie meistens. Kombiniere *sinken* mit *Titanic,* und du hast das Bild.«

Wenn ich es nicht besser wüsste, würde ich sagen: Es ist unmöglich zu wissen, wovon jemand redet, bevor er es gesagt hat.

Gedankenlesen.

Teufelszeug.

Suzanna kichert. Sie rollt gerade ihre Hosenbeine hoch und hat offenbar mitbekommen, dass von ihr die Rede ist.

Ziemlich witzig das mit der Titanic, keine Frage, und ein wirklich gutes Bild. Schon deswegen, weil die Titanic fast drei Stunden gebraucht hat, um unterzugehen. Wie lange Suzanna gebraucht hat, kann ich schwer einschätzen. Fest steht: Es hat gedauert. Und: Es war ein komplizierter Vorgang, schon aus statischen Gründen.

Überhaupt ist so etwas wie Suzanna rein statisch betrachtet gar nicht möglich, vor allem im Stehen: der Rumpf eines Wals, die Hüften eines Knaben, die Oberschenkel eines Flamingos, und ab dem Knie, nun ja.

Suzanna Otte, ein Wunder der Natur: Moby Dick auf Stelzen.

»Nicht schlecht«, sagt Marlen und grinst mich an. »Ein ziemlich gutes Bild, nur leider unvollständig. Wie würdest du das nennen, das ...«, sie sucht nach einem Wort, »das *Zeug* unter den Knien?«

»Hört mir hier eigentlich jemand zu?« Karlotta wedelt.

Nun ja. Von den Knien abwärts werden die Stelzen schlagartig zu etwas völlig anderem und münden in etwas, das sich nur schwer beschreiben lässt. Ich versuche das erst gar nicht, aber so, wie Suzanna jetzt dasitzt, mit hochgerollten Hosenbeinen, und ihre nackten Waden massiert, denke ich an gekochte Weißwürste kurz vorm Platzen. Die Würste sind behaart.

»Die Mahlzeiten«, sagt Karlotta nachdrücklich, »können in gemütlicher Atmosphäre im Speisesaal genossen werden. Mittags stehen unseren Bewohnern zwei Menüs zur Auswahl, gegen Aufpreis werden spezielle Diäten angeboten.

Schonkost.

Natriumarme Kost.

Fleischlose Kost.«

»Wann«, sagt Marlen und tippt mit einem ihrer hochhackigen Pumps gegen eine von Suzannas Würsten, »hast du die zuletzt rasiert?«

»Rasiert?«, sagt Suzanna und gähnt.

Ich werde die fleischlose Kost nehmen.

»In unserer Pflegeeinrichtung betreuen wir hochdemente Menschen, Menschen mit Bewegungseinschränkungen oder Behinderungen, Menschen mit apallischem Syndrom, Menschen mit Spätfolgen ihrer Grunderkrankung, Klammer auf, Multiple Sklerose, Parkinson, Diabetes mellitus, Klammer zu, multimorbide Menschen mit hohem Pflegeaufwand sowie Menschen mit fehlenden sozialen Kontakten.«

»Psychisch kranke Menschen?«, sage ich.

Karlotta sieht nach.

»Auch das«, sagt sie. »Steht ganz unten.«

»Der Laden ist kein Altenheim«, sagt Marlen, »sondern eine Mülldeponie. Und was zur Hölle ist ein apallisches Syndrom?«

Karlotta zeigt auf Suzanna, die mit leerem Blick auf ihre Würste starrt und zum zweiten Mal gähnt, gleich wird sie einschlafen.

»Wachkoma«, sagt Karlotta.

Dann liest sie uns weiter aus der Informationsbroschüre über die Mülldeponie vor, in der wir vielleicht den Rest unseres Lebens verbringen werden.

Wir erfahren, dass die Zwei- und Dreibettzimmer mit zwei

bis drei höhen- und lagenverstellbaren Betten ausgestattet sind, mit zwei bis drei Pflegenachttischen und einer Notrufanlage.

Wir erfahren, dass die Nasszelle aus einem Waschbecken mit Haltegriffen, einer Toilette mit Haltegriffen und einer ebenerdigen Duschtasse besteht. Rutschsichere Bodenfliesen, Haltegriffe.

Suzanna schläft.

Der Fernsehraum: Großbildschirm, Kabelanschluss. Ideal für geselliges Beisammensein. Der Garten: Anti-Osteoporose-Parcours, planierte Fläche für Rollstuhlgymnastik, Mensch-Tier-Begegnungspavillon.

»Mensch-Tier-Was?«, sagt Marlen.

Sie hat aufgehört, Fäden aus ihrem Blazer zu ziehen, und kratzt jetzt mit einem knallroten Kunstfingernagel am Lack der Fahrertür herum.

»Siehe Seite dreiundzwanzig, Kapitel Psychomotorische Gruppentherapie, Punkt vier.« Karlotta blättert ein paar Seiten zurück. »Ah ja, da ist es. Ich zitiere:

Zweimal im Monat bekommen unsere Bewohner Besuch von Polli und Hassan. Die französische Bulldogge und der eurasische Husky sind schon seit Jahren Teil unserer Heimfamilie. Im Mensch-Tier-Begegnungspavillon wird fröhlich gespielt, gestreichelt, gebürstet und gefüttert. Vor allem für unsere multimorbiden Bewohner ist die Begegnung mit den Therapiehunden jedes Mal ein Höhepunkt. Polli und Hassan lassen sich von Krankheiten und Behinderungen nicht stören, sie sind offen für jeden Menschen und nehmen jeden so, wie er ist.«

»Verstehe«, sagt Marlen. Sie wirft Karlotta einen Blick zu, bei dem Hassan winselnd den Schwanz einziehen und davonschleichen würde. So wie ich Polli einschätze, fällt sie einfach tot um. Karlotta merkt nichts. Sie blättert ein paar Seiten vor und sucht nach der Stelle, an der sie zuletzt war. Marlen schnaubt, der flüchtende Hassan wird von einem Windstoß erfasst und gegen einen Pfosten des Mensch-Tier-Begegnungspavillons geschleudert. Kein Grund zur Besorgnis, ein eurasischer Husky hält sowas aus. Unglücklicherweise ist der Pfosten mit künstlichen Weinranken verziert, die ein talentierter Kunstschmied frei nach der Natur gestaltet hat. Die grobzackigen Blätter sind aus Metall und deutlich größer, als es die Natur erlaubt. Den Rest können Sie sich ja selbst vorstellen.

»Deine Gewaltphantasien sind auch nicht mehr das, was sie einmal waren«, sagt Marlen. Ihr erstaunlich stabiler Kunstfingernagel steckt im Schloss der Fahrertür und bewegt sich suchend hin und her. Irgendwo in einem der Bürobauten links oder rechts vom Einkaufszentrum atmet ein juveniler Mann in Anzug und Krawatte plötzlich schwerer als sonst.

Es ist unmöglich, ein Autoschloss mit einem Fingernagel zu knacken.

Es ist unmöglich, die Gedanken eines anderen zu lesen. Seine Phantasien. Das können nur Dämonen.

Gespenster des Gewissens.

Mir ist kalt.

Fünfundzwanzig Grad Celsius, ein lauer sommerlicher Nieselregen, und mir ist kalt. Ganz plötzlich.

Die Legende sagt, dass Hexen nicht essen müssen, weil sie sich von den Dämonen ernähren, die in ihren Mägen wohnen. Außerdem sagt die Legende, dass in Gegenwart von Hexen oder Dämonen die Körpertemperatur eines sensiblen Menschen schlagartig um drei bis vier Grad fallen kann. Wie es aussieht, bin ich ziemlich sensibel. Manchmal musst du sehr alt werden und in sehr seltsame Situationen kommen, um so etwas zu bemerken.

»Wenn da nicht bald jemand kommt und uns abholt«, sagt Marlen, »nehmen wir einfach den Mercedes und fahren ins Grüne, okay?«

Okay, sagt Karlotta frustriert.

Okay, sage ich fröstelnd.

Suzanna schläft tief. Ihr Kopf ist auf die Brust gesunken, vielleicht ist es auch schon das Bauchfett, wer weiß, der Übergang ist nahtlos. In ihrem Haar hat sich der Nieselregen verfangen und ein zartes weißes Netz gebildet. Graues Haar, weißes Netz. Früher waren Suzannas Haare dunkelblond mit einem Schuss Rot. Unschlagbare Kombination. Nimm ein Glas mit hochwertigem Cognac und halte es gegen das Licht der untergehenden Sonne von Neapel, und du hast das Bild.

Ich weiß nicht, ob ich das schon erwähnt habe, aber früher war Suzanna eine Schönheit. Früher haben die Männer Fieber bekommen bei ihrem Anblick. Manche Frauen auch.

Suzannas Beine: leichtes Fieber.

Suzannas Hintern: starkes Fieber.

Suzannas Taille, Brüste, Schultern: hyperpyretisches Fieber. Und wenn du ihr in die Augen gesehen hast, bist du bei zweiundvierzig Grad Celsius an Kreislaufversagen gestorben. Aber das sind nur Effekte, keine Vergleiche. Nur Beschreibungen, keine Bilder. Ich sehe Marlen fragend an, ich sage kein Wort.

»Vergiss es«, sagt sie, ohne den Kopf zu heben oder mit dem Herumgefummel im Schloss aufzuhören, »da gibt es kein Bild. Sie war eine Schönheit, und aus.«

Dann legt sich Marlens freie Hand ganz nebenbei und nur für einen Moment auf Suzannas Kopf. Die knochigen Finger mit den roten Spitzen tauchen durch das Nieselnetz und tiefer ins spröde Grau. Es sieht aus, als hätte jemand Rubine in Suzannas Haar geflochten, oder winzige Flammen.

»Träum süß, Moby Dick«, murmelt Marlen.

»Medizinische Grundversorgung, Doppelpunkt.

Injektionen.

Infusionen.

Klistiere und Einläufe.

Fachgerechte Wundpflege.

Anlegen von Kompressionsverbänden.

Blasenkatheter legen, wechseln und spülen.«

Ich weiß auch nicht, aber mir wird das langsam unheimlich, was Karlotta da vorliest. Wir sind alle nicht mehr die Jüngsten, klar, und Suzannas Würste könnten den einen oder anderen Kompressionsverband vertragen, aber von einem mit viel Humor in unsere Harnröhren geschobenen Gummischlauch sind wir weit entfernt.

Ich glaube, Marlen sieht das auch so.

Bei »Klistiere und Einläufe« hat sie die Augenbrauen nach oben gezogen, bei »Blasenkatheter« sind die Brauen bis zum Haaransatz hochgeklettert.

Gefahr in Verzug.

Alles in Deckung.

Ich ziehe den Kopf ein, Karlotta sagt »Anlegen und Wechseln von Einlagen bei Stuhlinkontinenz«, Marlen stößt sich mit einem Ruck von der Fahrertür ab. Mein Kopf schrumpft zur Erbse, Karlotta merkt nichts. »Stomaversorgung und -behandlung bei künstlichem Darmausgang«, sagt sie.

Marlen stemmt beide Beine samt Absätzen in den Asphalt, sie stemmt die knochigen Hände in die noch knochigeren Hüften, die Nagelspitzen bohren sich in das Fleisch, das nicht da ist, alles schreit oder stöhnt, und keiner hört es außer mir, weil ich so sensibel bin. Jetzt öffnet sich ihr knallrot geschminkter Mund, das Tor zur Hölle geht auf, die Dämonen stehen schon in den Startlöchern, ich kann sie sehen.

Asmodäus, der Zornige, bewaffnet mit dem blutigen Streitkolben.

Belial, der Niederträchtige, Ankläger wider die Unschuldigen.

Akephalos, der Mordlüstige, Lilith, die Boshafte, und wie sie alle heißen, es sind viele, ihr Name ist Legion, in ein paar

Sekunden werden sie losbrechen und sich als Schwall giftiger Worte aus Marlens Mund ergießen. Sie werden Karlotta wegschwemmen wie ein sintflutartiger Einlauf ein winziges Stück Scheiße.

Mein Kopf schrumpft zur Linse, schrumpft zum Pfefferkorn, noch zwei, noch eins, Marlen sagt:

Nichts.

Sie sagt nichts. Der Mund klappt wieder zu, die Brauen erschlaffen, ich kann das enttäuschte Raunen der Dämonen hören, tief in Marlens Innerem. Ich sehe sie an, und diesmal weiß *ich* es.

Ich weiß, was du denkst.

Marlen presst die Lippen zusammen und lehnt sich wieder an die Fahrertür.

Tot.

Ohne Karlotta wärst du jetzt schon tot, du alte Hexe.

Wir wären alle drei schon tot, wenn Karlotta uns nicht angerufen hätte vor ein paar Tagen. Verhungert oder vertrocknet, in unseren Betten. Verbrannt.

Karlotta Könick, Retterin in der Not. Schutzheilige aller vereinsamten alten Frauen, die in ihren Wohnungen herumliegen und keinen Grund mehr haben aufzustehen. Erzengel mit Flammenschwert und Telefonhörer.

Und ich verkündige euch die frohe Botschaft: Mir ist langweilig. Ruft mich an, aber zackig!

2

Keine Ahnung. Fragen Sie doch Karlotta.

Fragen Sie Karlotta, warum sie sich gemeldet hat, aus dem Nichts einer Laune heraus, nach vierzig Jahren Funkstille. Sie hat uns allen dreien auf den Anrufbeantworter gequatscht, erst Suzanna, dann Marlen, dann mir, es war immer der gleiche Text, *Mir ist langweilig* und so, ich meine, bei allem Respekt: Das ist ein weites Feld, wie man so sagt.

Geh in eine Bibliothek und fang an, alle Bücher über Langeweile zu lesen, die es dort gibt, und du hast richtig gut zu tun die nächsten vierzig Jahre.

In den meisten Büchern steht, dass Langeweile etwas mit Lustlosigkeit zu tun hat und mit innerer Leere. Da steht, dass Langeweile gut ist, weil sie dich dazu zwingt, über dich selbst nachzudenken. Über deine innere Leere zum Beispiel, und das wird dann ziemlich schnell ziemlich existentiell.

Selbstreflexion, Selbsterkenntnis, Scheißdreck, würde Karlotta sagen, und dass Langeweile etwas für Pazifisten ist. Der Krieg, würde Karlotta sagen, ist das einzig Existentielle im Leben des Menschen. Ohne Krieg bist du kein Mensch, sondern etwas anderes, zum Beispiel ein Pazifist. Aber wenn du ein Mensch sein willst, dann musst du Krieg führen, und wenn gerade kein Krieg in der Gegend herumliegt, dann musst du dir einen suchen, und wenn du keinen findest, weil du keine Lust auf Fernreisen in irgendwelche Krisengebiete hast, dann musst du ihn dir selbst machen.

Bastelanleitung für den totalen Krieg in Zeiten des totalen Friedens, Copyright Karlotta Könick.

Die Details sind nicht so wichtig, du kannst dir deinen Krieg auch stricken oder häkeln, würde Karlotta sagen, Hauptsache Krieg.

Sonst wird dir langweilig.

Sonst fängst du an, in der Nase zu bohren.

Löcher in die Luft zu starren.

Du sitzt da, den Finger in der Nase, aus den Löchern in der Luft tropft die Zeit, sie ist aus Sirup, dickflüssige Sekunden, schwerblütige Minuten, du denkst:

Mein Gott, bin ich lustlos.

Mein Gott, bin ich leer.

Und wer bin ich eigentlich, mein Gott?

Scheißdreck!, sagt Karlotta. Steh auf!, sagt Karlotta. Mach dich nicht selbst fertig, sondern jemand anderen. Geh raus, such dir einen Feind und mach ihn fertig!

Mit allen Mitteln, die du kennst.

Mit allen Waffen, die du hast.

Sei klug, sei tapfer, sei grausam. Sei ein Mensch!

Ich meine, Karlotta muss es wissen, nicht wahr. Sie war jahrzehntelang Sportlehrerin in einem Gymnasium und hat jahrzehntelang versucht, aus rohem Menschenmaterial im Alter zwischen elf und achtzehn richtige Menschen zu formen.

Richtig spannende Menschen.

Krieger.

Klimmzüge bis zum Weinkrampf, Liegestütze bis zum Zusammenbruch, jedes Basketballspiel ein Schaukampf auf Leben und Tod, jedes Zirkeltraining ein albtraumhafter Parcours durch sämtliche Höllenkreise.

Karlotta hat den Krieg in die Turnhallen getragen und selbst Krieg geführt gegen Generationen von Jugendlichen, die nur *eines* wollten: ihren Frieden. Rauchen oder kiffen auf dem Klo, in einer stillen Ecke noch schnell die Hausaufgabe in Mathe machen oder einfach nur in der Umkleide abhängen und warten, bis der Wahnsinn aus Schweiß und Tränen, der sich gerade in der Turnhalle abspielt, vorbei ist.

Befreit vom Sportunterricht. Die magische Formel. Bei Karlotta in etwa so wirksam wie Brustwickel gegen Lungenkrebs.

Sehnenscheidenentzündung? Zehn Klimmzüge mehr!

Asthma? Da hilft nur Dauerlauf!

Menstruationsbeschwerden? Ab in den Handstand, Mädels, und wenn euch das Blut in schleimigen Fäden aus der Nase rinnt, dann seid ihr auf dem richtigen Weg. Dann bekommt ihr eine Ahnung davon, *was* Beschwerden sind.

Sport war nie das Thema in Karlottas Sportunterricht.

Leibeserziehung? Lächerlich! Hat sie immer gesagt. Ein guter Krieger braucht keine Muskeln, er braucht einen Feind. Jemanden, den er aus tiefstem Herzen hassen kann, die körperliche Kraft kommt dann ganz von selbst, und ich will gar nicht wissen, wie viele von Karlottas ehemaligen Schülern sagen würden, dass sie genau *das* von Karlotta gelernt haben. Dass sie in ihrem ganzen Leben keinen Menschen so abgrundtief gehasst haben wie ihre Sportlehrerin Frau Könick, genannt Killerkönick.

Ein voller pädagogischer Erfolg, wenn Sie mich fragen.

Und dann ist der Krieg plötzlich aus. Killerkönick geht in Rente, geschätzte zweihundert Stück Menschenmaterial zwischen elf und achtzehn atmen auf. Karlottas Nachfolgerin ist eine fröhliche junge Frau mit kastanienbraunen Locken, sie heißt Babsi oder Biggi, und sie will vor allem *eines:* den Kids beibringen, dass Bewegung Spaß macht.

Killerkönick sitzt in ihrer Wohnung. Ruhestand, erster Tag. Sie starrt Löcher in die Luft.

Heute Morgen hat sie den Backofen geputzt, der sowieso sauber war, dann den Kühlschrank. Schlafzimmer, Bad, Flur.

In der Abstellkammer findet Killerkönick ein altes Foto, sie steckt es in die Hosentasche und putzt weiter, und während sie die sauberen Regale in der Abstellkammer sauber macht, denkt sie nur an eines: an den Frieden, gegen den sie jahrzehntelang Krieg geführt hat, und dass er jetzt auf *ihrem* Schlachtfeld, in *ihrer* Turnhalle das Kommando übernommen hat.

Killerkönick geht ins Bad und betrachtet sich im Spiegel. Die knittrigen Lider, den Fächer aus Falten um den Mund, die dünnen Altfrauenlöckchen, die früher auch einmal so etwas waren wie kastanienbraun. Jetzt sind sie weiß, mit einem Schuss Uringelb. Killerkönick nimmt den Rasierapparat, mit dem sie sonst ihre Beine enthaart.

Am späten Nachmittag ist alles geputzt, die Wohnung riecht nach Essigreiniger und Desinfektionsmittel, Killerkönick sitzt mit ihrer neuen Frisur auf dem Sofa im Wohnzimmer und starrt Löcher in die Luft, aus denen etwas heraustropft, das man als Sirup oder Schleim bezeichnen könnte.

Karlotta hat mir nie erzählt, wie er war, ihr ganz persönlicher Rentenschock, aber so ähnlich muss er gewesen sein. So stelle ich mir das vor, und vielleicht war Karlotta ja kurz davor, sich zu fragen, warum sie sich eigentlich so leer fühlt und wer sie eigentlich ist. Aber da ist ihr zum Glück etwas ganz anderes eingefallen.

Das Foto.

Sie zieht es aus der Hosentasche, die Farben sind ein bisschen verblasst, aber sonst: alles da. *Urlaub 1983* steht hinten auf dem Foto, und da hat Karlotta eine Idee. Sie strafft die Schultern, sie steht auf und geht zum Telefon. Auf dem kurzen Weg zwischen Sofa und Telefon wachsen ihr Flügel.

Wie das mit mir und *meinem* ganz persönlichen Rentenschock war und was ich gerade gemacht habe, als der Erzengel auf meinen Anrufbeantworter gequatscht hat, das wissen Sie ja.

Bei Suzanna war es so ähnlich. Sie war gerade im Bett, mit hochgelagerten Beinen, und hat Rätsel in Reimen gelöst, hat sie erzählt.

Ein großer Raum heißt – Saal.

Ein Säugefisch heißt – Wal.

Schmerzen sind eine – Qual.

Um den Hals legt man den – Strick.

Marlen behauptet, dass sie einkaufen war, aber das halte ich für eine Lüge. Ich glaube, sie war auch im Bett. Vielleicht hat sie ihre Acrylnägel lackiert oder ihre Augenbrauen gezupft. Vielleicht hat sie auch einfach nichts gemacht und so lange an die Decke gestarrt, bis der Putz abgebröckelt ist. Marlen schafft das, böser Blick.

Zwei Tage später haben wir uns getroffen, in einem Café bei Karlotta ums Eck. Gut besucht, alle Tische besetzt, in zentraler Position: Karlotta Könick, die Arme vor der Brust verschränkt, aufrecht wie ein General, der seine Truppen auf den Endsieg einschwört.

Ich habe sie seit vierzig Jahren nicht gesehen.

Ich habe sie gleich erkannt.

Sie war ziemlich verschrumpelt, das ja, und noch viel kleiner, als ich sie in Erinnerung hatte. Die Locken waren auch weg. Bürstenschnitt, klassische Version: alles abrasiert, bis auf ein schmales Stoppelfeld ganz oben.

Das ja, aber sonst: Karlotta Könick, wie gehabt.

»Ein Geschenk«, habe ich gesagt und ihr die Armeejacke gegeben.

Sie war gerührt.

Zwei Minuten später ist Marlen gekommen, total aufgetakelt, klar. Zuerst denkst du, da kommt eine elegante alte Dame, und bewunderst, wie schlank sie ist. Hosenanzug, tailliert, schimmerndes Material, leicht transparent, wahrscheinlich Seide, schmaler Gürtel aus Schlangenleder.

Und dann siehst du es.

Die Acrylkrallen, die in rote Spitze eingefassten Ziegentitten unter dem Stoff, das nuttige Make-up. Das vor allem.

Nimm einen Leguan und mal ihn bunt an, und du hast das Bild.

Marlen Stauffenbach, die uns seit vierzig Jahren nicht gesehen hat, setzt sich an den Tisch und sagt grinsend: »*Ihr* schon wieder.«

Die Tür geht auf, Suzanna kommt herein. Sie sieht sich suchend um, wir erkennen sie nicht gleich, Marlen rafft es als Erste.

»Meine Damen und Herren«, sagt sie laut, »darf ich um Ihre Aufmerksamkeit bitten. Soeben hat das zweite der sieben Weltwunder den Raum betreten: der Koloss von Rhodos.«

Alle Blicke wandern zur Tür, betretenes Schweigen, keiner lacht. Bis auf Suzanna.

»Du bist ja sowas von gemein«, kichert sie und watschelt schwerfällig auf uns zu. Sie lässt sich ächzend auf den letzten freien Stuhl fallen, ich helfe ihr aus der schmuddeligen Joggingjacke, unter der eine andere schmuddelige Joggingjacke zum Vorschein kommt.

»Danke, Schätzchen«, sagt sie, und dann ist es so weit. Dann sitzen wir da, wir vier. Und jetzt stell dir vor, du bist eine von uns: Was sagst du?

Was sagst du, wenn du deine besten Freundinnen wiedertriffst, nach vierzig Jahren?

Karlotta (zu Suzanna): Mein Gott, bist du fett geworden.

Suzanna (fröhlich): Ja. Nicht wahr!

Marlen (zu Karlotta): Schöne Frisur. Wer hat dir die Haare abgebissen? Ein deutscher Schäferhund?

Karlotta (bissig): Sehr witzig.

Marlen (zu Almut): Und wie geht's *dir* so? Immer noch nikotinsüchtig und depressiv?

Almut (zu Marlen): Und du? Immer noch mit Klauspeter zusammen?

Karlotta (präzisierend): Klauspeter, der Neunte.

Marlen (abwinkend): Eins bis neun, alle tot. Zehn bis dreizehn auch.

Suzanna (herzlich): Das freut mich für dich.

Und so weiter.

Suzanna isst Kuchen, Karlotta bestellt einen doppelten Espresso nach dem anderen, Marlen nippt an einem Glas Mineralwasser, heute mit Zitrone, zwei Kalorien mehr, aber was soll's, zur Feier des Tages.

Später werden wir in eine Kneipe gehen und Schnaps trinken. Dreihundert Kalorien pro Glas, wird Marlen sagen und das Zeug hinunterstürzen wie Mineralwasser. Suzanna wird irgendetwas Essbares bestellen, irgendwann nach dem dritten oder vierten Glas, zum Beispiel Schweinsrippchen oder tote Hunde, egal, Hauptsache fett, Hauptsache gebraten. Karlotta wird Espresso bestellen, genau nach dem sechsten Glas, nicht früher, nicht später. Ab dann: Schnaps, Espresso, Schnaps, Espresso, Karlottas Herzklappen: flatternde Flügelchen.

Es wird sein wie früher, wir sind im Urlaub.

»Genau«, sagt Karlotta, »im Urlaub. Für immer.« Sie macht dem Kellner ein Zeichen, noch eine Runde, er nickt irritiert. Kein Wunder, sieht man ja auch selten, vier alte Frauen, die am frühen Abend in einer leeren Kneipe sitzen und sich planmäßig betrinken. Wenn es nach dem Kellner geht, sitzen wir jetzt zu Hause vor dem Fernseher oder am Bett unserer Enkelkinder und lesen ihnen eine Gutenachtgeschichte vor. Zur Not sitzen wir auch in einem klassischen Konzert oder schwingen das Tanzbein im Tangokurs 60+.

»Und wisst ihr, wo wir unseren Urlaub verbringen werden?«, sagt Karlotta.

»Hier«, sagt Marlen und leckt die letzten Kalorien aus dem Schnapsglas. »Wir bleiben einfach für immer hier.«

»Oh ja!« Suzanna klatscht in die Hände.

Der Kellner kommt mit der nächsten Runde. Er stellt die Schnapsgläser auf den Tisch und starrt auf Marlens Ziegentitten, die sich unter dem dünnen Stoff durchdrücken, dann auf Karlottas rasanten Kurzhaarschnitt.

»Was gibt's da zu glotzen?«, sagt Karlotta.

»Äh«, sagt der Kellner.

»Gute Antwort«, grinst Marlen.

»Einmal die Rippchen. Und jetzt verschwinde, Schätzchen«, sagt Suzanna freundlich.

Der Kellner verzieht sich.

»Salut!« Karlotta hebt das Glas. »Wir trinken auf unseren Urlaub. Und auf das Hotel, in dem wir ihn verbringen werden. Der Urlaub wird Jahre dauern, wenn nicht Jahrzehnte, und wir werden *das* tun, was wir schon immer getan haben im Urlaub: nichts.«

»Hotel?«, sage ich und denke an den fettarmen Streichkäse, den ich mir von meiner Rente gerade noch leisten kann. Keine Ahnung, was eine Krankenschwester so bekommt oder eine Sportlehrerin, aber es dürfte sich auf fettarmem Niveau bewegen.

»Hotel find ich gut«, sagt Marlen. Klar, bei dreizehn Klauspeters kommt schon was zusammen.

»Vollpension, Zimmerservice, Wäschedienst«, sagt Karlotta. »Unterhaltungsprogramm, Ausflüge. Alles auf Staatskosten, wenn wir das hinkriegen mit dem MDK, und das kriegen wir.«

»MDK?«, sage ich.

»Erklär ich dir später«, sagt Karlotta. »Auf jeden Fall sind die Finanzen gebongt. Wir ziehen ins Altenheim, Leute, Salut!«

Marlen zieht die Brauen hoch. Scheint nicht so gut zu kommen, der Vorschlag, aber Karlotta ist vorbereitet. Sie stürzt den

Schnaps hinunter und knallt das Glas auf den Tisch. Sie hebt ihren kleinen alten Arsch vom Stuhl und zieht eine Broschüre aus der Hosentasche. Sie knallt die Broschüre auf den Tisch, und da ist er wieder: mein glatzköpfiger kleiner Freund mit der Kanüle im Arm. Er lächelt mich vom Cover her an, ich lächle zurück. Karlotta tippt auf die Frau mit der roten Clownsnase. »*So* wollen sie uns«, sagt sie. »Sie wollen uns fertigmachen.«

Die Broschüre, sagt Suzanna, die habe ich auch bekommen.

Ich auch, sage ich.

Ich auch, sagt Marlen.

»Standardpaket des Ministeriums für Familie, Senioren, Frauen und Jugend. Bekommt jeder, der in Rente geht oder eine Witwenpension bezieht. Tausende Menschen, geschätzte siebzig Prozent davon Frauen, haben diesen«, Karlotta tippt, »Scheißdreck schon bekommen.«

»Aber das Gehirnjogging war lustig«, sagt Suzanna, »vor allem die unvollständigen Sprichwörter. Frisch gewagt ist halb …«, sie sieht erwartungsvoll in die Runde.

»Zerronnen«, sage ich.

Marlen verdreht die Augen, Karlotta winkt dem Kellner, der sich hinter dem Tresen verschanzt hat und uns zwischen den Zapfsäulen hindurch beobachtet. Er nickt ängstlich.

»Richtig!« Suzanna klatscht in die Hände. »Jetzt du«, sagt sie zu Marlen. »Wer nicht … will, muss fühlen.«

»Denken«, sagt Marlen. Sie nimmt das Schnapsglas und kippt es mit zurückgelegtem Kopf in ihren weit geöffneten Höllenschlund. Jubel der Dämonen.

»Genau«, sagt Karlotta. »Wenn du diesen«, *tipp tipp,* »Scheißdreck bekommst und nicht scharf nachdenkst, wirst du es zu spüren bekommen. Du wirst es am eigenen Leib erfahren, was sie mit dir machen, wenn du dich nicht wehrst. Wenn du keinen *Plan* hast. Keine *Strategie.*«

Der Kellner nähert sich vorsichtig, seine Schritte sind lächerlich klein, er trippelt so leise wie möglich auf uns zu, ein Mann auf Taubenfüßen.

»Letzte Runde?«, sagt er sehr leise und sehr hoffnungsvoll.

»Haben Sie je daran gedacht, Souffleuse zu werden?«, sage ich. »Sie flüstern so schön.«

»Äh«, sagt der Kellner.

»Die Antworten werden immer besser«, grinst Marlen.

»Wenn die Rippchen nicht bald kommen«, sagt Suzanna freundlich, »dann esse ich *dich,* Schätzchen.«

Karlotta bestellt Espresso und noch eine Runde Schnaps. Dann bestellt sie doch keine Runde Schnaps, sondern einfach die ganze Flasche, und der Kellner flüstert, dass, äh, nun ja, das Lokal eventuell bald schließt, weil nicht so viel los ist heute, wie die Damen ja selbst sehen, und ob die Damen sich vielleicht in ein anderes Lokal, äh, begeben könnten.

»Mein lieber junger Freund«, sagt Marlen mit einer Stimme, die man als Gift an Tauben verfüttern könnte, »ich weiß nicht, von welchen Damen du sprichst. Soweit ich sehe, gibt es hier nur *eine* Dame, und *diese* Dame ist der Meinung, dass du jetzt sofort deinen Arsch in Bewegung setzt und dem Kampfzwerg in der Militärmontur seinen Espresso bringst. Außerdem bringst du dem Fleischberg seine Rippchen und dem nikotingelben Psychowrack einen neuen Aschenbecher. Und wenn du für die Schnapsflasche länger brauchst als eine Minute, dann werde *ich* dich essen, egal wie viele Kalorien du hast.«

Eine halbe Minute später steht alles auf dem Tisch. Der Kellner verschwindet hinter der Schwingtür zur Küche, wir haben ihn nie wiedergesehen. Dafür haben wir gesehen, was mit uns passiert, wenn wir uns nicht wehren. Was mit *jedem* passiert, der in Rente geht und sich nicht wehrt.

Karlottas Schilderungen: einfach, aber überzeugend; nicht besonders bildhaft, aber plastisch genug, um abscheulich zu sein. Außerdem chronologisch geordnet:

Am Montag spielst du den Clown auf einer Kinderkrebsstation; am Dienstag strickst du Mützen für unterkühlte Frühgeborene; am Mittwoch schiebst du Rollstuhlgreise durch den Zoo; am Donnerstag gibst du Jugendlichen mit Migrationshintergrund Nachhilfeunterricht in Deutsch; am Freitag erklärst du den Jugendlichen aus dem Donnerstagskurs, dass Gewalt keine Lösung ist und Drogen nicht glücklich machen.

»Und am Samstag?«, sagt Suzanna traurig. »Haben wir da frei?« Sie beißt in ein Rippchen.

»Am Samstag gehst du shoppen, um den Konsum anzukurbeln. Am Sonntag regenerierst du deine Arbeitskraft beim Nordic Walking.« Karlotta schenkt nach.

»Gehirnjogging nich zu vergessn«, sagt Marlen mit Todesverachtung und Zungenschlag. Genaugenommen ist es nicht Marlen, die das sagt. Es ist Akephalos, der Mordlüstige, und er spricht mit einer Stimme, die man als Massenvernichtungswaffe an einen Schurkenstaat verkaufen könnte.

»Genau«, sagt Karlotta, »nur nichts vergessen. Immer schön klar bleiben im Kopf, damit du nicht eines Tages den Rollstuhlgreisen die Babymützen aufsetzt und die unterkühlten Frühgeborenen an die Raubtiere im Zoo verfütterst.«

Ich streife meine Zigarette am Aschenbecher ab.

»Wäh!«, kichert Suzanna mit fettglänzenden Lippen und zeigt auf mein Glas. Wie es aussieht, habe ich da gerade etwas durcheinandergebracht. Die Asche treibt für einen Moment hilflos auf der Schnapsoberfläche, dann sinkt sie ihrem Verderben entgegen.

»Selber wäh«, sage ich zu Suzanna und versuche, mit einem Finger auf Suzannas Lippen zu zeigen, weil ich mit »wäh« ihre Lippen meine und den kleinen Fetzen Fleisch, der ihr im Mundwinkel klebt, aber meine alte Affenpfote schafft nur ein schwaches Wedeln. Der runzlige Zeigefinger wackelt orientierungslos hin und her, dann deutet er auf etwas Glänzendes, das sich eher unscharf in einem eher unscharfen Bereich abzeichnet, bei dem es sich um Suzannas Gesicht handeln muss.

Wie es aussieht, bin ich ziemlich betrunken.

Ich habe seit 1983 nicht mehr so gesoffen.

Karlotta. Sie macht das absichtlich.

Ich will, dass mein Zeigefinger auf Karlottas Glas zeigt und mein Mund sagt, dass da etwas nicht stimmt, weil es das einzige Glas auf diesem Tisch ist, das nie nachgefüllt wird.

Was hast du vor, du hinterfotziger alter Kampfzwerg?

Meine Pfote wischt den letzten klaren Gedanken, den ich an diesem Abend habe, einfach weg, dann greift sie nach dem Glas.

»Friede meiner Asche«, sage ich und kippe den Schnaps hinunter, Karlotta schenkt nach.

»Fazit«, sagt sie, »wir haben keine Chance. Sie werden uns nie in Ruhe lassen, solange wir noch auf zwei Beinen gehen können und nicht völlig senil sind. Sie wollen, dass wir uns nützlich machen, bis wir ins Grab steigen, und deswegen gibt es nur zwei Optionen. Erstens: Wir sterben so schnell wie möglich. Schade um die Arbeitskraft, werden sie sagen, und um die Kaufkraft auch, aber immerhin dreimal Rente und einmal Witwenpension weniger. Wirtschaftsfaktor null, und das ist schade. Kostenfaktor auch null, und das ist gut. Klare Rechnung, saubere Endlösung, werden sie sagen und zufrieden sein, und das bedeutet: *Sie* haben gewonnen, *wir* haben kapituliert. Und was fällt *uns* zum Stichwort Kapitulation ein?«

»Äh«, lallt Marlen.

»Gute Antwort«, lalle ich.

Suzanna gähnt.

»Genau«, sagt Karlotta. »Uns fällt genau *nichts* ein, weil das Wort Kapitulation in unserem Wortschatz nicht existiert. Und was tun wir, wenn der Kampf aussichtslos ist und Kapitulation nicht in Frage kommt?«

Ein Glück, dass sie die Antwort nicht abwartet.

»Geordneter Rückzug! Weg aus der Schusslinie und ab ins Hinterland, womit wir bei Option Nummer zwei wären: Wir gehen ins Altenheim. Das ist der einzige Ort, an dem sie uns in Ruhe lassen werden. Altenheim, Irrenanstalt, Hochsicherheitsgefängnis für Schwerverbrecher – alles dasselbe Prinzip. Prinzip: lebenslänglich Ruhe haben. Prinzip: Hier bin ich Mensch, hier darf ich's sein.«

Suzanna schläft, Marlen auch. Suzanna mit herabhängenden Armen und auf die Brust gesunkenem Kopf, Marlen mit dem Kopf auf dem Tisch, die mageren Arme als Unterlage, ein Kissen aus Haut und Knochen.

Es gibt so gut wie nichts im Leben, das es nicht wert wäre, verpasst zu werden. Der Schlaf ist eine Ausnahme. Und der eine oder andere Moment, den du nicht verschlafen solltest, weil sich in diesem Moment etwas Wichtiges entscheidet. Etwas, das du nie wieder rückgängig machen kannst, wenn du es verpasst.

Irgendwann an diesem Abend muss es so einen Moment gegeben haben, und wir haben ihn verschlafen, alle drei. Suzanna und Marlen im strengen Sinn, ich im eher schlampigen. Ich habe meine Augen geschlossen, sehnsüchtig nach dem Schlaf, den ich ständig verpasse, und alles, was Karlotta noch gesagt hat, ist von dem Knistern hinter meinen geschlossenen Lidern übertönt worden. Weggespült von einer Flut aus rötlichen Flecken und hochprozentigem Alkohol. Abgesoffen im Meer meines schlaflosen Elends.

3

Klack.

Marlen zieht ihren Kunstfingernagel aus dem Schloss der Fahrertür und grinst befriedigt. Irgendwo in einem der Bürobauten links oder rechts vom Einkaufszentrum greift sich ein juveniler Mann in Anzug und Krawatte mitten in einem extrem wichtigen Telefonat an die Brust. Ein Stich, ein Schmerz, seine Finger krallen sich in das italienische Markenhemd.

»Wir können«, sagt Marlen. »Spritztour ins Grüne! Wer weckt den Wal?«

Suzanna erwacht aufs Stichwort und kichert, Marlen öffnet die Tür, zu spät, sage ich.

Über den Großparkplatz fährt ein Kleinbus auf uns zu, im Schritttempo. Er ist nachtblau, fast schwarz. Die Scheiben sind dunkel getönt, auf der Schiebetür steht in weißer Schrift: DIE RESIDENZ.

Karlotta hebt die Broschüre und wedelt. »Hierher! Hierher!«

Marlen drückt die Fahrertür wieder zu, irgendwo lässt ein Schmerz nach, so plötzlich, wie er gekommen ist. Ich verabschiede mich im Geiste von dem juvenilen Mann in Anzug und Krawatte, der nur knapp einen Herzinfarkt überlebt hat und für immer halbseitig gelähmt sein wird.

Tschüs, schönes Leben noch, sage ich stumm, und Marlen sagt laut, dass sie jetzt gleich den Chauffeur zur Sau machen wird.

Erstens, weil er zu spät kommt.

Zweitens, weil er überhaupt kommt.

Eine Spritztour in einem Mercedes der oberen Preisklasse, sagt Marlen, ist weitaus attraktiver als eine Fahrt in etwas, das verdammt nach einem Leichenwagen aussieht.

Der Leichenwagen hält, der Chauffeur steigt aus.

»Sorry, bin krass zu spät, ich weiß, aber Frau Fitz ist ausgebüchst und hat sich verirrt. Musste die Lady erst einfangen, hat gedauert. Aber jetzt bin ich ja da.«

Marlen mustert den jungen Mann im kurzärmeligen T-Shirt. Unter seinem Basecap quellen ein paar kräftige schwarze Haare hervor, die Oberarme sind auch ziemlich kräftig. Hüften: schmal. Bauch: keiner. Gleich wird sie ihn zur Sau machen.

»Und Sie sind also der Chauffeur«, sagt Marlen mit einer Stimme, für die es unterschiedliche Vergleiche gibt.

Das Gurren einer Taube.

Das Schnurren einer Katze.

Ich hätte es wissen müssen.

Marlen hat in den letzten fünf Jahrzehnten dreizehn Klauspeters weggefrühstückt, dazu eine unbekannte Zahl an Chauffeuren und Poolreinigern mit schwarzen Haaren und kräftigen Oberarmen, die entweder Marko oder Nino heißen.

Klingt nach Klischee, meinen Sie?

Sie haben ja keine Ahnung.

»Der Chauffeur?«, sagt der Chauffeur, der entweder Marko oder Nino heißt. »Na ja, sagen wir: Ich bin der Fahrer.«

»Schluss mit dem Geplänkel«, sagt Karlotta. »Los geht's, aber zackig!«

Marko oder Nino sieht sich suchend um. »Irgendwas zum Einladen? Rollstühle? Rollatoren?«

»Nur den Wal«, sagt Suzanna, die immer noch auf dem Boden sitzt.

Marko oder Nino versteht sofort. Er verzieht keine Miene

und geht auf Suzanna zu. Er beugt sich zu ihr hinunter, er greift ihr mit zwei kräftigen Jungmännerhänden gekonnt unter die Achselhöhlen und drückt ihren Oberkörper an seinen. Dann hebt er sie hoch, so behutsam und leicht, wie man einen Säugling hochhebt.

Suzanna Otte, der große weiße Wal, wiegt für einen Moment nicht mehr als ein Neugeborenes, und so ist das im Leben: Wie schwer du bist, hängt davon ab, *wer* dich in den Arm nimmt.

Marko oder Nino stellt Suzanna vorsichtig auf die Beine.

»Alles klar, Lady?«

»Danke, Schätzchen.« Suzanna errötet.

»Ich heiße Mirko.« Er lächelt, Marlen grinst. Sie hat Marko oder Nino, der ab jetzt Mirko heißt, für den eigenen Bedarf abgeschrieben, so viel steht fest. Der Mann gehört Suzanna – oder keiner.

Der Mann, der nichts davon weiß, wem er gehört, öffnet die Schiebetür und sagt in den Bus hinein: »Frau Fitz, Sie bekommen Besuch. Nicht erschrecken.«

»Aber ich muss doch zum Ballettunterricht! Ich habe jetzt keine Zeit für Besuch!«

Die Stimme aus dem Bus ist hoch und dünn, ein Glasfaden, den irgendein verrückter Glasfadenmusiker durch reines Atmen in Schwingungen versetzt.

»Bitte einsteigen, Ladys«, sagt Mirko, »und nicht erschrecken. Es ist nur Frau Fitz.«

Marlen zieht die Brauen hoch, Karlotta wedelt, »Zackzack, wir sind spät dran!«, ich gehe als Erste auf die geöffnete Schiebetür zu, ich schiele durch die Öffnung in den Bus.

Die Frau, die Frau Fitz sein muss, trägt ein Nachthemd mit hellgelben Punkten, darunter eine rote Wollstrumpfhose, keine Schuhe. Ihre Haare sind zu einem dünnen Zopf geflochten, sie hält das Ende in der Hand und fächelt sich Wind ins runzlige Gesicht.

»Hallo«, sage ich, weil mir nichts Besseres einfällt. Das schlechteste Hallo meines Lebens.

Frau Fitz hört mit dem Fächeln auf und starrt mich an. Dann entspannen sich ihre Züge.

»Lisa! Wie schön, dass du auch mitmachst!«

Bevor ich reagieren kann, schrumpft ihr Gesicht zu einem ängstlichen kleinen Fleck zusammen.

»Du machst doch mit, nicht wahr?«, sagt sie.

Ich drehe mich hilfesuchend zu Mirko um.

Mitmachen?

Wobei?

Mirko formt seine Hände zu einem Trichter und flüstert mir etwas zu, das ich nie wieder vergessen werde. Ich werde nie vergessen, womit unser geordneter Rückzug ins Hinterland dieser Gesellschaft begonnen hat. Er hat begonnen mit dem Satz:

»Tanz der Küken in ihren Eierschalen.«

Ich drehe mich wieder zu Frau Fitz um und sage: »Na klar mach ich mit. Tanz der Küken in ihren Eierschalen. Großartige Sache. Will ich nicht verpassen.«

Sie wedelt begeistert mit dem Zopfende und lässt ihre Schultern sehr schnell vor- und wieder zurückklappen, dazu macht sie ein Geräusch, das ein bisschen so klingt, als würde der verrückte Glasfadenmusiker den Glasfaden durch Gackern in Schwingungen versetzen. Nehme an, Frau Fitz übt gerade den Kükentanz.

»Jetzt steig endlich ein!«, kläfft Karlotta aus dem Hintergrund.

»Ja«, sagt Suzanna, »steig ein. Meine Beine tun weh.«

»Steig ein«, sagt Marlen, »hilft ja doch nichts.«

Frau Fitz gackert noch einmal kurz auf, dann verstummt sie. Ihre Schultern erschlaffen, der Zopf gleitet aus ihrer Hand. Sie sieht mich an, dann beugt sie sich vor und mustert Suzanna,

Karlotta und Marlen, die hinter mir Aufstellung genommen haben.

»Ihr seid also die Neuen«, sagt sie.

Ja. Wir sind die Neuen.

FÜNF

1

03:13.

Die Zahnseide ist ungewachst und geschmacksneutral. Wahrscheinlich ist es gar keine Zahnseide, sondern einfach nur weißer Zwirn. Als Meterware kommt das billiger.

Gleich wird Schwester Olga einen dreißig bis vierzig Zentimeter langen Faden abreißen. Sie wird den Faden vorsichtig zwischen meine Schneidezähne schieben und sanft hin und her bewegen.

Vorsichtig ist gut.

Sanft ist gut.

Schwester Olga ist sympathisch.

So ein Zwirnsfaden tut verdammt weh, wenn ihn dir jemand mit Gewalt zwischen die Zähne rammt und dann kräftig damit herumrüttelt. Schwester Terese macht das so, und Schwester Cornelia auch, und deswegen bin ich sehr froh, dass heute Schwester Olga Nachtschicht hat.

Heute kein Zahnfleischbluten.

Heute kein »Waren wir wieder ein böses Mädchen, Frau Block, und haben mitten in der Nacht Thunfisch gegessen?«.

Ja, das haben wir. Wir haben schon wieder um drei Uhr nachts Thunfisch in eigenem Saft und Aufguss gegessen, direkt aus der Dose. Wir wohnen jetzt seit acht Tagen in der RESIDENZ, und seit acht Tagen öffnen wir jede Nacht um drei eine Dose Thunfisch. Wir machen das im Dunkeln und sehr leise, damit die anderen nicht aufwachen.

Dreibettzimmer. Rechts ein braves Mädchen, links ein braves Mädchen. Schlafen ist brav. In der Mitte sitzt das Böse hellwach in seinem Bett und zerkaut Thunfisch. Dann klingelt es nach der Nachtschwester.

Klack. 03:14.

Schwester Olga zieht an der Meterware und reißt einen dreißig bis vierzig Zentimeter langen Faden ab. Sie setzt sich auf meine Bettkante und wickelt das eine Ende des Fadens um ihren rechten Zeigefinger, das andere Ende um den linken. Sie legt die Daumen an die Zeigefinger, um den Faden zu fixieren.

»So«, sagt sie mit gedämpfter Stimme, damit die anderen nicht aufwachen, »und jetzt machen wir schön den Mund auf, Frau Block.«

Ja, das machen wir.

So schön wie möglich.

Ich öffne den Mund, Schwester Olga dreht den Kopf zur Seite und atmet tief durch. Einmal aus, einmal ein, ganz tief, dann dreht sie den Kopf wieder zu mir, ihr Gesichtsausdruck ist, wie soll ich sagen, irgendwie gequält, na ja, was soll ich sagen?

Augen auf bei der Berufswahl?

Nebenbei: Thunfisch in Öl riecht genauso übel wie Thunfisch in eigenem Saft, schmeckt aber besser. Das Problem: *Mit* Öl ist der Thunfisch ein Flop. Das Öl macht die Fasern geschmeidig, und sie flutschen durch die Zahnzwischenräume, statt stecken zu bleiben.

»Bereit?«, sagt Schwester Olga. Ihre Stimme klingt wie ihr Gesichtsausdruck.

Ich nicke mit weit aufgerissenem Mund und starre auf die Uhr gegenüber an der Wand. Die Digitalanzeige schimmert in blutigem Rot, noch immer 03:14, ich frage mich, warum das Miststück immer *klack* macht, wenn es von einer Minute zur nächsten springt, normalerweise schleichen sich diese Digitaldinger doch lautlos durch die Zeit, wahrscheinlich ein Produktfehler. Außerdem frage ich mich, warum die Zeit immer *dann* nicht vergeht, wenn sie es besonders eilig haben sollte. Schwester Olga hebt die Hände.

»Wir machen das sehr schön, Frau Block«, sagt sie leise und spannt den Faden. »Immer schön offen halten, dann sind wir schnell durch mit den Zähnchen und können bald wieder Heia machen, und das wollen wir doch, nicht wahr?«

Ja, das wollen wir.

Wir wollen seit vierzig Jahren Heia machen und können es nicht, aber davon haben Sie keine Ahnung, liebe Schwester Olga. Außerdem haben Sie keine Ahnung, was wir hier gerade treiben. Sie denken, dass es um den Thunfisch geht. Sie denken, dass wir eine von diesen hilflosen alten Frauen sind, die mitten in der Nacht klingeln und etwas wollen. Etwas. Und zwar sofort.

Ein Glas Wasser.

Frische Windeln.

Trost.

Bei mir ist es die mechanische Reinigung meiner Zähnchen. *Beißerchen,* sagt Schwester Cornelia immer, Schwester Terese sagt *Hauer.* Sind übrigens alle noch echt, die Hauer. Ziemlich abgekaut, das ja, und der Raucherbelag kann sich sehen lassen, der spielt in meinem Mund alle Farben von Bräunlichgelb bis Tiefschwarz, und das ist nicht besonders ansehnlich, keine Frage, aber es ist *echt.* Null Ahnung, wie ich das geschafft habe, Zahnpflege war noch nie mein Ding, aber *jetzt* ist es das. Voll mein Ding, und ich *will* es, jede Nacht. Und warum?

Genau davon, liebe Schwester Olga, haben Sie keine Ahnung.

Schwester Cornelia: keine Ahnung.

Schwester Terese: keine Ahnung.

Die Hände mit dem gespannten Faden bewegen sich langsam auf meinen geöffneten Mund zu, ich starre auf die blutrote Digitalanzeige, 03:14, wie gehabt, wenn das so weitergeht, dann schaffe ich mein Pensum nicht.

Hundertachtzig Minuten sind das Minimum. Hundertachtzig Pflegeminuten in einem Zeitraum von vierundzwanzig Stunden – mein Pensum.

Sie haben jetzt wahrscheinlich keine Ahnung, wovon ich rede, obwohl Sie *nicht* Schwester Olga sind, aber das macht nichts.

Macht gar nichts.

Wird schon.

Für den Augenblick nur so viel: Lassen Sie sich von einer alten Frau wie mir gesagt sein, dass jede Minute im Leben kostbar ist. Nehmen Sie diese bescheidene Weisheit einer alten Frau mit Demut an, so wie man ein gnadenvolles Geschenk annimmt, und bewahren Sie es in Ihrem Herzen auf, wie man einen Diamanten aufbewahrt im samtenen Futteral.

Und hier noch einmal zum Mitschreiben:

Jede Minute ist kostbar.

Jede Minute ist eine Perle.

Die Zeit ist eine Auster.

Das habe ich übrigens auch erst in den letzten Tagen kapiert. In den letzten acht Tagen, um genau zu sein. Das Alter macht nicht unbedingt weise, das Altenheim schon.

Schwester Olgas Hände wabern auf mich zu wie Nebelfetzen. »Sehr schön«, murmelt sie, »immer schön offen halten.«

Ich halte schön offen, die Nebelfetzen verdichten sich und werden zur Nebelwand, ich schiebe den Kopf ein kleines Stück nach rechts und schiele auf die Uhr.

Klack!, denke ich. *Mach klack, du verdammtes Miststück!*

»Was?«

Schwester Olgas Hände, die mir gerade den Faden zwischen die Hauer schieben wollten, ziehen sich ein paar Zentimeter zurück. Wie es aussieht, habe ich gerade laut gedacht, und weil mir auf »Was?« gerade nichts einfällt, denke ich einfach dasselbe noch einmal.

»Klack!«, denke ich laut. Es klingt wie »Gnack!«.

»Was?«

»Mach klack, du Miststück!«, denke ich laut. Es klingt wie »Ach gnack, da Hästck!«.

»Was?!«

»Nichts«, sage ich. »Ncht.«

Schwester Olga seufzt und lässt die Hände sinken.

»Frau Block, auf Zimmer drei wartet Frau Sonne auf mich, auf Zimmer fünf Frau Kropp, und wie ich Ihre Freundin Frau Könick kenne, wird sie auch gleich klingeln, und das heißt *nicht,* dass ich *nicht* gerne bei Ihnen bin. Es heißt *nicht,* dass ich mich *nicht* gerne um Sie kümmere, mitten in der Nacht, schließlich ist das mein Beruf. Aber bitte, *bitte* machen Sie den Mund zu, wenn Sie mir etwas sagen wollen.«

Klare Ansage.

Ich mache den Mund zu und sage »Nichts«, es klingt wie »Nhmm«.

Klack.

Schwester Olgas Oberkörper sinkt in sich zusammen, der Kopf sinkt mit. Ich ziehe meine Blicke von dem digitalen Miststück an der Wand ab, das endlich auf 15 gesprungen ist, und betrachte Schwester Olgas Scheitel. Grauer Ansatz, zwei Zentimeter, der Rest ist blond gefärbt. Schwester Olga ist nicht älter als dreißig, darauf wette ich meine farbenfrohen alten Beißerchen.

Wenn du schon mit dreißig grau wirst, dann liegt das entweder in der Familie oder daran, dass du einen Schicksalsschlag erlitten hast. *Zack,* über Nacht ergraut, kennt man ja, liest man immer wieder, und so hast du dir das auch immer vorgestellt, wenn du dir einen Schicksalsschlag vorgestellt hast: Abends legst du dich blond oder brünett ins Bett, und am nächsten

Morgen wachst du auf und bist grau, weil dein, sagen wir, drei Wochen altes Baby über Nacht am plötzlichen Kindstod gestorben ist.

Kindsvater: Autounfall.

Taufpate: Blitzschlag.

Alles in *einer* Nacht. Kommt vor, keine Frage, so ist das manchmal, aber meistens ist es ganz anders. Meistens kommt das Schicksal nicht über Nacht, sondern auf Taubenfüßen. Nicht *zack,* sondern *trippel,* ganz leise, und die kleinen Krallen an den Taubenfüßen machen leise *tack tack tack,* vielleicht sind es auch gar keine Taubenfüße, sondern die Füße eines Kellners mit schwarzen Schuhen, *tack tack tack.*

Das Schicksal ist ein diskreter Kellner. Und er kommt nicht mit Kindstod und Autounfall, er kommt mit der Rechnung.

Da steht: 1 × falsche Entscheidung mit Pommes.

Und dann zahlst du.

In bar.

In Jahren.

Das ist die Währung: Lebensjahre. Viele, viele Jahre deines Lebens, vielleicht alle, die du noch hast nach der *einen* falschen Entscheidung.

Sowas macht grau, auch wenn du erst dreißig bist.

Ich betrachte Schwester Olgas Scheitel, dann ihr stumpfes hellgelbes Haar. Wahrscheinlich selbst gefärbt, das machen viele berufstätige Frauen im unteren Lohnsektor. Die fettarschige Souffleuse zum Beispiel, die hatte auch so ein Gewirr aus verdurstetem Steppengras auf dem Kopf.

Ich überlege, ob es sein kann, dass Schwester Olga gerade weint, weil ihre Schultern so komisch zucken. Dann überlege ich, wann Schwester Olgas Haare zuletzt blond waren. Nicht pissgelb, sondern naturblond. Schimmernd.

Schätze, das war so vor zehn bis zwölf Jahren, da war Schwester Olga noch Schülerin, und irgendein ambitionierter

Lehrer hat die ganze Klasse auf eine Berufsinformationsmesse geschleppt, ohne zu wissen, was er damit anrichtet. Am Informationsstand des Bundesministeriums für Familie, Senioren, Frauen und Jugend bekommt Schwester Olga eine Broschüre in die Hand gedrückt, vielleicht von der Ministerin höchstpersönlich, wer weiß. Schwester Olga sagt artig Danke und fängt zu blättern an.

Bilder von alten Frauen mit sympathischen Lachfalten, die sich Bälle zuwerfen.

Bilder von alten Frauen mit sympathischen Lachfalten, die gemeinsam etwas basteln.

Ab und zu ein Bild von ein paar sympathischen alten Männern, die auch werfen oder basteln, hin und wieder ein Rollstuhl, da und dort ein Waschbecken mit Haltegriff, und immer ein junger Mensch zwischen den Alten, immer mittendrin, immer voll dabei.

Hilft beim Basteln.

Hilft beim Werfen.

Kämmt Haare, schiebt Rollstühle, hat dieses Gesicht, das Schwester Olga sofort gefällt, so ein frohes, erfülltes Gesicht, Schwester Olga will auch so ein Gesicht haben, man kann sehen, wie viel Freude es dem Gesicht macht, auf diesen Bildern zu sein.

Altenpflege – Sei dabei! Ein Beruf mitten im Leben.

Steht vorne auf der Broschüre, oder etwas Vergleichbares, ich war ja nicht dabei, damals, als Schwester Olga sich entschieden hat, Altenpflegerin zu werden, und das Schicksal losgetrippelt ist, ganz diskret, die Rechnung in der Hand.

Klack. 03:16.

Gesenkter Kopf, zuckende Schultern. Es ist ganz still im Zimmer. Die braven Mädchen sind immer noch brav und schlafen tief. Rechts von mir Frau Fitz in ihrem vergitterten Bett, der dünne graue Zopf ist zwischen zwei Stäbe gerutscht und hängt über die Bettkante. Links von mir Marlen. Oder etwas, das wie Marlen aussieht. Die Legende sagt, dass Hexen niemals schlafen und sich nachts draußen herumtreiben. Nachts haben Hexen noch mehr Spaß als tagsüber: Gräber verwüsten, Tote quälen, auf dem Blocksberg tanzen. In ihre Betten legen sie Doppelgänger, damit es nicht auffällt. Die Doppelgänger sind aus den Gliedmaßen toter Frauen zusammengenäht, die ihr Neugeborenes ertränkt haben und dafür gesteinigt wurden. So war das zumindest früher. Keine Ahnung, wie das heute ist und woraus Marlen ihren Doppelgänger genäht hat, auf jeden Fall liegt er regungslos da, Frau Fitz auch, die Uhr blutet schweigend ihrem nächsten *Klack* entgegen und Schwester Olga weint so lautlos in sich hinein, wie ich noch nie einen Menschen weinen gehört habe.

Noch nie.

Ehrlich.

Das Alter ist nicht unbedingt reich an neuen Erfahrungen, das Altenheim schon.

Ich falte meine Hände über der Bettdecke und lausche andächtig. Schwester Olgas Hände liegen schlaff in ihrem Schoß. Es sind jetzt keine Nebelfetzen mehr, sondern einfach nur Hände. Raue Haut, rissige Nägel, jede Menge Kratzspuren, manche davon halb verheilt, manche frisch verkrustet, am rechten Ballen etwas, das wie eine kleine Bisswunde aussieht.

Vor ein paar Tagen habe ich Schwester Olga nach dem Namen ihrer Katze gefragt.

»Katze?«, hat sie gesagt.

»Oder Kinder«, habe ich gesagt und auf ihre Hände gezeigt. »Wie heißen Ihre Kinder, die süßen kleinen Rabauken?«

Und da hat Schwester Olga verstanden und matt gelächelt.

»Keine Kinder. Keine Katzen«, hat sie gesagt, und da habe *ich* verstanden.

Frau Kropp, das Biest.

Frau Fitz, der Fratz.

Schwester Cornelias Hände sind auch ein bisschen zerkratzt, aber nur ein bisschen, nur so, als hätte sie einen pflegeintensiven Garten mit Rosensträuchern. Keine Bissspuren. Schwester Cornelia ist eine sehr imposante Frau. Arme wie ein Kampfringer, kerniges Ego, da trauen sich die Biester nicht so ran. Der junge Hilfspfleger trägt immer medizinische Handschuhe, diese widerlichen Teile aus Latex, unter denen deine Hände schwitzen und schimmeln wie reifer Käse. Das machen nur Anfänger, hat mir Schwester Cornelia erklärt, und nur in den ersten Wochen. Nur so lange, bis sie kapieren, dass ein paar Kratzer besser sind als ganze Pilzkolonien.

Schwester Tereses Hände sind makellos. Fragen Sie nicht, warum. Sie wollen das gar nicht wissen, glauben Sie mir.

Klack. 03:17.

Schon erstaunlich, wie schnell die Zeit vergeht, wenn man einfach nur dasitzt und andächtig dem stummen Elend eines anderen lauscht. Wenn man gerade eine ganz neue Erfahrung macht. Hoffentlich dauert das noch ein paar Minuten, jede Minute ist kostbar, und ich muss ja keinem erzählen, warum die staatlich geprüfte Pflegefachkraft Schwester Olga heute Nacht nicht fünf, sondern zehn Minuten für die gründliche Reinigung meiner Zahnzwischenräume gebraucht hat. Schwester Olga wird es auch keinem erzählen, da bin ich mir sicher. Sie wird schweigend ihren Pflegebericht schreiben, wie immer nach der Schicht, und es ist ziemlich unwahrscheinlich, dass sie etwas anderes schreibt als:

03:05: Fr. Block klingelt und wünscht Mundhygiene. 03:14–03:24: Mundhygiene durchgeführt. Zeitaufwand: 10 Min.

Etwas anderes, zum Beispiel:

03:05: Fr. Block klingelt und wünscht Mundhygiene. 03:14–03:15 Mundhygiene begonnen. 03:15–03:19: Mundhygiene unterbrochen, da Pflegefachkraft von stummem Elend überwältigt. 03:19–03:24: Mundhygiene zu Ende geführt. Zeitaufwand abzügl. Elend: 5 Min.

Ziemlich unwahrscheinlich.

Leider auch ziemlich unwahrscheinlich, dass Schwester Olga es schafft, fünf Minuten durchzuweinen. Das kann sich eine Altenpflegerin nicht leisten, schon aus Zeitgründen.

Auf Zimmer drei hat Frau Sonne Schmerzen.

Auf Zimmer vier kann Herr Knabe nicht schlafen.

Auf Zimmer fünf ist Frau Kropp gerade am Durchdrehen, weil der Ausschlag wieder so juckt, und wenn da nicht bald jemand kommt und sie eincremt, dann garantiert sie für nichts.

Und wie ich Ihre Freundin Frau Könick kenne, wird sie auch gleich klingeln.

Oh ja.

Auf Zimmer zwei wird es auch gleich klingeln. Karlottas Wecker. Er wird Suzanna aus dem Schlaf reißen, aber das ist Karlotta egal, weil sie nämlich ein Pensum zu erfüllen hat. Hundertachtzig Pflegeminuten in vierundzwanzig Stunden – da heißt es früh anfangen. Deswegen stellt Karlotta jeden Abend ihren Wecker auf 03:20. Deswegen klingelt der Wecker jede Nacht um 03:20. Dann klingelt Karlotta.

Schwester Olga weint jetzt seit zwei Minuten, und ich glaube nicht, dass eine so pflichtbewusste Pflegefachkraft mehr als drei Minuten schafft, von fünf ganz zu schweigen, oder was meinen Sie?

Vier?

Sie sind Optimist?

Wie schön für Sie. Dann mögen Sie sicher diese schönen Kalender, die man jedes Jahr neu kaufen kann, die mit den Sprüchen, Sie wissen schon.

In der Kürze liegt die Würze.

Jeder ist seines Glückes Schmied.

Alles Ding währt seine Zeit, Gottes Lieb' in Ewigkeit.

Optimistensprüche. Die RESIDENZ ist voll davon. Überall hängen diese Kalender mit diesen Optimistensprüchen, manchmal sind es auch optimistische Bauernregeln.

Auf des harten Winters Zucht folgt die süße Sommerfrucht.

Gibt's im Juni Donnerwetter, werden Vieh und Weiber fetter.

Vor ein paar Tagen hat mir Schwester Cornelia erklärt, dass die Kalender sehr wichtig sind. »Viele unserer Bewohner sind ein bisschen desorientiert«, hat sie gesagt, »und da geben die Kalender einen gewissen Halt. Da wissen unsere desorientierten Bewohner dann wenigstens, welchen Monat wir haben und welchen Tag, und fühlen sich nicht mehr ganz so verloren.«

Aha, habe ich gesagt.

Die Uhren, habe ich gesagt, die sind dann wahrscheinlich auch für die desorientierten Bewohner.

»Ja«, hat Schwester Cornelia gesagt, »für die desorientierten und für die orientierten, weil es ist immer gut zu wissen, wie spät es ist.«

Sie hängen überall und sehen alle gleich aus. Die RESIDENZ ist voll von diesen blutroten Miststücken mit Produktfehler, die dir ständig sagen, dass schon wieder eine Minute deines Lebens vergangen ist. Als würde das hier jemanden interessieren. Oder freuen.

Frau Kropp, 89, *klack,* wieder eine Minute weg.

Frau Fitz, 80, *klack,* wieder ein Stückchen vom Lebensfaden abgezwickt.

Herr Schwochow, 70, Herr Knabe, 79, Herr Mutspiel, 81, *klack, klack, klack,* immer schön weiter so, Jungs, Schrittchen für Schrittchen näher ran an den Tod.

Da kommt Freude auf, nicht wahr?

Im Ernst: Die Einzigen, die sich hier über jedes verdammte *Klack* freuen, sind wir. Karlotta, Suzanna, Marlen und ich. Na ja, vielleicht nicht über jedes, manchmal rennt uns die Zeit auch davon und wir hinken ihr mit unserem Pensum hinterher, und da sind die *Klacks* dann eher ein Stressfaktor, aber meistens sind sie ein Anlass zur Freude. Zum Beispiel bei der Mundhygiene. Zum Beispiel bei der Teilwäsche des Oberkörpers.

Teilwäsche Unterkörper.

Kämmen.

Ankleiden.

Mundgerechte Zubereitung der Nahrung.

Ich darf gar nicht daran denken, wie viele Pflegeminutenklacks wir beim Wasserlassen und beim Stuhlgang bunkern könnten, wenn Marlen nicht gemeutert hätte.

»Kommt nicht in Frage!«, hat sie gebrüllt und mit ihrer knochigen Faust auf den Tisch gedroschen. Das war am letzten Tag unseres Lebens *vor* Beginn unseres neuen Lebens, am Tag *vor* unserem Einzug in die RESIDENZ, bei der Stabsbesprechung.

Karlottas Ausdruck, *Stabsbesprechung,* klar.

Operation Hinterland, auch Karlottas Ausdruck, außerdem Gegenstand der Stabsbesprechung, und wenn Sie jetzt schon wieder keine Ahnung haben, wovon ich hier rede, dann macht das schon wieder gar nichts.

Wird schon.

Nebenbei: Marlen behauptet, dass die Uhren gar nicht *klack* machen, wenn sie von einer Minute zur nächsten springen, sondern *knack.* Sie sagt, dass es so klingt, als würde man einem kleinen Tier das Genick brechen, einem Hamster zum Beispiel.

Wir wohnen jetzt seit acht Tagen in der RESIDENZ, und in dieser Zeit sind hier zirka elftausend Hamster eines gewaltsamen Todes gestorben.

Knack, 03:18, wieder ein Hamster hinüber, Schwester Olga hebt den Kopf und sieht mich aus wässrigen Augen an. Ihr Gesicht ist sehr blass, fast weiß, unter jedem Auge hängt ein fetter schwarzer Tropfen, die Nase schimmert rötlich im Schein der

Nachttischlampe. Schwester Olga senkt den Blick und schnieft leise, es klingt wie das Schniefen eines kleinen Tiers.

Drei Minuten, immerhin. Sie hat drei Minuten durchgeweint, das hält keine Wimperntusche aus, schon gar keine billige.

Jetzt schnieft sie zum zweiten Mal und wickelt langsam den Faden von ihren Zeigefingern. Sie stopft den Faden in die rechte Außentasche ihres Schwesternkittels, dann kramt sie in der linken und zieht ein zerknülltes Papiertaschentuch heraus. Sie fährt sich damit unter die Augen, erst links, dann rechts, das Taschentuch will die schwarzen Tränen nicht haben und verschmiert sie zu feuchtglänzenden Flächen.

Schnief.

Das Taschentuch fährt zur Nase.

Schnief. Tupf.

Es verschwindet im Kittel, Schwester Olga kramt die Zahnseide heraus. Sie zieht an der Rolle und reißt einen dreißig bis vierzig Zentimeter langen Faden ab. Sie wickelt das eine Ende des Fadens um ihren rechten Zeigefinger, das andere Ende um den linken, jetzt die Sache mit den Daumen, Faden fixieren, Hände heben, Blick heben, matt lächeln.

»So *schnief* Frau Block, und jetzt machen wir schön *schnief* den Mund auf.«

Knack. 03:19.

Tapfere kleine Schwester Olga.

Tapferer kleiner Hamster im Rad des Schicksals. Wieder eine Minute deines Lebens vorbei, das sich im Kreis dreht, von Zimmer eins zu Zimmer zwei und immer weiter, bis du wieder bei Zimmer eins bist. Tag für Tag, Nacht für Nacht, manchmal nicht, manchmal dienstfrei, dann allein zu Hause. Keine Kinder, keine Katzen, Haare färben.

Erzähl, kleiner Hamster, der Welt die Fabel vom schönen Beruf.

Sing, kleiner Hamster, das Lied vom grau gewordenen Fell.

Ich sollte jetzt irgendetwas zu Schwester Olga sagen. Irgendetwas Tröstliches, und wenn es nur einer von diesen Kalendersprüchen ist, die hier überall hängen, aber es ist gerade keiner da, bis auf einen, und *den* werde ich nicht nehmen.

Oh nein.

Mittwoch, 10. August. Ehrlich währt am längsten. Steht auf dem Kalender, der rechts neben dem Fenster hängt. Ich kann ihn gerade nicht sehen, weil mir Schwester Olgas pissgelbe Frisur die Sicht verstellt, aber ich weiß, dass er da hängt.

Ich weiß, was da steht.

Wir haben hier nämlich schon seit Tagen Mittwoch. Wir haben hier schon seit Tagen den 10. August, und wenn da nicht bald jemand kommt und das verdammte Kalenderblatt abreißt, dann mache ich es wie Frau Kropp auf Zimmer fünf: Dann garantiere ich für nichts.

Geht mir nämlich schwer auf die Nerven, das mit der Ehrlichkeit. Ist wie Ausschlag. Juckt, sticht, erinnert mich ständig daran, was für eine verlogene hinterfotzige Nummer ich hier abziehe, und das macht mir echt zu schaffen. Bei Schwester Terese nicht, da macht es Freude. Bei Schwester Terese ist es keine Sünde, so hinterfotzig wie möglich zu sein, eher das Gegenteil. Du kommst in den Himmel dafür, und alle armen Seelen singen dir ein Halleluja. Aber bei Schwester Olga kommst du dafür in die Hölle. In den achten Höllenkreis, um genau zu sein, das ist der, in dem Betrüger sitzen, zusammen mit den Heuchlern.

Ehrlich währt am längsten.

Schwester Olga wartet mit erhobenen Händen und Engelsgeduld darauf, dass ich den Mund aufmache. Die Nachttischlampe wirft ihre schlappen vierzig Watt auf das gelbe Haar und entlockt ihm einen zarten Schimmer. Es sieht plötzlich gar nicht mehr aus wie gelbes Haar, sondern wie ein Heiligenschein. Meine Blicke wandern weiter nach unten, und da schwimmen sie, Schwester Olgas Augen, in einer Pfütze aus Wimperntusche und Tränen. Das matte Lächeln hängt in ihrem Gesicht wie eine welke Lilienblüte. Die Heilige Jungfrau Maria hat immer so ein Lächeln, wenn sie als Statue in der Kirche sitzt, eine ausgemergelte Männerleiche quer im Arm, das ist unser Herr Jesus, frisch vom Kreuz geschnitten.

Märtyrerin.

Gott steh mir bei, ich verarsche hier schon seit Tagen eine Märtyrerin, und wenn ich so weitermache, dann lande ich im achten Höllenkreis.

Sag es. Sag die Wahrheit.

Wer spricht?

Die Stimme des Gewissens.

Aha.

Sag die Wahrheit, und du wirst …

Verboten!, kläfft Karlotta. Sie taucht vor meinem inneren Auge auf und würgt die Stimme des Gewissens ab. Außerdem überdeckt sie die Vision von der Heiligen Olga, klar: Gegen Karlotta hat so eine schlaffe Märtyrerin keine Chance.

Keine Ahnung, was Karlotta mit mir anstellen würde, wenn ich Schwester Olga in die Operation Hinterland einweihen würde. Schätze, das Spektrum reicht von standrechtlicher Erschießung bis zu Vierteilung. Oder sie schickt mich einfach zur Hölle. In den neunten Höllenkreis, um genau zu sein, das ist der, in dem die Verräter sitzen.

Karlotta verblasst, die Heilige Olga nimmt wieder Konturen an. Hände wie gehabt, Heiligenschein wie gehabt, und das Lilienlächeln welkt still vor sich hin, man möchte es der Heiligen Olga aus dem Gesicht pflücken, damit es endlich sterben kann.

Sie wartet. Du musst dich entscheiden.

Ja, das muss ich wohl. Und hier sind die Optionen:

Im achten Höllenkreis stecken die Betrüger mit dem Kopf voraus in einem Felsenloch.

Im neunten Höllenkreis stecken die Verräter bis zum Scheitel in einem gefrorenen See.

Schön, dass ich die Wahl habe.

Sag es.

Nö.

Sag die Wahrheit.

Nö. Der Schraubstock ist mir lieber als die Gefriertruhe.

Sag die Wahrheit, und du wirst erlöst sein.

Blödsinn, ich lande im neunten Höllenkreis.

Genau, sagt die Stimme des Gewissens, und jetzt stell dir vor:

Du bist im neunten Kreis. Kalt, so kalt ist der See. Deine Augen sind zwei Kristalle, Raureif hängt in deinen Wimpern. Du kannst die Lider nicht schließen, sie sind festgefroren. Auf deinen blankpolierten Pupillen fährt der Herrgott Schlittschuh, die Kufen zerkratzen dir den Blick, bald bist du blind. Der Herrgott liebt die Sünder im neunten Kreis, es fährt sich so gut auf ihrer Schuld, du flehst bei jeder Runde, die er dreht. Oh Heilige Olga, flehst du, steh mir bei und erlöse mich von meiner Schuld. Ich habe sie auf mich genommen um deinetwillen. Ich habe den Verrat begangen um deinetwillen, also erbarme dich meiner und hol in Gottes Namen den Herrn vom Eis.

Und da ist sie. Mit ihrem matten Lächeln, mit ihrem pissgelben Glorienschein, eine Lilie in der Hand, damit berührt sie meine Augen. Ganz zart. Ganz leicht. Meine Pupillen bekommen Sprünge, das Eis kracht, der Herrgott strauchelt, dann reißen meine Augen entzwei.

Schwarzes Wasser verschlingt das Eis, schwarzes Wasser verschlingt die Schlittschuhe. Der Herrgott reckt die Arme in die Höhe, er will sich am Himmel festhalten, aber da ist kein Himmel.

Allmächtiger!, schreit er in Todesangst. Und das Wasser greift nach ihm und zieht ihn nach unten, dann schlägt es über seinem Kopf zusammen und wird ruhig.

Stille.

Schnee.

Meine Lider schließen sich wie fallender Schnee. Ich schlafe.

2

War ja abzusehen.

Hätte mich gewundert, wenn nicht. Wenn er *nicht* einhaken würde bei der Sache mit der Schuld.

»Die Sache mit der Schuld«, sagt Doktor Klupp, »interessant.«

»Finden Sie?«, sage ich und gähne.

»Ja! Ein starkes Bild! Der gefrorene See, der Raureif in Ihren Wimpern, Gott auf Schlittschuhen – wirklich stark!«

»Finden Sie?«, sage ich und gähne, bis mein Kiefer knackt. Gleich wird er sagen, dass er mit mir über das starke Bild sprechen möchte. Nur kurz. Und nur, wenn ich mag.

»Ich möchte mit Ihnen kurz über dieses wirklich starke Bild sprechen, bevor Sie weitererzählen.«

Ich halte das Gähnen.

»Es scheint mir viel zu sagen über Ihre Schlaflosigkeit, die ich nach wie vor für das Primärsymptom einer chronifizierten posttraumatischen Belastungsstörung halte.«

Ich halte das Gähnen.

»Die assoziative Verknüpfung von Schuld, Erlösung und Schlaf ist sehr interessant, und wenn Sie mögen, dann …«

»Nein«, sage ich.

Doktor Klupp glotzt mich an. Die Hand, mit der er gerade noch Ornamente der Begeisterung in die Luft gemalt hat, hängt für einen Moment hilflos in der Schwebe, dann stürzt sie ab.

Wenn Doktor Klupps Hände keine Hände wären, sondern

Flugzeuge, dann wären sie diese eleganten weißen Segelflugzeuge am zartblauen Himmel, denen die Leute immer mit so einem seltsam verschleierten Blick nachsehen. Ich hebe einen meiner schrottreifen Kampfbomber und ziehe an der Zigarette.

»Nein«, sage ich noch einmal.

Ich mag nicht.

Und warum nicht?

Genau. Weil ich nicht mag. Außerdem ist das Bild mit den Schlittschuhen gar nicht so stark. Schwach auch nicht, solider Durchschnitt würde ich sagen, auf jeden Fall kein Grund, mich zu unterbrechen, und wenn Doktor Klupp auch nur einen Hauch von Ahnung hätte, was ein wirklich gutes Bild ist, dann hätte er mich schon viel früher unterbrochen. Zum Beispiel bei den gekochten Weißwürsten kurz vorm Platzen als Bild für Suzannas Unterschenkel. *Das* war stark!

»Frau Block«, sagt er mit einer Stimme, die ein bisschen streng klingen soll, »Sie blockieren schon wieder!«

»Tu ich *nicht.*« Stimme einer Fünfjährigen, die gerade beim Verzehr von Sandkuchen erwischt worden ist oder beim Foltern ihres Hamsters.

Er seufzt. Der abgestürzte Segelflieger liegt erschöpft auf dem Notizbuch, der andere parkt daneben.

»Nun gut«, sagt er und seufzt wieder. »Erzählen Sie weiter. Aber wenn ich Sie das nächste Mal bitte, auf ein bestimmtes Thema näher einzugehen, dann bitte keine Blockaden, Frau Block!«

»Versprochen.« Stimme einer Fünfjährigen.

3

Knack. 03:20.

Meine Hände streichen über Schwester Olgas Wangen, einmal, zweimal, Schwester Olga lächelt matt und ein bisschen irritiert.

Vielleicht fragt sie sich gerade, warum meine Hände das können. Warum meine Hände nicht zittern und beben wie sonst. Seniler Tremor, ich simuliere das sonst sehr glaubhaft.

Jetzt nicht.

Jetzt streiche ich ihr ruhig übers Haar.

Jetzt nehme ich ihre geschundenen Hände.

Jetzt drücke ich ihre geschundenen Hände sanft nach unten, sie landen weich in Schwester Olgas Schoß, der Zwirnsfaden erschlafft.

Ich sage: Liebe Schwester Olga, bitte verzeihen Sie. Verzeihen Sie, dass ich so lange nicht den Mund aufgemacht habe, aber jetzt ist es so weit. Ich habe mich entschieden und bitte Sie auf den Knien meines Herzens um Vergebung, wie der Dichter sagt.

Ich habe seit vierzig Jahren nicht mehr geschlafen, müssen Sie wissen, und da ist die Aussicht auf ein Nickerchen im neunten Höllenkreis sehr verführerisch. Deswegen habe ich beschlossen, Ihnen die Wahrheit zu sagen. Verrat ist genauso schlimm wie Betrug, wenn nicht schlimmer, immerhin landet man dafür noch ein Stockwerk tiefer in der Hölle, aber was soll's. Sie kommen ja dann vorbei und berühren meine Augen mit einer Lilie, und alles wird gut. Ich werde schlafen, zum ersten Mal seit vierzig Jahren. Kein Knistern, keine rötlichen Flecken. Alles schwarz und still, ein tiefes totes Meer aus Deltawellen.

Und die Wahrheit ist: Ich bin gar keine hilflose alte Frau. Ich bin gar nicht schlecht zu Fuß, und das mit dem Zittern in meinen oberen Extremitäten ist gespielt. Schlecht sehen, schlecht hören, alles Theater.

Geben Sie mir ein Stück Zahnseide, Schwester Olga, und ich nähe Ihnen im schlappen Schein einer Nachttischlampe mit ein paar präzisen Stichen die winzigsten Kleidungsstücke.

Ein Schutzmäntelchen für die Bisswunde an Ihrer Hand zum Beispiel.

Ein Leichenhemdchen für den Hamster, der gerade gestorben ist.

Wenn Sie wollen, liebe Schwester Olga, nähe ich Ihnen das traurige Lächeln in Ihrem Gesicht fest, damit es Ihnen niemand wegnehmen kann. Kein Problem, krieg ich locker hin, den Rest auch: aufstehen, waschen, anziehen; von A nach B gehen; mit Messer und Gabel essen.

Fragen Sie Karlotta, ob sie alleine aus dem Bett aufstehen kann, und Karlotta wird sagen: Aber nein, auf keinen Fall, Sie müssen mir helfen, Schwester Olga, und lassen Sie sich dabei ruhig Zeit.

Und die Wahrheit ist: Karlotta kann wirklich nicht aus dem Bett aufstehen, weil sie nämlich aus dem Bett *springt* und dann ihre Morgengymnastik macht. Dreißig Sit-ups, zwanzig Liegestütze, und für die Oberschenkelmuskulatur mindestens vierzig von diesen ätzenden Kniebeugen mit nach hinten geschobenem Arsch. Karlotta macht das seit vielen Jahren, jeden Morgen, und sie macht es auch hier in der RESIDENZ, nur viel leiser, damit die braven Mädchen nicht aufwachen. Dann legt sie sich wieder ins Bett und wartet auf das Pflegepersonal von der Frühschicht, eine hilflose alte Frau.

Suzanna: eine hilflose alte Frau. »Aber nein, Schätzchen, ich kann *nicht* alleine essen, Sie müssen mir schon helfen.«

Und die Wahrheit ist: Suzannas Hände sind Präzisionswerkzeuge, wenn es um das Zerkleinern und Aufspießen von toten Tieren geht. Messer, Gabel, Schnitt, Stich, weg.

Siehe totes Gemüse.

Siehe totes Obst.

Gestern hat es toten Rosinenkuchen gegeben, zum Kaffee. Suzanna hasst Rosinen und liebt Kuchen. Der Hilfspfleger hat zwei Pflegeminuten gebraucht, um die ekligen kleinen Dinger aus dem Kuchen zu pflücken, Suzanna schafft das in zehn Sekunden, wenn sie gerade keine hilfsbedürftige alte Frau ist. *Pick, pick, pick,* mit dicken Fingern und stumpfen Nägeln, aber schneller, als eine Ostseemöwe ihren scharfen Schnabel in ein Stück Abfall hacken kann.

Was Marlen betrifft: Schon mal von einer Hexe gehört, die jede Nacht auf dem Blocksberg tanzt, aber keine zwei Treppen alleine schafft?

Das, liebe Schwester Olga, ist die Wahrheit über uns vier.

Simulanten.

Betrüger.

Operation Hinterland.

Karlottas Plan, zu dem wir in einer versoffenen Nacht ja gesagt haben, ohne es zu merken. Ein Kellner auf Taubenfüßen, Schweinsrippchen, Schnaps, und irgendwann ist es passiert. Schicksalhafte Entscheidung.

»Es war *meine* Idee, aber *eure* Entscheidung«, hat Karlotta gesagt bei der Stabsbesprechung, und dass wir gefälligst dazu stehen sollen, Suff hin, Schnaps her, Konsequenzen tragen, wenn's geht mit Würde. Geht aber auch ohne. Hat sie gesagt.

»Zehn Tage, Leute! Es dauert maximal zehn Tage von der Antragstellung bis zur Einzelfallbegutachtung durch den MDK.

Wir müssen nur zehn Tage durchhalten und am zehnten Tag eine gute Performance hinlegen, dann wird der Medizinische Dienst der Krankenkassen den Antrag auf Pflegebedürftigkeit der Stufe zwei genehmigen.«

»Bedeutet?«, habe ich gesagt.

»Bedeutet: Ich habe für uns alle vier einen Antrag auf Pflegebedürftigkeit der Stufe zwei von drei möglichen Pflegestufen gestellt. Stufe eins ist Pipifax. Da dürfen wir uns nur hin und wieder beim Treppensteigen helfen lassen, und das war's. Fürs Treppensteigen gibt's kaum Kohle, also Schwamm drüber. Stufe drei ist das Optimum, rein finanziell betrachtet, sozusagen paradiesisch, nur leider illusorisch.«

»Soll ja öfter vorkommen bei Paradiesen«, hat Marlen gemurmelt. Mein Gott, war die schlecht gelaunt an dem Tag.

»Leider illusorisch, dass wir es schaffen, uns zehn Tage lang rund um die Uhr bei allem helfen zu lassen, sogar beim Nasenbohren. Deswegen nehmen wir Abstand von Pflegestufe drei und konzentrieren uns auf das Machbare: Pflegestufe zwei.«

»Bedeutet?«, sage ich.

»Ich zitiere: Pflegestufe zwei bedeutet, dass der Antragsteller mindestens drei Stunden täglich Hilfe bei den Verrichtungen des täglichen Lebens benötigt. Das tägliche Leben besteht aus vier Bereichen:

Körperpflege.

Ernährung.

Mobilität.

Hauswirtschaftliche Versorgung. Zitat Ende.«

»Kommunikation«, sage ich. »Was ist mit Kommunikation? Gehört auch zum täglichen Leben. Sprechen zum Beispiel. Machen die meisten täglich, viele sogar mehrmals täglich.«

»Ich zitiere: Andere Aktivitäten des täglichen Lebens, zum Beispiel Maßnahmen zur Förderung der Kommunikation, finden keine Berücksichtigung.«

»Bedeutet?«

»Bedeutet, dass sich die Krankenkasse einen Dreck dafür interessiert, ob du noch sprechen kannst oder nur noch stumm vor dich hinsabberst. Wenn dir jemand beim Kommunizieren hilft: Schön für dich, aber Kohle gibt's dafür keine. Heißt für uns: Alle Konzentration auf die subventionierten Pflegeminuten in den vier Bereichen des täglichen Lebens. Sammeln, Leute, sammeln, was das Zeug hält! Jede Minute ist kostbar! Jede Pflegeminute wird jeden Tag vom diensthabenden Pflegepersonal in den Pflegebericht geschrieben, und wenn der MDK kommt, wird er jeden Pflegebericht auf jede Pflegeminute hin überprüfen und in das Pflegegutachten übertragen. Außerdem wird der MDK *uns* prüfen. Er wird prüfen, ob wir abgewrackt und schrottreif genug sind für die RESIDENZ. Ob wir es wirklich verdient haben, mit den anderen senilen Altlasten eine staatlich subventionierte Endlagerstätte zu bewohnen. Fazit: Wir müssen das Pensum schaffen, das ist Punkt eins. Punkt zwei: Wir müssen am Tag der Begutachtung eine astreine Performance als Menschenmüll hinlegen. Wenn wir es schaffen, fängt der Urlaub an. Dann können wir machen, was wir wollen, ich habe alles mit dem Heimleiter besprochen, ein total korruptes Arschloch, einfach großartig, der Mann. ›Je höher der Zuschuss durch die Kassen, Frau Könick‹, hat er gesagt, ›desto besser läuft mein Laden.‹ Und dass der Laden nicht so gut läuft in letzter Zeit, weil ihm ein paar hochsubventionierte Pflegefälle weggestorben sind. ›Also, Frau Könick‹, hat er gesagt, ›wenn Sie und Ihre Freundinnen das hinkriegen mit der Pflegestufe zwei, dann haben Sie Narrenfreiheit hier in der RESIDENZ, und ich garantiere persönlich für ein solides Privilegienpaket.‹

Einzelzimmer.

Extratisch im Speisesaal.

Befreiung von sämtlichen geriatrischen Zwangsveranstaltungen, zum Beispiel vom Anti-Demenz-Training.

Außerdem habe ich für dich«, Karlotta zeigt auf mich, »die Aufhebung des Rauchverbots erwirkt. Du darfst überall in der RESIDENZ völlig ungehemmt qualmen und an der Vollendung deines Lungenkarzinoms arbeiten.«

»Ich habe kein Lungenkarzinom, aber trotzdem danke, Karlotta«, sage ich.

»Für dich«, Karlotta zeigt auf Suzanna, »habe ich ein zeitlich unbefristetes Besuchs- und Aufenthaltsrecht im Sterbezimmer erwirkt. Die Mortalitätsrate in einem Altenheim ist nicht ganz so hoch wie in einem Hospiz, aber dafür sterben die Leute in der Regel langsamer, und du darfst ihnen dabei zusehen.«

»Oh ja!« Suzanna klatscht in die Hände. »Danke, Karlotta!«

»Und welche Sondergenehmigung haben Ihro militärische Gnaden General Könick für meine bescheidene Wenigkeit ausgehandelt, wenn ich fragen darf?« Mein Gott, ist Marlen schlecht gelaunt.

Karlotta macht eine Kunstpause. Einundzwanzig, zweiundzwanzig, Trommelwirbel, die Spannung steigt. Wahrscheinlich bekommt Marlen jede Nacht das Haustaxi samt Chauffeur zur Verfügung gestellt. Mirko und der Leichenwagen, Sondershuttle zum Blocksberg.

Der Trommelwirbel wird schneller und schneller, er wird lauter und lauter, der Schlagzeuger bekommt diesen irren Blick, den Schlagzeuger immer bekommen kurz vorm Höhepunkt, gleich ist es so weit, *trommeltrommel, wirbelwirbel,* Crescendo, Schlag!

»Maniküre«, sagt Karlotta.

Kunstpause.

»Pediküre.«

Pause.

»Wimpern färben, Gurkenmaske, Gesichtsmassage. Beine

wachsen, Bikinizone, Achseln, Damenbart, der ganze Schnuddel, die Kosmetikerin kommt dich einmal pro Woche besuchen, auf Kosten des Hauses.«

»Zweimal!«, zischt Marlen.

»Da müsste ich nachverhandeln, lässt sich aber mit hoher Wahrscheinlichkeit machen. Also, Leute: Seid ihr bereit für die Operation Hinterland? Seid ihr bereit, zehn Tage lang die Konsequenzen eurer Entscheidung zu tragen und das Ja-Wort, das ihr mir in der Kneipe gegeben habt, in die Tat umzusetzen?«

Suzanna nickt.

Marlen nickt.

Ich überlege.

Die Privilegien können sich sehen lassen, keine Frage, aber bis dahin ist es ein weiter Weg. Zehn Tage sind eine lange Zeit, wenn du sie als Menschenmüll verbringen musst. Außerdem habe ich das dumpfe Gefühl, dass wir gar nicht so genau wissen, worauf wir uns da einlassen. Mit den Details ist Karlotta noch nicht herausgerückt, und mir schwant Übles. Körperpflege zum Beispiel ist ein weites Feld. Wer weiß, bei welchen sogenannten Verrichtungen ich mir im Bereich Körperpflege helfen lassen muss. Wer weiß, wo ich mir überall herumfummeln lassen muss.

Es gibt Stellen an deinem Körper, die sind nicht für andere bestimmt.

Es gibt Orte an deinem Körper, die darf keiner betreten.

Geheimnisse einer Frau, schuhu, schuhu.

»Und was, wenn wir es *nicht* schaffen«, sage ich. »Wenn die Operation Hinterland scheitert.«

Karlotta runzelt die Stirn. Sie hat genau gehört, dass in meinen Fragen die Fragezeichen fehlen. Fragen ohne Fragezeichen sind Feststellungen.

»Dann«, sagt Karlotta mit der Stimme eines Apokalyptikers,

der gerade den Weltuntergang prophezeit, »ist der Traum vom Ruhestand ausgeträumt. Kein Urlaub im Hinterland, keine Aufenthaltsgenehmigung im Reservat. Ohne Zuschuss können wir uns die RESIDENZ nicht leisten, und ein anderes Altenheim auch nicht. Bedeutet: Wir bleiben arbeitsfähige Mitglieder dieser Gesellschaft und werden so lange als ehrenamtliche Vollzeitsklaven durchs Leben gehen, bis wir *wirklich* reif sind für die Mülldeponie. Die Suppenküchen und Krebsstationen dieser Welt warten schon auf uns, von den vielen unterkühlten Frühgeborenen ohne Mützchen ganz zu schweigen. Viel Spaß beim Stricken, Almut. Und übrigens: In Suppenküchen und Krankenhäusern herrscht absolutes Rauchverbot.«

»Worauf warten wir noch!«, sage ich, »Los geht's! Auf in den Kampf! Wir schaffen das!«

Knack. 03:20. *Rrrring*.

Schwester Olga zuckt zusammen, ich auch. Frau Fitz stöhnt im Schlaf, Marlens Doppelgänger auch.

Rrrring.

Ich starre Schwester Olga an. Die Hände mit dem Faden hängen immer noch in der Luft, ihr Haar glänzt, das Lächeln ist ihr beim Zusammenzucken aus dem Gesicht gerutscht.

Wie es aussieht, wartet sie immer noch darauf, dass ich den Mund aufmache.

Wie es aussieht, habe ich gerade mit offenen Augen geschlafen, für den Bruchteil einer Sekunde, um genau 03:20, irgendwo zwischen *knack* und *rrrring*.

Ich habe geschlafen!

Und geträumt. Von Schuld und Sühne, von Schlaf und Erlösung. Alles nur geträumt.

»Pscht«, sagt Schwester Olga leise, »nicht erschrecken. Das ist nur der Wecker von Frau Könick nebenan.« Sie dreht den Kopf nach rechts zu Frau Fitz, dann nach links zu dem Etwas, das wie Marlen aussieht. »Alles gut. Sie schlafen, und das ist gut, und wir werden auch gleich Heia machen, wenn wir durch sind mit den Zähnchen, nicht wahr, Frau Block?«

Ich nicke, ich öffne den Mund. Aber nur so weit, wie man den Mund öffnen muss, um zu sprechen.

»Verzeihen Sie, Schwester Olga, ich war gerade ein bisschen abwesend. Sie wissen ja: das Alter.«

Sie lächelt. Sie spannt den Faden.

4

An der schönen blauen Donau.

Knack, 07:00, aus dem Lautsprecher an der Decke kommt ein kurzes Krachen, und dann geht's los. Am Anfang ganz leise. Erst die Hörner, dann die Flöten, oder was immer das auch ist, was sich da am Anfang so perfide reinschleicht in den Walzer, während die Geigen schon im Hintergrund lauern. Knapp dreißig Sekunden später dann das erste fette Crescendo. Die Hörner geben Gas, die Geigen fallen wie ein ausgehungerter Heuschreckenschwarm aus dem Lautsprecher über uns her, Marlens Doppelgänger stöhnt und zieht sich die Bettdecke über den Kopf. Vielleicht ist es auch gar nicht Marlens Doppelgänger, vielleicht ist es Marlen höchstpersönlich, ich kriege nie so genau mit, wann der Austausch stattfindet und wie, ich zähle einundzwanzig, zweiundzwanzig, gleich ist es so weit, gleich ist er da, der erste Höhepunkt, und da ist er schon.

Fortissimo!

Blas! Flöt! Schrummel! *Zack:* Frau Fitz setzt sich ruckartig in ihrem Gitterbett auf. Der graue Zopf, der jede Nacht zwischen die Stäbe rutscht, befreit sich mit einer schlangenhaften Bewegung.

Decrescendo.

Piano.

Frau Fitz sitzt kerzengerade da und stiert mit leerem Blick vor sich hin. Die Hörner verstummen, die Heuschrecken formieren sich zu einer leise schwirrenden Wolke. Einsatz Celli und Bratschen, ganz zart, jetzt die Triangel, *kling kling,* Frau Fitz klimpert ein paar Mal mit den Augendeckeln und gähnt. Beim zweiten *kling kling* klettert sie über das Gitter, behände wie ein junges Äffchen, und tänzelt auf Zehenspitzen in die Mitte des Zimmers. Dabei rafft sie geziert ihr gelb gepunktetes Nachthemd und legt eine feinmaschige Netzhose frei. Unter der Netzhose trägt Frau Fitz etwas Weißes. Der Laie könnte das für eine Herrenunterhose halten, hinten ausgestopft, vorne mit Erektion, es ist aber keine Herrenunterhose, es ist das Modell Premium Comfort. Doppelter Saugkern, Auslaufsperre im Front- und Rückenbereich.

Ich bin kein Profi in Sachen Windeln, aber langsam werde ich das, ehrlich.

Premium Comfort.

Premium Plus.

Seni Lady.

Seni Flex.

Frau Fitz bekommt jede Nacht ein anderes Modell verpasst, gestern zum Beispiel war es das Modell Premium Plus. Auch doppelter Saugkern, auch Auslaufsperre vorne und hinten, aber im Unterschied zu Premium Comfort hat Premium Plus einen Klettverschluss und muss nicht mit einer Netzhose fixiert werden.

»Sehr praktisch«, hat mir Schwester Cornelia erklärt, die ein absoluter Profi in Sachen Windeln ist. »Premium Plus ist sehr praktisch, außerdem absolut zuverlässig, quasi der Mercedes unter den Inkontinenzeinlagen.«

Interessant, habe ich gesagt.

»So ein Klettverschluss, müssen Sie wissen, das ist eine großartige Sache für uns vom Pflegepersonal, weil das geht ganz schnell beim Ausziehen. *Ratsch, zack,* und schon ist die Sache erledigt. Die Netzhose ist da viel sperriger, weil die hat zwar einen elastischen Bund, aber der sitzt verdammt stramm, der Bund, und auch die elastischen Beinabschlüsse, alles sehr stramm, und das ist ja auch quasi der Sinn der Sache, weil die Einlage bombensicher fixiert sein muss, aber beim Ausziehen, ich kann Ihnen sagen, Frau Block, da hat unsereins schon zu kämpfen hin und wieder.«

Interessant, habe ich gesagt. Und warum werden dann hauptsächlich Windeln *mit* Netzhose verwendet?

»Einlagen. Es heißt Einlagen. Und die Windeln mit Klettverschluss oder Klebestreifen heißen Pants.«

Und warum werden dann hauptsächlich Einlagen mit Netzhose verwendet und keine Pants?

»Ist billiger.«

Frau Fitz tänzelt Richtung Zimmermitte, ich betrachte wie jeden Morgen ihre nackten Beine und frage mich, wie sie das nur hingekriegt hat.

Frau Fitz ist 80.

Die Beine sind 14.

Ehrlich. Mädchenbeine. Überhaupt sieht Frau Fitz aus wie ein Mädchen, aber eines mit Hutchinson-Gilford-Syndrom, das ist diese Krankheit, bei der du im Turbotempo alterst, weil irgendeines deiner Chromosomen verrückt spielt. Mit drei verkalken deine Arterien, mit acht bekommst du Osteoporose, mit elf hörst du auf zu wachsen, mit vierzehn bist du tot. Aber du stirbst mit makellosen Beinen.

So gesehen ist das doch kein so guter Vergleich mit dem Hutchinson-Gilford-Syndrom, weil Frau Fitz gerade nicht danach aussieht, als würde sie bald sterben. Ihre Wangen sind gerötet, ihre Augen glänzen, sie tänzelt formvollendet durchs Zimmer, gleich wird sie stehen bleiben.

Es gibt da diese Stelle am Boden, mitten im Zimmer, die ist viel heller als der Rest. Braungrauer PVC-Boden, und dann diese Stelle. Ein rundlicher Fleck, in der Mitte fast weiß, an den

Rändern hellgrau auslaufend, außerdem deutlich tiefer als der Rest des Bodens. Am dritten Morgen ist mir das zum ersten Mal aufgefallen, und da habe ich Schwester Cornelia gefragt, wie lange Frau Fitz schon in der RESIDENZ wohnt.

»Neun Jahre«, hat Schwester Cornelia gesagt.

»Immer im selben Zimmer?«

»Immer im selben Zimmer.«

Immer, wenn Frau Fitz die Stelle erreicht hat, wanzt sich das ganze Orchester gerade an den berühmten So-blau-so-blau-Refrain heran, bei dem die Japaner im Wiener Musikverein immer zu schunkeln anfangen. Neujahrskonzert und so, Sie wissen schon.

Frau Fitz tänzelt im Stand, ihre Fußballen bearbeiten den PVC-Boden, der heute wieder einen Hauch heller und ein mikroskopisch kleines Stück tiefer werden wird. Jetzt lässt sie das Nachthemd los, Premium Comfort verschwindet, die Ärmchen wandern nach oben und bilden ein perfektes Oval.

Das ist immer ein bemerkenswerter Moment, der Moment mit dem Oval. Ich weiß nicht, wie Frau Fitz das macht, und es ist mir immer ein bisschen unheimlich, ehrlich gesagt, weil sie nämlich für ein paar Sekunden völlig erstarrt. Manchmal für fünf Sekunden, manchmal für zehn, je nachdem, wie lange das Orchester noch braucht mit dem Ranwanzen.

Sie erstarrt.

Völlig.

Irgendwo drückt jemand auf die Pausetaste, vielleicht Gott, und nichts an Frau Fitz bewegt sich mehr. Kein leichtes Zittern in den durchgestreckten Mädchenbeinen, kein Heben und Senken des Brustkorbs. Ihr nach rechts geneigter Kopf, das krampfige Lächeln, die aufgerissenen Augen – alles so, als wäre Frau Fitz *doch* am Hutchinson-Gilford-Syndrom gestorben und irgendjemand, zum Beispiel Gott, hätte sie genommen und ausgestopft.

Nach fünf Sekunden oder zehn legen sich die Streicher dann in die erste So-blau-so-blau-Kurve, und alles, was einen Resonanzkörper hat und ein paar Saiten, macht *schrummel* oder *schmier*. Im ausverkauften Goldenen Saal des Wiener Musikvereins fängt alles zu schunkeln an, was Takahashi heißt oder Matsumoto, der österreichische Bundespräsident schläft mit offenen Augen auf dem Balkon, Frau Fitz löst sich aus ihrer Erstarrung.

Was dann folgt, ist schwer zu beschreiben. Da gibt es sicher eine ganze Menge guter Ausdrücke, aber mir fallen nur ein paar ein, und ich weiß nicht, ob es die richtigen sind. Wenn du jahrzehntelang in einem Musical-Schuppen arbeitest, dann bekommst du eine Ahnung von den Schrecken des klassischen Tanzes, aber eben nur eine Ahnung, weil das in der Regel nicht wirklich klassisch ist, das Gehopse im Musical. Bei Frau Fitz schon. Total klassisch, was Frau Fitz da jeden Morgen treibt.

Arabesque.

Würde sagen, als Erstes geht sie in eine Art Arabesque. Standbein gestreckt, auf Zehenspitzen, Spielbein gerade nach hinten so hoch es geht, Kopf in den Nacken, linker Arm nach vorne, rechter Arm nach hinten, Arabesque eben.

Drei Sekunden halten, dann auflösen und ab in die Grundstellung.

Zweite Kurve So-blau-so-blau.

Stehen. Lächeln.

Keine Ahnung, wie man die Grundstellung nennt, auf jeden Fall stehen alle klassischen Tänzer so da, wenn sie gerade nicht tanzen. Die Arme schweben seitwärts in der Luft, mit leichter Tendenz nach unten, das Standbein steht flach am Boden, das Spielbein ist gestreckt nach vorne geschoben, die Ferse des Spielbeins ist angehoben, die Fußspitze berührt den Boden. Oben herum sieht das Ganze aus wie eine angeschossene Wildente mit halblahmen Flügeln, unten herum denkt man eher an eine Gelenkserkrankung, die das Knicken der Knie unmöglich macht.

Lächeln!

Dritte Kurve So-blau-so-blau, *schrummel, schmier,* die Japaner schunkeln, der Bundespräsident schläft, Frau Fitz klopft mit der Fußspitze des Spielbeins zweimal auf den Boden, ohne aus der Grundstellung Angeschossene-Wildente-mit-Gelenkserkrankung zu gehen.

Sowas nennt man Battement.

Nach dem Battement kommt in der Regel ein Battement frappé (klopfende Bewegung des Spielbeinfußes gegen das Standbein), manchmal rafft sich Frau Fitz in der vierten Kurve auch zu einem Entrecheat auf, was meistens ziemlich danebengeht. So ein Sprung mit mehrmaligem Kreuzen der Füße in der Luft hat es in sich.

Grundstellung, lächeln, fünfte Kurve.

Irgendwelche Blechbläser haben sich zu den Streichern gesellt und geben den Japanern Schmackes, der Bundespräsident schläft.

Rond de jambe par terre.

Rond de jambe en l'air.

Das rechte Bein malt einen Kreis auf den Boden, es malt einen Kreis in die Luft, dann malt es ein Kreuz auf den Boden, der Herr steh uns bei, sowas nennt man En croix, jetzt legt sich alles, was ein Instrument ist, in die sechste Kurve.

High Noon im Musikverein! Streicher, Bläser, Flöten, Schlagwerk, alles schrummelt und schrammt und tönt, die Donau schwillt an, Frau Fitz macht eine Pirouette, die Donau wird zum reißenden Fluss, Frau Fitz macht eine doppelte Pirouette, die Donau tritt über die Ufer und verschlingt ganz Wien mit einer einzigen riesigen Welle.

»So blau, so blau«, kreischt Frau Fitz und rotiert formlos

mit den Armen, während der Stephansdom unter den Wassermassen verschwindet.

Kurz danach muss auch der Musikverein daran glauben.

Der österreichische Bundespräsident stirbt im Schlaf.

Marlen reißt sich die Bettdecke vom Kopf und brüllt: »Töten! Töten und ausstopfen! Ich halte das nicht mehr aus mit der verrückten Alten!«

Alles, was von Wien bleibt, ist die etwas höher gelegene Irrenanstalt Steinhof.

»Guten Morgen, die Damen!«

07:04. Schwester Cornelia steht in der Tür. Vor ihr ein Rollwägelchen mit Waschschüssel und Handtüchern, hinter ihr, leicht geduckt, ein junger Mann. Das Wägelchen ist mir wohlbekannt, der junge Mann nicht. Schwester Cornelias Stimme klingt wie immer, wenn sie Frühschicht hat und »Guten Morgen, die Damen!« sagt: wie ein Kontrabass, den jemand an einen Verstärker angeschlossen hat. Das Gesicht des jungen Mannes erinnert mich an eine Piccoloflöte.

Schwester Cornelia dreht an dem kleinen Knopf neben der Tür, mit dem man den Lautsprecher an der Decke regeln kann. Der Donauwalzer wird gurgelnd leiser, dann säuft er ab.

»Töten«, murmelt Marlen schwach und zieht sich die Decke wieder über den Kopf, Frau Fitz lässt ihre Propellerarme sinken und verwandelt sie in flatternde Elfenflügel. »So blau, so blau«, singt sie unermüdlich, nur ohne Orchesterbegleitung und mit deutlich leiserer Stimme, die Hüften bewegen sich geschmeidig im Dreivierteltakt.

»Guten Morgen«, sagt Schwester Cornelia noch einmal, aber ohne Verstärker. Dann greift sie nach dem Piccolo und schiebt ihn mit einer energischen Bewegung in den Raum.

»An die Arbeit, Zivi Nummer 11!«

5

Es ist ja nicht so, dass er mir nicht leidtun würde, aber was soll ich machen?

Soll ich ihn streicheln, wie es seine Mutter getan hat, früher, als er noch klein war? So übers Haar, ganz zart, soll ich das machen?

Früher war sein Haar wahrscheinlich sehr fein. Ein feiner heller Flaum auf dem zerbrechlichen Köpfchen, das ist noch gar nicht so lange her, geschätzt achtzehn, neunzehn Jahre. Jetzt sind die Haare dicht und glatt und ein bisschen zu lang, wenn Sie mich fragen, vor allem vorne. Die Stirnfransen hängen ihm über die Augen, vor ein paar Minuten waren sie noch in einer fluffigen Welle quer über die Stirn geföhnt, jetzt nicht mehr. Schnurgerade, feuchtglänzend. Das kommt vom Schweiß. Angstschweiß wahrscheinlich, vielleicht auch diese Art von Schweiß, die einem aus allen Poren tritt, wenn man von einer tiefen Scham durchglüht wird. So oder so: Beim Militär wäre das nicht passiert. Da hätten sie ihm die Fransen längst abrasiert.

Der Föhn: konfisziert.

Der Schweiß: sportlich.

Nicht besonders angenehm, keine Frage, aber seiner Mutter wäre das trotzdem lieber gewesen, das mit dem Militär, weil sie nämlich schon Schlimmes geahnt hat. Mütter haben da so ein Gespür, müssen Sie wissen, und wenn ihn *seine* Mutter jetzt sehen könnte, dann würde sie sich nur *eines* wünschen: dass ihr kleiner Liebling mit einem Stahlhelm auf dem rasierten

Schädel und einer Feuerwaffe Typ MG3 in den Händen über den Kasernenhof robbt, statt mit dem Waschlappen an einer nackten alten Frau herumzufummeln.

»Ausziehen! Waschen!«, hat Schwester Cornelia zu ihm gesagt und auf mich gezeigt. »Vorderseite zuerst! Oben anfangen, unten aufhören, dazwischen nichts auslassen!«

Das war vor fünf Minuten. Jetzt ist oben gerade dran, unten kommt noch, dazwischen wartet schon.

Schweißtropfen auf seiner Stirn, dichtgedrängt unter den Fransen. Anderswo tropft es auch, irgendwo weit entfernt von der RESIDENZ, da weint eine Mutter und weiß nicht, warum, aber sie hat da so ein Gespür.

Zeit der Unschuld.

Vorbei.

Ich hatt' einen Kameraden, einen bessern findst du nit / Ihn hat es weggerissen, er liegt zu meinen Füßen / Will mir die Hand noch reichen, derweil ich fummeln tu / Kann ihm die Hand nit geben, der Lappen lässt's nicht zu.

Später beim Frühstück werde ich Suzanna von dem Lied erzählen, das ich leise vor mich hingesungen habe, während der neue Zivi an mir herumgefummelt hat. Die erste Ganzkörperwäsche seines Lebens. Die erste am Körper einer Frau, die seine Großmutter sein könnte.

»Du bist ja sowas von gemein«, wird Suzanna kichern, und Karlotta wird sagen, dass sie selten etwas so Abgeschmacktes gehört hat und dass der kleine Hosenscheißer es nicht anders verdient hat.

Deserteur.

Pazifist.

Paul.

So heißt er, glaube ich, oder Raoul, er hat sich vorgestellt, aber seinen Namen in dem Augenblick wieder verschluckt, in dem er ihn herausgewürgt hat.

»Schöner Name«, habe ich gesagt, »wie war er noch mal?«

»Nummer 11«, hat Schwester Cornelia gesagt, die gerade dabei war, der nach wie vor walzertrunkenen Frau Fitz das Nachthemd über den Kopf zu ziehen, und ihr dabei fast die Elfenflügel ausgerissen hätte. »Er heißt Nummer 11.«

Raoul oder Paul hat sich die glatte Föhnwelle glattgestrichen und hilflos gegrinst. Dann hat er den ersten Knopf an meinem Nachthemd geöffnet.

Später wird mir Schwester Cornelia erklären, dass die Zivis in der RESIDENZ nie Namen haben, weil sie so oft wechseln, und da haben alle aufgehört, sich die Namen zu merken. Oder es überhaupt zu versuchen. Kaum einer hält es länger als zwei Wochen hier aus, wird mir Schwester Cornelia erklären, ein paar sprengen die magische Ein-Monat-Grenze, und wer es bis zum Ende schafft, der hat eine Ausbildung in Nahkampf, Selbstverteidigung und Latrinenputzen absolviert, von der die kasernierten Kollegen nur träumen können. Außerdem bekommt er seinen Namen zurück.

»Nummer 5, Jahrgang 2016, das war der Letzte, der bis zum Schluss geblieben ist«, wird Schwester Cornelia sagen. »Damals haben die Zivis noch Freiwis geheißen, aber dann hat die Regierung den Freiwilligendienst abgeschafft und das alte Modell wieder eingeführt, weil kaum einer freiwillig als Freiwi arbeiten wollte. Nummer 5 schon, ein wirklich netter Kerl, und sehr tapfer. An seinem letzten Tag in der RESIDENZ haben wir zum Abschied eine Flasche Sekt geköpft, in der Teeküche, und da ist einer Kollegin eingefallen, dass Nummer 5 eigentlich Horst heißt, und da haben wir zum ersten Mal seit sechs Monaten Horst zu ihm gesagt. Prost Horst!, haben wir gesagt, er war gerührt.«

Nummer 11 des aktuellen Jahrgangs taucht den Waschlappen in die Schüssel. Das Rollwägelchen mit der Schüssel parkt neben meinem Bett, ich parke auf dem Laken, die Arme hinter dem Kopf verschränkt. Mein höhen- und lagenverstellbares Bett ist defekt und lässt sich weder höhen- noch lagenverstellen, deswegen liege ich flach, Nummer 11 sitzt auf meiner Bettkante. Genau genommen ist es nur seine rechte Arschbacke, die da sitzt, und auch von der nur ein paar Quadratzentimeter. Er zieht den Waschlappen durch das seifige Wasser, einmal nach rechts, einmal nach links, jetzt im Kreis durch die ganze Schüssel, die Schüssel wird zur Uhr, der Lappen zum Zeiger. Zwölf, drei, sechs, neun, zwölf. Jetzt in Gegenrichtung wieder zurück. Neun, sechs, drei, zwölf, der Junge lässt sich echt Zeit, aber hallo.

Gut so.

Weiter so.

Jede Minute ist kostbar, und wenn du so weitermachst, Rekrut Nummer 11, dann werden bei der heutigen Morgenpflege nicht die üblichen fünf bis zehn Hamster sterben, sondern bis zu zwanzig.

Tod durch Genickbruch.

Tod durch Ertrinken.

Viele kleine Hamsterseelen, ich sehe sie schon aus der Schüssel schweben, in der du gerade die Zeit umrührst. Ihr Fell ist nass und weiß verklebt von der Seife, sie schweben an die Decke und weiter nach oben, das ist die Himmelfahrt des kleinen Lebens: geopfert für ein großes Vorhaben.

Goldenes Verdienstkreuz.

Für den tatkräftigen Einsatz bei unserem großen Vorhaben, die gesetzliche Krankenkasse zu bescheißen, gebührt dir das Goldene Verdienstkreuz, Rekrut Nummer 11.

Mami wird stolz auf dich sein.

Die fremde Omi ist es schon jetzt.

»Schneller!«, blafft Schwester Cornelia in seine Richtung, sie zerrt gerade an Frau Fitz herum, genauer gesagt an der Netzhose.

Frau Fitz legt einen Walzerzahn zu.

»Nicht *Sie*«, blafft Schwester Cornelia. »*Sie* sollen endlich stillhalten! Mein Gott, es ist auch immer dasselbe mit Ihnen, Frau Fitz!«

»So blau, so blau.«

Nummer 11 hebt den Waschlappen aus der Schüssel und drückt ihn aus. Er streift den Lappen über die rechte Hand, dann streicht er sich mit der linken über die feuchtglänzenden Stirnfransen. Das macht er jetzt schon zum achten oder neunten Mal, seit er mit der Ganzkörperwäsche begonnen hat. Er streicht sich die Fransen nicht *aus* dem Gesicht, sondern tiefer hinein, tief über die Augen.

Vielleicht ein Tick.

Vielleicht ein Trick. Einer, der früher immer geklappt hat, da war Nummer 11 noch klein und hatte einen schönen Namen, Raoul oder Paul, und seine Mami hat ihn übers Wochenende immer zur Omi gegeben. »Sei lieb mit der Omi«, hat die Mami immer gesagt, »sie ist viel allein und freut sich sehr über deinen Besuch.« Und der kleine Raoul oder Paul war immer lieb mit der Omi, aber die Omi war nicht lieb mit Raoul oder Paul.

Märchen.

Vorm Einschlafen.

Um dein Bett tanzt das Rumpelstilzchen und kreischt wirres Zeug, an der Decke klebt die Pechmarie und tropft dich voll, Schneewittchen liegt röchelnd im Eck, es erstickt gerade, und dann ist da natürlich noch der große böse Wolf, das ist deine Großmutter. Ihre Finger sind Krallen, damit blättert sie die Seiten um. Das Märchenbuch ist alt und riecht komisch, vielleicht ist es auch die Großmutter, die so komisch riecht.

Aus dem Kindergarten weißt du, dass es sehr viele schöne Bücher für kleine Jungs wie dich gibt. Bücher mit bunten Bildern und duftenden Titeln.

Der dicke fette Pfannkuchen.

Keksi Knut trifft den dicken fetten Pfannkuchen.

Plätzchenpaula und Leckerliese treffen Keksi Knut.

Die Tante im Kindergarten ist eine moderne Prinzessin, sie hat freches kurzes Haar und lacht viel, beim Vorlesen purzeln goldene Glöckchen aus ihrem Mund. Jetzt liegst du da, es ist Sonntagabend, und die Totenglocke im Rachen deiner Großmutter läutet.

Dingdong. Deine Stirnfransen sind nass.

Dingdong. Dein Pyjama ist durchgeschwitzt. Unter den Achseln, im Schritt, du stinkst nach Angst, Großmutter mag das.

Damit ich dich besser riechen kann.

Ihre Augen hinter der Lesebrille sind zwei frisch ausgehobene Gräber.

Damit ich dich besser sehen kann.

Ihre Krallen.

Nehmen.

Ihr Wolfsmaul.

Fressen.

Kurz vorm Fressen hat sich der kleine Raoul oder Paul immer versteckt. Und wo? Genau. Unter seinen Stirnfransen.

Ein schöner Trick, Nummer 11 hat sich damit über viele, viele Wochenenden seines Kinderlebens gerettet, und jetzt ist es wieder so weit.

Großmutter, warum hast du so schlaffe Brüste?

Großmutter, warum hast du so labbrige Nippel?

Und was hast du da zwischen den Beinen, Großmutter?

Ich öffne meine Beine. Ganz langsam, ganz nebenbei, ich mache das übrigens aus keinem besonderen Grund, ich mache das ganz grundlos, einfach nur so, zum Spaß, Nummer 11 merkt nichts. Er ballt seine Waschlappenhand zur Faust und drückt die letzten Tropfen heraus, sie fallen in die Schüssel. Mein linkes Bein bewegt sich nach links, wo nichts ist. Nicht viel. Die Bettkante, im Hintergrund Marlen. Sie liegt da wie ich, Arme hinter dem Kopf verschränkt, nackt, den Kopf zu mir gedreht, offene Augen. Man kann das übrigens nicht sehen, dass Marlen nackt ist, weil sie die Decke bis zum Kinn hochgezogen hat, aber ich weiß, dass sie es ist. Hexen schlafen immer nackt, eine Ratte im Schoß, zum Zeitvertreib. Das sagt zumindest die Legende.

Marlen zwinkert mir zu.

Ich zwinkere zurück.

Nummer 11 öffnet die Hand und ballt sie wieder zur Faust, keine Tropfen, das war's. Der Lappen ist bereit, die Hand nicht. Sie schwebt über der Schüssel wie eine arme Seele, die nicht weiß, wohin, mein rechtes Bein bewegt sich nach rechts.

Sieh da, da ist etwas.

Schau an, nicht nichts.

Mein nackter Oberschenkel berührt die Arschbacke von Nummer 11, die Reaktion ist bemerkenswert und genau so, wie ich mir das vorgestellt habe.

Stromschlag.

Elektroschock.

Blitzartiges Zurückzucken der Arschbacke, die Hand mit dem Lappen erzittert, die Hand ohne Lappen vibriert, durch den ganzen Körper von Nummer 11 geht ein kurzer schockartiger Schauder, geschätzte 230 Volt, wir erleben gerade die Wunder der Elektrizität.

»Sitzen Sie bequem?«, sage ich.

Nummer 11 nickt mechanisch. Er erholt sich gerade von den Wundern der Elektrizität und ist nicht ganz bei der Sache, die Hand mit dem Lappen zittert zart.

»Haben Sie eine Freundin?«, sage ich.

Nummer 11 erstarrt. Null Vibration, null Volt. Es ist, als hätte irgendjemand den Stecker aus der Dose gezogen, zum Beispiel Gott.

Klar, ich meine, komische Frage, in *der* Situation, nicht wahr?

Und ich weiß auch nicht so genau, warum ich das gerade sage, ich sage das gerade ganz grundlos, einfach nur so, zum Spaß.

Marlen macht *zwinker.*

Ich mache *zwinker.*

Gott steckt den Stecker wieder in die Dose, Nummer 11 nickt.

»Das freut mich, dass Sie eine Freundin haben. Wie sieht sie denn aus?«

Nummer 11 gibt einen Laut von sich, den ich nicht so richtig zuordnen kann. Vielleicht ist es etwas Artikuliertes, zum Beispiel die Antwort auf meine Frage, dann könnte es sich um ein schlichtes *schön* handeln. Wenn nicht, dann tippe ich auf ein schlichtes *stöhn.*

Jetzt könnte ich natürlich fragen, wie seine Freundin heißt, aber das lasse ich lieber. Raoul oder Paul würde irgendetwas murmeln, zum Beispiel Lea oder Lena, und *ich* müsste ihn dann aussuchen, den Namen seiner Freundin.

»Um Himmels willen, jetzt machen Sie schon weiter, Nummer 11!«, blafft Schwester Cornelia.

Nummer 11 gibt sich einen Ruck und macht weiter. Die Hand mit dem Waschlappen bewegt sich langsam auf mich zu, ein Rest an Elektrizität ist noch da, die Hand vibriert leicht, sie peilt meinen Brustkorb an, die Spannung steigt, und wir fragen uns alle nur das eine: Wird sie es *diesmal* schaffen?

Wetten *nicht?*

Gewonnen.

Knapp über meiner rechten Brust geht die Hand scharf in die Kurve und landet dort, wo sie schon zweimal war. Rechte Achselhöhle. War schon, zweimal. Linke Achselhöhle auch. Linker Arm, rechter Arm, Hals, war alles schon zwei- bis dreimal, so ein menschlicher Oberkörper gibt nicht viel her, wenn du dich auf das obere Drittel beschränkst.

Der Waschlappen wandert durch die Mulde, dann in Gegenrichtung wieder zurück, das hat er die letzten beiden Male auch getan, und es fühlt sich auch diesmal wieder an wie die letzten beiden Male. Wie eine Zunge. Die Zunge eines großen Tiers, feucht und ziemlich rau. Gras wächst in der Mulde, rasieren war noch nie mein Ding, die Zunge leckt über das Gras.

»Herrgott, Nummer 11! Wie oft wollen Sie denn noch in den Achseln von Frau Block herumwischen, Sie scheuern mir die arme Frau noch wund!«

Schwester Cornelia zerrt, Frau Fitz schwenkt und singt. »So wund, so wund«, singt sie.

Die Zunge liegt für einen Moment regungslos in der Mulde, wo sie gerne für immer bleiben würde, versteckt im Gras. Dann rafft sie sich auf und gleitet ins Freie.

Sieh da, ein Obstgarten.

Schau an, zwei Birnen.

Fallobst. Ziemlich verschrumpelt, wahrscheinlich ökologischer Anbau, ich bin der Boden, auf dem sie liegen, Großmutter Erde hat nichts mehr vor mit ihren Früchten, sie starrt in den Himmel.

Da sind ein paar Risse in der Decke.

Da ist ein Lautsprecher.

Eine Lampe.

An der Lampe klebt etwas, vielleicht ein sehr großes Insekt, vielleicht eine sehr kleine Hamsterseele. Sie hat ihre Himmelfahrt nicht geschafft, und jetzt klebt sie da, zwischen Tod und Erlösung. Die Zunge fährt mir übers Schlüsselbein, einmal, zweimal, dann tastet sie nach der ersten Birne.

Marlen würde übrigens sagen, dass ich da falschliege. Obst und Gemüse, würde Marlen sagen, sind eine heikle Angelegenheit, wenn es um Bilder geht oder Vergleiche, da muss man sehr genau sein, sonst entsteht ein *falsches* Bild. In meinem Fall zum Beispiel müsste man eher von Auberginen sprechen als von Birnen. Das mit dem ökologischen Anbau stimmt.

Nun gut.

Sagen wir also: Feldfrucht.

Sagen wir: langgezogener Hautsack, keulenförmig.

»Wie wär's mit *Titte?*«, würde Karlotta sagen. »Sag doch einfach *Titte,* wenn du *Titte* meinst, ist doch ganz einfach. Alte, schlaffe, hässliche *Titte,* ganz einfach. Und wenn dir das unangenehm ist, dass diese kleine Arschbacke von einem Pazifisten an deinen Titten herummacht, dann sag's doch einfach.«

Ach wo.

Ach was.

Von wegen unangenehm, das wäre ja lächerlich, nach acht Tagen in der RESIDENZ, wo schon jeder vom Stationspersonal an mir herumgeschrubbt hat. Acht Tage RESIDENZ, das sind acht Mal Ganzkörperwäsche am Morgen und acht Mal Teilkörperwäsche am Abend, also erzähl mir nichts von wegen unangenehm. Schwester Olga, Schwester Cornelia, Schwester Terese, sie haben mich *alle* schon gewaschen.

Erzähl mir nichts von wegen Frauen unter sich.

Herr Rudolph, der Hilfspfleger, hat mich auch schon gewaschen. *Mit* Latexhandschuhen, zugegeben, aber das ist nur ein Anfängerfehler, außerdem sein einziger, der Rest ist sehr professionell, quasi ein Naturtalent, der Junge, das sagt Schwester Cornelia auch immer.

Verwandlungskünstler.

Magier.

Daran erkennst du den professionellen Altenpfleger: Dass er diesen Zaubertrick draufhat, mit dem die Kollegen aus der Unterhaltungsbranche immer Furore machen, wenn sie ein Kaninchen in einen Blumenstrauß verwandeln oder einen Blumenstrauß in einen Regenschirm. Alter Trick, billiger Trick, aber es ist wie mit der Stirnfransennummer vom kleinen Paul oder Raoul: Es klappt.

Du liegst da, splitternackt, sie waschen dich von oben bis unten, jeder macht es ein bisschen anders, jeder hat so seine Art, und spätestens, wenn sie an deinen Titten herumfummeln, passiert es: Abrakadabra – du bist etwas anders.

Bei Schwester Cornelia bist du eine alte Kommode, die mit ein paar routinierten Handgriffen ausgewischt wird. Beim Hilfspfleger bist du ein altes Auto, das durch die Waschstraße gefahren wird. Bei Schwester Olga bist du ein kleines Kind mit Hutchinson-Gilford-Syndrom, sie wäscht dich mit der Zärtlichkeit einer Frau, die gerne Kinder hätte, auch wenn sie schon mit fünf alt und hässlich sind.

Frag nicht, was du bei Schwester Terese bist, du willst das gar nicht wissen, glaub mir. Aber auch bei ihr bist du kein nackter alter Mensch, sondern etwas anderes.

Magier der Scham: Abrakadabra – und schon ist sie weg.

Und jetzt dieser Bengel! Den Stirnfransentrick hat er drauf, den Zaubertrick nicht.

Nummer 11 streicht mir mit dem Waschlappen über die rechte Aubergine. Er setzt oben an und fährt gerade nach unten bis zur Warze, das klappt ganz gut, die Aubergine wackelt ein bisschen, dann beruhigt sie sich wieder und hängt mit leichtem Rechtsdrall nach unten.

Ich betrachte die Risse in der Decke.

Der Waschlappen berührt mich knapp unter der rechten Aubergine und saugt sich dort fest. Er überlegt. Denkt nach. Hat einen Auftrag, den er erfüllen will, aber er weiß nicht wie.

Wenn du die Titten einer alten Frau saubermachen musst, dann ist die Unterseite immer ein Problem. Im Stehen, im Sitzen, im Liegen – immer ein Problem, weil du kommst da nicht ran. Nicht so leicht.

Die Lampe ist kugelförmig.

Der Lappen denkt nach.

Milchglas, dreckig.

Der Lappen denkt nach.

Was Gott wohl mit den Hamsterseelen anstellt, wenn sie endlich bei ihm angekommen sind nach ihrer langen beschwerlichen Himmelfahrt? Wahrscheinlich wirft er sie einfach weg. Auch eine Art von Erlösung, aber nicht unbedingt das, was man sich als kleine Seele so vorgestellt hat beim Nachobenschweben, da kann man auch gleich an der nächstbesten verdreckten Lampe kleben bleiben, nicht wahr?

»Anheben!«

Schwester Cornelias Stimme klingt ein bisschen atemlos. Ich werfe einen Blick auf das Geschehen an der Windelfront, sieht eigentlich ganz gut aus. Premium Comfort liegt zu zwei Dritteln frei, Schwester Cornelia kämpft schnaufend um das letzte Drittel und schleudert wütende Blicke auf Nummer 11, Frau Fitz schwenkt.

»Sie müssen das anheben, Herrgott noch mal!«

Frau Fitz hebt ein Bein. *Schlenker, schwenk.*

»Nicht *Sie!*« Schwester Cornelia greift nach dem Bein und drückt es nach unten. Das Bein lässt es geschehen, die Hüften machen weiter.

»Noch mal, noch mal«, singt Frau Fitz.

Nummer 11 streicht sich über die Stirnfransen. Das Gesicht darunter ist kein Gesicht mehr, es ist ein großes schweißverklebtes Fragezeichen.

Anheben?

Ist doch ganz einfach, Junge.

Könnte ich jetzt sagen. Total einfach, das mit dem Anheben, man muss nur wissen, wie's geht, und ich könnte dir das jetzt natürlich zeigen. Könnte ich, keine Frage. Außerdem könnte ich das einfach selbst machen, auch keine Frage, aber ich kann nicht. Ich bin hier nämlich schon seit Tagen eine hilflose alte Frau, die das Zittern hat.

Seniles Zittern. Meine Spezialität. Wir haben hier alle eine

Spezialität, musst du wissen, alle vier, das haben wir so vereinbart, bei der Stabsbesprechung. Karlotta hat eine Liste mit den beliebtesten Erkrankungen bei Frauen ab sechzig rumgegeben, und jede hat sich etwas ausgesucht.

Karlotta: Arthrose.

Suzanna: Veneninsuffizienz.

Ich: Tremor.

Marlens Spezialität lässt sich nicht so einfach auf den Punkt bringen, die ist sehr komplex, und sie steht auch nicht auf der Liste, aber wir müssen da jetzt nicht ins Detail gehen. Sagen wir einfach: Marlen *hat* keine Spezialität, Marlen *ist* die Spezialität.

Auf jeden Fall bin ich sehr froh, dass ich mich bei der Stabsbesprechung für ein einfaches seniles Zittern in den oberen Extremitäten entschieden habe, das immer dann auftritt, wenn ich einen Knopf öffnen will. Zum Beispiel. Zum Beispiel auch: Zähne putzen, Haare kämmen, Suppe löffeln. Der Spezialist nennt sowas Intentionstremor, weil er jede zielgerichtete Handlung unmöglich macht, und jetzt verstehst du vielleicht auch, warum ich dir beim Anheben meiner schlaffen Altfrauentitte nicht helfen kann. Ist nämlich eine Handlung, eine zielgerichtete.

Widerlich.

Nummer 11 starrt auf meine rechte Titte, die er irgendwie anheben soll, und verzieht das Gesicht. Ich drehe den Kopf weg und starre wieder in den Himmel.

Lampe. Lautsprecher. Risse.

Der Waschlappen schiebt meine Titte von rechts in die Mitte und ein Stück nach oben, dann lässt er sie los. Die Titte rutscht nach unten, *baumelbaumel.*

Risse. Lautsprecher. Lampe.

Der Waschlappen schiebt meine Titten von rechts in die Mitte, er schiebt sie nach oben, er lässt los, *baumelbaumel.*

»Um Himmels willen, Nummer 11, Sie haben doch *zwei* Hände! Mit der *einen* anheben, mit der *anderen* auswischen!«

Tja, ganz einfach. Man muss es nur wissen, und *jetzt* weißt du es, Kleiner, und dir bleibt gar nichts anderes übrig, als mit der bloßen Hand nach Großmutter Erde zu greifen und die Aubergine aufzuheben.

Ich drehe den Kopf zu Nummer 11, ich sehe ihn an, er sieht mich an, und da passiert es: Abrakadabra – Verwandlung!

Ich bin nicht mehr Almut Block, das nackte alte Weib, und ich bin auch keine Kommode, kein Auto, kein greises Kind. Ich bin ein Kadaver. Würmer kriechen aus meinem Bauchnabel, Maden klettern aus meinem Geschlecht, an meinen Brustwarzen nagt die Verwesung.

Nummer 11 steckt mit angewidertem Gesichtsausdruck seine Hand in das Gammelfleisch, in das er mich gerade verwandelt hat. Er umfasst meine rechte Brust, ich fange zu singen an.

»Ich hatt' einen Kameraden, einen bessern findst du nit ...«

Nummer 11 starrt mich an, Ausdruck wie gehabt.

»... ihn hat es weggerissen, er liegt zu meinen Füßen ...«

Nummer 11 drückt meine Brust leicht zusammen.

»... will mir die Hand noch reichen, derweil ich fummeln tu ...«

Nummer 11 drückt stärker.

»... kann ihm die Hand nit geben, der Lappen lässt's nicht ... aua!«

Nummer 11 lässt los. Der Ausdruck in seinem Gesicht ist plötzlich ein völlig anderer und leicht zu beschreiben. Da braucht es kein Bild, da braucht es nur eine Bildunterschrift:

Habe ich das gerade wirklich getan?

Ja, das hast du. Du hast gerade wirklich eine hilflose alte Frau misshandelt, du kleine Arschbacke, und dafür kommst du vors Kriegsgericht der RESIDENZ unter richterlichem Vorsitz von Schwester Terese.

Schwester Terese hasst Typen wie dich. Sie hasst deine lächerliche Frisur, deine miese Artikulation, einfach alles an dir, weil sie grundsätzlich alles und jeden hasst, und das heißt: Du bist erledigt, Schätzchen.

Dingdong.

Die Totenglocke in Großmutters Rachen läutet.

»Aua!«, schreie ich, obwohl Nummer 11 längst losgelassen hat. »Aua! Aua!«

Nummer 11 reißt panisch beide Arme in die Höhe, Prinzip Hände hoch!, Bildunterschrift:

Ich mach doch gar nichts, ich tu's nie wieder, ich mach doch gar nichts, ich tu's nie wieder!

»Aua! Aua!«, schreie ich.

»Frau Block!«

»Aua! Aua! Aua!«

»Frau Block!«

»Ja?« Ich drehe den Kopf zu Schwester Cornelia. So ein halbleerer Hautsack tut übrigens gar nicht weh, wenn man ihn mit der Hand zusammendrückt, da braucht es schon einen Schraubstock.

Schwester Cornelia steht neben Frau Fitz, Frau Fitz ist nackt, Premium Comfort und die Netzhose hängen schlaff um ihre Fußgelenke. »Aua, aua«, fiept sie mit hauchdünner Glasfadenstimme, zwischen ihren Mädchenbeinen welkt ein Büschel Unkraut vor sich hin.

»Frau Block«, sagt Schwester Cornelia und stemmt die beeindruckenden Arme in die beeindruckenden Hüften, »warum quälen Sie den jungen Kollegen? Erst dieses geschmacklose Lied, jetzt das lächerliche Geschrei.«

»Was heißt hier quälen? *Er* hat doch *mir* wehgetan.« Ich ziehe einen Arm hinter dem Kopf hervor und zeige auf Nummer 11, Schwester Cornelia starrt auf meinen Arm.

Verdammt.

Das Zittern.

Vergessen.

Anklagendes Zeigen auf etwas oder jemanden ist eine zielgerichtete Handlung, verleumderisches Zeigen auch. Ich setze schlagartig meinen Arm in Bewegung und wedle mit einer Tremorfrequenz von zirka vier Hertz in der Luft herum, das ist der sogenannte grobschlägige Tremor, Nummer 11 geht in Deckung, zu spät.

Patsch!

»Aua!«

Nummer 11 hält sich die Backe. Die obere, nicht die untere.

»Festhalten!«, donnert Schwester Cornelia, »sofort festhalten!«

Frau Fitz bückt sich aufs Kommando und greift nach der Netzhose, Nummer 11 schnappt sich meinen Arm.

»Loslassen!«, donnert es.

Nummer 11 lässt meinen Arm los.

»Nicht *Sie!*«

Frau Fitz zieht die Netzhose mit einem Ruck bis zum Bauchnabel und lässt los. Der elastische Bund schließt sich mit einem triumphierenden Schnalzer, Premium Comfort sitzt wieder bombensicher. Ich erhöhe von vier auf sieben Hertz, das ist der mittelschlägige Tremor.

Patsch!

»Autsch!«

Patsch!

»Autsch!«

Jetzt der zweite Arm, ich ziehe ihn hinter meinem Kopf hervor, dafür gibt es nicht den geringsten Grund, ich mache das einfach nur so, nur zum Spaß, meine widerlichen alten Affenpfoten schlagen auf Nummer 11 ein.

Wange, *patsch,* Nase, *patsch,* Kinn, rechtes Ohr, linkes Ohr, keine Ahnung, wie viel Hertz ich gerade draufhabe, *patsch* ...

»Frau Block!«

… *patsch, patsch,* mein Gott, macht das Spaß …

»Frau Block!«

»Ja?«

Schade, dass er mich gerade jetzt unterbricht, aber so ist das im Leben: Immer wenn du dich halbwegs gut amüsierst, kommt irgendein Spielverderber und dreht den Spaßhahn zu.

Die Sache mit der Schuld: Wenn er ausgerechnet jetzt darüber reden will, dann mache ich es wieder wie die alte Kropp auf Zimmer fünf: Dann garantiere ich für nichts.

»Frau Block, das war gerade eine Phantasie, nicht wahr?«

Ich greife nach der Zigarettenschachtel.

»Eine Ihrer Gewaltphantasien, nicht wahr?«

Ich ziehe eine Zigarette aus der Schachtel.

»Sie haben den Zivildienstleistenden gar nicht geschlagen, aber Sie hätten es gerne getan, nicht wahr?«

»Nicht wahr, nicht wahr«, äffe ich Doktor Klupp nach, und da ist sie wieder, die Stimme einer Fünfjährigen, sie wächst mir langsam ans Herz, die Kleine. »Was die Leute immer haben mit der Wahrheit! Gehen ins Kino, gehen ins Theater, hängen den halben Tag vorm Computer ab und treiben sich in irgendwelchen virtuellen Welten herum, und dann reden sie von der Wahrheit!«

Und die Wahrheit ist: Er hat recht.

Na und?

Kleine Mädchen sind so. Sie essen Sandkuchen, foltern ihre Haustiere und erfinden Geschichten. Sie haben *Phantasie.*

»Hat Ihnen meine Geschichte nicht gefallen?«, sage ich und zünde die Zigarette an. »War doch lustig, *nicht wahr?*«

Doktor Klupp sieht mich ernst an. Es gibt Leute, die mögen keinen Spaß, weil es sie daran erinnert, wie oft sie *keinen* haben. Ich inhaliere tief, Doktor Klupp wechselt den

Blick von ernst zu prüfend. Keine Ahnung, was er da gerade prüft.

»Sie wissen also, dass es eine Geschichte war«, sagt er.

»Nein«, sage ich und blase Rauch aus.

»Nein?« Sein Blick wechselt von prüfend zu verblüfft.

»Ist mir nicht aufgefallen, ehrlich. Aber jetzt, wo Sie es sagen, Herr Doktor.«

Ironie. Es gibt Leute, die das nicht mögen. Wechsel von verblüfft zu misstrauisch.

»Und was ich Sie die längste Zeit schon fragen wollte, Herr Doktor: Wo sind wir hier eigentlich? Ich meine, das könnte hier überall sein, *nicht wahr?* Ein Raum ohne Fenster, ein Tisch, zwei Stühle, das kommt ziemlich oft vor, wenn Sie mich fragen. Vielleicht ist das hier der Gesprächsraum in einem Gefängnis, vielleicht aber auch der Untersuchungsraum in einer Irrenanstalt. Oder wir sind hier in der RESIDENZ, im Raucherzimmer. Das war nämlich auch nur ein fensterloses Kellerloch mit einem Tisch und zwei Stühlen. Die Lüftung war kaputt, so wie hier.«

Doktor Klupp wechselt den Blick.

Ich kann das nicht sofort zuordnen, was das gerade für ein Blick ist, aber er ist sehr eindringlich.

»Wissen Sie denn, wo wir hier sind, Frau Block?«, sagt er.

Ich starre ihn an.

Meint er es ernst?

Er meint es ernst.

Sein Blick ist wie der Blick von Marlen damals, an unserem ersten Morgen in der RESIDENZ. Wir sind aufgewacht, beim ersten Crescendo, und dann ist es losgegangen mit Frau Fitz und ihrer Tanzeinlage. Zuerst haben wir nicht so genau gewusst, was wir davon halten sollen, dann hat Marlen diesen Blick bekommen, und alles war klar.

Plemplem.

War da zu lesen, in Marlens Augen.

Total plemplem, die Alte.

Wissen Sie, wo wir hier sind?

Wissen Sie, dass es eine Geschichte war?

Sie sind plemplem, Frau Block, wissen Sie das?

»Um Himmels willen«, sage ich, »*natürlich* weiß ich, wo wir hier sind! Im Gefängnis! Gesprächsraum, kaputte Lüftung! Und *natürlich* weiß ich, dass die Patsch-Patsch-Nummer eine Geschichte war! Billiger Slapstick! Schlechter Boulevard! Wer glaubt denn sowas? *Ich* nicht! Ich bin ja nicht verrückt!«

»Natürlich nicht«, sagt Doktor Klupp schnell.

Klingt nicht gut, wie er das sagt. Klingt wie das Gegenteil.

»Das habe ich mit meinen Fragen auch nicht andeuten wollen«, sagt er.

Klingt wie das Gegenteil.

»Ich wollte mit meinen Fragen nur sichergehen, dass Sie im Zuge Ihrer Biographiearbeit nicht den Boden der Realität unter den Füßen verloren haben. Die Grenzen zwischen Fiktion und Realität sind fließend, vor allem, wenn es um Erinnerungen geht, das ist ganz normal, Frau Block, völlig normal.«

Leute sagen etwas, und es klingt wie das Gegenteil.

Du steckst im Stau, und der Taxifahrer sagt: Das dauert nicht lange. Du sitzt im sturmgebeutelten Flugzeug, und die Stewardess sagt: Kein Grund zur Panik. Im Krankenhaus sagt der Arzt: Das wird schon wieder. Später sitzt der Pfarrer an deinem Bett und sagt: Alles wird gut.

Ich sage: »Wenn jemand nicht mehr zwischen Fiktion und Realität unterscheiden kann, dann nennt man das normalerweise verrückt.«

Er sagt: »Die Grenzen zwischen normal und nicht normal sind ebenfalls fließend, Frau Block. So gesehen«, er macht eine kurze Pause und bemüht sich um ein ironisches Lächeln, was total danebengeht und nach einer halbseitigen Gesichtslähmung aussieht, »so gesehen sind wir alle ein bisschen verrückt, nicht wahr?«

Ein bisschen?

Na klar!

Sind wir alle, keine Frage, aber hallo! Kann ja nicht schaden so ein bisschen Verrücktsein, ist man ja gerne, hin und wieder, ab und an. Fließende Grenzen und so, man will ja kein Langweiler sein.

Mach doch mal was Verrücktes!, sagen die Leute zu dir, und du denkst, dass es dazugehört, ein bisschen verrückt zu sein. Deswegen ziehst du dir nach Büroschluss irgendwelche verrückten Klamotten an und gehst auf irgendwelche verrückten Partys. Deswegen schleppst du dich einmal pro Woche zu deinem Therapeuten und breitest dein bisschen Verrücktheit vor ihm aus. Du hast ein verrücktes Hobby oder wenigstens eine verrückte Frisur, hin und wieder sagst du verrückte Sachen. In deine Kontaktanzeige schreibst du: Attraktiver Single, warmherzig, spontan, manchmal ein bisschen verrückt, sucht …

Freizeitirre.

Hobbyspinner.

Haben keine Ahnung, die Stümper. Waren noch nie in einer Klapse, und ins Altenheim kommen sie erst noch. *Dort* sind die Profis zu Hause. Frau Fitz, Frau Wimmer, Herr Knabe und wie sie alle heißen, die verrückten Alten in den Heimen dieser Welt – lauter Profis. Der Profi tanzt jeden Morgen in Windelhosen zum Donauwalzer. Der Profi schlurft jede Nacht mit einer Taschenlampe durchs Haus. Er leuchtet in jede Ecke, wenn du ihn fragst, wen er sucht, nennt er seinen eigenen Namen. Der Profi beißt die Schwestern blutig, reißt sich die Haare büschelweise aus, isst verdorbene Lebensmittel. Er malt Bilder an die Wand, mit den eigenen Exkrementen.

Realität oder Fiktion?

Dem Profi scheißegal!

Er redet mit den Leuten im Fernsehen oder mit den Leuten auf alten Fotos. Am liebsten redet er mit den Toten.

Wenn du ein Profi bist, dann sterben sie nie, deine Freunde und Verwandten, obwohl sie längst tot sind, und du findest das kein bisschen verrückt, weil da nämlich gar nichts fließt an den Grenzen zwischen normal und nicht normal. Gibt nämlich keine Grenzen mehr. Alles geflutet mit Wahnsinn, ein grenzenloses rotes Meer, selbst Moses kann es nicht teilen.

Und jetzt ein guter Tipp für alle attraktiven Singles, die manchmal ein bisschen verrückt sind und auf ihre Kontaktanzeige noch keine Antwort bekommen haben:

Versuch's doch mal mit: Attraktiver Single, manchmal ein bisschen schwanger.

Versuch's mit: Attraktiver Single, manchmal ein bisschen tot.

Und jetzt zum Mitschreiben:

Verrückt. Schwanger. Tot. Entweder du bist es oder du bist es nicht.

Bist du verrückt, Almut Block?

Wer spricht?

Frag nicht, antworte. Bist du verrückt?

Nein. Kein bisschen.

Dann vielleicht sehr? Vielleicht total? Wie Frau Fitz, und du weißt es nur nicht, wie Frau Fitz?

Keine Ahnung. Frag einen Verrückten, ob er verrückt ist.

»Frau Block!«

Frag einen Toten, ob er tot ist.

»Frau Block!«

»Ja?«

»Die Zigarette, Frau Block. Sie verbrennen sich gleich.«

Doktor Klupp zeigt auf die Zigarette in meiner Hand, ich sehe hin, der Stummel glüht rötlich zwischen meinen Fingern. Ich verbrenne nicht *gleich*, ich verbrenne *gerade*, schon komisch: Ich fühle nichts.

Fleisch, Haar, Holz, Stoff, alles brennt, Madonna singt, die Kopfhörer schmelzen. Urlaub 1983 *steht hinten auf dem Foto, es war unser letzter, ich fühle nichts.*

»Autsch!« Ich lasse die Zigarette fallen und blase auf meine versengten Finger.

»Alles in Ordnung, Frau Block?« Doktor Klupps Stimme klingt besorgt.

»Jaja«, sage ich und blase, »halb so schlimm.«

Kein Grund zur Panik.

Alles wird gut.

6

Feinschlägiger Intentionstremor, um die dreizehn Hertz. Prinzip Libellenflügel, Prinzip Vibrator. Erschwert zielgerichtete Handlungen aller Art, macht sie aber nicht unmöglich. Kommt immer zum Einsatz, wenn ich keine Lust habe, mir bei einer zielgerichteten Handlung helfen zu lassen, weil es keine Pflegeminuten einbringt. Rauchen zum Beispiel, das werde ich gleich tun. Oder die Tür zuziehen, das tue ich gerade.

Ich ziehe mit feinschlägigem Zittern die Zimmertür hinter mir zu. Das Letzte, was ich sehe, ist Marlen, die sich von Raoul oder Paul aus dem Bett helfen lässt. Ihre nackten Arme umschlingen seinen schmalen Oberkörper, das Rot ihrer Nägel taucht in sein verschwitztes weißes T-Shirt wie Blut in Milch.

Das ist das Letzte, was ich sehe.

Das Letzte, was ich höre, ist Marlen, die zu Raoul oder Paul sagt, dass er ab jetzt mit seinem Leben spielt. Dass sein Leben ab jetzt so gut wie verwirkt ist, wenn er es auch nur ein einziges Mal wagt. *Was,* das sagt sie nicht.

Ich schließe die Tür.

Sie wird ihn fertigmachen.

Irgendwo weint eine Mutter Blut statt Tränen.

Knack. 07:29. Jaja, ich weiß: bin spät dran heute.

Das Miststück am Ende des Gangs knackt mahnend. Um diese Zeit habe ich normalerweise schon die ganze Strecke hinter mir. Von Zimmer eins bis Zimmer fünf sind es knapp dreißig Meter. Dreißig Meter glatter PVC-Boden auf einem schlecht beleuchteten Gang: Ich weiß nicht, ob Sie wissen, was das für eine gebrechliche alte Frau bedeutet, aber ich befürchte, Sie haben keine Ahnung, also lassen wir das.

Auf jeden Fall bin ich um 07:29 normalerweise schon längst bei Zimmer fünf angekommen und habe an die Tür geklopft. Ich habe das Codewort gesagt und bin durch die von innen geöffnete Tür gegangen. Jetzt sitze ich normalerweise schon seit ein paar Minuten auf einem Stapel alter Zeitungen und inhaliere tief. Die erste Zigarette des Tages, die erste seit der letzten, ich rauche sie immer so gegen 03:30, nach der nächtlichen Thunfischaktion, am geöffneten Fenster von Zimmer Nummer eins, aus dem ich mich lebensgefährlich weit hinausbeuge wie Frau Holle kurz vorm Suizid.

Brandmelder.

Sie sind überall. Wie die Kalender und die Uhren, also glaub nur nicht, dass du hier irgendwo in Ruhe rauchen kannst. Glaub nur nicht, dass du hier irgendwo in Ruhe Feuer legen kannst. Außer im Raucherzimmer, klar, aber das ist fünf Stockwerke tiefer, ein Kellerloch. Die Tür ist verschlossen, den Schlüssel hat Schwester Terese, du musst sie darum bitten.

Schwester Terese um etwas bitten: Das solltest du besser lassen.

Das Raucherzimmer fällt also flach, bleibt nur noch Zimmer Nummer fünf. Brandmelder kaputt, und das seit Jahren. Nicht durchgehend, aber immer wieder, alle paar Tage wieder für ein paar Wochen, der Elektriker lässt sich Zeit, und wenn er dann endlich da ist, sagt er jedes Mal: »Vielleicht ein Produktfehler am Endgerät, vielleicht Sabotage, wer weiß.«

Wer weiß.

Auf jeden Fall rauche ich seit meinem zweiten Tag in der RESIDENZ jeden Morgen auf Zimmer Nummer fünf drei Zigaretten, heute werden es nur zwei sein, wenn überhaupt.

Frühstück ist um *knack* 08:00. Wer bis *knack* 07:55 nicht auf seinem Platz im Speisesaal sitzt, bekommt es mit Schwester Terese zu tun, jetzt aber nichts wie los.

Oder doch nicht.

Ich überlege.

Dreißig Meter, der Gang ist leer. Keiner da, keiner sieht mich, ich könnte jetzt einfach ganz normal gehen. Wenn ich ganz normal gehe, brauche ich nicht länger als fünfzehn Sekunden und erhöhe damit die Zigarettenration von zwei auf drei. Ein guter Plan, und wie jeder gute Plan hat er einen Haken. Der Haken heißt Karlotta.

»Normal gehen ist verboten«, hat sie gesagt bei der Stabsbesprechung, »schließlich sind wir vier gebrechliche alte Frauen. Die Simulation muss lückenlos sein, absolut lückenlos. Egal ob uns jemand sieht oder nicht, egal ob wir unter Leuten sind oder allein, wir dürfen uns keine Blöße geben. Motto: Trau keinem, auch wenn keiner da ist.«

Ich überlege, was schlimmer ist: Nikotinunterversorgung oder dabei erwischt werden, wie ich jedem traue, der gar nicht da ist. Erwischt von Karlotta, die vielleicht gleich mit ihrem Rollator aus Zimmer zwei herausstürmt wie Spartakus mit seinem Kampfwagen.

Ich schlurfe los.

Für die ersten fünf Meter von Zimmer eins zu Zimmer zwei brauche ich die erste Ewigkeit. Meine Schritte sind winzig und schleppend, eigentlich sind es gar keine Schritte, weil ich die Füße kaum hebe beim Gehen. Ich schleife sie über den PVC-Boden wie zwei nasse Säcke, gefüllt mit ertränkten Katzenbabys. Meine rechte Hand umklammert den Stock, mein linker Arm hängt an mir herunter wie der tote Ast, an den sich die Katzenbabys geklammert hätten, wenn sie nicht in dem Sack eingesperrt gewesen wären.

Mein Rücken: ein osteoporotischer Buckel.

Mein Kopf: ein Korken im Flaschenhals.

Karlotta behauptet, dass ich immer schamlos übertreibe mit meiner Version von einer gebrechlichen alten Frau. Sie behauptet, dass ich gar nicht aussehe wie eine gebrechliche alte Frau, sondern wie Quasimodo, Glöckner in Rente.

Mag sein.

Mir egal.

Dezenz ist Schwäche.

Die Gummikappe am Stockende saugt sich bei jedem Aufsetzen kurz am Boden fest, dann löst sie sich wieder mit diesem unschönen Geräusch, das mich immer an ein Schmatzen erinnert, nur ohne a.

Schmtz, schlurf, schmtz, schlurf.

Kirschblüte und Magnolie. Ich bleibe stehen. Der Lufterfrischer klemmt neben Zimmer zwei in einer Halterung, ich richte mich ein kleines Stück auf und atme tief durch. Alle paar Meter Pause machen und tief durchatmen, so macht man das als gebrechliche alte Frau. Auf dem Lufterfrischer steht: Frühlingserwachen. Auf dem Namensschild an der Tür steht:

Suzanna Otte.

Karlotta Könick.

Neben Suzannas Name klebt die Zeichnung von einem Wal, neben Karlottas Name die Zeichnung von etwas, das wie ein Marder aussieht, vielleicht ist es auch ein Frettchen. Die Zeichnungen sind Kopien aus einem Buch mit Malvorlagen für Kinder im Vorschulalter. Großformat, zweihundert Seiten. Ein richtiger Wälzer wenn man bedenkt, wie klein die meisten Leute im Vorschulalter noch sind. Wenn du mit fünf anfängst, das Zeug bunt auszumalen, kannst du nach der letzten Seite direkt ins Gymnasium einsteigen.

»Bitte blättern Sie das in Ruhe durch«, hat Schwester Olga zu uns gesagt, am ersten Tag, und dass sich jede von uns ein Tier aussuchen soll, mit dem sie sich identifizieren kann.

»Türschilder«, hat sie gesagt und matt gelächelt. »Sieht einfach netter aus.«

Karlotta hat den Wälzer geöffnet und zielsicher auf einen Tiger gezeigt, der gerade die Zähne fletscht. Neben dem Tiger war ein roter Punkt.

»Die Tiere mit dem roten Punkt«, hat Schwester Olga gesagt, »die können Sie nicht mehr nehmen. Die sind schon vergeben.«

Na ja, da war dann nicht mehr viel da zum Identifizieren. Also rein qualitativ betrachtet.

Der Löwe: vergeben.

Der Adler: vergeben.

Delphin, Pandabär, Pony, alles vergeben, sogar die Kuh war schon weg, und irgendjemand hat sich allen Ernstes mit einem Karpfen identifiziert, aber das war wahrscheinlich auch nur aus Not und gar keine schlechte Wahl verglichen mit dem, was sonst noch so übrig war.

Esel.

Ratte.

Hyäne.

Die Schlange war auch noch frei, und Marlen hat zugeschlagen. Karlotta wollte unbedingt ein Raubtier, natürlich alle vergeben, wahrscheinlich alle an männliche Heimbewohner. Als Mann identifizierst du dich ganz gerne mit einem Tiger oder einem Leoparden, auch wenn du halbblind bist und im Rollstuhl sitzt. Dann ist Karlotta auf dieses komische frettchenartige Vieh gestoßen und hat sich damit identifiziert. Ist ja schließlich auch ein Raubtier, so ein Frettchen, hat sie gesagt.

Mir war egal, womit ich mich identifiziere. Ich habe auf das erstbeste Bild ohne roten Punkt getippt, seitdem klebt ein Regenwurm neben meinem Namen.

Später hat mir Schwester Cornelia erklärt, dass die Türschilder nichts mit nett zu tun haben und für die desorientierten

Bewohner sind, damit sie ihre Zimmer finden. »Entdecke das Tier in dir«, hat Schwester Cornelia gesagt und auf ihre komische grunzende Weise gelacht, und da habe ich sie gefragt, warum sich eigentlich *alle* solche Bilder an die Tür kleben müssen, auch die, die gar nicht desorientiert sind. »Früher oder später«, hat Schwester Cornelia gesagt und den Satz nicht beendet.

Kirschblüte und Magnolie, schon komisch: Irgendwo auf dieser Welt sitzen Leute und beschließen, dass der Frühling nach Kirschblüte und Magnolie riecht. Dann basteln sie einen Lufterfrischer mit dem Namen Frühlingserwachen, und du weißt nicht so recht, was du davon halten sollst, weil der Lufterfrischer gar nicht nach Kirschblüte und Magnolie riecht, sondern nach Lufterfrischer.

Der Regler für die Dauerbeduftung ist auf Stufe zwei gestellt. Ich schiebe den Regler auf zehn, damit der Frühling so richtig erwachen kann, und schlurfe weiter.

Die zweite Ewigkeit dauert von Zimmer zwei zu Zimmer drei. Auf dem Weg schleppe ich mich an einem Bauernkalender vorbei, der mir sagt, dass wir heute Dienstag, den 16. August haben. Das hat er mir gestern auch gesagt, und es ist auch heute wieder gut zu wissen, wie das so ist mit dem Heiligen Rochus.

Wenn Sankt Rochus trübe schaut, schießt die Raupe in das Kraut.

Wirklich gut zu wissen.

Lavendel und Kamille. Vor der Tür von Zimmer Nummer drei bleibe ich stehen und atme tief durch. Auf dem Lufterfrischer steht: Wohlfühltraum. Auf der Zimmertür steht:

Anna Sonne.

Waltraud Schnalke.

Frau Schnalke identifiziert sich mit einer Katze, Frau Sonne mit einem Vogel, Typ Wellensittich.

Nun ja, ich meine, man kann sich hier nicht aussuchen, mit wem man zusammenwohnt, das entscheidet die Heimleitung, und ich wohne ja schließlich auch mit einer Schlange und einem Schmetterling zusammen, was für einen Regenwurm ziemlich ungewöhnlich ist. Ungewöhnlich, aber nicht lebensgefährlich.

Unter den Namen von Frau Schnalke hat jemand einen schmalen Streifen Papier geklebt, das war Frau Schnalke selbst, nehme ich zumindest an. Auf dem Streifen steht in Großbuchstaben:

Attila Schnalke.

Ich weiß nicht, mit welchem Tier sich der Lebenspartner von Frau Schnalke identifizieren würde, wenn er die Wahl hätte. Wahrscheinlich mit keinem, weil das Buch mit den Malvorlagen nicht das richtige Buch ist.

Man nehme: *Der Zoo des Grauens.*

Man nehme: *Des Teufels Tiergarten.*

Von Natur aus ist Attila Schnalke ein Kater, aber es gibt ja sowas wie eine zweite Natur, also die Art und Weise, wie du dich im Laufe deines Lebens entwickelst und was du so machst aus dir, und da kann es schon vorkommen, dass du dich sehr weit von deiner ersten Natur entfernst und die zweite alles überlagert.

Attila Schnalke. Erste Natur: Kater. Zweite Natur: Basilisk.

Frau Schnalke füttert ihn ständig mit rohen Innereien, die sie in einem Plastikbeutel mit sich herumschleppt. Hühnerleber, Kalbsniere, Schweinslunge. Sie verfüttert die Herzen kleiner Lämmer an ihn und die Thymusdrüsen unschuldiger Kälber. Wenn Attila sein Basiliskenmaul öffnet und dich anfaucht, was er ständig tut, bekommst du eine Ahnung von der tieferen Bedeutung des Wortes Pesthauch.

Kratzbaum. Rascheltunnel. Buddelbox.

Zimmer Nummer drei ist voll mit seltsamen Dingen, die zur

Unterhaltung von Attila beitragen. Sein Lieblingsspielzeug ist eine zerfledderte Plüschmaus, die er mehrmals täglich totbeißt, und natürlich der Wellensittich, Frau Anna Sonne.

Haustiere, hat mir Schwester Cornelia erklärt, sind laut Heimordnung eigentlich verboten, aber erstens ist Attila kein Haustier, sondern ein Lebenspartner, und wenn Frau Sonne sich nicht wehrt, dann ist das *ihr* Problem.

Und zweitens?, habe ich gesagt.

Zweitens ist Frau Schnalke für die RESIDENZ unersetzlich, weil sie gewisse Aufgaben übernimmt. »Fragen Sie jetzt nicht, welche, Frau Block«, hat Schwester Cornelia gesagt, »Sie werden da schon noch selbst draufkommen, früher oder später.«

Schon komisch: Irgendwo auf dieser Welt sitzen Leute und beschließen, dass du bei Lavendel und Kamille wohlige Träume hast. Dann basteln sie einen Lufterfrischer mit dem Namen Wohlfühltraum. Und wonach riecht er? Genau.

Ich schiebe den Regler von zwei auf zehn, die Uhr sagt *knack*, 07:32, ich bin jetzt seit drei Minuten unterwegs, inklusive Verschnaufpausen. Fünfzehn Meter in drei Minuten, gar nicht schlecht für eine gebrechliche alte Frau, das kann sich sehen lassen, nichts wie weiter.

Schmtz, schlurf, schmtz, schlurf, ich drehe den Kopf nach rechts, um zu sehen, ob er noch immer da hängt, und da hängt er, der zweite Kalender. Diesmal nicht für uns Freunde der Bauernregeln, sondern für uns Freunde der Lebensweisheiten. Irgendeine gute Seele hat das Kalenderblatt von gestern abgerissen, wahrscheinlich Schwester Olga in ihrer einzigen freien Sekunde während der Nachtschicht.

Mittwoch, 17. August.

Rede wenig, rede wahr, trinke mäßig, zahle bar.

Das mit dem 17. August stimmt, über den Rest muss ich noch nachdenken.

Schmtz, schlurf, schmtz, schlurf, Moschus und Patschuli, ich kann es riechen. Der einzige Lufterfrischer auf dem ganzen Gang, der nicht nach sich selbst riecht, sondern nach dem, was irgendwelche Leute beschlossen haben, heißt Sinneslust. Ich halte wie jeden Morgen an dieser Stelle die Luft an, statt durchzuatmen. Nur Attilas Mundgeruch ist schlimmer als die sinnliche Kombination von Moschus und Patschuli.

Zimmer Nummer vier:

Professor Sebastian Knabe. Löwe.

Diplomingenieur Kurt Schwochow. Panther.

So viel dazu.

Ich atme flach und schiebe den Regler von Sinneslust auf zehn, dann nichts wie weg, denke ich, die Tür öffnet sich mit einem Ruck, ich lasse vor Schreck den Stock los und mache einen Satz zur Seite.

Von wegen gebrechlich.

Von wegen Regenwurm.

Nennt mich Laubfrosch, nennt mich Springmaus, sagt Flip zu mir!

Der Professor sagt nichts. Er steht im Türrahmen und starrt mich entgeistert an.

Verdammt, erwischt.

Würde ich jetzt sagen, wenn ich nicht wüsste, dass es den Professor einen Dreck interessiert, ob ich eine Springmaus bin, die so tut, als sei sie eine gebrechliche alte Frau, oder eine gebrechliche alte Frau, die so tut, als sei sie Flip, der Grashüpfer aus *Biene Maja*.

Der Professor. So nennen ihn alle in der RESIDENZ, nur Schwester Olga sagt artig »Herr Professor Knabe«.

Der Professor starrt mich ein paar Sekunden an, dann runzelt er die Stirn.

»Bin spät dran«, sagt er und zeigt auf die Uhr.

»Bin spät dran«, sagt er und zeigt auf die Uhr.

»Bin spät dran«, sagt er und zeigt auf die Uhr.

»Bin spät ...«

»Professor!« Ich klatsche in die Hände, er starrt mich an. »Sie sind spät dran«, sage ich. Er runzelt die Stirn.

»Frau Kollegin Block, ich habe jetzt keine Zeit für Sie, und wenn Sie mich in irgendeiner unwichtigen Angelegenheit sprechen wollen, wovon ich ausgehe, dann vereinbaren Sie doch bitte einen Termin mit meiner Sekretärin und besprechen Sie das mit *ihr*. Ansonsten erwarte ich Sie wie immer um neun in der Bibliothek.«

»Jawohl, Professor«, sage ich, »sehr gerne.«

Er nickt und streift die Krawatte glatt.

Er nickt und streift die Krawatte glatt.

Er nickt und streift die Krawatte glatt, ich klatsche in die Hände, er stürmt aus dem Zimmer an mir vorbei und den Gang hinunter, hoffentlich schafft er es ohne Hänger bis in den Speisesaal.

Ich bücke mich und hebe den Stock auf, das dauert eine Sekunde. Ich gehe zwei Schritte zur aufgerissenen Zimmertür und schließe sie, das dauert zwei Sekunden. Ich gehe mit zügigen Schritten die letzten Meter bis zu Zimmer fünf, meine rechte Hand schwenkt den Stock, mein linker Arm bewegt sich schlenkernd vor und zurück.

Karlottas Ansage: Trau keinem, auch wenn keiner da ist.

Gegenvorschlag: Trau jedem, der irgendwo sein könnte.

Ich stehe vor Zimmer Nummer fünf, Bratapfel und Zimt, Winterzauber. Ich klopfe an die Tür, oder doch nicht. Etwas ist anders heute. Etwas stimmt nicht, ich starre auf die Tür.

Renate Wimmer. Eichhörnchen.

Augusta von Lauenthal. Schildkröte.

Da fehlt einer. Ein Name. Und die Schwalbe ist auch weg, mit der sich Frau Kropp identifiziert hat. Jemand hat die kopierte Malvorlage abgenommen, ziemlich schlampig übrigens, ein kleiner Fetzen Schwalbe klebt noch an der Tür, ich berühre die Schwanzfeder mit dem Zeigefinger.

Davongeflogen.

Konstanze Kropp, 89, hat ihr Köfferchen gepackt und ist davongeflogen. Nach Hause, und das ist gut so. Sie wird nie mehr die Nachtschwester nerven, weil der Ausschlag wieder so juckt. Sie wird nie mehr die Hände zerkratzen, die sie eincremen.

Rote Punkte. Grüne Punkte.

Beim Durchblättern damals habe ich zu Schwester Olga gesagt, dass ich das sehr erfreulich finde mit den grünen Punkten. Viele Bilder in dem Buch mit den Malvorlagen sind mit einem roten Punkt markiert und darunter mit einem grünen, bei manchen ist es eine ganze Kette von Punkten, immer abwechselnd rot und grün.

Rot: schon vergeben.

Grün: wieder frei.

Sehr erfreulich, habe ich gesagt, dass es Leute gibt, die nicht für immer in der Residenz bleiben. Leute, die sich von Pflegestufe zwei wieder hinuntergearbeitet haben zu Pflegestufe eins oder zu gar keiner.

Suppe löffeln, Treppen steigen, aufs Klo gehen – du schaffst das jetzt alles wieder ohne Hilfe und kannst nach Hause gehen. Du packst deine paar Sachen in einen kleinen Rollkoffer und bittest eine von den Schwestern, dir ein Taxi zu bestellen. Dann verabschiedest du dich von der Schildkröte und dem Eichhörnchen, mit denen du ein paar Monate oder Jahre zusammengelebt hast, und fährst heim. In deine Wohnung. Oder in das Haus von deinem Sohn, er lebt dort mit deiner Schwiegertochter und deinen Enkeln, sie haben alle gemeinsam ein Zimmer für dich freigeräumt, mit Blick auf den Garten. Jetzt sitzt du im Taxi oder im familienfreundlichen Kombi deines Sohns, es ist ein herrlicher Sommertag, du beugst dich aus dem Fenster, und da fliegt sie, deine Schwalbe. Sie fliegt zurück in das Malbuch, wo sie einen grünen Punkt bekommt, damit sich jemand anderer mit ihr identifizieren kann.

Das ist schön, habe ich zu Schwester Olga gesagt, dass es Leute gibt, die wieder heimgehen.

»Ja«, hat sie gesagt und matt gelächelt. »So kann man es *auch* nennen: heimgehen.«

Ich klopfe an die Tür von Zimmer Nummer fünf, dreimal. Dann sage ich laut das Codewort.

Ein trockenes Husten, Schritte. *Schmtz, schlurf, schmtz, schlurf*. Die Tür öffnet sich von innen, aber nur einen schmalen Spalt, zum Glück bin ich ein Regenwurm, ich schlängle mich durch den Spalt, davor schiebe ich noch schnell den Regler von Winterzauber auf zehn.

Schon komisch: Irgendwo auf der Welt sitzen Leute und basteln ungestraft Lufterfrischer aus Chemikalien, die ab einer gewissen Konzentration krebserregend sind.

7

Ein Rasenmäher ist nur ein Rasenmäher, aber in den falschen Händen kann er zur tödlichen Waffe werden. Der Mann im grünen Overall hat solche Hände. Jetzt schiebt er wie jeden Montag, Mittwoch und Freitag den Rasenmäher durch die Grünanlage der RESIDENZ und tötet alles, was lebt und höher ist als drei Millimeter.

Gänseblümchen zum Beispiel, frisch aus dem Boden geschlüpft. Rübe ab!

Oder Klee. Wenn du ein kleiner Klee bist, dann erwischt dich der Rasenmäher dort, wo bei uns Menschen die Weichteile sind. Zack!

Marienkäfer: vier Millimeter. Er wird nie wieder Glück bringen.

Raupe: drei Komma fünf Millimeter. Sie wird nie ein Schmetterling werden.

Und jetzt stellen wir uns die Nasenspitze eines sympathischen Maulwurfs vor, der gerade ein bisschen frische Luft schnappen will.

Ist das nicht schrecklich?

Nein?

Ist Ihnen egal?

Mir auch.

Früher war mir das auch egal, aber seit ich mich mit einem Regenwurm identifiziere, sehe ich die Welt aus einer ganz neuen Perspektive.

Regenwürmer sind knapp drei Millimeter hoch, ich bin einer von den wenigen Überlebenden, und das aus Zufall. Weil ich zufällig nicht als Marienkäfer oder Gänseblümchen geboren worden bin. Weil ich zufällig nicht als Nasenspitze eines Maulwurfs zur Welt gekommen bin.

Sowas macht nachdenklich.

Sie auch?

Das freut mich.

Der Mann im grünen Overall mäht den Rasen systematisch von außen nach innen, die Grünanlage der RESIDENZ ist kreisförmig, in der Mitte ein graues Rechteck mit roter Umrandung. Vierzig Quadratmeter Beton, eingezäunt. Auf dem Beton steht ein Klettergerüst, der Zaun ist zwei Meter hoch und rot gestrichen. Könnte ein Kinderspielplatz sein. So einer, wie ihn Leute planen und bauen, die keine Kinder mögen.

Seniorenbewegungsanlage.

Hat der Hilfspfleger zu mir gesagt. So nennt es der Heimleiter, manchmal sagt der Heimleiter auch Seniorenaktivitätenplatz, alle anderen sagen Der Käfig.

Das hat der Hilfspfleger letzte Woche zu mir gesagt, an meinem zweiten Morgen in der RESIDENZ, es war meine erste Begegnung mit dem Hilfspfleger. Meine erste Erfahrung damit, wie es ist, ein altes Auto zu sein.

Die Welt ist kein besonders magischer Ort, aber wenn du kurz davor bist, sie wieder zu verlassen, und du gehst für die letzten paar Jahre in ein Altenheim, dann kommst du aus den wundersamen Verwandlungen gar nicht mehr heraus.

Grashüpfer, Regenwurm, Auto.

Drei Millimeter. Verdammt kurz, wenn Sie mich fragen. Wollen Sie wissen, warum?

»Äh«, sagt Doktor Klupp und rückt seine Brille zurecht.

Seit ich ihn dabei erwischt habe, dass er mich für plemplem

hält, ist er nicht mehr ganz bei der Sache. Ich glaube, er denkt darüber nach, wie er mein Vertrauen zurückgewinnen kann, damit ich ihm endlich sage, wovon ich nichts weiß, weil ich mich nicht daran erinnern kann.

Die Sache mit der Schuld: interessant.

Die assoziative Verknüpfung von Schuld, Erlösung und Schlaf: sehr interessant.

Wollen Sie darüber sprechen?

»Äh«, sage ich, »ist immer eine gute Antwort, aber manchmal nicht gut genug. Also: Wollen Sie oder wollen Sie *nicht* wissen, warum der Rasen vor der RESIDENZ nur drei Millimeter hoch ist?«

»Ja«, sagt er und fummelt an seiner Brille. »Spannend.«

Lügner.

»Na gut, wenn Sie wollen«, sage ich. »Dann sind wir jetzt sportlich und springen kurz zurück zu meinem zweiten Morgen in der RESIDENZ.«

»In Ordnung«, sagt er gequält.

Sport, Zeitsprünge. Nicht jeder mag das.

»Mögen Sie Autos?«, sage ich zum Hilfspfleger. Auf seinem Kittel ist ein Namensschild befestigt: R. Rudolph.

R. Rudolph fährt mich seit vier Pflegeminuten schweigend durch die Waschstraße, in der Mitte war es ein bisschen unangenehm, aber nur wegen der Latexhandschuhe, sonst nicht. Ich bin nur ein altes Auto, das in der Mitte leck ist, also was soll's.

»Ja«, sagt er. »Wieso?«

»Nur so«, sage ich.

Schon komisch: Altenpfleger sind Magier, und sie wissen es nicht. Sie sind begnadet und wissen es nicht.

Zwei Pflegeminuten später stehen wir am Fenster, unten im Garten knattert der Rasenmäher, R. Rudolph verstaut meine Hupen im BH. Wir machen das besser im Stehen, hat er gesagt, weil die Schwerkraft dann mithilft. Er schnallt mir den BH knapp unter den Brustwarzen um den Bauch, ich zeige mit mittelschlägigem Zittern aus dem Fenster und sage, dass sich der Rasen wirklich sehen lassen kann. Wirklich sehr gepflegt, der Rasen, sage ich.

Konversation. Immer einen Versuch wert.

R. Rudolph schiebt den BH wie einen Hula-Hoop-Reifen um meinen Bauch, bis die Behälter für die Hupen vorne liegen.

Er sagt: »Drei Millimeter.«

»Wie meinen?«, sage ich.

»Der Rasen«, sagt er und reißt den BH mit einem Ruck nach oben, »exakt drei Millimeter. Der Heimleiter will es so.«

Meine Hupen rutschen in den BH, aber nicht so gerne, hier und da hängt noch etwas heraus.

»Interessant«, sage ich. »Und warum?«

Er schüttelt den BH. »Wissen Sie, wie hoch der Rasen in einer normalen, gut gepflegten Grünanlage ist?«

»Nein.«

Er schüttelt. »Drei bis sechs Zentimeter.«

Der Rasen bei einem WM-Spiel: achtundzwanzig Millimeter.

Der Tennisrasen in Wimbledon: acht Millimeter.

Golfrasen: vier Millimeter.

»Golf?«, sage ich. »Wimbledon? Was genau meinen Sie mit Wimbledon, Herr Rudolph?«

»Sagen Sie Doppelrudi zu mir. Das machen alle so.«

»Doppelrudi?«

»Rudolf Rudolph. Mein voller Name. Deswegen Doppelrudi.«

»*Kein* Witz?«, sage ich.

»Weiß nicht. Fragen Sie meine Mutter.«

Dann hat mir Doppelrudi erklärt, wie das so ist mit der Grünanlage der RESIDENZ. Seitdem weiß ich, dass der Heimleiter eine Firma engagiert hat, die jeden Montag, Mittwoch und Freitag den Mann im grünen Overall schickt. Der Mann im grünen Overall kommt und hindert den Rasen daran, höher als drei Millimeter zu werden. Vorbild: Wimbledon. Vorbild: Golf. Außerdem hindert der Mann die Hecke rund um den Rasen daran, in den Rasen zu wuchern. Am Ende harkt er den schmalen Kiesweg, der über den Rasen zum Käfig führt, und poliert das Betreten-verboten-Schild auf dem Rasen.

Arschloch.

Sagt Doppelrudi und meint den Heimleiter. Defekte Betten, billige Inkontinenzeinlagen, Zwirn statt Zahnseide, aber dreimal die Woche Gartenpflege vom Feinsten.

Golf, sagt Doppelrudi und meint das Hobby vom Heimleiter. Wimbledon, sagt er und meint den Urlaub, den sich der Heimleiter jedes Jahr Ende Juni nimmt, für zwei Wochen. Dann fliegt er nach London zum Grand-Slam-Turnier, und kein Mensch weiß, woher er das Geld hat. Außer Doppelrudi natürlich, weil der hat nachgerechnet.

Für das Dameneinzelfinale im Centre Court bekommst du tausendfünfhundert Premium-Plus-Einwegwindeln.

Für das Herreneinzelfinale im Centre Court bekommst du tausend Rollen gewachste Zahnseide.

Wenn du dir alle Spiele vom ersten bis zum letzten anschaust, was der Heimleiter tut, dann bekommst du dafür fünfunddreißigtausend Windeln und zwanzigtausend Rollen Zahnseide.

»Und die Fußball-WM?«, sage ich. »Wie viele defekte Betten könnte man dafür reparieren lassen?«

»Keine Ahnung«, sagt Doppelrudi, »da geht das Arschloch nicht hin. Fußball auf achtundzwanzig Millimetern Rasenhöhe, das ist was für Proleten.«

Rollstuhlgymnastik.

Kontaktspiele.

Sitztanz.

Findet alles im Käfig statt, wenn Sommer ist, also laut Informationsbroschüre, rein theoretisch. Praktisch findet da gar nichts statt, weil der Heimleiter das nicht so gerne sieht, wenn irgendwelche Krüppelgreise sich in der Seniorenbewegungsanlage bewegen. Ruiniert nämlich den Gesamteindruck der Grünanlage, und früher oder später wird er den Käfig abreißen lassen und einen Buchsbaum hinstellen, den der Mann im grünen Overall dann zur Kugel verkrüppelt oder zum Kegel. Aber noch steht er, der Käfig, und jeden ersten Sonntag im Monat schließt der Heimleiter die rote Tür im roten Zaun auf, mit einem Schlüssel, den er so wenig aus der Hand gibt wie Schwester Terese den Schlüssel zum Raucherzimmer oder irgendeinen anderen Schlüssel an ihrem Schlüsselbund.

Den Schlüssel zum Medikamentenschrank.

Den Schlüssel zu ihrem Herzen.

Der Käfig ist immer verschlossen, außer am Tag der offenen Tür, den gibt es jeden ersten Sonntag im Monat. Der Heimleiter setzt ein paar von den Rollstuhlgreisen in den Käfig und lässt sie mit Bällen werfen. Das Betreten-verboten-Schild kommt weg, es wird gegrillt. Würstchen, Weißbrot, Kartoffelsalat. Irgendwelche Leute, die sich um die Zukunft ihrer Eltern Sorgen machen, bröseln Brot auf den Rasen. Sie lassen Mayonnaiseklumpen fallen oder angebissene Würstchen.

Sie *stehen.*

Auf dem Rasen.

Mit ihren breiten Tretern oder ihren hochhackigen Frauenschuhen.

Stilettoabsatz.

Schon das Wort schmerzt, sagt Doppelrudi, und dass der Heimleiter an jedem ersten Sonntag im Monat leidet wie ein Schwein. Wenn die letzten Besucher weg sind, meistens so gegen acht, rücken drei Männer im grünen Overall an und bessern die Schäden aus.

Transplantation.

Wissen Sie eigentlich, was das kostet, so eine Transplantation, sagt Doppelrudi und hilft mir in die Bluse. Ganze Rasenstücke schneiden die Männer im grünen Overall heraus, weil irgendein Besucher, der seine Mutti oder seinen Papi in der RESIDENZ verstauen will, den Rasen von drei auf null Millimeter plattgewalzt hat beim Stehen, einen Pappbecher mit Cola in der Hand.

Fuchspisse.

Sagt Doppelrudi, und ob mir eigentlich klar ist, was ein einziger verschütteter Pappbecher Cola für einen Dreimillimeterrasen bedeutet. Bedeutet nämlich Fuchspisse. Hat nämlich genau denselben Effekt wie die Fuchspisse, gegen die die Rasenwarte in Wimbledon jedes Jahr mehr oder weniger erfolglos ankämpfen. Wo ein Fuchs hinpisst oder ein Viertelliter Cola verschüttet wird, da wächst kein Halm mehr. Da ist nichts mehr zu retten, du kannst die Stelle nur noch herausschneiden wie einen Hautfleck mit Karzinom, und genau das machen die Männer im grünen Overall auch, nach jedem Tag der offenen Tür. Dann verschließen sie die Wunden im Rasen mit krebsfreien Rasenstücken, die sie stapelweise im Kleinlastwagen mitbringen.

Doppelrudi zieht einen Kamm aus der Hosentasche und zupft mit seiner Latexhand ein paar graue Haare heraus. Eine ganze Menge Haare, um genau zu sein, ich starre auf den Kamm.

Kann sein, er will mich damit frisieren.

Kann sein, er wird es gleich tun. So oder so, womöglich beides, fest steht: Die grauen Haaren sind nicht von mir. Sie sind von irgendjemandem. Von irgendeiner Frau im ersten Stock zum Beispiel. Vielleicht ist sie dement oder hat Schuppen, und alles an ihrem Kopf rieselt weiß wie die Schuppen oder rot wie der Wahnsinn. Vielleicht sind die Haare auch von irgendeinem Mann im zweiten Stock. Er hat eine Glatze, aber dafür eine ganze Menge Brusthaar.

»Jedes Mal, wenn die Typen mit ihren Grasflecken anrücken, muss ich an Frau Kropp denken«, sagt Doppelrudi zupfend und mit einer Stimme, die plötzlich sehr traurig klingt. »Konstanze ... Frau Kropp könnte eine Transplantation gut gebrauchen. Alle sagen ihr, dass es nur ein Ausschlag ist, dabei ist es Hautkrebs. Vor allem hier«, er hört mit dem Zupfen auf und berührt die Haut an meinem Hals, »und hier«, er berührt die Haut auf meiner Stirn, »und hier und hier«, rechte Wange, linke Wange, »außerdem hier und ...« Doppelrudi tippt auf mir herum wie ein Medizinstudent, der bei einer Prüfung zeigen soll, wo der Mensch überall Haut hat. Ich weiß nicht, ob das so eine gute Idee ist mit der Transplantation bei Frau Kropp. Außerdem weiß ich nicht, was so schlimm sein soll an flächendeckendem Krebs auf so einer alten Haut, ich meine: Die Frau ist 89. Mit 89 muss sich keiner mehr Sorgen machen, ob er bald an Hautkrebs stirbt oder nicht, weil er sowieso bald tot sein wird.

»Das sagen Sie besser nicht«, wird Schwester Cornelia zu mir sagen später am Tag, »nicht zu Doppelrudi.« Dann wird sie mir erklären, dass Doppelrudi ein sehr inniges Verhältnis zur alten Kropp hat, weil sie der einzige Mensch im Heim ist, der Doppelrudi nicht Doppelrudi nennt. Vielleicht der einzige Mensch überhaupt.

»Und wie nennt sie ihn dann? Rudolf? Rudi? Dolfi?«

»Würde Frau Kropp nie machen«, wird Schwester Cornelia sagen, »Doppelrudi mag seinen Namen nicht, in *keiner* Version.«

»Und wie dann?«

»Das weiß niemand. Sie flüstern immer, wenn sie zusammen sind. Bei der Morgenpflege, beim Eincremen, beim Rundendrehen in der Grünanlage. Sie gehen immer Arm in Arm, er flüstert ihr Sachen direkt ins Ohr, weil sie schon ziemlich taub ist und kein Hörgerät tragen will, aber wahrscheinlich versteht sie trotzdem nicht, was er da flüstert, und dann flüstert sie ihm etwas zurück, auch direkt ins Ohr, und er lächelt.«

Seinen Namen.

Sie flüstert seinen Namen. Den einzig richtigen.

Doppelrudi seufzt und hebt den Kamm, gleich wird er mir damit einen Scheitel ziehen, ich reiße meinen rechten Arm hoch, Doppelrudi geht in Deckung, zu spät. Ich schlage ihm mit zirka vier Hertz (grobschlägiger Tremor) den Kamm aus der Hand.

»Tschuldigung«, sage ich.

»Macht nichts.« Doppelrudi bückt sich nach dem Kamm.

Die Verzögerungstaktik war erfolgreich, jetzt brauche ich dringend ein solides Ablenkungsmanöver.

Doppelrudi hebt den Kamm auf und streift ihn an seinem Kittel ab, ich zeige mit mittelschlägigem Tremor aus dem Fenster und sage: »Wer ist eigentlich der nackte Mann, der da gerade über den Zaun in den Käfig klettert?«

8

Knack. 07:36.

Ich hätte das mit den Lufterfrischern heute lassen sollen, dann wäre ich jetzt früher dran, aber es gibt Dinge, die *muss* man einfach machen, nicht wahr.

Draußen scheint die Sonne, der Himmel ist knallblau, der Rasen ist knallgrün, ein herrlicher Tag heute, ich sitze im Nebel.

Es ist immer neblig um diese Zeit auf Zimmer Nummer fünf. Wenn draußen die Sonne scheint, ist der Nebel drinnen milchig und wabert in Schlieren durch den Raum. Wenn es draußen bewölkt ist oder regnet, kann man den Nebel nicht sehen. Dann ist er einfach da und füllt den Raum aus wie ein großes graues Tier, das genau in den Käfig passt, in dem es sitzt.

Ich sitze auf einem Stapel alter Zeitungen neben dem Fenster und inhaliere tief. Der Aschenbecher steht auf dem Fensterbrett, gut gefüllt, das Fenster ist geschlossen. Ziemlich überflüssig, was ich da gerade mache, ich könnte genauso gut einfach tief durchatmen. Um diese Zeit in diesem Zimmer rauchen, das ist wie bei Regen in den Garten gehen und den Sprinkler anstellen.

Ein Holzbrett bügeln.

Eine Leiche töten.

Gräfin Augusta von Lauenthal sitzt vor mir auf einem Stapel alter Broschüren und raucht auch, wie jeden Morgen. Der Morgen fängt bei ihr um fünf an und hört um zehn vor sieben auf. Um 07:45 kommt ein kurzes Krachen aus dem Lautsprecher an der Decke, und der Radetzkymarsch erinnert alle Heimbewohner daran, dass Schwester Terese schlimme Sachen mit ihnen anstellen wird, wenn sie nicht in zehn Minuten auf ihren Plätzen im Speisesaal sitzen. Zwischen seniler Bettflucht und Radetzkymarsch sitzt die Gräfin auf einem Stapel alter Broschüren und raucht. Das macht sie seit hundert Jahren so, hat mir Schwester Cornelia erklärt, und dass kein lebender Mensch weiß, wie lange die Gräfin schon in der RESIDENZ wohnt. Augusta von Lauenthal ist die Letzte ihres Geschlechts. Irgendwas Vornehmes, vor hundert Jahren verarmt, irgendwo steht ein Schloss, das ist der Stammsitz. Oder war, früher, vor hundert Jahren. Jetzt latschen Touristen durch und glotzen über Absperrungen auf kunstvoll gewebte Gobelins.

Schafe glotzen auf Pullover aus reiner Schurwolle.

Menschen glotzen auf Kunstwerke.

Schon erstaunlich, dass unsereins zu so etwas fähig ist, denken sie.

Wir sitzen am Fenster und rauchen, das Bett von Frau Kropp ist leer. Jemand hat die Bettwäsche mitgenommen und das Leintuch, nur den Matratzenschoner hat er dagelassen. Hundert Prozent Polyester, wasserdicht, schützt vor Verunreinigung durch Nässe, Öle oder Salben. Alle Betten in der RESIDENZ haben so einen Matratzenschoner, in den Stoff sind Silberfäden eingearbeitet, das dient der Geruchsbindung, hat mir Schwester Cornelia erklärt, und *ich* habe ihr erklärt, dass ich so etwas nicht brauche. Dass ich meinen Urin ganz gut halten kann und nicht vorhabe, ins Bett zu nässen. »Früher oder später«, hat Schwester Cornelia gesagt und den Satz nicht beendet.

Frau Kropps Nachttisch ist auch leer. Gestern war da noch eine Tube Parfenac-Fettsalbe gegen Ausschlag und eine Lesebrille. Und das Windlicht aus Terrakotta natürlich, handbemalt, das hat Doppelrudi der alten Kropp geschenkt, gegen dunkle Nächte.

Das war alles gestern.

Heute ist da eine leere Fläche und weiter unten der Kopf von Frau Wimmer, die vor dem Nachttisch kniet und in einem großen Müllsack wühlt.

»Wo ist es nur, wo ist es nur«, jammert sie.

Keine Ahnung, was die Wimmer da sucht. Soweit ich sehe, ist ihr gesamtes Hab und Gut sicher unter dem Bett verstaut. Die Kuckucksuhr zum Beispiel. Oder die pyramidenförmige Riesenduftkerze. Die Mini-Vogeltränke aus Steinholz, der Partybaum, der Wetterclown, der Serviettenneger.

Wetterclown. Schon mal davon gehört?

Partybaum. Schon mal gesehen?

Der Clown ist aus blauem Kunstharz, bei Regen verfärbt sich die Nase lila. Den Partybaum habe ich noch nie gesehen, er steht originalverpackt unter Frau Wimmers Bett, aber wenn ich nach dem Bild auf der Verpackung gehe, dann ist das so ein ausklappbares baumförmiges Ding aus Metall. Du kannst es auf den Tisch stellen und Häppchen auf die Äste spießen, kleine Käsestücke zum Beispiel oder Oliven. Den Serviettenneger kannst du neben den Partybaum stellen, wenn du magst, dann bietet er deinen Gästen mit gesenktem Krauskopf Servietten an, die zwischen seinen ausgestreckten Armen klemmen.

Es gibt Dinge auf dieser Welt, von denen hast du noch nie gehört, aber vielleicht hast du schon einmal davon geträumt.

In einer finsteren Nacht.

An einem dunklen Ort.

Albträume.

Wir sprechen hier von dem, was die Leute früher Nachtmahr genannt haben, irgendwann im Mittelalter. War schon damals nicht besonders angenehm so ein Nachtmahr, voll mit gefallenen Engeln und armen Sündern, denen der Teufel

Blasinstrumente in den Hintern schiebt oder riesige Insekten. Hieronymus Bosch und so, kennt man ja. Der Mann hat zum Glück aufgehört mit dem Malen vor ein paar hundert Jahren, aber die Albträume sind trotzdem nicht besser geworden, eher schlimmer, weil da heutzutage solche Dinge vorkommen wie Wetterclowns oder Serviettenneger.

Du hast immer gedacht, dass es diese Dinge nicht gibt. Nicht wirklich, nicht in echt. Du hast gedacht, dass sie nur in den schwarzen Verliesen deines Unbewussten existieren, die sich im Schlaf öffnen.

Aber dann sitzt du eines Morgens im Zimmer eines Altenheims, und da sind sie. In echt. Unter dem Bett einer Frau, die sich mit einem Eichhörnchen identifiziert, das sind diese tapferen kleinen Waldbewohner, die alles sammeln und horten, was der Wald an Schrecklichem so hergibt: modrige Tannenzapfen, giftige Pilze, Partybäume.

Frau Wimmer hat sich übrigens nicht selbst mit einem Eichhörnchen identifiziert, das war ihre Tochter. Vor einem Jahr ist die junge Wimmer mit der alten Wimmer in der RESIDENZ aufgekreuzt, hat mir Schwester Cornelia erzählt, und das war schon ein Auftritt, aber hallo.

Die alte Wimmer wollte nicht aus dem Auto aussteigen. Sie hat weinend auf dem Rücksitz gesessen und sich an einen großen Müllsack geklammert.

»Würde ich auch«, hat Schwester Cornelia gesagt, »wenn jemand *meine* Wohnung in einen Müllsack packt und alles, was nicht reinpasst, entsorgen lässt.«

Das hat die Tochter nämlich gemacht. Sie ist mit drei muskulösen Kerlen vom städtischen Sperrmüllservice in die Wohnung ihrer Mutter gegangen, »und den Rest können Sie sich ja selbst denken«, hat Schwester Cornelia gesagt.

Ja, das kann ich. Aber erst, seit ich Frau Wimmer persönlich kenne, und es sind keine schönen Gedanken, weil ich jedes

Mal, wenn ich an die Wohnungsräumung denke, tiefes Mitleid empfinde für die drei muskulösen Kerle vom städtischen Sperrmüllservice.

Syllogomanie.

Vermüllungssyndrom.

So nennt man das, wenn jemand seine Wohnung mit Sachen vollstopft, die andere Leute wegwerfen oder gar nicht erst kaufen. Wenn du dieser Jemand bist, dann sieht dein Wohnzimmer aus wie ein Gerümpellager und deine Küche wie eine Biotonne. Du wanderst auf schmalen Pfaden von Zimmer zu Zimmer, links und rechts türmen sich Berge von alten Kleidern, zerbrochenen Bilderrahmen und kaputten Glühlampen. Außerdem eine ganze Menge von diesen neuen Dingen, die die Leute im Mittelalter nicht einmal aus ihren schlimmsten Albträumen gekannt haben.

Partybäume, originalverpackt. Du feierst keine Partys.

Kinderquietscheenten, originalverpackt. Deine Tochter ist fünfzig.

Frau Wimmer wollte nicht aussteigen, »Bitte, Mami«, hat die Tochter gesagt, »das kann so nicht weitergehen, du schaffst das nicht mehr alleine«, und dann hat sie auch zu weinen angefangen.

Später ist sie mit verquollenen Augen vor dem Buch mit den Malvorlagen gesessen, während die alte Wimmer in ihrem neuen Zuhause auf Zimmer fünf geschlafen hat, den Müllsack im Arm, achthundert Milligramm Pruxal im Blut. Neben dem Eichhörnchen war ein roter Punkt, darunter ein grüner, die junge Wimmer hat auf das Eichhörnchen getippt und wieder angefangen zu weinen.

Knack. 07:38.

Ich inhaliere tief, die Gräfin auch, dann sagt sie mir, dass sie sich entschieden hat, und dann sagt sie, wofür.

Das sagt sie jeden Morgen.

Gute Entscheidung, sage ich wie jeden Morgen und blase Rauch aus.

Ich könnte genauso gut etwas anderes sagen. Falsche Entscheidung, zum Beispiel. Oder: Mir doch egal. Oder: Letzte Nacht hat der Teufel wieder Milliarden schlafender Menschen einen ausklappbaren Partybaum in den Hintern geschoben, nur mir nicht, wie finden Sie das, Gräfin?

Keine Albträume. Das ist der Vorteil, wenn du nie schläfst. Der einzige.

Gute Entscheidung, sage ich, obwohl es der Gräfin egal ist, was ich sage, und dann verliert sie ein paar Worte über ihre Entscheidung. Nur ein paar. Nur die eine oder andere Wortmünze, die der alte Wanderer verliert am Wegesrand des Schweigens, so würde es der Dichter formulieren. So, oder so ähnlich.

Die Gräfin verliert Worte, ich sehe aus dem Fenster. Draußen scheint die Sonne, der Himmel ist knallblau, der Dreimillimeterrasen glänzt knallgrün, das ist so ein Tag heute, von dem die Leute gerne sagen, dass er einfach herrlich ist, obwohl alles aussieht wie frisch vergiftet mit künstlichen Farbstoffen. Irgendwo sitzen andere Leute und machen aus solchen Tagen Postkarten. Ungestraft.

Der Mann im grünen Overall kommt gut voran. Noch ein paar kleine konzentrische Kreise, und er ist beim Käfig. Der nackte Mann im Käfig liegt auf dem Rücken, die Arme nach vorne gestreckt wie ein Serviettenneger. Er hebt rhythmisch den Oberkörper, seine Haut glänzt in der Morgensonne, braun und ölig.

Die Gräfin lässt eine Wortmünze fallen.

»Büsum.« Sagt sie.

Der nackte Mann dreht sich vom Rücken auf den Bauch und macht Liegestütze.

Die Gräfin lässt eine Wortmünze fallen.

»Süderpiep.«

Der nackte Mann steht auf und macht Kniebeugen, die Gräfin sagt »Halbmast«, der nackte Mann kreist mit dem Becken, ich drehe den Kopf vom Fenster weg und werfe einen Blick auf Frau Wimmer. Sie wühlt noch immer im Müllsack, außerdem macht sie komische Geräusche beim Atmen. Schwer zu beschreiben, wie das klingt, aber wir könnten uns ein Eichhörnchen vorstellen, dem wir alle paar Sekunden den zarten Brustkorb zusammendrücken.

Fiep, macht Frau Wimmer alle paar Sekunden, *fiepfiep.*

Kein gutes Zeichen.

Was auch immer die Wimmer da sucht: Wenn sie es nicht bald findet, dann haben wir hier ein Problem auf Zimmer Nummer fünf.

»Blumengesteck.«

Mein Stichwort wie jeden Morgen. »Na ja, Gräfin«, sage ich und drehe den Kopf zu ihr, »Sie wissen, was ich von dem Blumengesteck halte. Aber der Rest klingt gut. Eine wirklich gute Entscheidung, und Sie sollten dabei bleiben, schon wegen der frischen Luft.«

Die Gräfin sagt nichts. Sie sitzt mit halb geschlossenen Augen da und zieht an der Zigarette, freihändig. Die Zigarette klemmt im Mundwinkel, die Hände liegen im Schoß.

»Und wegen der Route natürlich, das macht sicher großen Spaß. Der Hafen in Büsum soll sehr schön sein, und von der Süderpiep schwärmen alle, die schon einmal durch die Nordsee geschippert sind.«

Die Gräfin sagt nichts. Rauch quillt aus ihrer Nase, ihre Hände liegen regungslos nebeneinander, auf dem weißen Stoff sehen sie aus wie zwei Rorschachtests. Aber nicht aus Tinte, sondern aus dem, was alte Leute so auf ihre Klamotten kleckern beim Mittagessen. Kürbiscremesuppe, das sind die Handrücken. Soja und Senf, das sind die Pigmentflecken. Blaubeerspritzer, das sind die Adern, manchmal zucken die Hände kurz zusammen, dann sind sie zwei Rorschachtests, die aussehen wie plattgewalzte Kröten. Jemand stößt sie mit dem Fuß an, um zu testen, ob sie noch leben.

Fiep, fiep, macht Frau Wimmer.

Die Gräfin zuckt, die Kröten leben, jetzt verzieht sie ihr langes Gesicht, gleich wird sie gähnen. Ich nehme ihr die Zigarette aus dem Mundwinkel, die rechte Kröte klettert auf einer unsichtbaren Leiter durch die Luft, langsam wie eine Kröte, und legt sich über den weit geöffneten Mund der Gräfin. Das dauert, es ist ein weiter Weg.

Die meisten Leute schrumpfen, wenn sie alt werden, viele werden fett, bevor sie dann kurz vorm Abnippeln vom Fleisch fallen und am Ende in einen Kindersarg passen. Die Gräfin nicht. Gott hat sie vor hundert Jahren auf eine Streckbank gelegt, seitdem wird sie immer länger, nur die Hände gehen in die Breite und die Füße, überhaupt alles, was an der Gräfin so dranhängt, leiert aus. Sie wird in keinen Sarg passen, wenn es so weit ist. Sie wird einen Schiffscontainer brauchen, so einen langgezogenen, in dem lange Knochen Platz haben und viele große Dinge. Große Hände, große Ohren. Die Nase der Gräfin: Denk an einen Türstopper für das gewaltige Tor zum ewigen Reich Gottes, und du hast das Bild.

Die Gräfin ist mit dem Gähnen fertig, ich stecke ihr die Zigarette zurück in den Mundwinkel.

»Wo ist es nur *fiep*«, jammert die Wimmer, »das muss doch hier *fiep* irgendwo …«, ihr Kopf verschwindet im Müllsack.

Ich sollte heute zur Abwechslung nichts sagen. Hat ja doch keinen Sinn. Leuten von etwas abraten: Vergiss es. Wenn jemand seinen Kopf in einen Müllsack stecken will, dann soll er doch, und wenn jemand ein sündteures Blumengesteck will, obwohl das überhaupt keinen Sinn macht, dann von mir aus. Mir doch egal.

Und deswegen werde ich jetzt *nichts* sagen.

Heute nicht.

»Nur das mit dem Blumengesteck«, sage ich, »das sollten Sie sich noch einmal überlegen, Gräfin.«

Sich selbst von etwas abraten: Vergiss es.

»Kostet ja ein stattliches Sümmchen so ein Gesteck, und ein paar lose Blütenblätter sind doch auch schön«, sage ich.

Die Gräfin zieht ihre halb geschlossenen Lider nach oben und sieht mich an. Rechts ist die Pupille grau, links ist sie gräulich. Katarakt, Trübung der Augenlinse, grauer Star. Drei Namen für dasselbe, ich mag den Vogel am liebsten. Er baut seit vielen Jahren sein Nest in den Pupillen der Gräfin, und wenn er fertig ist, wird sie blind sein.

Die Gräfin schüttelt langsam den Kopf, Asche fällt in ihren Schoß. Nicht auf die Kröten, sondern auf das weiße Geschirrtuch, das sie sich immer übers Kleid legt beim Rauchen. Gleich wird sie sagen, dass es ohne Blumengesteck nicht geht. Eine Krone aus weißen Chrysanthemen und roten Nelken, wird sie sagen, ist das Mindeste, und ihre Stimme wird knarzen wie die Planken auf dem Hochseekutter *Royal Star*, mit dem die Gräfin ihre letzte Schiffsreise machen will.

Seebestattung.

Sie erzählt mir jeden Morgen davon.

Seit acht Tagen jeden Morgen, Schwester Cornelia sagt, dass sie seit hundert Jahren davon redet, jeden Morgen, jeden Abend, überhaupt immer, wenn sie nicht gerade schweigt.

Die Gräfin, sagt Schwester Cornelia, hat mit allem abgeschlossen. Die Vergangenheit ist ihr egal, die Gegenwart auch, nur die Zukunft zählt, und die Zukunft ist der Tod. Deswegen plant die Gräfin seit hundert Jahren ihr Begräbnis.

Der Stapel Broschüren, auf dem sie immer sitzt: Broschüren über Kränze und Urnen, über Blumengestecke und Trauerschleifen. Das schwarze Kleid, das sie immer mit einem Geschirrtuch vor herabfallender Asche schützt: ihr Totenkleid.

Sie trägt es jeden Tag, sie trägt es ein, wie man so sagt, und kein lebender Mensch weiß, wie viele schwarze Totenkleider mit hochgeschlossenem Kragen die Gräfin schon verschlissen hat, auf jeden Fall geht jedes Jahr zu Weihnachten eine von den Schwestern los und kauft ihr ein neues. Außerdem kauft sie ihr ein paar neue Stricknadeln, und kein Mensch weiß, wofür die Gräfin die Stricknadeln braucht und wie sie es schafft, die Dinger immer so zu verbiegen. Kein Mensch, außer Schwester Cornelia. Und Schwester Olga. Und Doppelrudi natürlich, überhaupt alle vom Pflegepersonal, nur Schwester Terese nicht, und fragen Sie jetzt bitte gerne, warum.

Fragen Sie zum Beispiel Doppelrudi, warum Schwester Terese nichts davon weiß und warum ihr keiner etwas sagt, obwohl sie die Information gut gebrauchen könnte im demütigenden Kampf gegen den Heimleiter, der Schwester Terese persönlich für den ständig defekten Brandmelder verantwortlich macht.

Wissen Sie eigentlich, was so ein Elektriker kostet!

Fragen Sie Doppelrudi, warum keiner etwas sagt zu Schwester Terese, und Doppelrudi wird grinsen und sagen: Einfach nur so. Zum Spaß.

Bomke & Partner.

So heißt die Firma, der die Gräfin ihre Zukunft anvertraut hat. Bestattungsunternehmen Bomke & Partner. Kompetent, preiswert, individuell.

Die Gräfin hat alles schon bezahlt, pauschal. Wenn Bomke bankrottgeht, ist die Zukunft der Gräfin ruiniert. Ein Vorsorgekonto wäre besser gewesen, hat Schwester Cornelia gesagt, und dass Bomke jedes Vierteljahr Nachzahlungen von der Gräfin verlangt, weil die Kosten der Partner wieder gestiegen sind.

Transportunternehmen Schnittke.

Pietätsartikel Konrad & Söhne.

Sargtischlerei Grüneisen.

Notariat AdvoGarant.

Floristik Ambiente.

Krematorium X, Försterei Y, Reederei Z, die Liste geht noch weiter, die Liste ist lang.

Försterei?, habe ich gesagt.

»Ja!« Schwester Cornelias Gesicht war ganz rot, weil sie sich so in Rage geredet hat bei den Partnern von Bomke, mit denen sie alle paar Monate telefonieren muss, im Auftrag der Gräfin. »Ich arbeite die ganze Liste ab und versuche, die Preise zu drücken, aber da ist nichts zu machen, vor allem nicht bei den Förstern, weil das quasi Beamte sind. Die können verlangen, was sie wollen, die Förster, die sind einfach nicht wegzukriegen aus ihrem Wald!«

Wald?, sage ich.

Ich sage: Förster?

Braucht man sowas für eine Seebestattung?

Schwester Cornelia sieht mich an. Blick auf eine Fünfjährige, die noch keine Ahnung hat vom Leben und glaubt, dass es aus Sandkuchen und lustigen Folterspielen mit Kleintieren besteht. Dann hat sie mir alles erklärt. Ein bisschen zu ausführlich, wenn Sie mich fragen, aber seitdem weiß ich, dass die Gräfin sich einfach nicht entscheiden kann, welche Art von Bestattung sie will. Anders gesagt: Sie entscheidet sich ständig, jeden Morgen neu. Manchmal ist es ein paar Tage jeden Morgen die Seebestattung, für die sie sich neu entscheidet, dann wechselt sie zur Erdbestattung, so eine ganz normale mit Einzelgrab und Grabstein, das kann bis zu einer Woche dauern, dann wechselt sie eines schönen Morgens plötzlich zu etwas anderem.

Feuerbestattung.

Bergbestattung.

Wiesenbestattung.

Steilküstenbestattung.

Baumbestattung.

Bei allen Baumbestattungen arbeitet Bomke mit den zuständigen Förstern zusammen, und die sind einfach nicht wegzukriegen aus ihrem Wald.

Knack. 07:42. *Fiep*.

Noch drei Minuten bis zum Radetzkymarsch, Frau Wimmer steckt bis zu den Schultern im Müllsack, ich zünde mir zwei Zigaretten an und ziehe der Gräfin den erloschenen Stummel aus dem Mundwinkel. Ich nehme eine Zigarette aus meinem Mund und klemme sie der Gräfin zwischen die Lippen.

Habe ich erwähnt, dass der Müllsack nicht Frau Wimmer gehört? Frau Wimmers Müllsack ist blau mit einem gelben Zugband, außerdem ziemlich abgenutzt, immerhin schleppt sie ihn seit einem Jahr überall mit sich herum. Der Müllsack, in dem Frau Wimmer demnächst ersticken wird, ist neu und grün, mit einem weißen Band.

Die Gräfin saugt an der Zigarette, Rauch quillt aus ihrer Nase. »Chrysanthemen«, knarzt sie, »rote Nelken. Das Mindeste.«

Fiep, fiep.

Das regt mich echt auf, das mit dem Blumengesteck, ich meine: So eine Seebestattung ist kostspielig genug, und eine ganze Menge von Bomkes Partnern zocken kräftig ab, wenn du im ewigen Rauschen des Meeres für immer gegenwärtig bleiben willst. Das mit dem Rauschen steht in Bomkes Broschüre, die Gräfin hat sie an unserem ersten gemeinsamen Morgen aus dem Stapel gezogen und mir daraus vorgelesen.

Seite fünf, gute Gründe für Seebestattung:

Weil du im ewigen Rauschen des Meeres für immer gegenwärtig bleiben willst.

Weil dich die Weite, die Kraft und die Ziellosigkeit des Meeres faszinieren.

Weil du gerne Wassersport treibst.

Aber egal ob du ewig rauschen willst oder einfach nur

sportlich bist, es wird dich eine schöne Stange Geld kosten. Die Reederei zockt ab, das Transportunternehmen zockt ab, das Krematorium zockt ab. Und die Sargtischlerei natürlich auch, und das regt mich fast so auf wie das Blumengesteck, weil der Sarg fast so sinnlos ist wie das Gesteck, aber nur fast, weil um den Sarg kommst du nicht herum, der ist Vorschrift.

Gilt auch für: Asche.

Gilt auch für: Urne.

Sie schmeißen keine ganzen Leichen ins Meer, deswegen musst du dich verbrennen lassen. Sie schmeißen keine nackten Leichen in den Ofen, deswegen brauchst du Totenklamotten und einen Sarg. Sie schmeißen keine Keksdosen ins Meer, deswegen brauchst du für die Asche eine Urne. Und weil sich keine eingeäscherte Leiche selbst unter den Arm nimmt und sagt: »Na, dann wollen wir mal. Auf nach Büsum!« – deswegen brauchst du ein Transportunternehmen.

Für die billigste Urne bekommst du sechzig Premium-Plus-Einwegwindeln. Für den billigsten Sarg bekommst du hundert Schlüsselanhänger mit Mini-Tennisball und Wimbledon-Championship-Logo.

Der Sarg: Er verbrennt.

Die Urne: Sie versinkt.

Bevor sie das tut, steht sie auf einem kleinen Tisch mit weißem Überwurf an Deck der *Royal Star*. Der Kapitän im Gegenwert von zwanzig Rollen Zahnseide pro Stunde spricht ein paar Abschiedsworte, dann läutet er die Schiffsglocke und lässt die Urne langsam in die Wogen gleiten. Das Schiffshorn ertönt, der Steuermann lässt die *Royal Star* mit langsamer Fahrt mehrmals um die Beisetzungsstelle kreisen, deine Angehörigen weinen und trinken Sekt. Wenn du keine Angehörigen mehr hast, trinkt der Steuermann ein paar Gläschen, und der Kapitän schmeißt ein paar Blütenblätter ins Wasser.

Das Schiffshorn ertönt zum zweiten Mal, die auf Halbmast gesetzte Flagge wird gedippt, die Flagge wird auf Vollmast gesetzt, die *Royal Star* dreht ab und nimmt Kurs auf den Hafen von Büsum.

Blütenblätter treiben auf der Oberfläche, du sinkst langsam nach unten. In einer Urne aus Zellulose oder Pappmaché oder einem anderen wasserlöslichen Material. Auf dem Grund des Meeres, zwischen hungrigen Fischen und Algen mit Kohldampf, löst sich die Urne auf, und du schwebst in winzigen Stäubchen durchs ewige Blau.

Fischfutter.

Algennahrung.

Vielleicht der beste Grund für eine Seebestattung, aber der steht nicht in Bomkes Broschüre, dafür steht auf Seite fünf, dass du die ganze Seebestattung von der Leichenschau über den Kapitän bis zum Auflösen pauschal haben kannst, inklusive Sekt. Nur zwei Sachen kannst du *nicht* pauschal haben, die musst du extra bezahlen:

Erstens eine Inschrift auf deiner Urne, du hast drei Texte zur Auswahl.

Zweitens ein Blumengesteck auf deiner Urne, du hast drei Gestecke zur Auswahl. Das teuerste besteht aus weißen Chrysanthemen und roten Nelken, du kannst es wahlweise in Form einer Krone haben oder in Form einer Seemannsmütze.

Fiep!

Die Inschrift habe ich der Gräfin ausreden können, gegen das Blumengesteck bin ich machtlos. Aber ich kämpfe trotzdem dagegen an, weil mich das echt aufregt *Fiep!*, und Sie finden das jetzt vielleicht ziemlich sentimental, was ich da gleich sagen werde, aber ich sage es trotzdem:

Lasst die Blumen leben! Lasst sie wachsen auf einer grünen Wiese, so hoch sie wollen und so bunt sie wollen. Marienkäfer sollen auf ihren Blättern rasten, Regenwürmer sollen träumend schlummern zu den Füßen ihrer Stengel, so würde es der Dichter formulieren, oder so ähnlich *Fiepfiep!,* und wenn da nicht bald jemand kommt und etwas unternimmt, von mir aus auch ein Dichter, dann wird sie ersticken, und dann haben wir hier echt ein Problem auf Zimmer Nummer fünf.

»Gräfin«, sage ich zur Gräfin und sehe ihr eindringlich in die grau verschleierten Pupillen, »bitte lassen Sie das mit dem Blumengesteck und kaufen Sie sich von dem Geld etwas Schönes. Ein paar Schlüsselanhänger mit Wimbledon-Championship-Logo zum Beispiel.«

Fieeep!

Die Gräfin sagt nichts.

Röchelröchel.

Stille.

Die Gräfin hebt eine Krötenhand und legt sie auf das Fensterbrett. Sie stützt sich ab und hebt ihren langgezogenen Hintern. Nur ein paar Zentimeter, Asche fällt auf das Geschirrtuch. Sie nimmt mit der freien Hand die oberste Broschüre vom Stapel, sie lässt ihren Hintern wieder sinken, Rauch quillt aus ihrer Nase.

»Inschrift«, knarzt sie. »Das Mindeste.«

Ich fass es nicht.

Das darf ja wohl nicht wahr sein.

Ohnmächtig. Oder erstickt. Noch dazu in einem fremden Müllsack, ich sehe nicht hin, ich starre auf die Broschüre, die ganze Überzeugungsarbeit umsonst, sie hat mir Bomkes Urnentexte schon einmal vorgeknarzt vor ein paar Tagen, und ich habe gesagt, dass die Texte schon schön sind, aber ziemlich teuer, vor allem, wenn man bedenkt, dass sie nicht für die Ewigkeit geschrieben sind, sondern für die Fische.

Ignorieren.

Das wird das Beste sein. Vielleicht ist sie ja wirklich nur ohnmächtig und wacht wieder auf, zum Beispiel beim Radetzkymarsch, der in knapp einer Minute aus dem Lautsprecher kommen wird und selbst Tote weckt.

Die Gräfin greift nach der Leselupe, die sie an einer Kette um den Hals trägt. Sie hebt die Broschüre vors Gesicht und glotzt durch die Lupe hinein, ich drehe den Kopf zum Fenster.

»Der Lebenskreis«, knarzt die Gräfin,

»hat sich
geschlossen.
Was bleibt
sind Erinner
ung und
Dank.«

Ich sehe aus dem Fenster. Der Rasenmäher steht neben dem Käfig, der Mann im grünen Overall klettert gerade über den roten Zaun, der nackte Mann hängt gerade am Klettergerüst und schwenkt die Beine.

»Wenn die
Lebenskra
ft zu Ende
geht, ist
die Erlös
ung Gn
ade.«

Der Mann im grünen Overall ist im Käfig. Er öffnet den Reißverschluss vom Overall und klappt ihn bis zu den Hüften hinunter. Der nackte Mann springt vom Klettergerüst, der Mann mit dem nackten Oberkörper hebt die Fäuste, die sind schon schön, die Texte, aber dass sie immer so schmal sein müssen, das finde ich problematisch. Man könnte ja auch einfach die Urnen breiter machen, das wäre so eine von diesen praktischen Ideen, die die Welt braucht.

»Die Welt
geht zu En

de. Wer am
Ziel ist, fin
det Ruh*mstata Rumstata …*«

Der Rest geht in den ersten Takten vom Radetzkymarsch unter.

»Wir müssen los, Gräfin«, sage ich und drücke meine Zigarette im Aschenbecher aus. Ich beuge mich vor und ziehe der Gräfin die Zigarette aus dem Mundwinkel. Ich stehe auf, ich öffne das Fenster.

Der Himmel ist knallblau, der Rasen ist knallgrün. Ich hebe den Arm und werfe die brennende Zigarette in diesen herrlichen Tag, der aus künstlichen Farbstoffen gemacht ist, und vielleicht sind sie ja hochexplosiv, die Farbstoffe, wer weiß. Unten im Käfig schlagen der nackte und der halbnackte Mann mit bloßen Fäusten aufeinander ein.

Das könnte ein schöner Anblick sein.

Das könnte viel Spaß machen.

Denke ich wie jeden Morgen, und wie jeden Morgen macht mich das ein bisschen traurig. Nichts explodiert, und die beiden Versager da unten schlagen wie immer knapp aneinander vorbei, noch dazu absichtlich, sowas nennt man Sport, Boxtraining und so, wirklich traurig.

Später beim Frühstück wird wie immer Totenstille eintreten, wenn Schwester Terese den Speisesaal betritt, und sie wird mit ihrer scharfen Stimme fragen, wo Frau Wimmer ist.

Na ja, was soll ich sagen?

Soll ich sagen: Frau Wimmer wäre heute Morgen fast erstickt, liebe Schwester Terese, aber wer suchet, der findet, und deswegen hat sie es dann doch noch geschafft und den Kopf aus dem Müllsack gezogen, in den irgendjemand die persönlichen Dinge von Frau Kropp gestopft hat, ihren Nachlass sozusagen. Der Kram vom Nachttisch war auch dabei, und wahrscheinlich sitzt Frau Wimmer immer noch auf dem Boden und wiegt das Windlicht aus Terrakotta im Arm wie einen Säugling.

Doppelrudis Geschenk, gegen dunkle Nächte.

Ich sage besser nichts.

9

Sie fahren mit diesen zweistöckigen Rollwägelchen herum und verteilen das Frühstück. Schwester Olga, Doppelrudi, die Küchenhilfe. Alle haben ihre Kittel ausgezogen und tragen ärmellose T-Shirts, alle schwitzen, die Küchenhilfe am meisten. Wenn sie ihre Arme hebt und ein paar schwarze Strähnen zurück unter die Hygienehaube stopft, glitzern Schweißperlen in ihrem Achselhaar wie ein Diadem an der falschen Stelle.

Die Küchenhilfe ist aus Polen, die Rollwägelchen sind aus Metall. Früher waren sie weiß lackiert, jetzt sind sie grau. Rostige Stellen, Kratzer, hier und da noch ein Rest weißer Farbe, der sich hartnäckig an das Metall klammert.

»Mit diesen Lackresten ist es wie mit alten Leuten«, hat Marlen vor ein paar Tagen beim Frühstück gesagt, »manche musst du mit Gewalt abkratzen, damit sie endlich loslassen.«

Die meisten hier im Speisesaal gehören zu diesen Manchen. Sie kleben auf ihren Sesseln, sie kleben an ihren Tischen, viele umklammern ihre Teller, die noch leer sind.

Der Radetzkymarsch ist vorbei, die Lautsprecher hängen stumm an der Decke und warten auf ihren nächsten Einsatz, die Uhr sagt *knack,* 07:51.

Sechzig Leute in einem Raum, man möchte meinen, dass es da keinen Radetzkymarsch braucht für ein bisschen Lärm. Für ein bisschen Geplauder und Gelächter und so, kennt man ja, Stichwort Betriebsfeier, Stichwort Ferienlager.

Sechzig alte Leute im Speisesaal der RESIDENZ, und du

kannst es trotzdem hören: das Knacken der Uhr, das Quietschen der Räder an den Rollwägelchen, das Geräusch der Thermoskannen, wenn die Küchenhilfe sie vom Wägelchen auf die Tische stellt. In den Thermoskannen ist Kräutertee, am Handgelenk der Küchenhilfe baumelt ein Bettelarmband. Der Tee ist ungesüßt, die Anhänger sind aus Silber. Fliegenpilz, Herz, Taube. Winzige Symbole aus Silber, eine Waage ist auch dabei, und wenn die Küchenhilfe ein paar Meter von dir entfernt ihre Haare zurück unter die Haube stopft, dann kannst du es hören. Du kannst hören, wie das Glück gegen die Liebe schlägt und die Gerechtigkeit gegen den Frieden.

Ich starre auf die Uhr, 07:51, wie gehabt. Noch vier Minuten, und wir dürfen anfangen. Bis dahin wird es hier sein wie in einem vollen Warteraum, Prinzip Arbeitsamt, Prinzip Arztpraxis. Alle sitzen herum, keiner redet, ab und zu ein Räuspern, hier und da ein Seufzen, trübe Gedanken.

Seit neun Wochen arbeitslos: keine Aussicht auf einen Job.

Seit vier Monaten schwanger: keine Aussicht auf eine Abtreibung.

Seit acht Tagen in der RESIDENZ, oder seit acht Jahren, egal, auf jeden Fall keine Aussicht auf ein Schokoladencroissant oder eine knusprige Scheibe Speck.

Das Symbol der Hoffnung: Es könnte eine winzige Tasse Espresso sein.

Der Vergleich mit dem Warteraum trifft es übrigens ziemlich gut, sind ja meistens überheizt, die Warteräume, und immer stickig. Und immer denkt irgendjemand an Selbstmord. Die Schwangere jenseits der Fristenlösung zum Beispiel, die denkt sicher daran, und sie stellt sich das sehr dramatisch vor, so mit aufgeschlitzten Pulsadern und viel Blut in der Badewanne. Mutterkindblut. Ein bisschen frische Luft könnte jetzt nicht schaden. Hebt die Stimmung, positive Gedanken und so, alles eine Frage der Sauerstoffzufuhr, aber keiner macht das Fenster auf. Keiner traut sich, weil es immer irgendjemanden gibt, der keine Zugluft verträgt oder leicht friert. Der sich beschwert.

Hier im Speisesaal der RESIDENZ sind das so gut wie alle, deswegen sind die Fenster immer geschlossen, deswegen ist die Heizung immer aufgedreht, auch im Sommer, auch an einem herrlichen siebzehnten August wie heute.

Außentemperatur: geschätzte zwanzig Grad.

Innentemperatur: geschätzte dreißig, gefühlte vierzig, einfach herrlich, der Sommer, ich starre auf die Uhr. Die Digitalanzeige ist brutkastenrot, eine Nacktschnecke kriecht mir langsam den Rücken hinunter, zumindest fühlt es sich so an, vorne kriecht auch so ein Biest, die Schleimspur verläuft vom Hals bis zum Nabel.

Ich denke an eine Badewanne mit Eiswasser.

Ich denke an ein Küchenmesser mit bläulicher Klinge.

Die Küchenhilfe schüttelt eine Packung Orangensaft auf, das Bettelarmband klimpert, ich denke an den Flügelschlag einer Taube: kühler Wind. Ich denke an ein liebendes Herz: kaltes Silber.

Alles eine Frage der Konzentration, hat Karlotta gesagt, und dass es ganz leicht ist, nicht zu schwitzen, wenn man sich konzentriert. Das hat sie vor acht Tagen gesagt, nach unserem ersten Saunafrühstück in der RESIDENZ.

»Ganz leicht, wir müssen es nur hinkriegen. Wenn wir es *nicht* hinkriegen, fallen wir auf.«

»Bedeutet?«, habe ich gesagt.

»Bedeutet: Alte Leute schwitzen nicht, im Gegenteil. Sie frieren ständig, weil ihre Körpertemperatur grundsätzlich niedriger ist als die von jungen Leuten, das macht die Nähe zum Grab, in dem es bekanntlich feucht und kalt ist, und das heißt: Solange wir noch schwitzen wie die Schweine, sind wir jung. Zu jung für die RESIDENZ, zu jung für Pflegestufe zwei.«

»Bedeutet?«, habe ich gesagt.

»Bedeutet: Geschwitzt wird nicht! Nicht beim Frühstück, nicht beim Mittagessen, überhaupt nie – und wenn Schwester Terese höchstpersönlich die Heizung von Maximum auf Krematorium dreht!«

»Aber wie sollen wir das machen?«, hat Suzanna gejammert.

»Alles eine Frage der Konzentration«, hat Karlotta gesagt. »Man muss einen Punkt fixieren, irgendwo im Raum, und dann ganz fest an etwas denken, das entweder kühl oder kalt ist. Oder blau.«

»Zum Beispiel?«, habe ich gesagt.

»Keine Ahnung. Lass dir was einfallen.«

Quietschquietsch, Schwester Cornelia kommt mit ihrem Wägelchen angerollt, die Räder müssen dringend geschmiert werden, ich denke an kaltgepresstes Olivenöl. Das Wägelchen hält neben unserem Tisch, Schwester Cornelia fährt sich mit dem Handrücken über die schweißnasse Stirn. Ihre Wangen glänzen wie zwei knusprige Scheiben Speck, mein Gott, bin ich hungrig. Sie lässt den Arm wieder sinken und schnauft, dann verteilt sie das Frühstück.

Mein Gott, ist das traurig.

Knäckebrot, Diätmargarine, fettreduzierter Frischkäse. Erdbeermarmelade mit Süßstoff, alles portioniert und verpackt, die Margarine ist ein winziges Würfelchen, der Frischkäse ist ein winziges rundes Behälterchen, du kannst ein Bettelarmband aus diesen Dingern machen.

»Wie im Flugzeug«, hat Marlen gesagt, bei unserem ersten Frühstück, »das ist hier wie im Flugzeug, und alle an Bord fliegen zum Internationalen Diabetikertreffen. Oder zur Internationalen Welthungerkonferenz.«

»*Nicht* witzig.« Suzannas Stimme war sehr gepresst. Dann hat sie gesagt, dass sie einen Fallschirm will. Sofort.

Schwester Cornelia legt das Flugzeugfutter neben unsere Teller, jeder bekommt ein Würfelchen, jeder bekommt ein Behälterchen, das Wägelchen bewegt sich im Uhrzeigersinn um den Tisch und macht *quietschquietsch,* jetzt legt Schwester Cornelia eine winzige Packung Knäckebrot neben den Teller von Frau Kropp. Jetzt runzelt sie die Stirn. Jetzt nimmt sie das Knäckebrot wieder weg und den Teller auch, später wird sie zu mir sagen, dass es schon ein Elend ist mit der Küchenhilfe, weil die das nämlich immer macht, das mit dem Gedeck für die Toten. Wenn du am frühen Nachmittag stirbst, bekommst du von der Küchenhilfe zum Kaffee noch einmal eine Tasse hingestellt und einen Kuchenteller. Wenn du über Nacht stirbst, bekommst du das komplette Frühstücksgedeck, irgend so ein polnischer Brauch. Die letzte Mahlzeit, die letzte Ehre, wasweißich, wird Schwester Cornelia sagen, und dass die Toten sich rächen, wenn man sie nicht noch einmal füttert kurz nach dem Absterben. Behauptet zumindest die Küchenhilfe.

Schwester Cornelia quietscht mit ihrem Wägelchen wieder davon, ich starre konzentriert auf mein Frühstück.

Flugzeug, denke ich. Fünftausend Meter Höhe, eine Luke öffnet sich, ich springe nackt in das eiskalte Blau, ohne Fallschirm.

Die Uhr sagt *knack,* 07:52, noch drei Minuten, und wir dürfen anfangen. Nicht mit dem Frühstück, sondern mit dem Aufreißen der Packungen. Bis dahin müssen alle auf ihren Plätzen sein. Wer es nicht schafft, hat ein Problem. Welches, wird Schwester Terese entscheiden.

Ich werfe einen Blick in die Runde. Alle da, bis auf Frau Wimmer, und der Professor fehlt auch noch. Und Kurt Schwochow natürlich.

Frau Wimmer wird es heute nicht mehr schaffen, der Professor hat noch eine Chance, je nachdem, wo er steckt. Je nachdem, wo er steckengeblieben ist. Der Professor schafft es selten ohne Hänger vom vierten Stock in den Speisesaal, und wenn es ihn an einer ungünstigen Stelle erwischt, zum Beispiel irgendwo im Treppenhaus, wo keiner vorbeikommt, weil die meisten Alten den Aufzug nehmen, dann war's das. Wenn keiner vorbeikommt und klatscht, dann war's das.

Um Kurt Schwochow muss man sich keine Sorgen machen. Der fehlt immer um diese Zeit, und er schafft es immer. Leider.

Wir sind hier übrigens nach Stockwerken sortiert, pro Stockwerk ein Tisch, und ich sage das nur, damit das klar ist.

Nur, damit das klar ist: Wir können uns hier nicht aussuchen, mit wem wir frühstücken. Mittagessen, Abendessen, Kreativgruppe, alles nach Stockwerken sortiert, sogar die Fernsehräume.

Mit wem willst du frühstücken?

Mit wem willst du fernsehen?

Kreativ sein? Dein Leben verbringen? Das sind wichtige Fragen, und wenn du auf alles nur sagen kannst: Ich kann es mir nicht aussuchen, dann bist du entweder im Gefängnis oder im Altenheim. Oder zu Hause bei deiner Familie.

Karlotta starrt vor sich hin, Schweißtropfen auf ihrer Stirn.

Suzanna starrt auf den Tisch, Schweißflecken unter ihren Achseln.

Marlen betrachtet ihre Fingernägel. Ganz entspannt, trocken wie ein Knäckebrot. An den Spitzen ist der rote Lack abgesplittert, vor zwanzig Minuten, nach meinem Abgang aus Zimmer Nummer eins, war er noch perfekt, das weiß ich genau. Marlen prüft Nagel für Nagel, ab und zu kratzt sie ein paar Splitter ab. Keine Ahnung, wie sie das hinkriegt mit ihrer Körpertemperatur, aber die Legende sagt, dass Hexen niemals schwitzen und niemals bluten, weil ihr Blut aus Asche ist und ihr Schweiß aus pulverisierter Kreide.

Ich weiß nicht, woraus der Schweiß von Frau Schnalke gemacht ist, vielleicht aus geschredderten Reißnägeln, auf jeden Fall schwitzt sie auch nicht. Sie sitzt zwischen Suzanna und der Gräfin, den Kugelschreiber in der Hand, die Liste liegt auf ihrem Teller, ihr Blick ist starr auf die Eingangstür gerichtet. Jedes Mal, wenn jemand hereinschlurft, macht sie ein Häkchen auf der Liste. Jedes Mal, wenn jemand im Rollstuhl hereinrollt, macht sie ein Häkchen auf der Liste, das macht sie jeden Morgen. Namensliste. Sechzig Namen, nach Stockwerken sortiert. Der Plastikbeutel mit den Innereien hängt über ihrem Klappstuhl, Attila sitzt auf ihrem Schoß und schnurrt.

Wenn ein Kater schnurrt, dann ist das ein angenehmes Geräusch. Wenn ein Basilisk schnurrt eher nicht.

Frau Fitz macht auch Häkchen. Ohne Kugelschreiber und ohne Liste, sie malt die Häkchen auf ihren leeren Teller, immer zeitgleich mit Frau Schnalke. Dazwischen betrachtet sie ihre Fingernägel, wie Marlen. Ab und zu kratzt sie ein bisschen von dem roten Lack ab, der nicht da ist. Jetzt senkt sie den Kopf. Jetzt umklammert sie ihren Teller. Jetzt hebt sie eine Hand und stopft ihren grauen Zopf unter die Hygienehaube, die nicht da ist. »Klimperklimper«, sagt sie leise.

Häkchen, kratzen, klimpern, klammern, so geht das die ganze Zeit. Morbus Alzheimer ist eine neurodegenerative Erkrankung mit vielen lustigen Symptomen, eines davon ist das sinnlose Imitieren anderer Leute.

Frau Sonne sitzt schweigend da und umklammert ihren Teller. Gesenkter Kopf, blasses Gesicht. Ein Pflaster auf der rechten Wange, das war gestern schon da, das Pflaster auf der Nase ist neu. Später werden wir Marlen Geld geben, Karlotta, Suzanna und ich, weil sie die Wette schon wieder gewonnen hat. Wir wetten jeden Tag nach dem Frühstück, wo Frau Sonne beim nächsten Frühstück ein neues Pflaster haben wird. Die Wunden kommen über Nacht, das erklärt den Wettrhythmus.

Bisswunden.

Kratzwunden.

Und kleine Blutergüsse, aber die zählen nicht, hat Marlen gesagt, weil das keine richtigen Wunden sind.

»Was ist mit diesen komischen Striemen am Hals«, hat Karlotta gesagt, »zählen die?«

»Nur die Wunden zählen. Nur das Blut zählt, das geflossen ist«, hat Marlen gesagt, mit Betonung auf *geflossen*.

»Oh ja! Nur die Wunden! *Klatschklatsch.*« Suzanna war begeistert.

»Ist gut«, hat Karlotta gesagt. »Immerhin klare Spielregeln.«

Ich habe nichts gesagt. Seitdem gewinnt Marlen jeden Tag.

Die Legende sagt, dass Hexen und Katzen gut miteinander können. Es gibt da ein unsichtbares Band, das sie verbindet. Es gibt da Zeichen.

Orakeltiere, sagt die Legende und meint Katzen.

Wenn sie sich putzen, dann kommt bald Besuch.

Wenn sich ihr Fell sträubt, wird der Besuch lange bleiben.

Eine Katze schnurrt mit geschlossenen Augen: Bisswunde auf der rechten Wange. Eine Katze schnurrt mit offenen Augen: Bisswunde auf der Nase.

Oder umgekehrt, oder ganz anders, keine Ahnung, das weiß nur Marlen. Und Attila natürlich. Die Bisse sind von ihm, weil er in der Nacht gerne mit Frau Sonne spielt. Mit ihrem Gesicht, um genau zu sein. Woher die Blutergüsse und die Striemen sind, weiß kein Mensch, außer der, der Frau Sonne schlägt. Und Frau Sonne natürlich.

Jetzt sitzt sie da und umklammert ihren Teller. Auf dem Teller liegt ein aufgeklapptes Fotoalbum, das liegt da jeden Morgen, und erst wenn wir anfangen dürfen, nimmt sie es weg. Bis dahin starrt sie auf das Album, ohne umzublättern. Sie legt es auf den Teller, sie schlägt es auf, und dann starrt sie.

Manchmal löst sie eine Hand vom Teller und berührt etwas in dem Album, meistens ist es ein Gesicht, weil das Album voller Gesichter ist.

Verblasst.

Vergilbt.

»Aus alten Zeiten?«, habe ich Frau Sonne gefragt, vor ein paar Tagen, und sie ist zusammengezuckt. Das macht sie immer, wenn man etwas zu ihr sagt. Sie zuckt zusammen, dann zieht sie den Kopf ein und schaut dich an, so von unten und mit so einem komischen Ausdruck im Gesicht.

Verhaltensforschung.

Der Gesichtsausdruck von Frau Sonne erinnert mich an eines dieser Schaubilder aus der Verhaltensforschung. Volkshochschule, Vormittagskurs für Senioren, und irgendein engagierter Biologielehrer in Rente präsentiert dir mit Powerpoint diese Bilder mit Tieren, aus denen du lernen kannst, was du als Tier so für Möglichkeiten hast, wenn jemand kommt und dich fertigmachen will.

Kämpfen – Tiger.

Flüchten – Hase.

Totstellen – Schildkröte.

Unterwerfen – Frau Sonne.

Tier, das sich auf den Rücken legt. Tier, das dich anschaut mit großen Augen. Dann legt es den Kopf in den Nacken und hält dir die Kehle hin, und du weißt nicht so recht: Will es Gnade oder will es totgebissen werden?

Ungeklärte Fragen der Verhaltensforschung.

Auf dem neuen Pflaster von Frau Sonne sind kleine Mickymäuse, auf dem alten sind kleine Enten. Die Idee mit den Kinderpflastern war von Schwester Olga, hat mir Schwester Cornelia erklärt, und dass der Heimleiter nicht dagegen war, weil die Kinderpflaster als Meterware genauso viel kosten wie die normalen. »Sie kleben schlechter«, hat Schwester Cornelia gesagt, »aber sie sehen netter aus, nicht wahr?« Dann hat sie auf ihre grunzende Weise gelacht.

Knack, 07:53, *quietschquietsch.* Doppelrudi kommt mit seinem Wägelchen angerollt, Frau Fitz seufzt einmal laut auf, dann ballt sie ihre Hände zu harten kleinen Fäusten und presst sie auf die geschlossenen Augen.

Keine Ahnung, warum sie das macht. Macht hier gerade keiner, soweit ich sehe.

Doppelrudi parkt das Wägelchen neben unserem Tisch, Frau Fitz presst. Doppelrudi stellt ein Schüsselchen neben den Teller der Gräfin, Frau Fitz presst, er stellt ein Schüsselchen neben den Teller von Marlen, er sagt: »Sie werden das heute essen, Frau Stauffenbach. Sie sind untergewichtig.«

Marlen kratzt ungerührt Lackreste von ihrem rechten Daumennagel, später wird sie das Schüsselchen Suzanna zuschieben.

»Und Sie auch, Gräfin. Sie werden das heute auch essen, wir wollen doch alle Ihren zweihundertsten Geburtstag feiern, irgendwann, nicht wahr?«

Doppelrudi hat eine komische Stimme heute, ganz anders als sonst.

In dem Schüsselchen ist Nutella. Marlen bekommt jeden Morgen eine kleine Portion, die Gräfin auch. An den anderen Tischen bekommen auch immer nur die Ältesten und die Dürrsten das köstliche braune Zeug, der Rest geht leer aus.

Die Gräfin sitzt schweigend da, ihre Krötenhände liegen regungslos im Schoß, der graue Vorhang über ihren Pupillen ist blickdicht geschlossen. Später wird sie die Nutella in Zeitlupe aus dem Schüsselchen löffeln, aber nur zur Hälfte. Die andere Hälfte wird Suzanna mit einer einzigen gierigen Zungenbewegung direkt aus dem Schüsselchen lecken.

Frau Fitz presst und macht Drehbewegungen mit den

Fäusten, ich betrachte Doppelrudis Gesicht. Total verschwitzt, der Junge, wie immer, aber er sieht trotzdem anders aus als sonst.

Seine Augen.

Sein Schweiß.

Anders als sonst. Langsam bekomme ich eine Ahnung, was Frau Fitz da macht.

»Und *Sie*«, sagt Doppelrudi zu Suzanna, »werden heute Ihre dicken Finger von der Nutella lassen. Frau Schnalke wird ein Auge darauf haben, nicht wahr, Frau Schnalke?«

»Jawohl!« Frau Schnalke legt den Kugelschreiber an die Stirn wie ein salutierender Soldat. »Ein Auge haben! Wird gemacht! Gegebenenfalls melden?«

»Gegebenenfalls«, sagt Doppelrudi, »*unbedingt* melden.«

Ich kann nicht glauben, dass er das gerade gesagt hat.

Verräter.

Frau Fitz lässt ihre Fäuste sinken und sagt laut »Schluchz«. Doppelrudi starrt sie an. Ihre Augen sind rot vom Pressen und Reiben, rot und wässrig, eine gelungene Nachahmung von Doppelrudis Augen, und vielleicht hat er ja eine Bindehautentzündung, aber ich denke nicht.

Und jetzt zum Mitschreiben für alle, die gerne selbstgebastelte Kalender verschenken und noch einen schönen Satz für den 17. August suchen:

Der Schmerz um die Toten macht uns alle zu Verrätern an den Lebenden.

Und jetzt zum Mitschreiben für alle, die hin und wieder rote Augen haben und nicht so recht wissen, welche Ausrede die beste ist:

Zugluft, Staubkörner, Bindehautentzündung – vergiss es. Wenn dich jemand fragt, warum du so rote Augen hast, dann sag's einfach.

Sag: Ich habe geweint.

Das macht die Sache nicht besser, und keiner deiner Toten kehrt zurück, nur weil du um sie geweint hast ein paar Minuten oder Stunden, aber wenigstens ist es raus.

Versuch es mit Tagen: Sie kehren nicht zurück.

Versuch es mit Nächten: keine Chance.

Sag: Ich habe vierzig Jahre um meine Toten geweint, Tag für Tag, Nacht für Nacht, schlaflos und kettenrauchend, jetzt habe ich rote Augen und eine chronifizierte posttraumatische Belastungsstörung, aber keiner kehrt je wieder.

Hilft nicht viel, wenn du das sagst, aber wenigstens ist es raus.

Doppelrudi sagt nichts, aber es hat ihn ja auch keiner gefragt. Er starrt auf Frau Fitz, dann fährt er sich mit der flachen Hand übers Gesicht und wischt den Schweiß weg, der heute aus Tränen gemacht ist, einfach herrlich, der Sommer: Du kannst heulen, und keinem fällt's auf, außer einer irren Alten mit Morbus Alzheimer vielleicht.

Ich sehe Doppelrudi nach, der mit seinem Wägelchen wieder davonquietscht, und denke konzentriert an Frau Kropp. An ihre kalte Haut, die eisigen Lippen, die blauvioletten Totenflecken auf ihrem Rücken.

»Gutenmorgengutenmorgen!«, brüllt jemand durch den ganzen …

»Was?« Doktor Klupp unterbricht mich und setzt sich kerzengerade auf.

Schau an, wer hätte das gedacht. Es geschehen noch Zeichen und Wunder. Lebenszeichen, Erweckungswunder. Doktor Klupp weilt wieder unter uns, wie man so sagt, er war eher abwesend in letzter Zeit.

Schön, dass Sie wieder bei Bewusstsein sind, Herr Doktor, sage ich.

Na, besser nicht, ich sage das jetzt besser nicht, jetzt lieber höflich bleiben, sonst wirft er mir wieder Blockade vor oder behauptet, dass ich plemplem bin.

»Was genau meinen Sie mit *Was?*«, sage ich höflich.

»*Was* haben Sie da gerade gesagt?«

»Nichts Besonderes«, sage ich. »Ich war gerade bei Frau Kropp und ihrer angenehm kühlen Erscheinung.«

»Davor«, sagt er, »was haben Sie davor gesagt?«

»Nichts Besonderes. Da war ich bei Doppelrudi und seinen Augen. Er hat die alte Kropp sehr gemocht, vielleicht ein Mutterersatz, was meinen Sie? Anders gefragt: Würden Sie sich nicht auch einen Ersatz für Ihre Mutter suchen, wenn Sie R. Rudolph wären? Wenn Ihnen Ihre Mutter den Vornamen Rudolf gegeben hätte, obwohl Ihr Nachname Rudolph ist? Kein besonders guter Start ins Leben, wenn Sie mich fragen. Die ersten Lacher gibt's bei der Taufe, und im Kindergarten ...«

Doktor Klupp unterbricht mich mit einer ungeduldigen Handbewegung. »Sie haben etwas über die Toten gesagt, was war das?«

Über die Toten?

Mein Gott, was man eben so sagt über die Toten. Sie sind tot, sie sind hungrig, und wenn wir sie nicht füttern mit Knäckebrot und Diätmargarine, dann fressen sie uns von innen auf. Habe ich übrigens gar nicht gesagt, hätte ich aber sagen können, wenn ich eine polnische Küchenhilfe wäre. Als polnische Küchenhilfe würde ich nämlich sagen, dass die letzte Mahlzeit für die Toten nichts mit letzter Ehre zu tun hat, sondern mit endgültigem Loswerden. Sonst gehen sie nicht, die Toten, würde ich sagen, sondern sie bleiben. Nisten sich ein in unserem Leben und zehren von den Erinnerungen, die wir an sie haben. Nachts nagen sie uns Löcher in den Schlaf oder fressen ihn ganz auf.

Gedächtnis: Speisekammer der Toten.

»Nichts Besonderes«, sage ich, »ich habe nichts Besonderes

gesagt über die Toten, nur das Übliche. Dass wir um sie weinen und dass es nichts hilft.«

»Weinen«, sagt er, »genau. Sie haben vom Weinen geredet, und dann haben Sie gesagt, dass ... dass ...«

Dass unsere Tränen Symbole sind. Aber nicht für die Trauer um die Toten, weil sie nie wiederkehren, sondern für die Angst, sie könnten nie gehen. Kleine glitzernde Symbole am Bettelarmband der Angst. Habe ich übrigens gar nicht gesagt, hätte ich aber sagen können, wenn ich eine polnische Küchenhilfe wäre.

»Können Sie das bitte wiederholen, Frau Block, das mit dem Weinen?«

Wozu hat der Mann einen Kugelschreiber? Wozu hat der Mann ein Notizbuch?

»Wörtlich?«, sage ich.

»Wörtlich, wenn Sie können.«

Ich kann. Mein Gedächtnis ist topfit.

»Wenn dich jemand fragt, warum du so rote Augen hast«, wiederhole ich mit der gelangweilten Stimme einer Fünfjährigen, die ein Gedicht aufsagen muss, »dann sag's doch einfach. Sag: Ich habe geweint. Das macht die Sache nicht besser, und keiner deiner Toten kehrt zurück, nur weil du um sie geweint hast ein paar Minuten oder Stunden, aber wenigstens ist es raus. Doppelrudi sagt nichts, aber ...«

»Frau Block!«

»Was?«

»Sie haben da etwas ausgelassen.«

Habe ich?

»Nein«, sage ich, »mein Gedächtnis ist topfit. Zumindest mein Kurzzeitgedächtnis. Mit dem Langzeitgedächtnis habe ich so meine Schwierigkeiten, aber das wissen Sie ja. Bei uns alten Leuten ist das in der Regel umgekehrt, heißt es zumindest, aber ich bin eine Ausnahme. Das ist wie mit meiner Körpertemperatur, von der es heißt, dass sie niedriger ist als bei jungen Leuten, und das sind alles leere Versprechungen, weil ich nämlich schwitze wie ein Schwein, wenn es heiß ist, und mich außerdem sehr gut erinnern kann, was ich vor ein paar Minuten gesagt habe. Was ich vor vierzig Jahren so gesagt habe, das dürfen Sie mich nicht fragen. Aber fragen Sie mal einen Zwanzigjährigen, was er vor vierzig Jahren so ...«

»*Das* war es!«, sagt Doktor Klupp, es klingt wie »Heureka!« Mein Gott, ist der Mann aufgeregt.

»Vierzig Jahre, haben Sie gesagt! ›Ich habe vierzig Jahre um meine Toten geweint, schlaflos und ... und ...‹«

Mein Gott, ist der Mann vergesslich. Ich deute auf den überquellenden Aschenbecher.

»›... und kettenrauchend‹, genau. Schlaflos und kettenrauchend. *Das* haben Sie gesagt, Frau Block.«

Habe ich?

»Das war nur ein Beispiel«, sage ich. »Ich habe nicht wirklich von mir gesprochen. Ich, du, man – da sind die Grenzen fließend, grammatikalisch und überhaupt, fragen Sie Frau Fitz. Die ist beim Frühstück immer so ziemlich jeder, nur nicht sie selbst.«

Doktor Klupp beugt sich über den Tisch. Kein gutes Zeichen, das macht er immer, wenn er mir etwas Unangenehmes sagen will. Er beugt sich über den Tisch und sieht mich prüfend an.

»Frau Block«, sagt er leise, »um *welche* Toten weinen Sie seit vierzig Jahren? Was ist damals geschehen vor vierzig Jahren? Irgendetwas Schreckliches, nicht wahr? Irgendetwas, an dem *Sie* schuld sind. Sie haben es vergessen, um sich zu schützen. Um den Schmerz ertragen zu können, den das Ereignis Ihnen bereitet hat, und es wird sehr schmerzhaft sein, sich daran zu erinnern, ein sehr schmerzhafter Prozess, aber Sie sind nicht alleine. *Ich* werde Ihnen helfen, und Sie *müssen* die Hilfe annehmen und sich erinnern, wenn Sie je wieder schlafen wollen.«

Er sagt das alles sehr leise, fast raunend, aber ich kann trotzdem jedes Wort verstehen, an dem Mann ist wirklich eine Souffleuse verlorengegangen, ich schließe die Augen. Nur für einen Moment, nur ein Reflex.

»Herr Doktor«, sage ich laut, um das Knistern hinter meinen geschlossenen Lidern zu übertönen, »Herr Doktor, kennen Sie den Witz von der vergesslichen alten Frau, die zum Psychiater geht und sagt: ›Herrdoktorherrdoktor, bitte helfen Sie mir!‹ Kennen Sie den?«

»Gutenmorgengutenmorgen meine Lieben alles fit im Schritt wie ich sehe sehrgutsehrgut höhö.« Kurt Schwochow steht in der Tür und brüllt seinen Morgengruß in den Speisesaal. Frau Schnalke macht ein Häkchen, Frau Fitz macht ein Häkchen, Frau Sonne zuckt zusammen und zieht den Kopf ein.

»Wollen wir wetten?«, sagt Marlen zu Suzanna.

»Oh ja! *Klatschklatsch.* Wir wetten! Um die Nutella!«

»Aber …«, Frau Schnalke setzt an, Marlen macht eine scharfe Handbewegung, Attila faucht und springt von Frau Schnalkes Schoß. »Liebling!«, sagt sie und bückt sich nach Attila, der unterm Tisch verschwunden ist.

»Abgemacht. Um die Nutella«, sagt Marlen. »*Ich* wette, dass er den mit dem Opa im Puff als Erstes erzählt.«

Suzanna kichert. »Der ist ja sowas von blöd, der mit dem Opa im Puff.«

Kurt Schwochow hat sich in Bewegung gesetzt und trabt durch den Speisesaal auf uns zu. Kleine Laufschritte, betont federnd. Frau Fitz trabt im Sitzen und murmelt: »Eins, zwei, eins, zwei, Bewegung ist Leben, Bewegung ist Leben, eins, zwei …«

»Schnell«, sagt Marlen, »gleich ist er da. Welchen erzählt er zuerst?«

»Den mit dem achtzig Jahre alten Arsch«, kichert Suzanna.

»Ich tippe auf den, in dem Almut vorkommt«, sagt Karlotta und löst sich zum ersten Mal an diesem Morgen aus ihrer Konzentrationsstarre. »Ihr wisst schon, der mit dem Pimmel und den zittrigen Händen.«

Sehr witzig, sage ich. Dass ich nicht mitmache, muss ich nicht sagen, ich mache nie mit bei der Wetten-Welcher-Witz-Wette, weil das keine richtige Wette ist. Egal wer gewinnt, Suzanna bekommt die Nutella. Marlen hasst das Zeug, und Karlotta weiß, dass es nur zwei Dinge gibt, die Suzanna daran hindern, die RESIDENZ auf der Stelle zu verlassen. Eines davon ist die Nutella.

Schwochow federt die letzten zwei Meter auf uns zu, »Hüpfhüpf«, sagt Frau Fitz, und vielleicht meint sie den Turnbeutel, den sich Schwochow immer umschnallt wie einen Rucksack, vielleicht aber auch nicht, dann meint sie etwas anderes.

Schwochow ist übrigens gar nicht nackt, also nicht ganz, das sieht nur so aus, und nur von weitem. Wenn du ihn aus dem vierten Stock bei der Morgengymnastik im Käfig beobachtest zum Beispiel, dann sieht das so aus. Liegt an der Hose. So eine nussbraune kurze Sporthose aus glänzendem Material, eng anliegend. Die Haut von Schwochow ist auch nussbraun, weil er sich den ganzen Tag in seiner Sporthose draußen herumtreibt. Gymnastik vor dem Frühstück, Joggen nach dem Frühstück, zwischen Mittagessen und Kaffee Seilspringen, außerdem Krafttraining mit Kurzhanteln, das macht Schwochow immer auf der schmalen Zufahrtsstraße zur RESIDENZ. In den Käfig traut er sich dann nicht mehr, weil der Heimleiter ab zwölf im Haus ist und von seinem Büro aus die ganze Grünanlage überblickt.

Duschen.

Oder Baden.

Das wäre so eine Wette, bei der ich sofort mitmachen würde.

Ob Schwochow es tut. Und wenn ja, wann.

Vielleicht nach der Abendgymnastik, die macht er immer im Speisesaal, wenn alle fertig sind mit dem Essen. Die Küchenhilfe räumt das Geschirr ab, ein paar von den Alten sitzen noch herum und sehen zu, und ich wette, da läuft die eine oder andere Wette.

Wie viele Sit-ups er diesmal schafft.

Wie viele Liegestütze.

Ob er sich duscht danach oder gleich ins Bett fällt in seiner nussbraunen Sporthose, von der Karlotta sagt, dass sie eher kackbraun ist.

Jetzt trabt er um unseren Tisch, das macht er jeden Morgen. Immer eine Runde um den ganzen Tisch, und erst dann setzt er sich auf seinen Platz zwischen Frau Sonne und Marlen.

»Eins, zwei, eins, zwei«, schnauft Schwochow, Karlotta atmet durch den Mund, Suzanna auch, Marlen hält die Luft an. »Eins, zwei, eins, zwei, Bewegung ist Leben, Bewegung ist Leben.«

»Hüpfhüpf«, sagt Frau Fitz und trabt im Sitzen.

»Komm her, Süßer, komm zu Frauchen.« Frau Schnalke beugt sich weit unter den Tisch, Frau Sonne zuckt zusammen, obwohl keiner etwas zu ihr gesagt hat, jetzt stöhnt sie leise und klammert sich fester an den Teller mit dem Album.

Ich will gar nicht wissen, was Attila da gerade unterm Tisch treibt, ich atme flach.

Schwochow geht in die Kurve.

Ich atme flacher.

Schwochow trabt hinter meinem Klappstuhl vorbei.

Mein Atem ist eine Flunder, Schwochow geht in die nächste Kurve, jetzt hebt er beide Arme und zieht sie rhythmisch nach unten und wieder nach oben, damit sich die Rückenmuskulatur besser abzeichnet, mein Atem ist eine Flunder in den Fjorden von Schwochows Ausdünstung.

So könnte man das nennen: Ausdünstung. Ist aber nicht

wirklich gut, ist viel zu unpräzise, fest steht: Sie kommt in Wellen, sie ist schwer zu beschreiben.

Altmännerschweiß.

Sagt Marlen immer. Schwochow riecht nach Altmännerschweiß, ganz einfach.

»Hüpfhüpf«, sagt Frau Fitz, Schwochows Turnbeutel hüpft auf und ab, ich werde nie wissen, ob sie wirklich den Beutel meint oder doch das andere Zeug, das bei Schwochow auf und ab hüpft, wenn er im Laufschritt um unseren Tisch kurvt.

Nein. Nicht, was Sie denken. Da hüpft nicht viel, glauben Sie mir, weiter oben schon. Und Sie finden das jetzt vielleicht seltsam, dass Schwochow hüpfende Titten hat und labbrige Haut, wo er doch so viel trainiert. Sie haben sich Schwochow vielleicht ziemlich muskulös vorgestellt und sind jetzt enttäuscht, aber das müssen Sie nicht sein. Es ist alles genau so, wie Sie sich das vorstellen. Alles sehr muskulös und sehnig, kein Gramm Fett zu viel, wie man so sagt, und wenn Schwochow vor sich hin federt, so wie jetzt, dann ist das schon beeindruckend.

Er ist siebzig.

Seine Oberschenkel sind aus Beton.

Seine Waden haben zwei Tennisbälle verschluckt.

Gesäßmuskel, Bizeps, Trizeps, was soll ich sagen, alles genau so, wie Sie sich das vorstellen bei jemandem, der täglich trainiert.

Und: Ja! Klar! Sie können das auch schaffen, nichts wie ran an den Speck!

Wenn Sie mit, sagen wir, zwanzig anfangen und nie mehr aufhören, so wie Schwochow, dann schaffen Sie das. Dann sehen Sie mit siebzig aus wie er: Sie tragen eine kackbraune Sporthose, und an Ihrer astreinen Brustmuskulatur hängen zwei traurige kleine Altmännertitten, weil man das nämlich nicht trainieren kann. Dieses zitternde weiche Fleisch mit dem grauschwarzen Kräuselhaar und den schrumpligen Nippeln: Sie können das nicht trainieren. Gynäkomastie, wenn Sie verstehen, was ich meine. Hormonhaushalt, altersbedingte Umstellung von männlich auf weiblich. Wir werden alle zu Frauen, früher oder später, hat ein berühmter Androloge einmal gesagt, nicht ohne Wehmut in der Stimme, aber ich will das jetzt nicht weiter ausführen.

Ich denke, Sie wissen, worauf ich hinauswill.

Aber wissen Sie eigentlich, was auf Sie zukommt?

Die Titten sind das eine, die Haut ist das andere. Kommt auch auf Sie zu, das fängt mit fünfzig an, und mit siebzig sehen Sie aus wie Schwochow, wenn Sie täglich trainieren: labbrige Haut über der astreinen Bauchmuskulatur, schlaffes Gewebe über den steinharten Oberschenkeln, Schwerpunkt Innenseite, alles zittert und hüpft, wenn Sie sich leichtfüßig in Bewegung setzen, um irgendwelche alten Schabracken im Speisesaal eines Seniorenheims zu beeindrucken.

Und jetzt zum Mitschreiben:

Sport, Fitness, Kraft und Schönheit – lassen Sie das. Fangen Sie gar nicht erst an damit oder geben Sie schnell wieder auf. Liegestütze gegen den körperlichen Verfall, das ist in etwa so sinnvoll wie ein Fruchtbarkeitstanz unter Eunuchen.

Schwule Sau.

Soll Schwochow gesagt haben, zu Doppelrudi, weil Doppelrudi ihn angefasst hat. Nicht privat, sondern beruflich, nicht vorne, sondern hinten. Hat mir Schwester Cornelia erzählt, und dass Schwochow so ziemlich alle Männer in der RESIDENZ schwul findet.

Der Professor ist schwul, weil er Bücher liest.

Die Zivis sind schwul, weil sie Zivis sind.

Der Heimleiter und sein schwuler Rasen.

Das mit dem Rasen würde ich unterschreiben, habe ich gesagt. Und was ist mit dem Mann im grünen Overall?

Auch schwul, hat Schwester Cornelia gesagt. Intimes Verhältnis zum Rasen, dreimal die Woche, aber da drückt Schwochow ein Auge zu. Das Boxtraining ist ihm wichtig.

»Gutenmorgengutenmorgen meine Täubchen alles da wie ich sehe oder doch nicht ja wo ist es denn das Professorchen wohl steckengeblieben wohl steckengeblieben höhö da wird Schwester Terese aber böse sein schlimmschlimm …«

Schwochow hat seinen Platz erreicht und federt noch ein paar Mal auf der Stelle, dabei lässt er die Arme kreisen und labert pausenlos. Frau Sonne stöhnt leise, aber nicht wegen Schwochow, Frau Fitz kreist mit den Armen und sagt »Höhö, höhö«, mein Atem ist die flachste Flunder aller Zeiten. Wenn er nicht bald aufhört mit dem Kreisen und sich hinsetzt, dann mache ich es wie die alte Kropp zu Lebzeiten: Dann garantiere ich für nichts.

»Frau Wimmer kommt nimmer und Frau Kropp Frau Kropp ja wo ist sie denn und was seh ich denn da kein Tellerchen kein Löffelchen Frau Kropp ist hop oderwieoderwas schadeschade höhö«, labert Schwochow und lässt sich auf seinen Klappstuhl fallen.

»Uffa«, sagt Frau Fitz.

Ich lasse die letzte Welle Altmännerschweiß über mir zusammenschlagen und zähle einundzwanzig, zweiundzwanzig, dann atme ich tief durch.

Karlotta: Sie atmet tief durch.

Suzanna: tief.

Marlen: nicht. Atmet nicht seit zwanzig Sekunden, und das kann jeder, aber sie wird auch die nächsten zwanzig Sekunden nicht atmen. Sie wird auf Nummer sicher gehen.

Kann *auch* jeder, vierzig Sekunden?

Mag sein. Aber vor zwei Tagen hat Marlen drei Minuten lang nicht geatmet, weil Schwochow einfach nicht aufgehört hat mit dem Armkreisen. Die Legende sagt, dass Hexen bis zu einer Stunde durchhalten können, das haben sie im Mittelalter gelernt, wo man sie ständig ertränken wollte.

»Liebling! Nicht! *Nicht* fressen!« Frau Schnalke ist kaum noch zu sehen, ihr Oberkörper steckt unter dem Tisch, ihr breiter Hintern ruckelt auf dem Klappstuhl hin und her, sie versucht gerade, Attila zu erwischen, zumindest sieht ihr Hintern danach aus. Frau Sonne stöhnt leise, Frau Fitz auch, beide umklammern ihre Teller wie einen Rettungsring. Frau Schnalkes Hintern ruckelt hysterisch, jetzt wird er ruhig. Zwei Paar Hände erschlaffen synchron und lösen sich vom Rettungsring.

»Tausendmal«, keift die Schnalke und taucht mit rotem Kopf unter dem Tisch auf, »tausendmal habe ich Ihnen gesagt: *nicht* die blauen mit der PVC-Sohle!«

Attila hängt schlaff in ihrem Arm, er sieht aus wie ein monströses Stofftier, das irgendwelche Leute entworfen haben, die keine Kinder mögen. Für einen Moment denke ich, er ist tot.

Attila ist tot.

Ermordet von einem blauen Hauspantoffel und seiner hochgiftigen Sohle aus Polyvinylchlorid.

»Wenn *er* krank wird, sind *Sie* schuld, Sie dummes Stück Mist! Ich werde das melden! Bei Schwester Terese!«

Attila reißt sein Maul auf und gähnt. An seinem oberen Reißzahn hängt ein kleiner blauer Fetzen. Zum Glück sitze ich weit genug weg und kann es nicht riechen, aber ich kann es hören: das leise Wimmern der halbverdauten Lämmer in Attilas Magen. Die Schmerzenslaute der Küken, die gerade von Attilas Magensäure zersetzt werden. Das stumme Weh der Stofffetzen, die Attila aus Frau Sonnes Hauspantoffeln gerissen und verschlungen hat, und wer weiß: Vielleicht seufzt da auch ein winziges Stück Frau Sonne tief unten im Reich der Finsternis. Ein bisschen Haut. Ein bisschen Fleisch.

»Ist ja gut, mein Süßer«, Frau Schnalke drückt ihr Gesicht in Attilas Fell, »ist ja gut, mein erschöpfter kleiner Liebling.

Die böse Frau kann dir nichts tun, wir werden das der netten Schwester melden, und sie wird die böse Frau bestrafen, die dich vergiften will.«

»Höhö *nette* Schwester köstlichköstlich Schwester Terese und von wegen nett *der* ist gut nicht wahr mein Täubchen«, sagt Schwochow und kneift Frau Sonne in die Wange, tief hinein in das Kinderpflaster mit den kleinen Enten.

Frau Sonne reagiert kaum. Kein Stöhnen, kein Zucken, nur die Hände zittern leicht, und nur für ein paar Sekunden, dann liegen sie wieder ruhig da. Auf dem Album. Schützend.

»Wirklich gut«, sagt Schwochow und nimmt seine Finger aus Frau Sonnes Gesicht. »Ein wirklich guter Witz und da fällt mir auch einer ein der ist noch viel besser und der geht *so:* Kommt ein ...«

Opa!, sagt Marlen.

Arsch!, sagt Suzanna.

Pimmel!, sagt Karlotta.

Ich sage nichts. Ich wette ja auch nicht mit, ich fühle mich gerade wie in einem Heim für alte Frauen mit infantiler Regression oder mit Tourette-Syndrom, und so fühle ich mich jeden Morgen um diese Zeit.

Frau Fitz sagt: »Arschpimmelopa!«

Ich will hier raus.

»Höhö nönö«, sagt Schwochow und wedelt wie jeden Morgen begeistert mit den Armen über so viel Interesse an seinen Witzen, »nönö meine Damen *das* entscheidet immer noch der Scheffe *welchen* Witz er erzählt also brav sein und zuhören was der Täuberich seinen Täubchen erzählt *zwinker zwinker knick knack.*«

Ich will hier raus.

Frau Schnalke macht ein Häkchen, weil wieder jemand hereingeschlurft ist, mit der freien Hand massiert sie Attilas Schwanz.

Hört mich jemand?

Frau Fitz macht widerliche Geräusche, sie imitiert gerade Attila, der wieder schnurrend auf Frau Schnalkes Schoß sitzt, Frau Sonne lässt den Kopf hängen. Ihr blasses Gesicht schwebt dicht über dem Teller, und wenn sie nicht aufpasst, dann wird es hineinfallen in das Album und zum vergilbten Foto werden. Ihre Lippen bewegen sich stumm. »Hilfe«, sagen ihre Lippen, »Hilfe, Hilfe«.

Hört sie jemand?

Oder den Professor, der gerade irgendwo im Treppenhaus steht: Hört ihn jemand?

Er steht im Treppenhaus oder in einem anderen toten Winkel der RESIDENZ, und sein Verstand hüpft wie eine alte Plattennadel in die immergleiche Vinylrille zurück.

Hilfe!

Hilfe!

Hilfe!

»Also zuhörenzuhören meine Damen geht *so* der Witz ist wirklich köstlich kommt ein Opa wie jeden Abend zu seiner Lieblingsnutte ...«

»Gewonnen«, sagt Marlen und schiebt Suzanna das Schüsselchen mit Nutella zu.

Frau Schnalke sagt: »Aber ...«

»Schnauze, Schnalke!«, sagt Marlen.

»Ich werde das melden! Ich werde das Schwester Terese ...«

Marlen schnippt mit den Fingern, Attila faucht, dann fährt er Frau Schnalke mit einer schnellen Bewegung über den Hals.

Krallen.

Blut.

»Liebling«, stöhnt Frau Schnalke.

Frau Sonne lächelt. Ein feines, vergilbtes Lächeln.

»... einmal Natursekt sagt der Opa zur Nutte und die Nutte sagt gell Opi das schmeckt schon gut das schmeckt wie jetzt kommt's jetzt kommt's aufpassenaufpassen meine Damen ist wirklich köstlich einfach köstlich das schmeckt wie …«

Die Pointe geht in den ersten Takten vom Forellenquintett unter. Instrumentalversion für Blechbläser. Es ist 07:55.

Sechzig Paar schrumplige Hände mit Pigmentflecken und hervortretenden Adern lösen sich von den Tellern oder Tischen oder Rollstuhllehnen, an die sie sich gerade noch geklammert haben, und fallen wie Raubtiere über das Flugzeugfutter her.

Sie reißen die Knäckebrotpackungen auf.

Sie schlagen ihre Krallen in die Diätmargarinen.

»Langsam, langsam!«, ruft Schwester Cornelia, sie hat jetzt wieder ihre Kontrabassstimme und übertönt locker die Tuba und die Posaune aus den Lautsprechern. »Immer schön langsam, meine Herrschaften, nur keine Panik!«

Rufer in der Wüste.

»In einem Bächlein helle«, singt Frau Fitz mit hoher Glasfadenstimme und fummelt hektisch an ihrem Tiegelchen mit Erdbeermarmelade herum.

Ratsch, knüll, kipp. Karlotta hat das Knäckebrot aus der Plastikfolie befreit und auf ihren Teller gekippt, heute in der falschen Reihenfolge vor lauter Gier. »Verdammt«, murmelt sie und betrachtet die Brösel auf ihrem Teller.

Schwochow macht es richtig:

Erst *ratsch.*

Dann *kipp.*

Dann *knüll.*

Höhö.

»Die launische Forelle«, singt Frau Fitz und fummelt noch hektischer, gleich ist es so weit, ich zähle einundzwanzig, zweiundzwanzig, *ratsch,* der Plastikdeckel reißt auf wie das Dach von einem winzig kleinen Einfamilienhaus, über das ein Tornado hinwegfegt.

Suzanna: spielt Tornado mit ihrem Frischkäse.

Die Gräfin: Tornado in Zeitlupe.

Frau Sonne: zerrt an der Diätmargarine, das Album liegt geschlossen in ihrem Schoß.

Frau Schnalke: rüttelt an der Erdbeermarmelade, die Liste liegt neben ihrem Teller, die Kratzer am Hals bluten schwach, und ich weiß ja nicht, wie es *Ihnen* gerade geht, aber *ich* kann es hören: das Schreien der winzig kleinen Menschen in den winzig kleinen Einfamilienhäusern.

Naturkatastrophe.

Wir alten Leute sind eine Naturkatastrophe.

Ich greife nach meinem Frischkäse und ziehe mit feinschlägigem Zittern den Deckel ab.

»Maldtnaz zebberck«, murmelt Marlen, »Maldtnaz zebberck.«

Fragen Sie nicht, ich habe keine Ahnung. Es könnte alles Mögliche bedeuten. Es könnte eine Beschwörungsformel sein, irgendetwas, mit dem man das Böse abwehrt, keine Ahnung, aber ich bin froh, dass Sie es auch hören können. Genaugenommen ist das nämlich gar nicht möglich. Genaugenommen ist es unmöglich, in diesem ganzen Wahnsinn aus Forellenquintett und schreienden Opfern einer Naturkatastrophe auch nur ein Wort von dem zu verstehen, was Marlen da gerade murmelt.

Sie macht das jeden Morgen.

Murmelt Unsinn.

Sitzt da mit geschlossenen Augen, das Flugzeugfutter liegt unberührt neben ihrem Teller, die Hände liegen gefaltet im Schoß.

»Maldtnaz«, murmelt sie, »Maldtnaz zebberck, verschone mich, du Listenreiche, Vielgestaltige …«

Ich greife zitternd nach meiner Erdbeermarmelade.

»… du Erdzerreißerin, Unterweltliche, verschone mich …«

Ich ziehe zitternd den Deckel ab, ich werfe einen Blick auf

die Uhr, man weiß nie so genau, wann sie kommt, aber es kann nicht mehr lange dauern.

»... Türbrecherin, Feuerschreiterin, verschone mich ...«

Die Küchenhilfe und Doppelrudi haben ihre Wägelchen in eine Ecke geschoben und neben der Tür Aufstellung genommen. Sie tragen jetzt wieder ihre weißen Kittel, die Hygienehaube der Küchenhilfe sitzt perfekt.

»... Allesfressende, Unersättliche, verschone mich ...«

Schwester Cornelia schiebt die Plastikblumen auf Tisch Nummer zwei ein Stück nach rechts, dann wieder ein Stück nach links, jetzt stehen sie genau in der Mitte.

»... Hundeköpfige, Schlangenäugige, Rattenschnelle, verschone mich ...«

Schwester Cornelia geht zur Tür.

»... Maldtnaz zebberck, Maldtnaz zebberck ...«

Schwester Cornelia stellt sich neben Doppelrudi und die Küchenhilfe, die Tür geht auf, Nummer 11 kommt herein. Er hält ein Tablett in der Hand, er sieht schrecklich aus. Auf dem Tablett sind kleine Plastikschälchen mit Etiketten, auf den Etiketten stehen Namen. In den Schälchen sind Pillen, gelb, grün, blau, immer in unterschiedlicher Kombination, und dann sind da noch die weißen Pillen, die sind in *jedem* Schälchen. Nummer 11 sieht wirklich schrecklich aus. Im Gesicht, aber auch auf den Armen. Marlen hat ihn ganz schön zugerichtet bei der Morgenpflege. Kein Wunder, dass der Nagellack abgesplittert ist.

Schwester Cornelia nickt Nummer 11 zu und deutet auf die Stelle unter der Uhr, wo sich die Tablettträger von Schwester Terese immer hinstellen müssen. Nicht *genau* unter die Uhr, sondern ein bisschen links davon. *Genau* unter der Uhr darf nur Schwester Terese stehen.

Nummer 11 schlurft auf seinen Platz, mit gesenktem Kopf und krummem Rücken. Vor einer knappen Stunde war er noch achtzehn oder neunzehn und im Zeichen des Friedens unterwegs, jetzt ist er ein kriegsversehrter alter Mann.

Irgendwo weint eine Mutter.

Das Forellenquintett dröhnt aus den Lautsprechern.

Die Alten verwüsten winzige Einfamilienhäuser, Schwester Cornelia legt ihre Hand auf den Regler für die Lautsprecher und nickt Frau Schnalke zu, Frau Schnalke nickt zurück. Sie hebt Attila von ihrem Schoß und setzt ihn sanft auf den Boden. Sie nimmt ein kleines blutiges Stück Fleisch aus dem Plastikbeutel und lässt es in Attilas aufgerissenes Maul gleiten. Sie streift ihre Hand am Rock ab und nimmt die Liste, aus der sie gleich laut vorlesen wird. Gleich wird sie aufstehen und die Namen ohne Häkchen vorlesen, und jeder Name wird sein wie ein kleines Stück Fleisch.

Für die Unterweltliche.

Die Allesfressende.

»Noch ein Witzchen gefällig die Damen Spaß muss sein Lachen ist gesund sag ich immer höhö also zuhörenzuhören kommt ein achtzig Jahre alter ...«

Schwester Cornelia dreht den Regler mit einer zügigen Bewegung auf null.

»... Arsch«, sagt Schwochow und schlägt sich mit der flachen Hand auf den Mund, alle anderen Hände im Speisesaal der RESIDENZ erstarren mitten in der Bewegung.

Schwester Terese betritt den Raum.

Totenstille.

10

Es sind nur Gerüchte, aber es sind viele. Böse Gerüchte. Sie schwirren wie schwarze Vögel durch die RESIDENZ.

Schwester Terese, so heißt es, liebt ihren Beruf. Vor allem in der Nacht. Da geht sie von Zimmer zu Zimmer und kümmert sich um jeden. Manche behaupten, dass sie in allen Zimmern zugleich ist.

Am nächsten Morgen beim Frühstück haben dann viele Leute Mickymäuse im Gesicht oder Striemen am Hals. Im Pflegebericht steht, dass sie gefallen sind auf dem Weg zum Klo oder dass sie sich selbst verletzt haben, weil alte Leute das manchmal machen. Sie verletzen sich selbst, und dann behaupten sie, man hätte sie misshandelt.

Schwester Terese, heißt es, tut Dinge. Zum Beispiel bei der Morgenpflege, zum Beispiel mit den Zehennägeln. Sie schneidet dir die Zehennägel ganz kurz, auch wenn sie schon kurz sind. Dann zieht sie dir Schuhe an, ohne Socken oder Strümpfe, und du humpelst den ganzen Tag in deinem eigenen Blut herum.

Aber das ist nur ein Gerücht.

So wie die Sache mit der Intimpflege und der Drahtbürste.

Die Sache mit dem kochend heißen Waschwasser.

Die Sache mit den Bettgurten.

Den Abführmitteln.

Überhaupt die ganze Sache mit den Medikamenten, aber das sind alles nur Gerüchte.

Schwester Cornelia sagt, dass Schwester Terese vielleicht

manchmal ein bisschen streng ist, aber dass man das sein muss als Oberschwester. Sie sagt, dass alte Leute gerne Sachen erfinden. Dass sie viel Unsinn schwätzen, wenn der Tag lang und das Fernsehprogramm schlecht ist. Das Fernsehprogramm, sagt Schwester Cornelia, ist *immer* schlecht, kein Wunder also.

11

»Tisch eins: vollzählig.

Tisch zwei: vollzählig.

Tisch drei: Felix Mutspiel, entschuldigt. Seine Enkeltochter hat ihn heute Morgen abgeholt und ordnungsgemäß abgemeldet. Er bleibt die nächsten drei Tage bei ihr. Die Bettfreihaltegebühr wurde ordnungsgemäß entrichtet.

Tisch vier: drei Personen nicht am Platz. Erstens: Konstanze Kropp, entschuldigt, da letzte Nacht verstorben. Zweitens: Sebastian Knabe, unentschuldigt. Wahrscheinlich steckengeblieben.«

Frau Schnalke macht eine Pause. Die macht sie immer, wenn der erste unentschuldigte Name gefallen ist.

Ein schwarzer Vogel flattert lautlos durch den Speisesaal.

Sie wird ihn mit einer Drahtbürste saubermachen.

»Drittens: Renate Wimmer, unentschuldigt. Verbleib ungeklärt.«

Sie wird ihr die Nägel blutig schneiden.

»Außerdem habe ich zwei Verstöße gegen die Heimordnung zu melden. Erstens: Verstoß gegen Artikel achtzehn durch Anna Sonne. Artikel achtzehn: Von den Bewohnern und Bewohnerinnen der RESIDENZ wird erwartet, dass sie rücksichtsvoll miteinander umgehen. Frau Sonne hat heute zum wiederholten Mal die blauen Pantoffeln mit der PVC-Sohle getragen, obwohl sie genau weiß, dass die Sohle nicht gut ist für Attila.«

Striemen. Blutergüsse.

»Zweitens: Verstoß gegen Artikel fünfundzwanzig der Heimordnung durch …«

Maldtnaz zebberck.

»… durch …«

Maldtnaz zebberck.

Frau Schnalke macht eine fahrige Bewegung und blinzelt verwirrt. Attila streicht um ihre Beine, grau und träge wie die Rauchschwaden in einer Kifferkneipe.

»Nutella«, murmelt Frau Schnalke fast unhörbar, »unbedingt melden … Verstoß durch …«

Attila, grau und träge.

Frau Schnalke strafft die Schultern und sagt laut: »Keine weiteren Verstöße.« Sie setzt sich.

12

Früher war das ganz normal. Nicht bei uns, aber bei den Eskimos zum Beispiel oder bei den Indianern. Ganz normal, und keiner hat sich beschwert, bis dann die ersten Weißen gekommen sind. Sie sind nach Grönland gefahren oder in die kanadischen Wälder und haben alles zunichtegemacht. Eine jahrtausendealte Tradition: einfach ausgelöscht.

Weiße Missionare.

Christen.

Oder Humanisten, man weiß nicht, welche schlimmer waren, da streiten sich die Forscher bis heute. Sicher ist nur, dass die rituelle Altentötung eine ganz normale Sache war, zum Beispiel bei den Inuit in Ostgrönland. Die haben ihre gehbehinderten oder bettlägerigen Senioren an Stricken aus den Iglus geschleift und zum Meeresufer gezogen. Dort haben sie die Senioren mit Steinen beschwert und versenkt.

Oder die Polar-Inuit: Bei denen war es jahrtausendelang üblich, die Alten nicht *aus* dem Iglu zu schleifen, sondern *im* Iglu einzumauern. Ohne Wasser und Nahrung, versteht sich.

Und die Eskimosenioren waren mit allem einverstanden.

Einverstanden, ertränkt zu werden.

Einverstanden, lebendig begraben zu werden.

Das berichten viele Ethnologen und Feldforscher, zum Beispiel der berühmte Ethnologe und Feldforscher Knud Rasmussen. Ich zitiere:

»Wer für die Gemeinschaft nutzlos geworden ist, weil er aus

Altersgründen nicht mehr jagen kann oder Kinder gebären, der betrachtet es als seine Pflicht, so schnell wie möglich zu sterben. Umgekehrt ist es die Pflicht der Jungen, die Alten so schnell wie möglich zu töten.«

Rasmussen spricht von Pflicht, aber was er meint, ist Würde.

Er meint Würde, aber woran er denkt, ist Liebe.

Die Liebe der Jungen zu den Alten.

Siehe auch: Thomson.

Der berühmte Ethnologe und Feldforscher Samuel Thomson hat monatelang bei den Chipewyans gelebt, einem Indianerstamm im mittleren Norden Kanadas. Dort betrachten es die alten Männer als letzten Liebesbeweis ihrer Kinder, wenn die Kinder sie erwürgen. Ich zitiere:

»Sobald ein Mann seinen Tomahawk nicht mehr mit ganzer Kraft heben kann, befiehlt er seinen Kindern, ihm aus Liebe ein Grab zu bauen. Die Kinder gehorchen und bauen das Grab, in das der alte Chipewyan dann leichten Schrittes hineingeht. Dort raucht er eine Pfeife und trinkt noch etwas, während er sich mit seinen Kindern unterhält. Wenn er dann bereit ist, wird ihm ein Strick um den Hals gelegt, an dem zwei Kinder, im Idealfall die Lieblingssöhne, aus entgegengesetzter Richtung ziehen, bis der Tod eingetreten ist. Dann wird das Grab geschlossen.«

Natürlicher Tod? Ob der überhaupt vorkommt bei den Indianern und Eskimos?

Klar. Kommt vor. Ist aber nicht gut, ich zitiere:

»Die Chipewyans glauben fest daran, dass jeder, der einfach nur an Altersschwäche stirbt, als Greis ins Totenreich eingeht. Wer aber rechtzeitig umgebracht wird, kommt als Jüngling dorthin.«

Altersblödheit.

Altersdepression.

Altenheime, voll mit senilen traurigen Leuten, die den Jungen die Haare vom Kopf fressen und selbst keinen Finger mehr rühren, das hat es alles nicht gegeben, früher, bei den Indianern und Eskimos.

Pflegestufe eins bis drei, Berge von Inkontinenzwindeln, ein Totenreich voller Greise – hat es alles nicht gegeben, bis dann die ersten weißen Humanisten gekommen sind und gesagt haben, dass sich das nicht gehört mit dem Erwürgen und Ertränken.

Gerontozid gehört sich nicht, haben sie gesagt, und das war vielleicht nett gemeint, aber es war nicht gut gedacht. *Kein* kluges Urteil. *Nicht* zukunftsorientiert, *nicht* ökonomisch.

Wir hätten uns ein Vorbild nehmen sollen an unseren rothäutigen Brüdern und eiskalten Mitmenschen vom Polar, wir warmherzigen Humanisten, aber wir haben es verkackt, damals, und jetzt ist die Kacke am Dampfen, wie man so sagt.

So sagt es die Ministerin übrigens nicht. Sinngemäß schon, aber wörtlich nicht. Wörtlich sagt die Ministerin für Familie, Senioren, Frauen und Jugend in das Mikrophon, das ihr irgendjemand unter die Nase hält: »Wir stehen vor einer ganz großen Herausforderung.«

Sie sagt: »Wir müssen uns der Herausforderung einer radikal alternden Gesellschaft stellen.«

Dann sagt sie, dass die Bürgerinnen und Bürger heute bis zu vierzig Jahre länger leben als noch vor hundert Jahren und dass wir dieser Entwicklung durch ein nachhaltiges ökonomischen Konzept der Ressourcenaktivierung gerecht werden müssen.

»Ältere Menschen«, sagt die Ministerin und lächelt in die Kamera, »dürfen nicht länger zu Renten- und Fürsorgeempfängern herabgewürdigt werden. Sie sind eine kostbare Ressource.«

Ich höre nicht hin. Nicht wirklich, nur nebenbei, und mit dem Hinsehen ist es wie mit dem Hinhören, nur nebenbei.

Fernsehen.

Wir machen das jeden Vormittag hier in der RESIDENZ, immer drei Stunden, von neun bis zwölf, dann schlurfen wir wieder in den Speisesaal, zum Mittagessen. Wenn man die drei Stunden zwischen Mittagessen und Kaffee dazurechnet, in denen wir auch fernsehen, dann sind das sechs Stunden täglich, und ich weiß ja nicht, wie es *Ihnen* geht bei der Vorstellung, täglich sechs Stunden vor der Glotze abzuhängen, aber *ich* finde die Vorstellung eigentlich ganz schön.

Schöne Vorstellung, weil Fernsehen kann schon Spaß machen, da gibt es eine ganze Menge Sendungen, die mir gefallen könnten. Zum Beispiel diese amerikanischen Serien mit den Gerichtsmedizinern, die ständig irgendwelche grausam verstümmelten Leichen aufschlitzen und dann aus dem Mageninhalt erkennen, wer der Mörder war.

Stattdessen:

Unser blauer Planet: Die Folgen des Klimawandels.

Einfach gesund: Yoga im Alltag.

Herzschlag heute: Am Puls der Politik.

An unserem ersten Vormittag in der RESIDENZ habe ich den ganzen Fernsehraum nach der Fernbedienung abgesucht, damit ich vom Puls der Politik auf die Leichenschlitzer umschalten kann. Da war übrigens auch gerade die Ministerin im Bild und hat lächelnd von der Leistungsbereitschaft älterer Bürgerinnen und Bürger geredet. Die Ministerin ist ständig im Bild die letzten Tage, wirklich ständig. Irgendein Reformprojekt. Irgendwas Zukunftsorientiertes, mit den Details rückt die Ministerin nicht heraus, und wenn jemand nach den Details fragt, dann sagt sie immer lächelnd: »Die Details erfahren Sie demnächst bei einer Pressekonferenz.«

Ich höre schon seit Tagen nicht mehr hin, nicht wirklich, nur nebenbei, und das mit der Fernbedienung habe ich aufgegeben. Gibt nämlich keine. Nicht in Fernsehraum vier, und in den anderen drei Fernsehräumen auch nicht.

»Krieg«, hat Schwester Cornelia gesagt. »Es war ein grausamer Krieg um die Fernbedienungen, solange es welche gegeben hat, weil jeder seinen ganz persönlichen Fernsehgeschmack durchsetzen wollte. Wir haben jahrelang darunter gelitten, wir vom Pflegepersonal. *Wir* waren die Kriegsopfer, genaugenommen, weil das ist schon hart, wenn man bei der vielen Arbeit auch noch alle zehn Minuten in allen Fernsehräumen nach dem Rechten sehen muss. Wenn man die alten Leutchen ständig daran hindern muss, sich die Nasen blutig zu schlagen wegen irgendwelcher Dokusoaps oder Kochshows.«

Dann ist der neue Heimleiter gekommen vor zwei Jahren, hat Schwester Cornelia gesagt, der mit dem Dreimillimeterrasen, und man kann ja über den Heimleiter sagen, was man will, zum Beispiel, dass er ein korruptes Arschloch ist, aber das mit den Fernbedienungen hat er gut gemacht. Er hat sie konfisziert. Ganz einfach. Seitdem läuft in jedem Fernsehraum genau *ein* Programm, seitdem herrscht Friede in den Fernsehräumen.

»Und was läuft da so bei den anderen?«, habe ich gefragt. »Überall dasselbe? Überall dieses Bildungsfernsehen ohne Werbung und ohne Filmpausen zwischen der Werbung, wie bei uns von Stockwerk vier?«

»Höhö! Filmpausen zwischen der Werbung! *Der* ist gut, Frau Block, wirklich gut!«, hat Schwester Cornelia gesagt und für einen Moment geklungen wie Schwochow.

Es gibt Witze, für die schämst du dich dein Leben lang. Nicht weil sie so besonders schlecht gewesen wären, sondern weil jemand auf eine bestimmte Weise darüber gelacht hat.

»Nein«, hat sie dann gesagt und war wieder ernst, »kein Bildungsfernsehen in den anderen Fernsehräumen, da laufen überall diese grässlichen amerikanischen Serien. Sie haben Glück gehabt, Frau Block.«

Ja, das habe ich. In gewisser Weise schon, weil ohne Bildungsfernsehen hätte ich nie angefangen, mich für Ethnologie zu interessieren. Ich wäre nie auf die Idee gekommen, dass Ethnologie weniger langweilig sein könnte als der Klimawandel oder Yoga. Ich wäre nie mit dem Professor ins Gespräch gekommen.

Am dritten Tag in der RESIDENZ bin ich um genau 10:05 von meinem Plastikklappstuhl in der ersten Reihe aufgestanden und nach hinten zum Professor geschlurft.

Knack. 10:05.

Ich stehe von meinem Klappstuhl auf, im Fernsehen läuft *Am Puls der Politik,* die Ministerin sagt gerade, dass auch die Generation 60+ ihren Beitrag zum wirtschaftlichen Wohlstand leisten will und sich diskriminiert fühlt, wenn sie das nicht darf, und das ist ja schön, dass die Ministerin so genau weiß, was die Generation 60+ so fühlt, aber es hört ihr trotzdem keiner zu. Keiner außer mir, weil die anderen nämlich alle schlafen, wie immer.

Suzanna, Karlotta, Marlen und alle anderen von Stockwerk vier, sie schlafen oder dämmern vor sich hin, zusammengesunken auf ihren Klappstühlen. Nur Schwochow nicht, der turnt irgendwo draußen herum, und Frau Schnalke auch nicht, die steht draußen vor der Tür und bewacht den Fernsehraum. Wenn du aufs Klo gehst, dann schreibt sie das auf, und wenn du nach zehn Minuten nicht zurück bist, dann geht sie das melden.

Ich stehe auf und schiebe mich vorsichtig an Karlotta vorbei, die neben mir sitzt und schläft, dann an Suzanna, das ist gar nicht so leicht, ist ja nicht so viel Platz, wenn Suzanna sich einmal irgendwo breitgemacht hat.

Bei Marlen ist es leicht. Haut und Knochen, ich berühre nichts davon, ich will mich ja nicht aufschürfen, sie wacht trotzdem auf.

»Tschuldigung«, sage ich.

Sie sieht mich benommen an. »Wohin gehsdu?« Leichter Zungenschlag, dabei ist sie gar nicht betrunken.

Ungesüßter Kräutertee zum Frühstück: Davon wird dir vielleicht schlecht, aber du wirst nicht betrunken. Was die weißen Pillen betrifft, die wir immer bekommen: *Die* haben's in sich.

»Zum Professor«, sage ich, »sehen, was er da eigentlich die ganze Zeit treibt, da hinten in der Ecke. Mir ist langweilig.«

Marlen braucht geschätzte zehn Sekunden, um zu verstehen, was ich da gerade gesagt habe.

»Is gud«, sagt sie. Dann hebt sie in Zeitlupe ihren Arm, fast so langsam wie die Gräfin, und zeigt auf den Bildschirm, wo die Ministerin gerade sagt, dass keiner, wirklich keiner aus der Generation 60+ diskriminiert werden darf, weil alle, wirklich alle ihren Beitrag leisten wollen.

»Blödekuh«, sagt Marlen.

»Ja«, sage ich, »wahrscheinlich.« Wahrscheinlich ist die Ministerin für Familie, Senioren, Frauen und Jugend eine blöde Kuh, aber sie ist ja noch sehr jung. Anfang dreißig, würde ich sagen, und da kann man schon noch ein bisschen blöd sein, nicht wahr.

Nur blöd, wenn man mit dreißig schon Ministerin ist.

»Ich hassediese Frau«, sagt Marlen.

Na ja, das ist jetzt ein bisschen übertrieben. Muss man ja nicht hassen, die Frau, nur weil sie jung und blöd ist und trotzdem schon Ministerin.

»Doch!«, sagt Marlen, obwohl ich kein Wort gesagt, sondern alles nur gedacht habe. Total zugedröhnt die alte Hexe, aber Gedanken lesen kann sie immer noch.

»Dochdoch, weil die is gefährlich. Gefährlichefrau, sie will uns ferdigmachen. Bei der Pressekonferens wird sie uns ferdigmachen, die Blödekuh. Und *er* auch. Gefährlichermann.«

»Pressekonferenz?«, sage ich. »Was geht *uns* die Pressekonferenz der Ministerin an? Und was meinst du mit *Sie will uns fertigmachen?*«

Marlen seufzt.

»Wen meinst du mit *gefährlicher Mann?* Was redest du da?«

Marlen seufzt wieder und lässt den Arm sinken. Er fällt wie ein dürrer Ast in ihren Schoß, vom Herbstwind abgerissen. »Weiß nichd, alles so dunkel. Dunklezukunfd. Addila weiß es, aber er sagt nichds. Gibd mir kein Zeichen, der Scheißbasdard.«

Diese weißen Pillen, die wir immer zum Frühstück bekommen, das sind Vitamintabletten. Heißt es. Gelb, grün, blau, in jedem Schälchen ist eine bestimmte Kombination, aber die weißen sind immer dabei. Dragees, süßlicher Geschmack. Schwester Terese verteilt sie höchstpersönlich und achtet darauf, dass du sie auch schluckst.

Suzanna hat gleich erkannt, dass es keine Vitamintabletten sind, schon am ersten Tag.

»Die kenne ich«, hat sie gesagt. »Die haben wir im Hospiz auch immer verteilt, wenn die Leute hysterisch geworden sind oder fast verrückt, weil sie bald sterben müssen.«

Pruxal. Ein Neuroleptikum. Wirkt gegen Psychosen, wird gern als Beruhigungsmittel eingesetzt.

Müdemacher.

Schlappmacher.

Bravmacher.

»Sehr praktisch, die sedierende Nebenwirkung von Pruxal«, hat Suzanna gesagt, »funktioniert aber nicht bei allen. Manche werden hyperaktiv wie Schwochow oder hinterfotzig wie die Schnalke, aber die meisten werden einfach nur total schlapp davon.«

»Wir sollten das Zeug nicht nehmen«, habe ich gesagt, aber Karlotta war anderer Meinung. Sie war *für* das Zeug und dafür, dass wir es nehmen, weil wir sonst auffallen.

»Wir fallen auf, wenn wir nicht genauso schlapp sind wie die anderen. Wir könnten das natürlich simulieren, aber wozu? Ist doch einfacher, wir nehmen das Zeug und sind wirklich schlapp. Außerdem: Wer hält das schon aus, stundenlang fernsehen, ohne Drogen?«

Na gut, habe ich gesagt, von mir aus. War ja auch nur wegen euch, mein Vorschlag, nicht wegen mir. *Ich* bin ja sowieso immer müde, mit oder ohne Drogen.

»Das«, hat Karlotta gesagt und gegrinst, »solltest du dem Heimleiter erzählen. Der würde sich freuen: immer müde und total weggetreten, auch ohne Drogen.« Dann hat sie die Stimme vom Heimleiter nachgemacht und gejammert: »Wissen Sie eigentlich, was dieses scheiß Pruxal kostet, Frau Block!«

Sehr witzig.

Blödekuh.

Habe ich erwähnt, dass Karlotta erwähnt hat, dass im Büro vom Heimleiter Bilder hängen? Bei dem Verhandlungsgespräch über die Privilegien, die wir bekommen, wenn das mit dem MDK und der Pflegestufe zwei klappt, da hat sie die Bilder gesehen.

Bilder von ihm und der Ministerin.

Beim Händeschütteln.

Beim Küsschengeben.

Benefizgala »Alzheimer and You«. *Schüttelschüttel.*

Ehrenball »Helfen macht happy«. *Küsschenküsschen.*

Gefährlichefrau.

Gefährlichermann.

»Addila weiß es«, sagt Marlen noch einmal, dann sinkt sie wieder in sich zusammen.

Unsinn, denke ich. Nur der übliche Unsinn, den die Leute so labern, wenn sie zugedröhnt sind. Ich lasse Marlen schlafen und schlurfe nach hinten zum Professor, vorbei an Frau Sonne, vorbei an Frau Wimmer, an der Gräfin.

Frau Sonne: schläft. Das Album liegt in ihrem Schoß. Frau Wimmer: schläft. Ihre Arme umklammern den Müllsack. Die Gräfin: dämmert vor sich hin, mit offenen Augen, der graue Star baut unermüdlich sein Nest. Sogar Frau Fitz hat schlappgemacht, ihr grauer Zopf hängt über die Stuhllehne wie eine tote Ringelnatter.

Der Professor sitzt auf seinem Klappstuhl ganz hinten in der Ecke. An der Wand neben ihm stapeln sich ein paar Bücher, die sind noch aus seiner aktiven Zeit als Professor an der Universität, hat mir Schwester Cornelia erzählt. Der Professor bekommt die weißen Pillen auch, aber er ist trotzdem wach. Vielleicht, weil ihm das Pruxal guttut, der Professor ist ziemlich psychotisch.

»Professor?«, sage ich.

Keine Reaktion. Er sitzt da und liest in irgendeinem Buch, das auf seinem Schoß liegt. Gekrümmter Rücken, Bleistift in der rechten Hand, die linke streicht über die Krawatte, ganz langsam, immer die gleiche Bewegung, von oben nach unten, von oben nach unten.

»Professor!«

Er reißt den Kopf hoch.

»Was lesen Sie da, Professor?«

Er runzelt die Stirn.

»Darf ich?«, sage ich und zeige auf den Klappstuhl neben ihm, obwohl der gar nicht frei ist. Da steht ein kleiner Karteikasten. »Darf ich mich zu Ihnen setzen?«

»Sind Sie die neue Assistentin?«, sagt er mit gerunzelter Stirn.

Ich überlege. Ich nicke.

»Name?«

»Block. Almut Block.«

»Akademischer Grad?«

Ich überlege.

»Magister«, sage ich vorsichtig.

Seine Stirn glättet sich.

»Alte Studienordnung! Sehr gut! Magister: gut! Bachelor: Humbug!

Bachelor: Humbug!

Bachelor: Humbug!

Bachelor: Hum …«

Ich klatsche in die Hände, er starrt mich an, ich lächle.

»Magister also. Sehr gut.« Er nimmt den Karteikasten vom Stuhl. »Setzen Sie sich, Frau Kollegin. Haben Sie eine säuberliche Handschrift?«

Das war vor fünf Tagen. Seitdem sitze ich jeden Tag mit dem Professor ganz hinten im Fernsehraum und lese. Also normalerweise. Heute nicht, weil der Professor irgendwo hängengeblieben ist, und keiner hat ihn gefunden bisher, sonst wäre er ja schon hier. Aber normalerweise sitzen wir nebeneinander und lesen.

Knud Rasmussen: Von Grönland bis zum Stillen Ozean, 1925/26.

Samuel Thomson: Mein Leben unter Wilden, 1851.

Viel spannender als *Yoga im Alltag*, sogar spannender als die Leichenschlitzer, das liegt am Forschungsschwerpunkt vom Professor. Genaugenommen lesen wir die Bücher nämlich nicht, wir lesen sie quer. Wir suchen. Nach den Stellen, in denen es um das Töten alter Leute geht, das ist der Forschungsschwerpunkt vom Professor: Gerontozid.

Wenn wir eine Stelle finden, zum Beispiel die mit dem strangulierten Indianer bei Thomson oder die mit den eingemauerten Eskimos bei Rasmussen, dann suche ich im Karteikasten nach dem Kärtchen mit dem richtigen Schlagwort.

Die meisten Schlagworte beginnen mit E.

Erwürgen.

Ertränken.

Erhängen.

Einmauern.

Aber es gibt auch A wie Aufessen oder Z wie Zerstückeln.

Wenn ich das Kärtchen mit dem richtigen Schlagwort gefunden habe, schreibe ich die Quelle auf, in meiner schönsten Schönschrift, kurz und knackig: *Thomson: Die Wilden, 1851, S. 312* zum Beispiel, und wenn irgendein anderer Forscher auch schreibt, dass irgendein Volk seine Senioren rituell erwürgt, dann schreibe ich ihn unter Thomson.

Unter *Aufessen* haben wir bisher nur *einen* Eintrag: *Herodot: Historien I, 5. Jhdt. v. Chr., S. 216.*

Auf Seite zweihundertsechzehn schreibt Herodot über die Massageten, ein indoeuropäisches Reitervolk: »Ihre Sitten verhalten sich folgendermaßen: Wenn ein Mann alt ist, kommen die Angehörigen zusammen und schlachten ihn. Sie braten das Fleisch und essen es. Darin sehen sie ein hohes Glück, denn wenn jemand an einer Krankheit stirbt, verspeisen sie ihn nicht, sondern werfen ihn den wilden Tieren vor. Man hält es für ein Unglück, dass er nicht so alt geworden ist, um geschlachtet zu werden.«

Irgendwann, hat der Professor zu mir gesagt, »irgendwann, Frau Magister Block, werden Sie Ihre Doktorarbeit schreiben, und dann werden Sie nicht umhinkommen, das Werk zu zitieren, an dem wir gerade arbeiten, weil es nämlich ein Standardwerk sein wird: *Der Gerontozid als Lösungsmodell für die ökonomischen Probleme einer radikal alternden Gesellschaft. Historisch-systematische Studie von Prof. Dr. Sebastian Knabe im Auftrag der Ministerin für Familie, Senioren, Frauen und Jugend. Wissenschaftliche Mitarbeit: Mag. Almut Block.*«

Im Auftrag von *wem?*, habe ich gesagt.

»Von ihr.« Handbewegung Richtung Fernseher. »Sie weiß nichts davon, aber ich habe mich ja auch erst kürzlich dazu entschlossen, es in *ihrem* Auftrag zu schreiben. Sie ist noch sehr jung und nicht besonders intelligent. Sie braucht Hilfe.«

Findet Doppelrudi übrigens auch. Der findet auch, dass gewisse Leute Hilfe brauchen, zum Beispiel der Professor.

»Gegen die Altersdemenz von Frau Fitz ist kein Kraut gewachsen«, hat Doppelrudi zu mir gesagt, »aber gegen die Psychose vom Professor schon«, und dass man etwas dagegen unternehmen könnte, wenn sich irgendjemand dafür interessieren würde.

Tut aber keiner.

Interessiert keinen, wenn der Professor jeden Morgen in Anzug und Krawatte aus seinem Zimmer stürmt und glaubt, dass er auf dem Weg zur Arbeit ist. Wenn er glaubt, dass er immer noch Professor an der Universität ist und den ganzen Tag an seinem Forschungsprojekt arbeitet, weil er gerade sein vorlesungsfreies Jahr hat.

Der Speisesaal: die Mensa.

Der Fernsehraum: die Bibliothek.

Anhaltende wahnhafte Störung, so nennt man das, was der Professor hat, sagt Doppelrudi, und dass es noch ein paar andere Leute in der RESIDENZ gibt, die das haben. Leute, die sich irgendetwas Abstruses einbilden von wegen wo sie hier eigentlich sind.

Im Hotel.

Im Gefängnis.

Auf Stockwerk zwei glaubt eine Frau, dass sie hier im Zoo ist. »Sie hält die RESIDENZ für einen Zoo und sich selbst für eine Besucherin, und das liegt nicht zuletzt an diesen verblödeten Türschildern. Würde ich ja auch irgendwann, also glauben, dass ich hier im Zoo bin, wenn an allen Zimmertüren diese Schilder hängen von wegen Eisbär und Nashorn und so. Da ist die Orientierungshilfe für die Demenzkranken voll nach hinten losgegangen bei der Psychotikerin von Stockwerk zwei.« Hat Doppelrudi gesagt, und dass die Frau alle in den Wahnsinn treibt, weil sie die anderen Bewohner ständig füttern will oder streicheln. Arme Frau, hat er gesagt, man könnte ihr helfen. Mit einer Therapie und anständigen Psychopharmaka, und dem Professor auch, aber der Heimleiter, das Arschloch, unternimmt nichts.

Wissen Sie eigentlich, was so ein Gerontopsychiater kostet!

Wahrscheinlich bekommt man eine ganze Menge Schlüsselanhänger mit Wimbledon-Championship-Logo für *einen* Gerontopsychiater, und das ist gut so. Sonst wäre der Professor vielleicht schon geheilt, und ich wäre ganz allein hier im Fernsehraum. Allein unter Zombies. Lebende Tote, vollgepumpt mit Pruxal.

Die Uhr sagt *knack,* 10:10, die Ministerin sagt »Zukunftsperspektive«, noch zwei Stunden bis zum Mittagessen, ich sitze hinten in der Ecke und lese, der Klappstuhl neben mir ist leer.

Macht nicht so viel Spaß wie sonst, ohne den Professor, außerdem ist das Buch, das ich mir für heute vorgenommen habe, ein ziemlicher Flop. Alles sehr theoretisch. Keine saftigen Gewaltszenen, keine geschlachteten Senioren, ich lese trotzdem weiter, die Ministerin sagt:

Kostenfaktor.

»Wenn wir die Zahl der in Anstaltspflege befindlichen Idioten und Alten zusammenrechnen, so kommen wir auf eine ungeheure Summe. Es ist leicht zu ermessen, welches ungeheure Kapital in Form von Nahrungsmitteln, Kleidung und Heizung dem Nationalvermögen für einen unproduktiven Zweck entzogen wird«, lese ich.

Die Ministerin sagt: »Die Zahl der pflegebedürftigen älteren Menschen steigt parallel zur gesteigerten Lebenserwartung. Typische Alterserkrankungen häufen sich. Schon heute erkrankt jeder dritte Mann und jede zweite Frau über sechzig an

Demenz, Schwerpunkt Alzheimer. Die Pflege dieser Menschen in Altenheimen oder vergleichbaren Institutionen kostet uns ungeheure Summen.«

»Es ist eine peinliche Vorstellung«, lese ich, »dass ganze Generationen von Pflegern neben diesen leeren Menschenhülsen dahinaltern, von denen nicht wenige siebzig Jahre und älter werden. Die Frage, ob der für diese Ballastexistenzen notwendige Aufwand gerechtfertigt sei, war in den verflossenen Zeiten des Wohlstands nicht dringend; jetzt ist es anders geworden, und wir müssen uns ernstlich mit ihr beschäftigen.«

Die Ministerin sagt: »Wir müssen uns im Sinne der Wohlstandserhaltung um eine nachhaltige Ressourcenaktivierung bemühen, die auch auf das Potential jener Menschen zugreift, die pflegebedürftig sind und in Heimen leben. Auch *diese* Menschen können und wollen ihren Beitrag leisten!«

Ich überfliege »größtmögliche Leistungsfähigkeit«, »kein Platz für Schwächlinge«, »minderwertige Elemente«, »Defektmenschen«, die Ministerin sagt: »Wir werden in enger Kooperation mit Vertretern aus Wirtschaft und Forschung ein Leuchtturmprojekt starten, das auch diesen Menschen die Chance gibt, ihren Beitrag zu leisten. Für dieses zukunftsweisende Projekt haben wir als zentralen Kooperationspartner den geschäftsführenden Leiter einer renommierten Seniorenresidenz gewonnen.«

Ich schließe das Buch und gähne. Wirklich nicht besonders spannend, viel zu theoretisch. Ich lege das Buch auf den Stapel zurück und nehme ein leeres Kärtchen aus dem Karteikasten. Die Ministerin sagt lächelnd: »Die Details erfahren Sie morgen bei einer Pressekonferenz.« Ich nehme den Bleistift und schreiben oben auf das Kärtchen: Unergiebig. Darunter schreibe ich in meiner schönsten Schönschrift:

Karl Binding: Die Freigabe der Vernichtung lebensunwerten Lebens, 1922.

13

Knack. 12:15.

Vivaldi, Die Vier Jahreszeiten, Der Winter.

Außentemperatur: geschätzte dreißig Grad, Innentemperatur: keine Ahnung, die Heizung im Speisesaal ist auf Maximum gedreht, die Fenster sind geschlossen.

Zu Mittag gibt es in der RESIDENZ immer Huhn und Vivaldi. Das Huhn ist geschnetzelt, der Vivaldi auch, es gibt da diese Version von diesem berühmten venezianischen Orchester, Sie wissen schon, das mit den elektronisch verstärkten Streichinstrumenten und dem Synthesizer.

Schwester Cornelia wischt sich mit dem Handrücken über die Stirn, sie hat gerade die Plastikblumen auf Tisch Nummer zwei ein Stück nach links geschoben, dann wieder ein Stück nach rechts, jetzt stehen sie genau in der Mitte, Schwester Cornelia geht zur Tür. Doppelrudi und die Küchenhilfe sind schon auf Position, sie stehen neben der Tür, die Rücken durchgestreckt, zwei Zinnsoldaten. Nummer 11: schon auf Position. Er hält das Tablett mit den Schälchen in beiden Händen und sieht noch schrecklicher aus als beim Frühstück, weil irgendjemand kleine Mickymäuse über die Wunden in seinem Gesicht geklebt hat. Irgendeine gute Seele, wahrscheinlich Schwester Terese.

Ich starre auf mein Mittagessen und denke konzentriert an das, was mein Mittagessen sein wird, wenn wir endlich anfangen dürfen: kalt.

Ein Plastikbehälter mit drei Vertiefungen, links die Suppe, in der Mitte das Hauptgericht, rechts die Nachspeise.

Die Haferschleimsuppe, denke ich, und starre auf den schmutzigweißen Brei, sie wird kalt sein, wenn wir endlich anfangen dürfen. Das Hühnergeschnetzelte und der gedünstete Broccoli, denke ich: kalt. Mein Blick wandert über die blassgelben Klümpchen, die früher einmal gegackert haben, irgendwann, vor sehr langer Zeit, dann weiter über den blassgrünen Matsch, ich denke konzentriert an das, was er früher einmal war.

Broccoli, tiefgefroren.

Broccoli, schockgefrostet.

Funktioniert ganz gut, mir ist nicht mehr ganz so heiß, jetzt nur nicht weiterdenken, denke ich, immer schön dranbleiben an dem tiefgekühlten Broccoli und nicht weiterdenken von wegen Mikrowelle und Auftauen und so, da fällt mein Blick auf die Nachspeise.

Beim Anblick der gelben Soße, die vor ein paar Minuten noch Vanilleeis für Diabetiker war, bricht mir der Schweiß aus allen Poren.

Aus allen.

Ich gebe auf.

»Höhö«, sagt Schwochow, »ganz schön heiß heute herrlicher Tag einfach herrlich dreißig Runden gejoggt *dreißig* Runden und das bei *der* Hitze das soll mir mal einer nachmachen von den alten Heimschwuchteln hier höhö und da fällt mir ein Witz ein und der geht *so:* Kommt ein Jude ins Krematorium und sagt zum …«

Während Schwochow zu den Klängen von Vivaldis Winter den Witz vom Juden im Krematorium erzählt, füttert Frau Schnalke Attila mit kleinen Fleischstücken, die anderen machen das Übliche.

Karlotta: starrt vor sich hin, Schweißtropfen auf ihrer Stirn.

Suzanna: starrt auf die Fleischstücke, Schweißflecken unter ihren Achseln.

Marlen starrt auf Attila, Frau Sonne glotzt ins Album, die Gräfin glotzt ins Leere, Frau Wimmer streichelt ihren Müllsack, Frau Fitz macht flatternde Bewegungen mit den Armen und gackert leise. Beim Mittagessen übt sie immer den Kükentanz, das liegt am Hühnergeschnetzelten, nehme ich an.

Der Platz vom Professor ist leer.

Später wird mich Doppelrudi mit der kalten Haferschleimsuppe füttern, weil ich das selber nicht kann mit meinem Tremor, und ich werde ihn fragen, ob der Professor schon irgendwo aufgetaucht ist.

»Weiß nicht«, wird Doppelrudi sagen und den Löffel in den Schleim tunken. Seine Augen: immer noch rot.

Ob ihn überhaupt irgendjemand sucht, den Professor, werde ich fragen.

»Weiß nicht«, wird Doppelrudi sagen und mir den Löffel zwischen die Lippen schieben. Sein Schweiß: immer noch aus Tränen gemacht.

Mein Gott, jetzt ist aber auch mal gut mit der alten Kropp! Mutter hin, tot her, ich meine: Sie war nur eine Ersatzmutter, keine echte, aber der Professor ist ein *echter* Professor, und er *lebt,* also geh ihn gefälligst suchen, du verdammter Verräter!

Das werde ich alles nur denken, nicht sagen. Man darf die Hand nicht beißen, die einen füttert, und so ein Suppenlöffel kann verdammt wehtun, wenn ihn dir jemand extragrob zwischen die Lippen schiebt.

Schwester Cornelia steht jetzt neben der Tür, ihre Hand liegt am Regler für die Lautsprecher. Doppelrudi und die Küchenhilfe stehen stramm, Nummer 11 steht mit ausdruckslosem Gesicht links unter der Uhr, die Mickymäuse grinsen, alle warten.

Man weiß nie so genau, wann sie kommt, aber es kann nicht mehr lange dauern.

Drei Stunden. Habe ich erwähnt, dass die Wirkung von Pruxal drei Stunden anhält? Dann werden die Leute wieder halbwegs munter, pünktlich zum Mittagessen, pünktlich zum Kaffee. Ziemlich ausgeklügelter Zeitplan, wenn Sie mich fragen, ich meine, man stelle sich vor: sechzig alte Leute, die alle ihren Löffel oder ihre Kuchengabel nicht mehr halten können, weil sie auf Droge sind. Müsste man ja alle füttern, die Alten, weil verhungern lassen nicht geht hierzulande.

Wissen Sie eigentlich, was so eine Fremdfütterung kostet!

Attila bekommt ein Stückchen Fleisch nach dem anderen, Suzanna starrt auf die saftigen Kalbsnieren und Lämmerherzen, die in seinem Maul verschwinden, ab und zu leckt sie sich die Lippen, Marlen starrt auch. Macht sie immer beim Mittagessen. Starrt auf Attila, aber anders als Suzanna. Nicht gierig, sondern konzentriert.

Sie beobachtet ihn.

Wie er mit der Tatze nach dem Fleisch schlägt, das Frau Schnalke ihm hinhält. Wie er faucht, wenn sie das Fleisch nicht loslässt. Wie er wieder faucht, wenn sie »Schön aufmachen« sagt, »schön aufmachen, das süße kleine Mäulchen«.

Sein steil aufgerichteter Schwanz, sein gesträubtes Fell, seine zitternden Barthaare, Marlen beobachtet das alles ganz genau, und wenn ich es nicht besser wüsste, dann würde ich sagen: Es ist unmöglich, aus dem Verhalten einer Katze die Zukunft zu lesen. Katzen sind nur Katzen, sie haben keine Bedeutung, würde ich sagen, wenn ich es nicht besser wüsste.

Orakeltiere.

Die Details erfahren Sie morgen bei der Pressekonferenz.

Attila weiß es.

»Höhö warum lacht denn keiner warum lacht denn keiner ist doch großartig die Pointe ein bisschen mehr Humor meine

Damen wenn ich bitten darf Lachen ist gesund sag ich immer Spaß muss sein und da fällt mir *noch* einer ein *einer* geht noch bevor die nette Schwester Terese kommt höhö also zuhören-zuhören meine Damen: Kommt ein Schwuler …«

14

Senilität wurde im alten Japan mit einer gewissen Nähe zum Göttlichen assoziiert. Wenn die altjapanischen Senioren angefangen haben, wirres Zeug zu reden oder frühmorgens halbnackt zu irgendeiner Musik zu tanzen, dann war das ein Zeichen. Dafür, dass der Atem Gottes in diesen sterbenden Verstand gefahren ist und ihn neu belebt hat.

Diese stumme Zunge.

Diese müden Beine.

Der Atem Gottes fegt durch die halbtoten altjapanischen Senioren, und siehe da: Die Zunge spricht! Die Beine tanzen!

Ein Zeichen.

Deswegen war jeder, der seinen senilen Vater oder seine senile Mutter gepflegt hat, eine Art Priester. Und sie waren hoch geehrt, die Pflegepriester. Man hat ihnen Essen gebracht und kostbare Geschenke, alles Opfergaben für die Gottheit, um die sie sich kümmern. Der sie vorsichtig warme Suppe einflößen, die Windeln wechseln, die Haare kämmen, alles ganz vorsichtig, und dann die Sache mit den Zehennägeln natürlich, ganz besonders vorsichtig, ich meine: einer Gottheit die Nägel blutig schneiden, unvorstellbar, nicht wahr?

Ich schließe das Buch, in dem ich gerade lese, und gähne. Schon schön, das mit den Japanern, aber nicht besonders ergiebig. Kein Gerontozid weit und breit, die Uhr sagt *knack,* 14:30, höchste Zeit für eine Rauchpause. Die mache ich immer um diese Zeit, weil der Professor um diese Zeit auch immer Pause macht, also normalerweise.

Normalerweise schließt er um 14:30 das Buch, in dem wir gerade lesen, und sagt:

Pause, Frau Magister.

Pause, Frau Magister.

Pause, Frau Magister, und ich lasse ihn Pause machen in seiner Zeitschleife und stehe auf und gehe aufs Klo, dort wartet ein Rauchmelder auf mich, den ich austricksen werde, und wenn ich zurück bin, befreie ich den Professor aus seiner Schleife.

So ist das normalerweise, heute nicht. Er ist jetzt seit sieben Stunden verschwunden. Hunger, Durst, Harndrang. In sieben Stunden bekommst du so manches, wenn du irgendwo in einem toten Winkel stehst und nicht mehr rauskommst aus dem Winkel, aber vor allem bekommst du *eines:* Angst.

Angst, dass dich keiner findet, weil niemand dich sucht.

Ich lege das Buch auf den Boden und stehe auf, im Fernsehen läuft *Abenteuer Wildnis: Die Tiere Afrikas,* eine Antilope jagt über den Bildschirm, ich nehme meinen Stock und schlurfe zur Tür.

Schmtz, schlurf, schmtz, schlurf.

Die Antilope springt über einen abgewrackten Jeep, den irgendjemand in der Fernsehwüste stehen gelassen hat, ihr Körper: Kraft und Anmut.

Mein Gott, wie ich Antilopen hasse.

Draußen steht Frau Schnalke mit Notizblock und Kugelschreiber, sie sagt: »Zehn Minuten, sonst …«

»Jaja«, sage ich, »sonst gehen Sie mich melden, alles klar.«

Frau Schnalke nickt streng und schreibt etwas in den Block, Attila sitzt vor ihr auf dem Boden und spielt mit Fips. *Beiß den Fips,* so heißt das Spiel, vielleicht heißt es auch *Aus die Maus,* auf jeden Fall sieht Fips, die Maus, ziemlich fertig aus.

Total am Ende, wenn Sie mich fragen, Attila hat ihm das rechte Plüschohr abgebissen, das linke hängt nur noch an einem dünnen Faden, und den Rest von Fips können Sie sich ja selbst vorstellen.

Karlotta behauptet übrigens, dass Attilas zweitliebster Spielgefährte nach Frau Sonne gar keine Maus ist, sondern ein Hase, und sie könnte recht haben. Ist nämlich viel zu groß für ein durchschnittliches Katzenspielzeug vom Typ Maus, der Fips, aber Attila ist ja auch keine durchschnittliche Katze, und da hat ihm die Schnalke ein Kinderspielzeug gekauft. So ein niedliches kuscheliges Ding vom Typ Hase, das irgendwelche Leute entworfen haben, die Kinder lieben.

Schon komisch: Irgendwo auf der Welt sitzen Leute und lieben Kinder, und dann erfinden sie einen Plüschhasen mit weißem Fell und blauen Knopfaugen, und sie denken *nicht* daran, dass es Kreaturen wie Attila gibt.

Jetzt schlägt er mit der Tatze nach Fips.

Jetzt erwischt er Fips.

Jetzt beißt er Fips ins Gesicht.

Ich starte los. Vom Fernsehraum bis zum Klo sind es acht Meter, und das ist nicht viel, aber wenn du eine gebrechliche alte Frau bist, dann ist das ein weiter Weg.

Schmtz, schlurf, schmtz, schlurf, mein Gott, wie mich dieses Geräusch ankotzt.

»Hallo, du altes Rotzloch«, sage ich zum Brandmelder an der Decke. Nicht besonders witzig, aber es tut gut. Ich klappe den Klodeckel herunter und stelle mich auf den Deckel. Ich öffne das kleine Klappfenster ganz oben und klemme den Stock in das Klappfenster, damit es nicht zufällt, was es gerne macht, weil der Klappmechanismus defekt ist.

Wissen Sie eigentlich, was so ein Klofensterklappmechaniker kostet!

Ich zünde mir eine Zigarette an, ich inhaliere tief. Dann

quetsche ich mein Gesicht in den schmalen Spalt und blase Rauch ins Freie, hinaus in diesen herrlichen Tag. Mein Atem: pures Gift.

Zwei Zigaretten später schlurfe ich wieder den Gang zurück zum Fernsehraum, Frau Schnalke wedelt schon mit dem Notizblock. »Noch eine Minute!«, kläfft sie, ich lege einen Zahn zu, *schmtzschlurfschmtzschlurf*.

»Gerade noch«, sagt Frau Schnalke mürrisch und macht sich eine Notiz.

»Husch, husch«, sage ich zu Attila. Er sitzt direkt vor der Tür zum Fernsehraum, aufrecht wie ein Katzenbuddha, und versperrt mir den Weg. Außerdem kaut er auf etwas herum. Wahrscheinlich das rechte Ohr von Fips, war ja abzusehen, der restliche Fips liegt unter Attilas riesigen Vorderpfoten begraben.

»Husch, husch.«

Attila hört mit dem Kauen auf und starrt mich an. Grüngelbe Augen, seltsame braune Schlieren auf der Netzhaut, ich denke an aufgewühlten Schlamm, in der Mitte ist ein schwarzer Schlitz, das ist die Pupille, denke ich, nur die Pupille.

Schmale Pforte zum Reich der Finsternis.

»Mach Platz, Liebling«, sagt Frau Schnalke weich.

Attila rührt sich nicht. Er starrt mich an, die Schlieren wabern über seine Netzhaut, wahrscheinlich nur die Reflexion der Deckenbeleuchtung, denke ich, aber es sieht trotzdem aus wie Schlamm, in dem sich ein paar halbtote Kaulquappen träge fortbewegen.

»Liebling, *bitte*«, sagt Frau Schnalke noch weicher, »mach ein bisschen Platz.«

Attila schüttelt in Zeitlupe den Kopf, zumindest sieht es so aus, er bewegt ihn langsam von rechts nach links, jetzt krümmt er die Schultern zu einem enormen Katzenbuckel, gleich wird er mich anfauchen, aber nein.

Er senkt schweigend seinen grauen Schädel, bis er dicht über dem Boden hängt, eine große alte Glocke. Attila läutet sie von rechts nach links und von links wieder nach rechts, *dingdong,* denke ich, *dingdong, die Totenglocke,* jetzt pendelt sie aus und wird ruhig.

Plopp.

Etwas fällt aus Attilas Maul und auf den Boden. Kein Ohr, ein Knopf. Oder etwas in der Art, es ist rund und glänzend, es ist blau.

Zwei Minuten später sitze ich wieder im Fernsehraum und lese.

Yoshio Kobayashi: Das Konzept der kindlichen Pietät im alten Japan, 1853.

Kapitel fünf: Drei Beispiele kindlicher Pietät. Beispiel eins: der pietätvolle Sohn.

»Der pietätvolle Sohn wirft sich im tiefsten Winter nackt auf den gefrorenen Fluss, um das Eis mit seiner Körperwärme zum Schmelzen zu bringen und der geliebten alten Mutter zu einem frischen Fisch zu verhelfen.«

Beispiel zwei: die pietätvolle Tochter.

»Die pietätvolle Tochter kostet täglich von den Exkrementen des geliebten Vaters, um jede Veränderung in seinem Gesundheitszustand zu bemerken.«

Beispiel drei: die pietätvolle Schwiegertochter.

»Die pietätvolle Schwiegertochter gibt dem geliebten zahnlosen Schwiegervater die Brust, um ihn vor dem Hungertod zu bewahren.«

15

Sex im Alter.

Ich will da jetzt nicht näher darauf eingehen, aber wahrscheinlich sind Sie einer von denen, die das ganz normal finden. Ganz normal und irgendwie rührend, das sagen viele Leute heutzutage, wenn von Sex im Alter die Rede ist, vor allem jüngere Leute, und das ist gut so.

Es ist gut, wenn die Leute sagen, dass wir hier von der natürlichsten Sache der Welt reden und dass sich keiner, wirklich keiner dafür schämen muss, weil jeder, wirklich jeder ein Recht darauf hat.

Das Recht auf Zärtlichkeit.

Zweiter Frühling.

Spazierengehen im Park, Händchenhalten, später dann die Vorhänge im Schlafzimmer zuziehen und das Licht ausmachen.

Streicheln, liebhaben.

So stellen sich das die meisten Leute vor, und vielleicht haben diese Leute ja recht. Vielleicht ist es die natürlichste Sache der Welt und irgendwie rührend, was Suzanna da so treibt mit dem Chauffeur.

Sie treibt es jeden Tag, immer zwischen Kaffee und Kreativworkshop.

Mirko, der Chauffeur, Sie erinnern sich, es war Liebe auf den ersten Blick zwischen Suzanna und ihm, aber ich will da jetzt nicht näher darauf eingehen.

Zum Kaffee gibt es in der RESIDENZ entweder Rosinenkuchen und Mozart oder Marmorkuchen und Mozart. Zucker, Mehl, Geschmacksverstärker, dazu eine süßliche Standardversion von der Ouvertüre zur Zauberflöte – ziemlich okay, was wir da immer bekommen, weil es nicht für Diabetiker ist. Industriekuchen, Industriemozart, wirklich okay.

Und ich will da jetzt wirklich nicht näher darauf eingehen, aber immer, wenn Suzanna zwei Stück Kuchen verschlungen hat und in ihren Kompressionsstrümpfen aus dem Speisesaal watschelt, weil sie sich angeblich noch ein bisschen hinlegen will vor dem Kreativworkshop, was ja auch stimmt, gewissermaßen – also ich muss dann immer an den Matratzenschoner denken, auf dem sie gleich liegen wird.

Urinresistent.

Geruchsbindende Silberfäden.

Suzanna nackt, ein Fleischberg, überzogen mit Altfrauenhaut, überall Wülste und Würste, überall Dellen und Wellen, Mirko stochert mit seinem Ständer darin herum, zuerst von vorne, dann von hinten, jetzt kniet er über ihrem Gesicht und schiebt seinen Schwanz tief in ihren Rachen, sie würgt, sie saugt, sie liebt seinen Schwanz, seine Eier sowieso, *lutsch, leck,* er wühlt in ihren grauen Haaren, gleich wird er kommen, gleich ist es so weit, wir zählen einundzwanzig, zweiundzwanzig – er zieht ihn gerade noch rechtzeitig heraus. Ein Könner!

Jetzt noch eine Runde in den Arsch, Suzanna japst und jault wie eine alte Hündin, die es noch einmal so richtig besorgt bekommt, er presst seine Hand auf ihren Mund, sie erstickt fast, und sie liebt es. Sie liebt es, fast zu ersticken. Sie liebt ihren Geliebten, er könnte ihr Enkel sein, aber er macht alles richtig, er macht alles genau richtig.

Diener einer Gottheit.

Wirft sich im tiefsten Winter aufs Eis, bringt es zum Schmelzen.

Jetzt steckt er mit dem Kopf zwischen ihren Schenkeln,

graues Schamhaar umzittert sein Gesicht, und während er mit der Zunge ihre geschwollene Klitoris bearbeitet, bohrt sich sein Mittelfinger tief in … was?

Ich soll aufhören?

Sie können sich das ganz gut selbst vorstellen?

Sind Sie sicher?

Na, dann bin ich ja beruhigt, weil das ist schon komisch, wissen Sie: Die Leute reden von Sex im Alter und denken dabei an alles Mögliche. An den zweiten Frühling zum Beispiel oder an Vorhänge, nur an *eines* denken sie nicht: ans Ficken.

Knack. 17:04.

»Willkommen zum heutigen Kreativworkshop!«

Schwester Olga macht eine begrüßende Geste und lächelt in die Runde. Suzanna lächelt auch, rotwangig und gut durchblutet, sie ist die Einzige. Wir anderen haben gerade keinen besonderen Grund zu lächeln, deswegen sitzen wir einfach nur so da auf unseren Klappstühlen.

Sitzkreis.

Damenrunde.

Alle Frauen von Stockwerk vier, nur Frau Schnalke nicht, die steht auf dem Gang und bewacht den Fernsehraum, der jetzt ein Kreativraum ist. Schwochow turnt irgendwo draußen herum, der Professor steckt irgendwo fest, keiner vermisst ihn, schon gar nicht beim Kreativworkshop, weil er da sowieso nie mitmacht. Da liegt er normalerweise auf seinem Zimmer und schläft, das liegt am Pruxal. Also daran, dass wir keines bekommen zum Kaffee, damit wir fit sind für den Workshop. Beim Professor hat das die gegenteilige Wirkung, er wird müde. Heute nicht, heute steckt er irgendwo fest und macht irgendeine Geste immer wieder und wieder, hellwach.

Schwester Olgas Lächeln ist matt wie immer, die Schatten unter ihren Augen sind heute fast violett, wahrscheinlich hat sie kaum geschlafen zwischen Nachtschicht und Kreativworkshop. Ihre Haare: frisch gefärbt. Kein Hellgelb, kein Pissblond, ein ganz neuer Look, wie man so sagt, und ich frage mich, wie Schwester Olga das wohl hingekriegt hat mit ihrem neuen Look.

Die Nachtschicht war um 07:00 vorbei. Um 08:00 war Schwester Olga zu Hause. Zwischen 08:30 und 09:00 hat sie am Küchentisch über einer Tasse Kaffee und mit einer Ladung Blondiercreme auf dem Kopf darüber nachgedacht, was sie beim Kreativworkshop, den sie in acht Stunden auf Stockwerk vier leiten muss wie jeden Tag – was sie da besser machen könnte.

Ihr ist nichts eingefallen.

Sie ist so müde.

Empfohlene Einwirkzeit der Blondiercreme laut Beipackzettel: dreißig Minuten. Versprochenes Ergebnis: faszinierender Glanz, perfekte Grauabdeckung vom Haaransatz bis in die Spitzen.

Um 13:00 wacht Schwester Olga auf und bemerkt, dass sie am Küchentisch eingeschlafen ist. Ihre Kopfhaut brennt wie Feuer, sie geht ins Bad. Vor dem Spiegel bricht sie in Tränen aus.

Das war vor vier Stunden, jetzt sagt sie lächelnd und mit einer begrüßenden Geste »Willkommen zum heutigen Kreativworkshop!«, dann streicht sie sich eine schlohweiße Haarsträhne aus dem Gesicht.

Warnung: Wird die Einwirkzeit um mehr als sechzig Minuten überschritten, kann es zu allergischen Reaktionen und Depigmentierung kommen (Ausbleichen).

»Ich möchte Ihnen nun kurz erklären, was wir heute gemeinsam vorhaben beim Kreativworkshop«, sagt die weiße Olga.

Als ob wir das nicht wüssten.

Als ob das besonders abwechslungsreich wäre, das mit der Kreativität.

Früher hat es angeblich eine fest angestellte Gerontopädagogin gegeben in der Residenz, so eine engagierte junge Person, die sich um ein bisschen Abwechslung bemüht hat beim Anti-Demenz-Training.

»So heißt das nämlich, in Wahrheit«, hat Schwester Cornelia zu mir gesagt, »und früher haben wir das auch so genannt, aber dann ist der neue Heimleiter gekommen und hat die Gerontopädagogin gefeuert und gesagt, dass wir vom Pflegepersonal das genauso gut können.

Wissen Sie eigentlich, was so eine Gerontopädagogin kostet!

Außerdem hat der Heimleiter gesagt, dass Anti-Demenz-Training nicht so gut klingt. Seitdem sagen wir Kreativworkshop, und wenn Sie sich darüber beschweren wollen, Frau Block, dass Schwester Olga in der Programmgestaltung nicht besonders kreativ ist, dann beschweren Sie sich doch bitte beim Heimleiter. Vielleicht kann *der* Ihnen ja erklären, woher wir vom Pflegepersonal die Kraft nehmen sollen, uns zwischen den Schichten auch noch lustige Spielchen auszudenken gegen die Verblödung.«

Schwester Cornelia leitet den Kreativworkshop auf Stockwerk zwei, und sie war ziemlich sauer auf mich, weil ich das Thema angesprochen habe.

Mein Gott, man wird ja noch fragen dürfen.

Das mit dem Lied zum Beispiel. Man wird ja noch fragen dürfen, warum wir immer ein Lied singen müssen, ganz am Anfang. Ich meine: Singe, wem Gesang gegeben, klar, aber wir können hier alle gar nicht singen, bis auf Frau Fitz natürlich, und die ist auch die Einzige, die wirklich singt. Wir anderen machen eher, nun ja, Geräusche.

Frau Sonne zum Beispiel: Bei ihr klingt es wie ein leises Wimmern, wenn sie singt.

Oder Karlotta: eine Art Kriegsgeheul.

Suzanna: gluckst, kichert, gluckst.

Die Gräfin: gibt alle hundert Jahre ein morsches Knarzen von sich, und Frau Wimmer klingt wie ein Eichhörnchen mit Herzrhythmusstörung.

Ich mache gar nichts, weil ich kann nicht nur nicht singen, sondern auch keine Geräusche machen, die zu irgendwas irgendwie dazupassen. Dafür imitiert Marlen erfolgreich das Geräusch einer Kreissäge. Sie singt immer extra laut und extra falsch, und das macht sie extra, um Karlotta zu ärgern, die nach unserer ersten Erfahrung mit dem Kreativworkshop gesagt hat: »Mitmachen! Egal wie verblödet das Anti-Verblödungs-Training ist: unbedingt mitmachen! Sonst fallen wir auf.«

Kommt ein Vogel geflogen.

Das Wandern ist des Müllers Lust.

Im Frühtau zu Berge.

Vor zwei Tagen hat Marlen zu Schwester Olga gesagt, die gerade *Kommt ein Vogel geflogen* anstimmen wollte, ob wir nicht etwas anderes singen könnten zur Abwechslung. Irgendwas Passenderes, schließlich sind wir hier nicht in einem protestantischen Frauenchor oder im Kindergarten, sondern in einer Seniorenresidenz.

»Aber natürlich, Frau Stauffenbach!« Schwester Olga war ganz begeistert. »Was schlagen Sie vor?«

»Wie wär's mit *Trägt man mich zum Friedhof hin* oder *Drei Lilien, drei Lilien, die pflanzt ich auf mein Grab*?«

Suzanna hat gekichert, Schwester Olga hat matt gelächelt und *Kommt ein Vogel geflogen* angestimmt.

Wenn wir fertig sind mit dem Lied, kommt das Kontaktspiel.

Das Kontaktspiel heißt *Das wandernde Gesicht,* und es soll die Beziehung zwischen den Workshopteilnehmern positiv beeinflussen. Sagt zumindest Schwester Olga immer, bevor wir mit dem Kontaktspiel anfangen. Dann bittet sie eine von uns, ein lustiges Gesicht zu machen, meistens Frau Fitz, weil Frau Fitz das am besten kann.

»Würden Sie bitte ein lustiges Gesicht machen, Frau Fitz, und es zum Wandern bringen.«

Frau Fitz macht ein lustiges Gesicht, dann dreht sie den Kopf nach rechts und zeigt es Frau Wimmer, die das lustige Gesicht nachmacht und Frau Sonne zeigt, die das lustige Gesicht nachmacht und so weiter. Prinzip Stille Post, und ich weiß nicht, ob Sie eine Vorstellung davon haben, wie das lustige Gesicht aussieht, wenn es am Ende wieder bei Frau Fitz angekommen ist.

Das Lied und das Kontaktspiel sind die Aufwärmphase, danach kommt die Kreativphase. So nennt es Schwester Olga, Kreativphase, oft sagt sie auch psychomotorische Aktivitätsphase. Keine Ahnung, woher sie den Ausdruck hat, wahrscheinlich von der ehemaligen Gerontopädagogin.

Eine Rolle Packpapier, ein dicker Filzstift, ein Ball.

Schwester Olga holt das Zeug aus der großen Umhängetasche, die sie immer mitschleppt zum Workshop, und sagt: »Wir gehen jetzt in die psychomotorische Aktivitätsphase über. Bitte stehen Sie auf und nehmen Sie Ihre Klappstühle und bilden Sie mit Ihren Klappstühlen einen Halbkreis.«

Aufstehen, Klappstühle nehmen, Halbkreis bilden – ich weiß nicht, ob Sie eine Vorstellung davon haben, was das für acht alte Frauen bedeutet, von denen eine den grauen Star hat, eine plemplem ist und eine ihren Müllsack nicht loslassen will.

Wenn wir endlich im Halbkreis sitzen, entrollt Schwester Olga das Packpapier und legt es vor uns auf den Boden. Auf dem Packpapier stehen ein paar Buchstaben, in Riesenschrift, zwischen den Buchstaben sind faustgroße Punkte, in etwa so:

I N D . . K Ü . Z . L I . . . D I . W Ü . Z .

Das ist ein unvollständiges Sprichwort, erklärt uns Schwester Olga jedes Mal, und dass sie jetzt einer von uns den Ball zuwerfen wird, und die soll dann den Ball bitte fangen und einen Buchstaben sagen, von dem sie denkt, dass er in dem Sprichwort vorkommt. Dann soll sie den Ball jemand anderem zuwerfen, der wieder einen Buchstaben sagt und so weiter.

Wenn der Buchstabe vorkommt, trägt Schwester Olga ihn mit dem Filzstift in das Sprichwort ein. Wenn nicht, sagt sie immer: »Das macht gar nichts! Nur nicht entmutigen lassen! Wichtig ist, dass es uns allen Spaß macht und dass wir das Sprichwort irgendwann erkennen.«

Mittlerweile läuft das ganz gut, das mit der psychomotorischen Aktivität, aber nur, weil Marlen nicht mehr mitspielen darf. Karlotta hat es ihr verboten.

Bei unserem ersten Kreativworkshop in der RESIDENZ vor acht Tagen wollte Schwester Olga gerade anfangen und den Ball werfen, da hat Marlen mit einem blutroten Zeigefingernagel auf das Packpapier gezeigt und gesagt:

»Ist doch klar: IN DER KÜRZE LIEGT DIE WÜRZE.«

Und das war's dann mit der Aktivitätsphase. Schwester Olga hat noch zweimal *Im Frühtau zu Berge* mit uns gesungen, zum Ausklang, und sich am Ende mit belegter Stimme dafür entschuldigt, dass der Workshop heute ein bisschen kurz war.

Am nächsten Tag war das Sprichwort aus zwanzig Punkten und sechs Buchstaben:

D. . . . . D, D . . A . D . . . . D

Marlen runzelt die Stirn, Schwester Olga wirft den Ball Frau Sonne zu, Frau Sonne fängt und sagt leise: F.

»Bravo! Ein F kommt vor!« Schwester Olga zückt den Filzstift, Marlen grinst.

»Ist doch klar«, sagt sie, »DES EINEN LEID, DES ANDERN FREUD.«

Zum Ausklang zweimal *Das Wandern ist des Müllers Lust,* Schwester Olgas Gesicht beim Singen: ein schmutziggrauer Fleck, ausdruckslos.

»Hör auf damit!«, hat Karlotta nach dem zweiten Kreativworkshop zu Marlen gesagt. »Wenn du nicht aufhörst, ist die Operation Hinterland gefährdet, oder wie willst du das dem MDK erklären, dass deine Neuronen schneller feuern als die Neuronen einer Sechzehnjährigen, die täglich Gehirnjogging treibt?«

Am dritten Tag bestand das Sprichwort aus einundzwanzig Punkten und drei Buchstaben, beim Ausrollen des Packpapiers haben Schwester Olgas Hände gezittert.

D . . . . . C . . . . D . . . .

Schwester Olga wirft den Ball, Suzanna fängt und sagt: G.

Schwester Olga nickt, sie zieht langsam die Kappe vom Filzstift ab und schielt ängstlich nach Marlen.

Marlen betrachtet ihre Fingernägel.

Schwester Olga schreibt ein G ins Sprichwort, Suzanna wirft den Ball, Karlotta fängt und sagt: L.

»Bravo.« Schwester Olga wird ein bisschen mutiger, aber nur ein bisschen, sie schielt nach Marlen.

Marlen schiebt die Nagelhaut an ihrem Daumen zurück.

Schwester Olga schreibt zweimal L ins Sprichwort, Karlotta wirft, Frau Fitz fängt und sagt: Zwei.

»Zwei«, sagt Schwester Olga freundlich, »ist kein Buchstabe, sondern eine Zahl, Frau Fitz. Bitte versuchen Sie es noch einmal.«

»Zwei«, sagt Frau Fitz noch einmal.

»Frau Fitz, bitte sagen Sie einen Buchstaben, keine Zahl.«

»Zwei, zwei, zwei, zwei ...«, die Stimme von Frau Fitz wird immer höher und immer lauter, jetzt fängt sie an, bei jedem »zwei« mit dem Fuß auf den Boden zu stampfen, Suzanna hält sich kichernd die Ohren zu, Frau Wimmer klammert sich fester an ihren Müllsack, Marlen murmelt etwas. Sie schiebt die Nagelhaut an ihrem Zeigefinger zurück und murmelt: »DER ZWECK HEILIGT DIE MITTEL, ist doch klar«, Frau Fitz kreischt und stampft.

»Ist ja gut, ist ja gut! Beruhigen Sie sich, Frau Fitz!«

Schwester Olga beugt sich über das Packpapier und schreibt hektisch Z, W, E und I ins Sprichwort, Frau Fitz verstummt schlagartig und grinst. Dann hebt sie den Ball mit beiden Händen hoch über den Kopf und schleudert ihn auf Frau Sonne. Frau Sonne duckt sich, zu spät, der Ball knallt ihr mitten ins Gesicht, er fällt zu Boden und rollt Frau Wimmer vor die Füße.

»Frau Fitz, also wirklich!«

Schwester Olga geht mit ein paar schnellen Schritten zu Frau Sonne, die sich beide Hände aufs Gesicht gelegt hat und leise stöhnt. Frau Fitz grinst, Frau Wimmer bückt sich nach dem Ball.

»Sind Sie verletzt?«, sagt Schwester Olga.

Frau Sonne zuckt zusammen.

»Zeigen Sie her!«

Schwester Olga will Frau Sonne die Hände aus dem Gesicht ziehen, Frau Sonne presst sie noch fester dagegen und stöhnt.

»Bitte nicht«, stöhnt sie. »Bitte, bitte nicht, bitte, bitte ...«

»Ist ja gut, ist ja gut!«

Schwester Olga lässt Frau Sonne in Ruhe und geht zurück auf ihre Workshopleiterposition hinter dem Packpapier.

»Ich darf alle herzlich darum bitten, den Ball *vorsichtig* zu werfen. Wir wollen doch niemanden verletzen! Wir wollen doch alle nett miteinander sein und gemeinsam Spaß haben, nicht wahr?«

Blick in die Runde.

Karlotta nickt grimmig, Suzanna nickt und kichert, Frau Sonne macht komische Geräusche in ihre Hände hinein, irgendwas zwischen Schluchzen und Stöhnen, Frau Wimmer macht eine Schleife in das Zugband von ihrem Müllsack, Marlen schiebt die Nagelhaut an ihrem Mittelfinger zurück und murmelt tonlos: »DER ZWECK HEILIGT DIE MITTEL, total klar.«

»Sehr schön.« Schwester Olga lächelt. »Dann sind wir ja alle einer Meinung und werden jetzt alle nett miteinander sein und rücksichtsvoll und vorsichtig …«

»Weitermachen!« Die Stimme der Gräfin klingt wie ein morscher Ast, in den kurz vorm Abfallen noch ein bisschen saftiges Grün gefahren ist. Stimme der Aristokratie, Stimme von altem Adel: so gut wie verstummt, aber wenn es diese degoutanten Demokraten mit ihrem Toleranzgeschwätz zu weit treiben, dann ist auch mal Schluss mit lustig.

Schwester Olga hört mit dem Toleranzgeschwätz auf und sagt: »Sie haben recht, Gräfin, wir sollten weitermachen. Wer wirft?«

Keiner reagiert. Ist ja auch die falsche Frage, Wer? Die richtige Frage ist Womit?

Der Ball ist weg.

»Wo ist der Ball?« Schwester Olga sieht sich suchend im Kreativraum um.

»Fiep, fiep«, sagt Frau Fitz und zeigt mit ausgestrecktem Arm auf Frau Wimmer.

Schwester Olga seufzt. »Frau Wimmer, haben wir wieder den Ball in unseren Sack gesteckt, obwohl wir das nicht dürfen?«

Frau Wimmer antwortet nicht, sie umklammert ihren Müllsack.

Schwester Olga seufzt wieder. »Wir sind jetzt ein braves Mädchen, Frau Wimmer, und geben den Ball her. Bitte.«

Frau Wimmer klammert, Schwester Olga macht einen großen Schritt über das Packpapier und geht auf sie zu, Frau Wimmer startet die Nummer mit der Hyperventilation.

Fiep, fiep, macht sie und drückt ihr Gesicht in den Müllsack, *fiep, fiep.*

»Ist ja gut, ist ja gut.« Schwester Olga hat Frau Wimmer erreicht und legt ihr sanft die Hand auf den Kopf. »Tief durchatmen, ganz tief durchatmen.« Die Hand fährt streichelnd über Frau Wimmers Haar, es ist weiß und fein und nicht mehr besonders dicht, man kann die Kopfhaut sehen. »Frau Wimmer«, sagt Schwester Olga streichelnd, »Sie müssen jetzt bitte den Ball hergeben, sonst können wir nicht weitermachen.«

Fiep, fiep.

»Und wir wollen doch weitermachen, nicht wahr? Wir haben doch immer so viel Spaß mit dem Ball«, *streichel,* »und deswegen brauchen wir ihn, den Ball, Frau Wimmer. Er gehört nicht nur Ihnen, er gehört Ihnen *und* uns. Uns allen gemeinsam, er ist ein Gemeinschaftsball. Er ist unser gemeinschaftlicher Kreativball, und ohne den Kreativball können wir nicht gemeinsam Spaß haben und ...

»Jetzt gib schon den scheiß Ball her, du verdammte Psychotussi!«

Karlotta ist der Geduldsfaden gerissen. Sie steht mit einem Ruck auf und schlurft im Turbotempo zu Frau Wimmer. Sie schiebt Schwester Olga beiseite und greift nach dem Müllsack.

Fiiieeeep!

Sie reißt den Müllsack aus Frau Wimmers Umklammerung, sie reißt das Zugband auf, sie nimmt den Ball aus dem Müllsack, sie stopft den Sack zurück zwischen Frau Wimmers Arme und schlurft zügig zurück auf ihren Platz.

»Aber ...« Schwester Olga starrt Karlotta entgeistert nach, dann dreht sie den Kopf zu Frau Wimmer, die jetzt wahrscheinlich gleich vom Klappstuhl kippen wird wie ein hyperventilierendes Eichhörnchen vom Baum. Ich zähle einundzwanzig, zweiundzwanzig, nichts. Frau Wimmer ist ganz ruhig. Sie macht ganz ruhig eine Schleife in das aufgerissene Zugband, dann zeigt sie auf das Packpapier und sagt: »Ich weiß, welcher Spruch das ist.«

»Ja?« Schwester Olga ist immer noch total entgeistert.

»Ja. DER ZWERG REINIGT DEN KITTEL.«

Das war vor fünf Tagen, und es war der einzig wirklich gelungene Kreativworkshop, den wir bisher in der RESIDENZ erlebt haben, weil das mit dem Zwerg und dem Kittel ziemlich kreativ ist, wenn Sie mich fragen.

Seitdem ist alles eher monoton.

Aufwärmphase, Aktivitätsphase, Ausklangphase.

Singen, werfen, singen.

Marlen spielt nicht mit, Frau Fitz ist ein braves Mädchen, Frau Wimmer auch, nur die Gräfin knarzt manchmal »Weitermachen!«, wenn Schwester Olga uns allzu ausführlich dafür lobt, dass wir jetzt immer so nett miteinander sind und die Aktivitätsphase immer so harmonisch abläuft, weil jeder jeden respektiert und keiner keinem wehtun will und …

»Weitermachen!«

Sie tut mir leid.

Ich mag Schwester Olga, und sie tut mir leid. Sie weiß, dass ihr Kreativworkshop Scheiße ist, und sie würde es gerne besser machen, aber sie ist immer so müde, vor allem heute. Violette Schatten unter den Augen, schlohweißes Haar. Die große Umhängetasche steht vor ihr auf dem Boden, gleich wird sie sagen, was wir heute so vorhaben beim Kreativworkshop, und ich könnte natürlich auch etwas sagen.

Liebe Schwester Olga, könnte ich sagen, warum gehen Sie nicht einfach nach Hause. Verteilen Sie ein paar Pruxal, schalten Sie den Fernseher ein und gehen Sie nach Hause. Schlafen Sie zwölf Stunden oder zwanzig, und dann machen Sie sich einen doppelten Espresso oder einen dreifachen und schreiben Ihre Kündigung. Und wenn Sie damit fertig sind, färben Sie sich die Haare neu.

Blutiges Rot.

Giftiges Grün.

Pink, blau, egal, Hauptsache, es knallt.

WAS LANGE GÄRT, WIRD ENDLICH WUT.

Ich sage nichts, Schwester Olga sagt, dass wir heute etwas ganz Besonderes vorhaben beim Kreativworkshop.

Schau, schau.

Sie sagt, dass wir heute auf die Aufwärmphase verzichten und direkt in die psychomotorische Aktivitätsphase einsteigen.

Hört, hört.

Sie bückt sich und öffnet die Tasche.

Wir erwarten das Packpapier, aber es ist ein Schuhkarton.

Wir erwarten den Ball, aber es ist ein Tablett.

Der Schuhkarton ist mit Geschenkpapier beklebt, rote Herzen auf blauem Grund, der Deckel fehlt. Schwester Olga stellt den Karton auf den Boden, das Tablett legt sie daneben. Dann nimmt sie die Tasche und dreht sie um.

Dinge fallen heraus. Korken zum Beispiel und Streichholzschachteln. Leere Joghurtbecher, leere Klorollen, ein paar Stofffetzen, blau, grün, gelb, eine große Büroklammer, eine silberfarbene Luftschlange, ein Spielzeugauto, ein Zahnputzbecher, ein Kerzenstummel, eine Schnullerkette – sie fallen aus der Tasche und auf das Tablett.

Ich starre auf den ganzen Müll und mir wird klar, dass Schwester Olga heute Morgen so gegen 09:00 gar nicht am Küchentisch eingeschlafen ist. Mir wird klar, dass sie die empfohlene Einwirkzeit der Blondiercreme nicht verpennt hat, sondern vergessen.

Prinzip: Die Milch brennt an, und ich merke es nicht.

Prinzip: Der Kaffee wird kalt, und es ist mir egal.

Der Braten verkohlt, die Welt geht unter, egal, egal.

Da war plötzlich eine Idee im Kopf von Schwester Olga, und da hat sie das Jucken und Brennen auf ihrer Kopfhaut nicht bemerkt, weil sie so glücklich war über die Idee und so beschäftigt damit, alle Vorbereitungen zu treffen.

Jetzt sagt sie: »Wir haben heute etwas ganz Besonderes vor, und ich hoffe, es wird uns allen viel Freude bereiten. Einige von uns leben schon sehr lange hier in der RESIDENZ«, sie nickt lächelnd der Gräfin zu, dann Frau Fitz, »einige sind erst seit ein, zwei Jahren hier«, sie nickt lächelnd Frau Sonne zu und Frau Wimmer, »oder erst seit einer Woche«, Karlotta, Suzanna, Marlen und ich werden lächelnd benickt. »Aber wir haben alle *eines* gemeinsam: ein langes erfülltes Leben, das hinter uns liegt. Wir sind alle prall gefüllt mit Erinnerungen an dieses Leben. Schöne Erinnerungen und weniger schöne, freudvolle und leidvolle, aber *alle* sind kostbar. Kostbar und unvergleichlich, denn sie machen uns zu dem, was wir heute sind. Sie sind das Fenster, durch das wir aus der Gegenwart in die Vergangenheit blicken, wo wir uns selbst wiederfinden als jüngere Menschen, als Kinder, oder gar als Babys, die ihre Reise durchs Leben gerade erst angetreten haben und erst nach Jahrzehnten des Liebens, Leidens und Hoffens dort ankommen werden, wo *wir* jetzt sind. Und so blicken wir zurück durch das Zeitfenster der Erinnerung, zurück auf unser reiches Leben, und ein Kreis schließt sich.«

Schwester Olga lächelt pauschal in die Runde.

Karlotta glotzt.

Suzanna glotzt.

Marlen, Frau Fitz, Frau Wimmer, Frau Sonne, sogar die Gräfin glotzt, aber nicht ins Leere wie sonst, sondern auf Schwester Olga.

Fassungslos.

Mir wird schlagartig klar, dass Schwester Olgas Idee für den heutigen Kreativworkshop gar nicht von ihr ist, sondern von jemand anderem. Vielleicht von der ehemaligen Gerontopädagogin. Schwester Olga hat die Gerontopädagogin angerufen heute Morgen und sich ein paar Tipps geholt. Vielleicht hat Schwester Olga aber auch Post bekommen, und in dem Kuvert war eine Informationsbroschüre von der Ministerin für Familie, Senioren, Frauen und Jugend.

Ressourcenorientierte Biographiearbeit in der Altenpflege – Ein Leitfaden.

Erzähl mal, Omi! Gedächtnistraining für Haus und Heim – Die kreativsten Methoden.

»Und weil unsere Erinnerungen so kostbar sind«, sagt Schwester Olga, »sollten wir sie mit anderen teilen. Jeder von uns sollte seine freudvollen und leidvollen Erinnerungen teilen, und deswegen werden wir uns heute gemeinsam auf eine spannende Reise in die Vergangenheit begeben. Wir werden einen Erinnerungskoffer packen.«

Schwester Olga bückt sich und hebt den Schuhkarton auf.

»Das«, sagt sie, »ist unser Erinnerungskoffer.«

Ich glotze auf den Karton mit den Herzen.

»Und das«, sagt sie und zeigt auf das Tablett, »sind unsere Erinnerungen.«

Ich glotze auf die Klorollen und die Joghurtbecher.

»Diese kleinen Gegenstände werden uns dabei helfen, unsere Erinnerungen zu aktivieren und ihnen eine Gestalt zu geben. Nehmen wir zum Beispiel«, Schwester Olga bückt sich und hebt einen grünen Stofffetzen auf, »diesen grünen Stofffetzen. Woran könnte er uns erinnern?«

Schweigen. Glotzen.

»Nur Mut! Nicht so schüchtern!« Schwester Olga wedelt mit dem Fetzen. »Woran könnte uns dieser kleine grüne Stofffetzen erinnern, hat irgendjemand eine Idee?«

Marlen hebt langsam die Hand, parallel dazu wandern ihre Augenbrauen nach oben. Ich glaube, sie hat gerade verstanden, worauf das Ganze hinauslaufen soll. Gefahr in Verzug, ich ziehe den Kopf ein.

»Frau Stauffenbach! Wie schön, dass Sie sich als Erste melden! Und woran erinnert Sie dieser kleine grüne Stofffetzen, Frau Stauffenbach?« Schwester Olgas mattes Lächeln ist jetzt gar nicht matt, es ist geradezu strahlend für ihre Verhältnisse.

Marlens Augenbrauen klettern das letzte Stück nach oben.

»Dieser grüne Stofffetzen«, sagt sie mit einer Stimme, die man als Kälteaggregat an eine Firma für Tiefkühlkost verkaufen könnte, »dieser kleine grüne Stofffetzen erinnert mich an einen kleinen grünen Stofffetzen.«

Schwester Olga lässt den Fetzen sinken, ihr Lächeln welkt in Sekundenbruchteilen dahin und wird wieder zu dem, was es normalerweise ist: eine schlaffe Lilienblüte. Jetzt fängt die Unterlippe zu zittern an, ich zähle einundzwanzig, zweiundzwanzig, gleich ist es so weit. Gleich wird die Blüte aus Schwester Olgas Gesicht fallen und aufs Tablett und nur noch eine Erinnerung sein. Schwester Olgas Erinnerung an ihr letztes, ihr allerletztes Lächeln in diesem Leben. Ich zähle dreiundzwanzig, vierundzwanzig, die Lippe zittert, die Blüte bebt, gleich wird sie weinen, die Schwester Olga, »eine Wiese«, sagt Frau Sonne leise. »Mich erinnert dieses Stück Stoff an eine grüne Wiese.«

Gerettet.

Schwester Olga lächelt Frau Sonne an, matt und dankbar.

»Eine Wiese. Wie schön. Und woran noch?«

»Ich weiß nicht«, sagt Frau Sonne leise. »An ein Picknick vielleicht? Wir haben das früher manchmal gemacht, im Sommer, mein Mann und ich.«

Marlen verdreht die Augen.

»Ein Picknick! Wie schön!« Schwester Olga strahlt jetzt wieder, also für ihre Verhältnisse. Sie klemmt den Schuhkarton unter den Arm und hebt das Tablett vom Boden auf. »Ich schlage vor, dass *Sie* den ersten Erinnerungskoffer packen, Frau Sonne.« Schwester Olga legt den Schuhkarton in Frau Sonnes Schoß, das Tablett mit den Erinnerungen stellt sie vor Frau Sonne auf den Boden. »Sie können gerne die Erinnerung an das Picknick in den Koffer packen und die Wiese hineinlegen und noch etwas, einen Korken zum Beispiel, und der wäre dann der

Picknickkorb. Sie können aber auch eine ganz andere Erinnerung nehmen, es gibt ja sicher sehr viele schöne Erinnerungen an Ihr Leben *vor* der RESIDENZ, und wir sind alle schon sehr gespannt, welche Erinnerung Sie mit uns teilen wollen!«

Schwester Olga geht zurück auf ihren Platz und setzt sich. Dann macht sie ein gespanntes Gesicht. Frau Fitz macht das gespannte Gesicht nach und dreht den Kopf zu Frau Wimmer, Frau Wimmer macht das gespannte Gesicht nach und gibt es weiter an Suzanna, Suzanna kichert, weil Frau Wimmer so ein blödes Gesicht macht.

»Frau Fitz! Frau Wimmer! Frau Otte!« Schwester Olgas Stimme ist eine Kombination aus streng und flehend. »Bitte jetzt *keine* Kontaktspiele! Wir wollen uns doch alle auf die Erinnerung konzentrieren, die Frau Sonne gleich mit uns teilen wird.«

Suzanna kichert und macht ein gespanntes Gesicht.

»Frau Otte! Bitte!«

Suzanna macht ein ernstes Gesicht, alle schweigen. Alle glotzen. Auf Frau Sonne. Sie hält den Schuhkarton mit beiden Händen fest, ihr Kopf ist gesenkt. Jetzt beugt sie den Oberkörper ein Stück vor und betrachtet das Zeug auf dem Tablett.

»Ich weiß nicht«, sagt sie leise, es klingt wie ein Rascheln. »Ich habe so viele ... so viele schöne Erinnerungen.«

»Nur Mut, Frau Sonne! Suchen Sie sich etwas aus!«

Frau Sonne beugt sich noch ein Stück weiter vor, sie streckt eine Hand aus, die Hand schwebt über dem Tablett, die Spannung steigt, was wird sie wohl nehmen?

Vielleicht die große Büroklammer?

Vielleicht den Kerzenstummel?

Der Kerzenstummel könnte Frau Sonne an einen schrecklichen Brand erinnern, den sie vor vielen Jahren erlebt hat. Menschen springen aus Fenstern und schlagen hart auf dem Asphalt auf, die Feuerwehr tut ihr Bestes, die ersten Schaulustigen haben sich versammelt. Sie stehen hinter der Absperrung, jetzt springt wieder jemand, ein Witzbold applaudiert.

Frauen in Flammen.

Die Feuerwehr kommt zu spät.

Frau Sonnes Hand schwebt über dem Tablett, ich zähle einundzwanzig, zweiundzwanzig, alle halten den Atem an, jetzt greift Frau Sonne endlich zu und nimmt die Schnullerkette vom Tablett.

Karlotta atmet enttäuscht aus. Marlen verdreht die Augen. Suzanna gähnt, Frau Fitz macht Suzanna nach, Frau Wimmer legt den Kopf auf den Müllsack und schließt die Augen, die Gräfin glotzt wieder ins Leere.

Na ja, sagen wir so: Wir haben das Beste gehofft und das Schlimmste erwartet, und wie immer im Leben haben wir *das* bekommen, was wir erwartet haben.

Schnullerkette.

Ich sinke auf meinem Klappstuhl zusammen und stelle mich auf das Schlimmste ein: auf irgendeine Altfrauenerinnerung an irgendein Kleinkind, vielleicht selbstgeboren vor langer Zeit, vielleicht nur das Kind von der Nachbarin oder von der Schwägerin, egal, auf jeden Fall wird es eine von diesen jämmerlichen Geschichten ohne Pointe sein, weil Kleinkinder nun mal keine Pointe haben.

Frau Sonne hebt die Schnullerkette in die Höhe, sie ist aus kleinen Plastikbienen gemacht, die Bienchen pendeln über dem Erinnerungskoffer.

»Schön«, sagt Frau Sonne leise und lächelt, »wirklich schön.«

»Und woran erinnert Sie dieser Gegenstand, Frau Sonne?« Schwester Olgas Stimme ist ganz weich.

»An meinen verstorbenen Mann. Er war Imker. Wir haben eine eigene Bienenzucht gehabt, früher. Sonnes Sommerhonig, so hat unser Honig geheißen. Einmal ist er sogar prämiert worden, vom Imkerbund, als bester Honig des Jahres. Es gibt ein Foto von der Preisverleihung, da überreicht der Präsident vom Imkerbund meinem Mann gerade die Goldene Wabe.«

Habe ich vorhin gesagt, dass Altfrauenerinnerungen an Kleinkinder das Schlimmste sind? Ich nehme das zurück.

»Eine wirklich schöne Erinnerung, Frau Sonne«, sagt Schwester Olga. »Wie wäre es, wenn Sie diese wirklich schöne Erinnerung in den Erinnerungskoffer packen?«

Frau Sonne überlegt, die Schnullerkette pendelt über dem Schuhkarton, dann sinkt sie langsam zurück aufs Tablett.

»Ich glaube, ich nehme lieber *das.*«

Frau Sonne nimmt eine Klorolle.

»Es erinnert mich an meine Hochzeit. Wir waren noch sehr jung damals, mein Mann und ich. Er hat vor Aufregung den Trauring fallen gelassen, mitten in der Zeremonie, und dann hat er sich bücken müssen und den Ring aufheben, und das war ihm sehr peinlich. Aber der Pfarrer hat geschmunzelt und gesagt, dass das nur gut ist, weil man gar nicht oft genug auf die Knie gehen kann vor der Frau seines Lebens. Alle haben lachen müssen in der Kirche, ein paar haben sogar applaudiert, es gibt sehr schöne Fotos davon. Lauter lachende Gesichter.«

»Und warum«, sagt Schwester Olga freundlich und ein wenig irritiert, »warum erinnert Sie die Klo… dieser besondere Gegenstand an Ihre Hochzeit?«

Frau Sonne lächelt.

Lockenwickler.

»Ich wollte damals unbedingt Locken haben zu meiner Hochzeit, und weil meine Haare so glatt sind, habe ich die ganze Nacht mit Lockenwicklern geschlafen. Sie sind mir aber verrutscht, ins Gesicht hinein, ich habe nichts gemerkt, und in der Früh war ich voller Abdrücke, vor allem hier«, Frau Sonne tippt auf ihre rechte Wange, genauer gesagt auf das Entenpflaster auf ihrer rechten Wange. »Die Abdrücke sind den ganzen Tag nicht weggegangen, mein Mann wollte unbedingt, dass der Fotograf ein Foto davon macht. Später haben wir das Foto oft gemeinsam angeschaut, mein Mann und ich, und er hat immer gelacht und gesagt, dass die Locken schon toll waren, aber dass ihm eine glatte Frau ohne Abdrücke dann doch lieber ist.«

Schwester Olga nickt und macht ein Nein-was-für-eine-reizende-Geschichte-Gesicht.

»Das ist eine sehr schöne Erinnerung, die Sie gerade mit uns geteilt haben, Frau Sonne, und ich schlage vor, dass Sie die Klo… die Erinnerung in den Erinnerungskoffer legen.«

Frau Sonne überlegt, dann legt sie die Klorolle vorsichtig zurück aufs Tablett und nimmt eine Streichholzschachtel.

»Ich glaube, ich nehme lieber *das*«, sagt sie, »es erinnert mich an …«

»Verdammt noch mal! Jetzt pack schon eine von deinen scheiß Erinnerungen in den scheiß Erinnerungskoffer!«

Karlotta ist der Geduldsfaden gerissen. Sie steht mit einem Ruck auf und schlurft im Turbotempo zu Frau Sonne. Sie reißt Frau Sonne die Streichholzschachtel aus der Hand, sie hält Frau Sonne die Streichholzschachtel unter die Nase, sie faucht: »Das! Woran erinnert dich das?«

Frau Sonne starrt mit angstgeweiteten Augen auf die Streichholzschachtel.

»Bitte …«, flüstert sie.

»Woran erinnert dich das?«

»Bitte … bitte nicht …«

»Frau Könick! Gehen Sie sofort zurück auf Ihren Platz! Sofort! Bitte!«

Karlotta ignoriert Schwester Olgas Befehl, der wieder mehr wie ein Flehen klingt. Sie hält die Streichholzschachtel noch dichter an Frau Sonnes Gesicht.

»Du willst mir also nicht sagen, woran dich das erinnert?

Na gut, dann sag *ich* es dir: Es erinnert dich an alles. An alles, was jemals schön war in deinem Leben oder halbwegs erfreulich, und das ist nicht viel, weil du nämlich ein *Opfer* bist. Weil du dir von jedem x-beliebigen Arsch in den Arsch treten lässt oder ins Gesicht schlagen. Weil du dich jahrzehntelang mit einem Imker abgegeben hast, der glatte Frauen ohne Abdrücke gut findet, und jetzt ist er tot, der Imker, zum Glück, aber dafür gibt es solche Kotzbrocken wie Schwochow, die dir in die Wange zwicken, oder solche Scheißweiber wie die Schnalke, die dir das Leben zur Hölle machen, und du wehrst dich nicht. Du wehrst dich *nie,* nicht einmal gegen einen verfetteten alten Kater, der dir jede verdammte Nacht deine verdammte«, Karlotta schlägt mit der Streichholzschachtel hart auf Frau Sonnes Nase, genauer gesagt auf das Mickymauspflaster über der Nase, »deine verdammte Nase halb abfrisst. Und deswegen passen alle halbwegs erfreulichen Erinnerungen deines Lebens in *diese*« Schlag auf die Nase »Streichholzschachtel, und das heißt, *diese*« Schlag »Streichholzschachtel erinnert dich an das beschissene Fotoalbum, das du immer mit dir herumschleppst, du Opfer! Und jetzt packen wir dein beschissenes Album in den Erinnerungskoffer, und dann ist verfickt noch mal Ruhe im Karton!«

Karlotta schleudert die Streichholzschachtel in den Karton.

Es ist 17:31.

16

Knack. 17:37.

Wir sind allein im Kreativraum. Karlotta, Suzanna, Marlen und ich.

Wir schweigen.

Es ist vorbei.

Der Kreativworkshop ist für heute vorbei, Schwester Olga hat ihn abgebrochen und die weinende Frau Sonne auf ihr Zimmer gebracht. Zu den anderen hat Schwester Olga gesagt, dass sie auch auf ihre Zimmer gehen sollen, um sich ein bisschen zu erholen von dem schrecklichen Vorfall.

Schrecklicher Vorfall.

So hat sie es genannt, und ich will gar nicht wissen, was Schwester Olga später in ihren Workshopbericht schreiben wird, vor allem über Karlotta.

»Fr. Könick hat sich heute sehr ungebührlich verhalten und schwer gegen Art. 18 der Heimordnung verstoßen, wonach die Bewohnerinnen und Bewohner der RESIDENZ stets rücksichtsvoll miteinander umzugehen haben. Das Verhalten von Fr. Könick war nicht nur sehr ungebührlich, sondern auch sehr ungewöhnlich. Äußerst ungewöhnlich für eine Frau, die vorgibt, alt und gebrechlich zu sein. Unter Berücksichtigung der Tatsache, dass Fr. Könick bei der gesetzlichen Krankenkasse einen Antrag auf Pflegestufe zwei gestellt hat, empfiehlt sich eine schonungslose Überprüfung der tatsächlichen Bedürftigkeit von Fr. Könick. Es besteht Simulationsverdacht.«

Nun ja, das war's dann, nicht wahr. Aus der Traum vom ewigen Urlaub. Der Krieg ist vorbei, die Operation Hinterland ist gescheitert, und wer ist schuld? General Könick höchstpersönlich.

Bravo, mein Führer.

»Blödsinn«, sagt Karlotta und schlägt den Kragen ihrer Armeejacke hoch. »Schwester Olga wird gar nichts schreiben in ihren Bericht. Schwester Olga schreibt solche Sachen nicht, dazu ist sie viel zu nett. Und Verdacht wird sie auch keinen schöpfen, dazu ist sie viel zu ...« Karlotta sucht nach dem richtigen Wort, Marlen sagt: »Durchgeknallt! Du bist ja total durchgeknallt, Karlotta, du verdammter Kampfzwerg!

Beherrschung!

Disziplin!

Tod vor Schande!

Schon mal was davon gehört?«

»Mein Spezialgebiet«, murmelt Karlotta grimmig.

»Ja! Klar! Spezialgebiet! Hat man ja gesehen grade eben!«

Mein Gott, ist Marlen sauer. Alles voller Ausrufezeichen.

»Wir simulieren uns hier seit acht Tagen den Arsch ab, und *du* setzt alles aufs Spiel! Noch dazu so kurz vorm Ziel! Heute ist der letzte Tag, morgen Vormittag kommt der MDK, wir müssen nur noch *eine* Nacht und *ein* Frühstück durchhalten, und was macht Karlotta Könick, genannt Killerkönick? Sie macht einen auf *Ich bin so, wie ich bin!*«

Marlen ist aber sowas von sauer.

»Wenn Schwester Olga auch nur den leisesten Verdacht schöpft, dann können wir uns den staatlich subventionierten Urlaub sonst wohin stecken! Die Nummer mit Frau Wimmer vor ein paar Tagen von wegen scheiß Psychotussi und so, *die* war ja schon grenzwertig, aber heute hast du dich selbst übertroffen!«

»Unsinn«, grummelt Karlotta. »War doch nicht so schlimm.«

»Nicht so schlimm? Total daneben! Total unglaubwürdig! Oder hast *du* schon einmal von einer alten Frau gehört, die einer anderen alten Frau auf die Nase schlägt und *Du Opfer* zu ihr sagt? *Verdammt, verfickt, beschissen?*«

»Streichholzschachtel«, grummelt Karlotta, »tut nicht weh.«

»Ach was, hör doch auf!« Marlen macht eine wegwerfende Handbewegung. »Du hast es verschissen. Du hast alles gemacht, was alte Frauen nie tun, oder wie seht ihr das?«

Blick auf Suzanna, Blick auf mich.

Suzanna nickt, ich nicke.

»Du warst viel zu laut für eine alte Frau«, sagt Suzanna.

»Du warst viel zu grob für eine alte Frau«, sage ich.

Zu wütend.

Zu wild.

Zu wüst.

Pause.

Marlen sieht Karlotta streng an, dann verzieht sie ihr Gesicht zu einem Grinsen.

»Du warst *gut,* Karlotta«, sagt sie.

Suzanna nickt und grinst. »Verdammt gut.«

Ich nicke und grinse. »Verfickt gut.«

Karlotta sagt nichts. Sie macht ein erleichtertes Gesicht, dann macht sie das Zeichen, V wie Victory.

Verarsche.

Das war nur eine kleine Verarsche gerade eben, und Karlotta ist reingefallen. Schwester Olga wird natürlich kein Wort in ihren Bericht schreiben, dazu ist sie viel zu nett, und was den Verdacht betrifft: viel zu arglos, die Schwester Olga.

Knack. 17:40.

Noch zwanzig Minuten bis zum Abendessen, in fünf Minuten wird Beethovens Neunte aus den Lautsprechern kommen, vierter Satz, Ode an die Freude, dann müssen wir los.

»Und was machen wir bis dahin?«, sagt Suzanna.

»Rauchen«, sage ich und ziehe die Zigarettenschachtel aus meiner Hosentasche. »Höchste Zeit, schon mal ein bisschen zu üben für die Zeit *nach* dem MDK, wenn wir aus der Stillhaltephase als gebrechliche alte Frauen in die psychomotorische Aktivitätsphase als privilegierte Ehrengäste der RESIDENZ übergehen und es *mein* ganz individuelles Privileg sein wird, hier in diesem scheiß Altenheim alles, wirklich alles mit diesem«, ich halte die Schachtel hoch, »köstlichen Gift zu verpesten.«

Alle grinsen.

»Karlotta, meine Liebe«, sage ich und zeige auf den Erinnerungskoffer, der auf dem Boden steht, »würdest du mir mit den gesammelten Erinnerungen von Frau Sonne Feuer geben?«

»Aber gerne, meine Liebe.« Karlotta steht auf und nimmt die Streichholzschachtel aus dem Karton. Sie gibt mir Feuer, ich inhaliere tief.

»Und wisst ihr was«, sage ich und blase Rauch aus, »wisst ihr, was unsere erste kreative Tat sein wird, wenn unsere Aktivitätsphase einmal begonnen hat?« Ich ziehe an der Zigarette, ich inhaliere tief, alle sehen mich erwartungsvoll an. »Wir schlachten Attila!« Gift schießt aus meinem Mund.

»Oh ja! *Klatschklatsch.* Attila schlachten! Aber langsam! Bittebitte langsam!«

»Sehr gerne, Suzanna, meine Liebe.« Gift quillt aus meiner Nase. »Wir werden Attila so langsam zu Tode quälen wie *er* den Maushasen Fips, und ich erkläre mich gerne bereit, mit diesen«, ich reiße den Mund weit auf und zeige Suzanna meine braungelben Zähne, »Wäh!«, kichert sie, »mit diesen astreinen Beißwerkzeugen, die alle echt sind, Attilas Körper zu verstümmeln. Ich werde ihm blutige Löcher in seinen fetten Wanst beißen, dann werde ich ihm das rechte Ohr abfetzen, und wenn ich so lange an seinem linken gezerrt habe, bis es nur noch an einem dünnen Faden hängt, dann kommt der Höhepunkt: Dann beiße ich ihm ein Auge aus, so wie er es heute mit Fips getan hat.«

Marlen richtet sich kerzengerade auf. »Was?«, sagt sie scharf. »Was hat Attila heute gemacht?«

Ich blase Rauch aus. »Er hat Fips ein Auge ausgebissen. Dann hat er es vor mir auf den Boden gespuckt, der Bastard. Ich war gerade auf dem Klo, und es ist ein herrlicher Gedanke, dass ich bald nie mehr wie ein verdammter Gymnasiast heimlich auf dem Klo …«

»Wohin?«, sagt Marlen.

»Wie wohin?«, sage ich.

»Wohin hat er das Auge gespuckt?«

Karlotta und Suzanna wechseln irritierte Blicke. Was ist nur plötzlich los mit Marlen?

»Keine Ahnung«, sage ich. »Er hat mich angestarrt, dann hat er einen Buckel gemacht und seinen Schädel nach vorne gebeugt, bis das Riesending dicht über dem Boden gependelt ist wie eine Glocke. Dann hat es *plopp* gemacht, und etwas rundes Blaues ist aus dem Maul gefallen. Das Auge von Fips eben.«

»In die Mitte oder nach rechts?«

»Hä?«

»Ist das Auge in die Mitte gefallen oder nach rechts?«

»Mein Gott, Marlen! Ich habe keine Ahnung, wohin es gefallen ist. Es ist auf den Boden gefallen, und aus!«

Marlen schnellt von ihrem Klappstuhl hoch, sie schießt auf mich zu, ich ducke mich wie jemand, auf den ein Pfeil zugeschossen kommt, kurz vor mir bremst sie ab und krallt sich den Klappstuhl neben mir. Sie zerrt ihn unter ihren mageren Hintern, der Klappstuhl winselt, sie reißt mir die Zigarette aus der Hand und wirft sie auf den Boden.

»He!«, sage ich.

Marlen rückt dicht an mich heran, ganz dicht, sie starrt mir in die Augen. Ihre Pupillen, denke ich, sie müssten rund sein, aber sie sind es nicht.

Schwarze Schlitze.

»Almut«, sagt sie leise, »denk nach, es ist wichtig. Ist das Auge in die Mitte gefallen oder nach rechts?«

Braune Schlieren ziehen sich über Marlens Netzhaut, aber das ist nur das Licht, denke ich, nichts weiter. Nur eine Reflexion.

»Aber warum ist das wichtig?«, sage ich.

»Weil es ein Zeichen ist. Attila hat dir ein Zeichen gegeben. Dir, nicht mir, aber nur *ich* weiß, was es bedeutet. Es geht um unsere Zukunft, Almut, und deswegen *musst* du dich jetzt erinnern.«

»Und was wäre, wenn das Auge in die Mitte gefallen ist? Was würde das für unsere Zukunft bedeuten?«

»Dann«, sagt Marlen, »kommt alles ins Lot.«

»Und nach rechts?«

»Dann kommt der Tod.«

Ich starre Marlen an. Jetzt sind ihre Pupillen wieder rund, und die Reflexionen sind auch weg, ich kann es nicht glauben.

Die will mich wohl verarschen.

Mitte Lot, rechts Tod. Und was ist mit links? Kommt dann ein Despot?

Ein Pilot?

Ein Idiot?

Ich grinse und sage: »Sehr witzig, Marlen, wirklich witzig. Selten so gelacht von wegen im Reim liegt die Wahrheit, aber jetzt ist Schluss mit der Verarsche. Du hast deinen Spaß gehabt, und wenn du wissen willst, wohin das blöde Auge gefallen ist, dann frag doch Attila. *Der* muss es ja wissen, weil *der* weiß doch alles. *Ich* kann mich auf jeden Fall nicht erinnern.«

Marlen lehnt sich langsam zurück. Gleich wird sie auch grinsen und sagen: Ich war gut, Almut, nicht wahr? Für einen Moment hast du's geglaubt.

Verdammt gut, werde ich sagen, und dass wir uns jetzt langsam auf den Weg machen sollten zum Abendessen.

»Jaja«, sagt Marlen.

Sie lehnt lässig da und betrachtet mich. Kalte Stimme.

»Jaja, so ist sie, unsere Almut: ein bisschen vergesslich, und das war sie schon immer. Dinge geschehen, *wichtige* Dinge, sie entscheiden über Leben und Tod, aber unsere Almut ist nicht so recht bei der Sache. Unsere Almut ist ein wenig unaufmerksam, ein wenig achtlos. Sie steckt sich eine Zigarette an und verschläft alles. Den Moment der Entscheidung, den Augenblick der Rettung. Die Milch brennt an, die Welt geht unter, der Tod betritt den Raum, und unsere Almut schläft.

Tief.

Traumlos.

Sie treibt selig in einem Meer aus Deltawellen, und währenddessen geht der Tod durchs Zimmer und nimmt alles mit. Alles, was einen Namen hat und atmet, nur unsere Almut nicht. Sie schläft so tief, sie schläft so gut, sogar der Tod will sie nicht wecken.

Aber dann: das Erwachen. Aber dann: das Entsetzen. Blank wie Eis, der Herrgott fährt Schlittschuh darauf, er liebt die Sünder im neunten Kreis, es fährt sich so gut auf ihrer Schuld. Ein Feigling würde sich töten, weil er mit der Schuld nicht leben will, aber unsere mutige Almut wählt den härteren Weg: Sie bleibt am Leben und vergisst alles.«

Was redet die da?

Marlen steht auf und nickt Suzanna zu, dann Karlotta.

»Es ist so weit«, sagt sie.

Suzanna steht ächzend auf. Sie watschelt zu dem Tablett mit den Erinnerungen, das auf dem Boden neben dem Erinnerungskoffer steht. Sie beugt sich ächzend nach unten und hebt den Koffer auf, dann das Tablett. Sie watschelt zurück zu Karlotta, die auch aufgestanden ist. Suzanna gibt ihr das Tablett, Karlotta nickt. *Watschelwatschel,* hin zu Marlen. Marlen nickt, Suzanna gibt ihr den Koffer.

Was machen die da?

Was macht ihr da?

Denke ich und öffne fragend den Mund, aber es kommt nichts heraus. Und so ist das im Leben: Plötzlich sind die Menschen, die du schon seit Jahren oder Jahrzehnten kennst, sehr seltsam. Sie haben Raubtieraugen und sagen Sachen wie *Es ist so weit,* und dann nicken sie sich verschwörerisch zu, und du bist der Einzige, der das alles nicht versteht.

Du gehörst plötzlich nicht mehr dazu.

Aber du fragst nicht.

Sie nehmen vor mir Aufstellung, Suzanna in der Mitte, die Arme vor der massigen Brust verschränkt, links von ihr Karlotta mit dem Tablett, rechts von ihr Marlen mit dem Erinnerungskoffer.

Du fragst nicht, weil du es gar nicht wissen willst.

»Urlaub 1983«, sagt Marlen. »Unser letzter gemeinsamer Urlaub, vor vierzig Jahren. Wir packen einen Erinnerungskoffer.«

Du fragst nicht, weil du hoffst, dass es dir keiner sagt.

»Ein Sommerabend, Terrasse mit Meerblick. Das Gasthaus heißt Ristorante del Golfo, wir sind in Neapel.«

Suzanna löst ihre Arme aus der Verschränkung und nimmt einen blauen Stofffetzen vom Tablett. Sie hebt den Fetzen in die Höhe, sie sagt:

»Das Meer.«

Sie legt das Meer in den Erinnerungskoffer.

»Wir sitzen auf der Terrasse und trinken Schnaps. Davor war es Cognac, vor dem Cognac war es Wein. Ab und zu ein Espresso.«

Marlens Stimme ist jetzt nicht mehr kalt, sondern gar nichts. Sie ist so ausdruckslos wie ihr Gesicht.

»Wir sind jung, wir sind laut. Gelächter, schlechte Witze, wieder Gelächter. Der Kellner bringt Nachschub, er hat ein bisschen Angst vor diesen vier jungen Frauen und ihrer guten Laune.«

Suzanna nimmt die silberne Luftschlange vom Tablett. Sie hebt die Luftschlange in die Höhe und sagt:

»Unsere gute Laune.«

Sie bläst hinein, die Luftschlange entrollt sich funkelnd in den Erinnerungskoffer.

»Die Sonne geht unter, wir trinken. Das Restaurant schließt, wir kaufen noch eine Flasche Grappa, dann setzen wir uns in den VW Käfer Cabriolet, mit dem wir mehr als tausend Kilometer nach Neapel gefahren sind. Es gibt ein Foto von ihm und uns, aufgenommen an einer Tankstelle auf der Höhe von Mailand: drei von uns im Käfer, eine hinter der Kamera. Sofortbildkamera, Polaroid. Das Foto gibt es genau *ein*mal, hinten auf dem Foto steht: Urlaub 1983. Jetzt liegt es im Handschuhfach und fährt mit uns durch Neapel.

Neapel bei Nacht.

Die Hitze, der Lärm, überall Lichter und Augen, herrliche Stadt.

Wir fahren mit offenem Verdeck, aus dem Autoradio mit Kassettenrekorder dröhnt Madonna, ihr erstes Album, maximale Lautstärke, wir sind voll abgefahren auf Madonna damals, wir singen mit.«

Suzanna nimmt das Spielzeugauto vom Tablett und legt es in den Erinnerungskoffer.

»Gegen vier parken wir vor einem Hotel. Der Mann an der Rezeption erklärt uns schlaftrunken und in schlechtem Englisch, dass er nur noch ein Einzelzimmer frei hat. Wir nehmen das Zimmer, es gibt nur *ein* Bett, drei müssen auf dem Boden schlafen. Der Mann gibt uns Decken. Im Zimmer setzen wir uns auf den Boden und spielen Flaschendrehen.

Wir spielen um das Bett.

Die leere Grappaflasche rotiert, sie wird langsamer, der Flaschenhals zeigt auf …«

Suzanna nimmt den verkeimten braunen Zahnputzbecher vom Tablett und sagt:

»Almut.«

Der Becher wandert in den Erinnerungskoffer, Marlen sieht mich ausdruckslos an. »Das große Los, Almut. Du hast damals das große Los gezogen und im Bett geschlafen.«

Suzanna nimmt drei Korken.

»Wir drei«, sagt Marlen, »haben uns auf den Boden gelegt.«

Die Korken wandern in den Erinnerungskoffer.

Suzanna sagt: »Ich schlafe sofort ein. Ich war noch nie in meinem Leben so betrunken, und ich werde es nie wieder sein.«

Karlotta sagt: »Ich schlafe sofort ein. Ich war noch nie so betrunken, ich werde es nie wieder sein.«

Marlen sagt: »Wir schlafen alle drei, stockbesoffen, *du* nicht. Du liegst im Bett, du rauchst noch eine Zigarette, die letzte für heute, die letzte vorm Einschlafen. Du hörst noch ein letztes Mal Madonna, der Walkman liegt neben dir auf dem Nachttisch, aus den Kopfhörern kommt deine Lieblingsnummer.«

Suzanna räuspert sich und fängt leise zu singen an.

If we took a holiday
Took some time to celebrate
Just one day out of life
It would be, it would be so nice.

Marlen kommt langsam auf mich zu, ein Pfeil in Zeitlupe. Ich ducke mich nicht, ich sage nichts, ich frage nichts.

Es ist so weit. Denke ich, der Satz pendelt in meinem Kopf hin und her wie eine große alte Glocke, *dingdong*.

»Steck dir eine Zigarette an, Almut«, sagt Marlen.

Ich greife langsam in meine Hosentasche *You can turn this world around* ich ziehe die Schachtel heraus, dann das Feuerzeug *And bring back all of those happy days* ich ziehe eine Zigarette aus der Schachtel *Put your troubles down* ich zünde die Zigarette an und inhaliere tief *It's time to celebrate.*

»Jetzt leg die Zigarette in den Erinnerungskoffer«, sagt Marlen und hält mir den Karton hin. Ich betrachte für einen Moment die Sachen im Karton.

Das Spielzeugauto.

Den Zahnputzbecher.

Den Stofffetzen.

Die Luftschlange.

Die Korken.

Ich lege die Zigarette in den Koffer.

»Und jetzt«, sagt Marlen, »jetzt warten wir, was passiert.«

Wir warten.

Er vor allem.

Darauf, was ich als Nächstes sagen werde. Die Augen hinter seiner randlosen Brille sind riesengroß, zwei Scheiben mit Löchern in der Mitte. Ich senke den Kopf und betrachte den überquellenden Aschenbecher auf dem Tisch, dann Doktor Klupps Hände. Er hat sie gefaltet, die Fingerknöchel treten weiß hervor.

»Und?«, sagt er lauernd. »Was ist passiert?«

»Feuer«, sage ich. »Die Zigarette hat alles in Brand gesteckt. Zuerst die Luftschlange, dann den Stofffetzen. Das Meer ist verbrannt, die gute Laune ist verbrannt. Dann haben die drei Korken angefangen zu glühen, ich weiß nicht, welcher als Erstes. Vielleicht war es Suzanna, weil sie die längsten Haare hatte damals. Herrliches cognacfarbenes Haar weit über die Schultern. Haare brennen am schnellsten, dann kommt die Haut, dann das Fleisch unter der Haut, ich habe nichts gemerkt. Madonna hat gesungen, ich habe geschlafen. Ich war stockbesoffen. Die Zigarette muss mir aus der Hand gefallen sein und auf den Boden, wahrscheinlich habe ich den Arm aus dem Bett hängen lassen, und da ist die Zigarette auf den Boden gefallen und hat alles in Brand gesteckt.

Geschmolzenes Plastik.

Ich bin von dem Geruch aufgewacht, glaube ich, vielleicht war es aber auch die Hitze oder der Lärm. Feuer ist sehr laut, wenn man mittendrin ist. Es knistert und knirscht, es tobt. Aber ich glaube trotzdem, dass es der Geruch war, der mich geweckt hat.

Verbranntes Holz, verbrannter Stoff. Haar, Fleisch, Plastik.

Der Walkman neben mir auf dem Nachttisch hat noch nicht gebrannt, nicht richtig, aber die ersten Flammen waren schon da. Sie haben sich vom Boden hinaufgearbeitet und sind über das Plastik geglitten.

Das Bett hat mich gerettet. Es war wie eine Insel im brennenden Meer.

Ich wache auf, meine Augen öffnen sich, *ratsch,* ich springe von der Insel in die Flammen, ich renne durchs Zimmer zur Tür, alles ist rot vor meinen Augen, ich reiße die Tür auf, ich stürze hinaus auf den Gang und weiter die Treppen hinunter, und das ist schon komisch, wissen Sie. Draußen vor dem Hotel, das war schon komisch, als ich es bemerkt habe.«

Ich greife nach der Zigarettenschachtel, ich zünde mir eine Zigarette an und betrachte Doktor Klupps Hände. Sie sind jetzt nicht mehr gefaltet zum stummen Gebet an einen tauben Gott. Ganz entspannt liegen sie auf dem Tisch, zwei parkende Segelflieger, zwei schöne weiße Vögel.

»Was«, sagt er leise, »was war komisch, Frau Block?«

»Das mit Madonna.« Ich ziehe an der Zigarette. »Ich habe sie mitgenommen. Ich habe den Walkman mitgenommen, und das ist schon komisch, weil das macht ja keiner, der um sein Leben rennt, nicht wahr?«

Ich atme Rauch aus.

»Draußen vor dem Hotel war die Hölle los. Leute in Schlafanzügen und Nachthemden, ein paar haben ihre Koffer dabeigehabt, Geschrei nach der Feuerwehr in allen möglichen Sprachen, dabei hat noch gar nichts gebrannt außer unser Zimmer. Das Fenster war wie ein rotes Auge, es hat mich angeglotzt, und zuerst war da nichts. Kein Gefühl. Nichts. Und dann habe ich es bemerkt.

Den heißen Schmerz in meiner Hand.

Den Walkman in meiner Hand.

Ich weiß nicht, was ich damit retten wollte. Vielleicht mein Lieblingslied, vielleicht nur zwei Zeilen aus dem Lied.

You can turn this world around

And bring back all of those happy days.«

Doktor Klupp nickt. Kein Ja-so-ist-es-Nicken, sondern ein aufforderndes Nicken: Ja, gehen Sie bis zum Letzten, Frau Block. Sagen Sie das, was noch zu sagen ist. Sprechen Sie es aus.

»Wenn es wahr ist«, sage ich, »wenn meine Erinnerung wahr ist und alle verbrannt sind damals, alle drei, dann habe ich sie nie wiedergesehen. Dann ist die ganze Sache mit der Operation Hinterland und dem gemeinsamen Urlaub in der RESIDENZ unwahr. Eine Lüge. Erfindung. Dann sind wir nicht zu viert, sondern ich bin ganz allein.«

Doktor Klupp nickt.

Ja, so ist es.

SECHS

1

Ich hätte es mit einer Kontaktanzeige versuchen können, keine Frage. Machen viele Leute, wenn sie ganz allein sind, Leute wie ich.

Sie gehen in Rente, und da wird ihnen plötzlich klar, dass sie ohne Arbeitskollegen ganz allein sind. Kein Lebensabschnittspartner, keine Kinder, keine Verwandten, und das ist nicht weiter schlimm, aber es gibt auch keine Freunde, und das ist bitter.

Wirklich bitter.

Also setzen sich diese Leute hin und schreiben eine Kontaktanzeige.

Attraktiver Single im Herbst des Lebens sucht Gleichgesinnte(n) für goldene Zeiten.

Lebenslustige spontane Sie mit Reife und Charme sucht Gleichgesinnte(n) für freundschaftliche Beziehung.

Keine schlechte Idee, hätte ich auch machen können.

Frau mit Rentenschock und echten Zähnen sucht Gleichgesinnte(n). Bin Kettenraucherin und depressiv. Leide seit vierzig Jahren unter einer schweren Schlafstörung. Hobby: Gewaltphantasien. Zuschriften unter …

Das ist der altmodische Weg, der zeitgemäße läuft über Kontaktbörsen im Internet, und das hätte ich natürlich auch machen können, keine Frage.

seniorentreff.com

feierabend.org

Nette Menschen kennenlernen, erst im Chat, dann in echt,

dann schöne Sachen machen. Der eine oder andere Ausflug ins Grüne, Nordic Walking, jeden Dienstag ein Vortrag an der Volkshochschule, zum Beispiel über Verhaltensforschung.

Für Leute wie mich, die das mit den Kontaktbörsen lieber lassen, weil sie nicht so gerne schöne Sachen machen, für solche Leute gibt es dann noch das Tierheim oder den Floristen.

Hol dir einen Hund.

Kauf dir eine Pflanze.

Der Hund ist gratis, aber sozial gestört, weil er misshandelt wurde.

Die Pflanze kostet, aber sie beißt nicht.

Überleg es dir gut.

Für mich ist sogar dieser dritte und letzte Weg heraus aus der Einsamkeit weggefallen, weil ich Hunde scheiße finde, wenn Sie verstehen, was ich meine, und das mit der Pflanze, nun ja.

Gummipalmen sind nicht so mein Ding, aber es soll sehr schöne Farne geben. Sie wachsen irgendwo in Neuseeland und produzieren Blausäure, wenn du sie berührst. Deine Haut schlägt Blasen, dann frisst sich das Gift durchs Gewebe und tief hinein in alles, was du da drinnen so mit dir herumträgst.

Lunge.

Herz.

Du streichelst deinem letzten Lebensabschnittspartner zärtlich über die Blätter, und ein paar Minuten später stirbst du an multiplem Organversagen.

Wäre eine Möglichkeit gewesen für mich, so ein neuseeländischer Farn, aber wissen Sie was: Ich wäre nicht glücklich geworden mit ihm.

Weil er nicht kichert wie Suzanna.

Weil er nicht grinst wie Marlen.

Weil er nicht das Zeichen macht wie Karlotta.

V wie Victory, wir waren unschlagbar, wir vier, und man kann ja vieles sagen über die Freundschaft, zum Beispiel, dass sie schwer zu definieren ist und etwas mit Freundlichkeit zu tun hat, also vom Wort her, und in der Sache geht es um Sympathie und Wertschätzung, und das mag ja alles sein, aber bei uns war das nicht so.

Wir waren uns nie besonders sympathisch, keine der anderen, und freundlich waren wir auch nicht miteinander, aber es hat Spaß gemacht.

Mein Gott, hat das immer Spaß gemacht.

Nach dem Brand damals bin ich ein paarmal zum Arzt gegangen wegen der Schlaflosigkeit. Zu vielen Ärzten, um genau zu sein, und sicher ein paar Jahre lang, ich will das ja jetzt nicht kleinreden hier, ich will ganz ehrlich sein, es war eine schlimme Zeit.

Und ich habe immer gesagt, dass ich es nicht weiß.

Ich weiß nicht, warum ich nicht schlafen kann, Herr Doktor, habe ich immer gesagt und mir Schlaftabletten verschreiben lassen, die dann nichts genützt haben.

Tabletten gegen die Depression.

Gegen den Schmerz.

Ich weiß es nicht, Herr Doktor, ich weiß es nicht.

Wenn du etwas oft genug sagst, dann glaubst du es irgendwann selbst.

Verdrängung?

Von mir aus.

Sie können das nennen, wie Sie wollen, von mir aus auch Verdrängung, auf jeden Fall habe ich die ganze Sache vergessen nach dem zweiten Jahr ohne Schlaf oder dem dritten, ich weiß nicht mehr wann, ich weiß nur, dass es eine Erleichterung war.

Keine Weinkrämpfe mehr mitten bei der Arbeit, keine Wutausbrüche oder hysterischen Anfälle, und vor allem keine Panikattacken. In Hotels, im Einzelzimmer. Beim Anblick einer Flasche Grappa.

Es hat sich alles beruhigt, irgendwann, weil ich alles vergessen habe. Nur das mit dem Schlafen ist nicht besser geworden, und jetzt ist mir auch klar, warum.

Suzanna, Karlotta, Marlen – sie sind alle drei gestorben damals, aber sie haben mich nie verlassen. Treue Gefährtinnen über den Tod hinaus, und *das* sieht ihnen ähnlich, den Nervensägen.

Können einfach keine Ruhe geben!

Drei verkohlte Leichen, niedergebrannt bis auf das Skelett und die Zähne, jeder normale Mensch in diesem Zustand würde sagen: Nun gut, es ist vorbei, Schwamm drüber, ich bin tot.

Und was machen meine besten Freundinnen?

Sie geben nicht auf.

Weitermachen, heißt die Devise, V wie Victory.

Und weil das nicht geht als Leichen, nisten sie sich in *meinem* Leben ein, die untoten Parasiten, und fressen mir den Schlaf weg, vierzig Jahre lang. Machen mich zu ihrer Speisekammer, plündern mich jede Nacht, damit sie nicht verhungern, bis es so weit ist. Bis der Tag für den letzten, den allerletzten Spaß gekommen ist.

Das sieht ihnen ähnlich!

Und es sieht *mir* ähnlich, dass ich mitgemacht habe. Schließlich bin ich in unserem Bund die Vierte, wie der Dichter sagt. Außerdem: Besser Spaß mit den Toten haben als gar keinen.

Und jetzt zum Mitschreiben für alle, die keine netten Menschen mögen und Hunde scheiße finden:

Wenn du einmal alt bist und einsam, wenn du niemanden mehr hast, dann schalt den Anrufbeantworter in deinem Kopf ein. Es wird *piep* machen, und jemand wird dir eine Nachricht hinterlassen.

Almut, Karlotta hier. Mir ist langweilig. Ruf mich an, aber zackig! Nummer wie gehabt. Klack.

Tote können nicht telefonieren?

Sagen wir so: Wenn Tote Hunger haben können und essen,

wenn sie dich jahrzehntelang nerven können, warum sollen sie dann nicht auch telefonieren können? Dich treffen? Schnaps mit dir trinken, Pläne schmieden, dich überall hinbegleiten, sogar ins Altenheim, und du bist nie, *nie* allein?

Verrückt?

Von mir aus.

Schizophren?

Mag sein.

Halluzinatorische Wahnerkrankung mit kommentierenden und dialogisierenden inneren Stimmen infolge chronischer Asomnie als Symptom einer chronifizierten posttraumatischen Belastungsstörung?

Klingt gut! Und es war eine gute Zeit, die Zeit mit Karlotta, Suzanna und Marlen, von der ich Ihnen erzählt habe. Das Wiedersehen im Café, das erste Besäufnis nach so vielen Jahren, der Kellner damals hat wahrscheinlich gedacht, dass ich total plemplem bin, und war deswegen so ängstlich. Sieht man ja auch selten, eine alte Frau ganz allein in einer Kneipe, noch dazu eine, die ständig stumm die Lippen bewegt und für vier säuft, und heute würde ich sagen, er hat recht gehabt, der Kellner, aber damals nicht. Damals war ich nämlich nicht allein, ich war zu viert, und das war gut so.

Allein hätte ich es nie geschafft.

Ich wäre nie auf die Idee gekommen, mir ein nettes Altenheim zu suchen und die gesetzliche Krankenkasse zu bescheißen. *Ich* habe solche Ideen nicht, die hat nur Karlotta. Oder die Sache mit den Vitamintabletten und dass es gar keine sind. *Ich* weiß sowas gar nicht, das weiß nur Suzanna. Und dann die Sache mit Attila natürlich, *die* vor allem. Marlens Vorahnung. Das Zeichen, auf das sie gewartet hat.

Mitte Lot. Rechts Tod.

Ich hätte nie gedacht, dass die Ministerin für Familie, Senioren, Frauen und Jugend etwas anderes sein könnte als jung und dumm, zum Beispiel jung, dumm und gefährlich. Und wen interessiert schon die Pressekonferenz einer Ministerin für Familie, Senioren, Frauen und Jugend? Ist ja nicht die Ministerin für Finanzen, ist ja nicht die Ministerin für Wirtschaft und Technologie, denkt ja keiner daran, dass bei einem so läppischen Ministerium irgendeine anständige Pressekonferenz stattfinden könnte, in der ein wirklich bedeutsames Projekt vorgestellt wird.

Nur Marlen hat daran gedacht. Sie hat es *gespürt,* die alte Hexe, und die Legende sagt, dass Hexen keine Gefühle haben und keine Gedanken, weil sie etwas Drittes haben, und das ist Gefühl und Gedanke zugleich. Es entsteht nicht im Kopf und auch nicht im Herzen, sondern weiter unten, die Legende macht da keine genauen Angaben, aber hin und wieder ist von der Gebärmutter die Rede. Dort entsteht es, dann klettert es nach oben, von den Lenden über das Brustbein bis zum Schädelknochen, ein rattenartiges Tier. Ganz oben verwandelt es sich und schlüpft als kluges Wort aus dem Mund ins Freie.

Ich hätte auf Marlen hören sollen. Es geht um unsere Zukunft, Almut, hat sie zu mir gesagt, und gemeint hat sie das Reformprojekt der Ministerin. Und ich verstehe erst heute, dass sie mit *uns* nicht nur uns vier gemeint hat, sondern uns alle.

Alle alten Leute.

Alle, die jetzt alt sind und in Heimen wohnen.

Alle, die jetzt noch jung sind und später alt sein werden.

Alle eben.

Schade ist es schon, dass ich Ihnen jetzt nicht mehr *so* von der Pressekonferenz erzählen kann, wie ich sie erlebt habe. Damals war ich nämlich noch zu viert, aber jetzt weiß ich, dass ich in Wahrheit ganz alleine war, und wenn wir schon dabei sind, dann sollten wir auch dabei bleiben, bei der Wahrheit, nicht wahr.

2

Donnerstag, 18. August.

Der Bauernkalender neben der Tür zum Speisesaal sagt: *Beten, singen, tüchtig düngen.* Die Uhr über der Tür sagt: 08:02.

Es ist mein zehnter Tag in der RESIDENZ, heute nach dem Frühstück kommt der MDK.

Meine Pflegeberichte sind top.

Meine Gebrechlichkeit ist 1A.

Mein Tremor sucht seinesgleichen.

Vielleicht bin ich sogar ein bisschen verrückt, weil ich ständig stumm die Lippen bewege oder komische Sachen sage zu Leuten, die gar nicht da sind, und dann besteht der Verdacht auf Altersdemenz oder senile Psychose, und ich bekomme zusätzlich zum Pflegegeld noch einen Leistungszuschlag.

Alles paletti, wie man so sagt, meine Laune ist trotzdem im Keller.

Knack. 08:03.

Ich stehe vor der Tür zum Speisesaal, ich will da nicht rein, ich bin spät dran heute. Das liegt am Professor. Daran, dass ich ihn gesucht habe nach der Morgenpflege, statt auf Zimmer fünf mit der Gräfin zu rauchen.

Ergebnis: kein Professor, kein Nikotin. Frau Schnalke liest wahrscheinlich gerade ihre Liste vor und sagt in die tödliche Stille hinein: »Almut Block, unentschuldigt. Verbleib ungeklärt.«

Meine Laune ist im Keller, aber das ist eine ziemlich saloppe

Formulierung. Viel zu salopp, kein guter Ausdruck, würde Marlen jetzt sagen, wenn sie nicht seit vierzig Jahren tot wäre. Der bessere Ausdruck, würde sie sagen, ist: Ich habe Angst.

Angst vor Schwester Terese.

Angst vor der Strafe. Blutige Zehennägel zum Beispiel.

»Jetzt mach dir nicht ins Hemd!«, würde Karlotta sagen, wenn sie nicht seit vierzig Jahren tot wäre. »Ein bisschen Blut im Schuh hat noch keinem geschadet, und *dir* wird es auch nicht schaden, Almut, mein Aschenbrödel.«

»Aschenbrödel, *kicher.* Du bist ja sowas von gemein, Karlotta, *kicherkicher.*« Das war jetzt Suzanna. Oder wäre es gewesen, wenn sie nicht tot wäre.

Ganz allein ist es schwer, die Tür zum Speisesaal zu öffnen. Keiner da, der mir hilft, zum Beispiel mit einem schlechten Witz.

Ruckediguh, Blut ist im Schuh.

Ich atme tief durch, ich öffne die Tür, im Speisesaal ist die Hölle los. Oder der Himmel.

Die Fenster sind weit geöffnet, ein Schwall frischer Morgenluft schlägt mir entgegen, sie riecht nach frisch geschnittenem Gras, sie klingt nach Vogelgezwitscher, Halleluja. Ich stehe in der Tür, ich sehe mich um, kaum zu glauben: Keiner friert, keiner beschwert sich, erhitzte Gesichter überall, fröhlicher Lärm. Tellerklappern, Tassenklirren, die Alten werfen sich Sätze zu wie bunte Bälle. Sätze, die ich noch nie gehört habe in der RESIDENZ.

Der Schinken ist großartig!

Hast du den Gorgonzola schon probiert?

Her mit der Butter!

Auf den Tischen stehen echte Blumen, üppige Sträuße in bauchigen Vasen, da sind Gladiolen und Sonnenblumen, Gerbera und Lilien, und die Lieblingsblumen der Gräfin sind auch dabei, Chrysanthemen und Nelken, Halleluja.

Ich schlurfe durch den Saal auf meinen Platz, ich sollte irgendjemanden fragen, was hier eigentlich los ist und warum vorne unter der Uhr, wo Schwester Terese sonst immer steht, ein Tisch mit Mikrophonen steht und mit Wassergläsern. Ich sollte fragen, warum jemand eine Reihe Klappstühle aufgestellt hat, zwei Meter vor dem Tisch, und warum auf jedem Stuhl eine Mappe liegt, das sollte ich alles fragen, aber ich bin verwirrt. Der Lärm, der Geruch nach Gras und Blumen, und über allem der Duft von etwas, das es in der RESIDENZ normalerweise nur am Nachmittag gibt, und da riecht es anders, weil der Kaffee am Nachmittag koffeinfrei ist und so dünn, dass du dir die Hände damit waschen kannst.

Ich setze mich auf meinen Platz, ich bin die Letzte am Tisch, alle anderen frühstücken schon. Die polnische Küchenhilfe kommt angetrabt, ohne Wägelchen, in der rechten Hand eine Porzellankanne, in der linken ein Porzellankännchen.

»Kaffee?«, sagt sie.

Ich glotze sie an. Einundzwanzig, zweiundzwanzig, ich nicke. Sie gießt mir Kaffee in die Tasse, der Strahl ist tiefschwarz. Schwarz wie Tinte, schwarz wie das Blut der Verdammten, die einen Pakt mit dem Teufel unterschrieben haben, Halleluja.

»Milch?« Die Küchenhilfe schwenkt das Kännchen.

Ich schüttle den Kopf.

»Weiches Ei oder Ei im Glas?«

»Ei?«, sage ich wie jemand, der noch nie ein Huhn gesehen hat.

»Köstlich einfach köstlich so ein Ei aber nicht das weiche das ist nur was für Weicheier höhö und Ei im Glas ist nur was für Schwuchteln Ich empfehle Spiegelei mit Speck knusprigknusprig dazu ein kräftiger Schuss Ketchup mit Senf und da fällt mir ein Witz ein aber den erzähl ich euch später meine Täubchen jetzt nicht weil jetzt ist euer Täuberich beschäftigt mit seinem Spiegelei höhö einfach köstlich.«

Schwochow hat gelb verschmierte Mundwinkel, die Stoffserviette hat er sich um den Hals gebunden, sie hängt über seine Altmännertitten, farbenfroh befleckt. Rot, das ist vom Ketchup, braun, das ist vom Senf, die grünlichen Flecken sind mir ein Rätsel. Ich lasse meinen Blick über den Tisch schweifen. Über den Brotkorb, die Käseplatte, die Wurstplatte, die Schüssel mit Cornflakes, das Glas mit Honig, ah ja, alles klar: Obstteller, Kiwi.

»Weich, im Glas oder gespiegelt mit Speck?«, sagt die Küchenhilfe in ihrem einfachen, aber kreativen Deutsch. Ich sehe sie an. Keine Hygienehaube, kein verschwitztes T-Shirt. Die Haare sind zu einem glänzenden schwarzen Zopf geflochten, das Kleid sieht neu aus. Leichte Baumwolle, zartrosa, der Lippenstift ist auch rosa. Gepudertes Gesicht, tiefblaue Wimperntusche.

Hübsch, würde ich sagen. Die Küchenhilfe sieht heute sehr hübsch aus, und Schwester Cornelia hat sich auch Mühe gegeben. Sie sitzt am Nebentisch und stopft Weichkäse in den Mund einer uralten verschrumpelten Frau, vielleicht ist es auch ein uralter verschrumpelter Mann, das kann man nicht so genau sagen, auf jeden Fall steckt Schwester Cornelia in einer blauweiß gestreiften Bluse mit gepufften Ärmelchen. Die fleischigen Oberarme wissen nicht so recht, was sie von den Ärmelchen halten sollen, aber es ist verdammt eng darunter, und bald wird die eine oder andere Naht platzen, schätze ich.

Schätze, ich sollte das Spiegelei nehmen. Außerdem sollte ich jetzt so schnell wie möglich mit dem Frühstück anfangen, bevor es weg ist.

Vernichtet.

Vertilgt.

Zermalmt von den dritten Zähnen meiner Tischgenossen, zum Beispiel von Frau Wimmers Zähnen, die sich gerade in ein Käsewurstbrot schlagen. Oder von den Zähnen der Gräfin, sie schiebt sich gerade eine Ladung Cornflakes in ihren breiten Mund, ich sage: »Ei gespiegelt mit Speck, sehr fett gebraten. Außerdem ...«, ich überlege, ob ich das jetzt wirklich sagen soll. Ob ich mich trauen soll.

»Ja?« Die Küchenhilfe streicht sich über den schwarzglänzenden Zopf und lächelt.

Dem Mutigen gehört die Welt. »Außerdem will ich keinen Filterkaffee, ich will Espresso. Doppelt.«

»Gerne.« Die Küchenhilfe trabt davon.

Gerne? Hat sie gerade *gerne* gesagt?

»Gerne, gerne! Doppelt, doppelt!«, jubelt Frau Fitz und kippt Honig auf ihr Brot, das fingerdick mit Nutella bestrichen ist. Wie es aussieht, hat es Frau Fitz gerade noch geschafft, bevor das Nutellaglas in Frau Schnalkes persönlichen Besitz übergegangen ist. Frau Schnalke hält das Glas in ihren dicken Fingern und verfüttert die braune Paste mit einem Kaffeelöffel abwechselnd an sich und Attila, der auf ihrem Schoß sitzt. Frau Sonne macht große, gierige Augen und bettelt leise. »Ich will auch, bitte«, bettelt sie, »nur ein bisschen, oh bitte, bitte.«

Nutella für alle?

Zeit für den Satz: Mein Gott, dass ich *das* noch erleben darf.

Meine alten Affenpfoten, die gerade noch schlaff vor Erstaunen auf dem Tischüberwurf gelegen haben, der heute nicht aus Plastik ist, sondern aus weißem Stoff – meine Affenpfoten verwandeln sich in Kampfflieger und starten los. Zittrig, aber zu allem bereit. Ihr erstes Ziel: die Käseplatte. Das nächste wird die Wurstplatte sein, das weiß ich schon jetzt, dann das Nutellaglas. Ich werde es Frau Schnalke aus den Händen bomben, und es ist mir egal, wie viele Unschuldige dabei draufgehen.

Das letzte Gefecht.

So würde ich das heute nennen, was damals passiert ist, in diesen dreißig Minuten vor Beginn der Pressekonferenz, und ich möchte lieber nicht darüber reden. Nicht im Detail, es war kein schöner Anblick.

Ersparen wir uns also die Details und sagen wir einfach: Meine Luftstreitkräfte haben einen ganzen Kontinent verwüstet.

Ohne Rücksicht auf Verluste.

Ohne Gnade für den Feind.

Kontinent Frühstück.

Es gibt übrigens Bilder davon, bewegte Bilder. Aufgenommen von einer Fernsehkamera, so ein großes Ding mit dickem Kabel, sie steht ganz hinten in der Ecke des Speisesaals, der Mann hinter der Kamera hat Kopfhörer auf, und ich will damit nur sagen, dass Sie nicht auf meine Erzählung angewiesen sind. Sie können sich das Ganze im Fernsehen anschauen, wenn Sie wollen, der Beitrag läuft noch immer, hin und wieder, in *Am Puls der Politik*.

Zum Glück sieht es im Fernsehen gar nicht nach dem aus, was es war. Keine Spur von letztem Gefecht. Keine Bilder von den aufgerissenen alten Mäulern, in denen klumpenweise Hartkäse verschwindet oder riesige, abenteuerlich belegte Brote ihrem Untergang entgegensteuern wie Schlachtschiffe. Sieht man alles nicht, und hören kann man es auch nicht, das Schmatzen und Rülpsen von sechzig alten Leuten, die seit Jahren kein anständiges Frühstück mehr bekommen haben.

Vogelgezwitscher.

Das ist das Einzige, was man hört. Und Musik, aber die ist nicht original, die ist aus der Konserve. Irgendein Fernsehfuzzi hat sie mit dem Vogelgezwitscher verschnitten, und wer immer dieser Fernsehfuzzi ist, ich rechne es ihm hoch an, dass er irgendeine Musik genommen hat, nicht das Forellenquintett.

Vogelgezwitscher, Musik. Die Kamera gleitet zügig über ein paar lächelnde runzlige Gesichter, Schnitt auf die Gladiolen, kurze Fahrt über den Brotkorb und den Obstteller, Schnitt auf die Gerbera. Schwenk auf die adrette Küchenhilfe, sie schenkt Kaffee ein. Kurze Fahrt über ihr rosa Kleid und weiter nach unten auf den Tisch, Zoom auf ein Stück Speck, Schnitt auf ein geöffnetes Fenster, Blick hinaus in die Grünanlage. Der frisch geschorene Dreimillimeterrasen glänzt im Sonnenlicht, Schnitt auf die Tür zum Speisesaal, die Ministerin für Familie, Senioren, Frauen und Jugend kommt herein.

Acht Sekunden.

Wir haben vierzig Minuten lang gefressen wie eine Horde ausgehungerter Häftlinge nach der Öffnung des Lagers, aber im Fernsehen waren es nur acht Sekunden bis zum Auftritt der Ministerin.

Die Ministerin für Familie, Senioren, Frauen und Jugend kommt herein, keiner von den Alten reagiert, die letzten Brotreste und Käsekrümel werden gerade vernichtet, und ich habe die Ministerin auch nur bemerkt, weil Attila mit einem messerscharfen Fauchen von Frau Schnalkes Schoß gesprungen ist und sich unter den Tisch verzogen hat.

Die Ministerin war nicht allein. Hinter ihr ist noch eine ganze Menge anderer Leute in den Speisesaal gekommen, es war eine richtige Karawane. Zuerst der Heimleiter, in Anzug und Krawatte, dann eine Frau im blaugrauen Hosenanzug, dann verschiedene Männer und Frauen mit Fotoapparaten, am Ende das Pflegepersonal. Schwester Olga war auch dabei, ein breites Band über den weißen Haaren, gelb mit roten Punkten. Hinter Schwester Olga dann Nummer 11, ohne Pflaster im Gesicht, die Haare zu einer fluffigen Welle in die Stirn geföhnt. Dann Doppelrudi.

Rudolf Rudolph.

Ich erkenne ihn kaum wieder. Glattrasiert, Bundfaltenhose, weißes Hemd. Immerhin keine Krawatte, aber das rettet den Gesamteindruck jetzt auch nicht mehr.

Schwester Terese?

Ja, auch die. Als Letzte. Das Pflegepersonal hat sich schon an der Seite ohne Fenster aufgestellt, stramm wie Zinnsoldaten, die Presseleute haben schon die blauen Mappen auf den Klappstühlen mit ihren Hintern vertauscht, die Ministerin sitzt schon hinter dem Tisch unter der Uhr. Links von ihr der Heimleiter, rechts von ihr die Frau im blaugrauen Hosenanzug, neben dem Heimleiter ist noch ein Stuhl frei, wir Alten glotzen, ein paar ignorieren das Ganze hartnäckig und vertilgen weiter Essensreste, Schwester Terese betritt den Raum.

Sechzig alte Leute erstarren.

Aus Gewohnheit, würde ich sagen, und weil die Angst eine treue Gefährtin ist und eine liebe Gewohnheit.

Schwester Terese sieht aus wie immer. Kein neues Kleid, keine gepuffte Bluse, null Make-up, und sowas hat sie auch nicht nötig.

Ich weiß nicht, ob ich das je erwähnt habe, aber ich glaube nicht. Habe ich je erwähnt, dass Schwester Terese sehr schön ist? Eine sehr schöne Frau, und sehr jung für eine Oberschwester. Fast so jung wie die Ministerin für eine Ministerin, nur jünger. Und viel schöner. Prinzessinnen sehen so aus, in Märchenbüchern, oder betende Engel auf marmornen Gräbern, von Meisterhand modelliert.

Schwester Terese: Allegorie der Anmut.

Hundeköpfige, Schlangenäugige, Rattenschnelle.

Sie schließt die Tür hinter sich und geht auf ihren Platz. Heute ist ihr Platz der leere Stuhl neben dem Heimleiter, und während sie geht, geht ein Raunen durchs Pressevolk.

Knips.

Jemand macht ein Foto.

Knips, wieder jemand. *Knipsknips.*

Schwester Terese lächelt nicht und sie blickt auch nicht in die Kameras, die so etwas Schönes schon lange nicht mehr gesehen haben, vielleicht noch nie. Sie setzt sich.

Die Ministerin sagt: »Meine Damen und Herren, ich begrüße Sie zur Pressekonferenz hier in diesem«, sie macht eine ausladende Handbewegung, »schönen Seniorenwohnheim. Wir haben diesen etwas ungewöhnlichen Rahmen gewählt, um Ihnen nicht nur unser Leuchtturmprojekt vorzustellen, sondern auch den Ort, an dem wir dieses Projekt realisieren werden. Ich darf Ihnen nun die Runde vorstellen.«

Die Ministerin stellt die Runde vor.

Sie sagt, dass der Heimleiter der Heimleiter ist und in seiner Funktion als Heimleiter das Heim nun schon seit zwei Jahren vorbildlich leitet. Dass er es vorbildlich restrukturiert hat, zum Beispiel durch Personaleinsparungen ohne Qualitätsverlust.

Der Heimleiter, sagt die Ministerin, hat sich bereits mehrmals durch tatkräftige Unterstützung wichtiger Projekte hervorgetan, zum Beispiel durch seine Anwesenheit bei der Benefizgala »Alzheimer and You«. Aber das, sagt die Ministerin, sei den anwesenden Pressevertretern ja bekannt, und dass sich der Heimleiter nun bereit erklärt hat, als zentraler Kooperationspartner beim aktuellen Leuchtturmprojekt mitzuwirken.

So viel zum Heimleiter.

Knipsknips.

Der Heimleiter lächelt in die Kameras.

Die blaugraue Frau links von der Ministerin heißt Frau Doktor Bestler-Böttcher oder Frau Doktor Nestler-Nüttcher, keine Ahnung, ich habe den Namen nicht so genau verstanden, also lassen wir das mit dem Namen, auf jeden Fall ist sie den anwesenden Pressevertretern bestens bekannt und muss nicht weiter vorgestellt werden.

So viel dazu.

Knips.

»Als Vertreterin des Pflegepersonals, das im Zuge des Leuchtturmprojekts wichtige Aufgaben übernehmen wird, darf ich Ihnen nun die leitende Oberschwester der RESIDENZ vorstellen, Frau …« *Knipsknipsknipsknips.*

Kein Wort mehr zu verstehen von dem, was die Ministerin über Schwester Terese sagt, aber ich denke nicht, dass von blutigen Zehennägeln die Rede ist, also Schwamm drüber. Und Schwamm über die nächsten fünf Minuten, in denen die Ministerin das Übliche redet. Das, was sie schon seit Tagen im Fernsehen redet von wegen demographischer Wandel und Herausforderung und so, nur ausführlicher.

Was?

Sie wollen es hören?

Keine Verarsche?

Na gut, wenn Sie wollen. Aber bitte nicht von Anfang an. Wir schneiden einfach irgendwo rein, wenn Sie einverstanden sind, zum Beispiel hier:

»… müssen wir uns mit vereinten Kräften von der überkommenen Vorstellung losreißen, dass Altern und Altsein ein Defizit ist. Diese Vorstellung hemmt nicht nur die Entwicklung einer Gesellschaft, die den demographischen Wandel nachhaltig gestalten will, sondern geht auch an den Bedürfnissen der älteren Menschen in unserer Gesellschaft vorbei. Diese Menschen wollen nicht im Abseits des sozialen und wirtschaftlichen Lebens stehen. Sie wollen teilnehmen, sie wollen Verantwortung übernehmen, und *wir* müssen sie dazu ermuntern, ja: verpflichten.

Geben wir den älteren Menschen *das* zurück, was ihnen lange genommen wurde, weil die obsolete Vorstellung vom Alter als Ruhestand und Stillstand vorgeherrscht hat. Geben wir ihnen *das,* was sie selbst wollen und einfordern: das Recht auf Pflicht.

Die Abkehr vom Defizitmodell hin zum Aktivitätsmodell hat sich im Bewusstsein vieler älterer Bürgerinnen und Bürger in unserem Land bereits vollzogen. Diese Menschen stellen sich der Gemeinschaft auch nach dem Erwerbsleben mit Elan und Freude zur Verfügung. Sie investieren ihre kostbaren Erfahrungen, ihr Wissen, ihr gesamtes Potential in den Erhalt und die Optimierung unseres sozialen und wirtschaftlichen Wohlstandes. Sie investieren in die Zukunft! Damit dienen sie nicht nur der Gemeinschaft, sondern auch sich selbst, denn sie werden für ihr freiwilliges Engagement reich belohnt. Mit Wertschätzung, Anerkennung, Lob. Mit dem Gefühl, gebraucht zu sein, nützlich zu sein – ein Gewinn und *keine* Belastung!

Viele ältere Menschen empfinden das bereits so und leisten ihren wertvollen Beitrag in vielen Bereichen des täglichen Lebens. Sie arbeiten ehrenamtlich in Stadtbibliotheken und staatlichen Museen, sie leisten organisierte Nachbarschaftshilfe und bieten Oma-und-Opa-Hilfsdienste für alleinerziehende Mütter und Väter an, sie unterstützen Obdachlose, Suchtkranke, Asylbewerber, Migranten, Straffällige, Homosexuelle. Sie helfen jungen Menschen dabei, ihre Hausaufgaben zu machen, und geistig Behinderten dabei, ihren Alltag zu bewältigen. Ohne das freiwillige Engagement unserer Seniorinnen und Senioren wäre so manche Lerngruppe, Kochgruppe oder Suchtgruppe nicht zustande gekommen, von den zahlreichen Protestgruppen ganz zu schweigen, in denen sich unsere mutigen Seniorinnen und Senioren für eine lebendige Demokratie einsetzen und selbst vor körperlichem Einsatz, zum Beispiel bei Demonstrationen und Mahnwachen, nicht zurückschrecken.

Und *wir* unterstützen sie dabei!

Wir ermutigen sie dazu, sich immer weiter vorzuwagen!

Es gibt keine Grenzen, wenn es um die Bereitschaft älterer Menschen geht, sich nützlich zu machen, und deswegen hat das Bundesministerium für Familie, Senioren …«

Mir ist langweilig.

Mein Gott, ist mir langweilig.

Den anderen auch. Frau Wimmer hat den Kopf auf ihren

Müllsack gelegt und schläft, unter den geschlossenen Lidern bewegen sich ihre Augäpfel unruhig hin und her, wahrscheinlich träumt sie. Dunkle Träume von Partybäumen und Serviettennegern.

Frau Schnalke wedelt mit einer Hand unter dem Tisch herum und sagt so leise wie möglich: »Liebling, komm her! Komm zu Frauchen!«

Frau Sonne hat ihr Album auf den leergefressenen Teller gelegt und starrt hinein, die Gräfin glotzt vor sich hin, Schwochow bohrt in der Nase und streift alles, was er da so findet, an der Stoffserviette ab, die ihm immer noch über die Titten hängt. Frau Fitz imitiert Schwochow, jede Bewegung perfekt synchron, wie beim Wasserballett. Finger, Nase, Loch, Popel. Begutachten, abstreifen, alles total synchron, nur das mit der Stoffserviette geht nicht bei Frau Fitz, weil sie keine umgehängt hat, deswegen schmiert sie sich alles vorne ins Kleid.

Seltsam?

Ja, da haben Sie recht. Es war seltsam, dass uns die Pressekonferenz nicht interessiert hat, schließlich ist sowas noch nie vorgekommen in der RESIDENZ. Ein außergewöhnliches Ereignis, keine Frage, und jetzt zum Mitschreiben für alle, die für alles immer eine Erklärung wollen:

Es gibt keine.

Keine wirklich gute, es gibt nur das Frühstück in unseren Mägen und die ungewohnte Schwere. Es gibt die Trägheit in unseren alten Köpfen, und vielleicht war er ja da, der eine oder andere Verdacht, vielleicht war sie ja da, die eine oder andere Vermutung, aber es ist nichts daraus geworden. Lauter unfertige Gedanken, sie schwimmen in unseren alten Hirnen herum wie Föten im Fruchtwasser. Gedanken ohne Hand und Fuß, verkrüppelt und schwächlich, sie werden nie zur Welt kommen.

Jetzt sagt die Ministerin, dass auch diejenigen älteren Menschen, die sich bisher noch nicht nützlich gemacht haben, diese Chance bekommen müssen. Jetzt nimmt sie das Tischmikrophon aus der Halterung und steht auf. Sie hält sich das Mikrophon vors Gesicht und sagt: »Liebe Seniorinnen und Senioren, liebe Bewohnerinnen und Bewohner der RESIDENZ. Ich freue mich sehr, Ihnen mitteilen zu dürfen, dass Sie unter Millionen pflegebedürftiger Leistungsempfänger ausgewählt wurden, um bei einem wissenschaftlichen Leuchtturmprojekt mitzuwirken. Sie sind, wenn ich das so sagen darf, die Pioniere und Impulsgeber für eine völlig neue Art von ehrenamtlichem Engagement. *Sie* werden Geschichte machen, liebe Seniorinnen und Senioren, und Ihre Leistung wird noch Generationen überstrahlen als ein Musterbeispiel an Einsatz und Mut. Ich übergebe nun das Wort an die wissenschaftliche Leiterin des Projekts.«

Die Ministerin setzt sich, die blaugraue Frau beugt sich vor und greift nach dem Mikrophon. Sie zieht es ein Stück näher an sich heran, und da fällt es mir zum ersten Mal auf: rote Fingernägel.

Erdbeermarmeladenrot, würde Suzanna sagen und sich die Lippen lecken.

Blutrot, würde Karlotta sagen, und dass ihr die Blaugraue gefällt, weil die Farbe des Krieges an ihren Fingern klebt.

Gute Farbe für eine Frau, die das Zeug zur Hexe hat, würde Marlen sagen und grinsen.

Vielleicht aber auch nicht. Vielleicht würde sie *nicht* grinsen und etwas anderes sagen, zum Beispiel, dass die Farbe genau so ist wie die Farbe der Digitaluhren in der RESIDENZ.

Unsere Zeit ist abgelaufen, Almut, würde sie sagen. Der Spaß ist vorbei.

»Vielen Dank, Frau Minister.« Die Stimme der Blaugrauen hat eine ganz andere Farbe als ihr Nagellack, angenehm kühl.

»Meine Damen und Herren von der Presse, liebe Probanden.«

Probanden?

»Im Namen der FrontPharma AG möchte ich Ihnen nun kurz das Projekt umreißen. Für detaillierte Fragen stehe ich Ihnen im Anschluss an die Pressekonferenz gerne zur Verfügung, die genauen Zahlen entnehmen Sie bitte der Pressemappe.«

FrontPharma?

»Wie Sie wissen, ist die FrontPharma AG Marktführer bei pharmazeutischen Produkten und Medikamenten für ältere Verbraucher. In unserer Forschungsabteilung entwickeln wir seit Jahrzehnten erfolgreich Pharmazeutika gegen typische Alterserkrankungen, einige von diesen Arzneimitteln sind revolutionär, zum Beispiel die in unseren Labors entwickelte Injektionslösung gegen Osteoporose bei postmenopausalen Frauen mit erhöhtem Frakturrisiko.

Die Entwicklung solch revolutionärer Arzneimittel ist in jeder Hinsicht aufwendig: Sie kostet Zeit und Geld. Von der Wirkstoffsuche bis zu den präklinischen Tests an Tieren vergehen Jahre. Von den klinischen Tests am Menschen in ihren vielen Phasen bis zur Zulassung des Medikaments vergehen Jahre, oft Jahrzehnte. Die Studien und Tests kosten Milliarden. Viele Pharmaunternehmen haben sich deshalb aus der innovativen Forschung zurückgezogen und beschränken sich auf die Evaluierung vorhandener absatzstarker Medikamente.

Wir von der FrontPharma AG stellen uns diesem Trend entgegen. In absehbarer Zeit – die genauen Zahlen entnehmen Sie bitte der Pressemappe – wird mehr als die Hälfte der Bevölkerung über sechzig Jahre alt sein. Jeder Zweite wird die achtzig erreichen oder überschreiten. Ich glaube, ich muss Ihnen nicht näher erläutern, was das für unsere Gesundheitsversorgung bedeutet. Auch oder vor allem unter dem Aspekt der Versorgung mit effizienten Arzneimitteln.

Für viele typische Alterserkrankungen gibt es bis heute keine wirksame pharmakologische Therapie, sie sind unheilbar.

Morbus Alzheimer zum Beispiel, unser größtes Sorgenkind, aber auch andere organische oder psychische Erkrankungen, die bis dato kaum und nur unbefriedigend therapierbar sind. Um die kommenden Generationen vor etwas zu bewahren, das man ohne Übertreibung als Massensiechtum bezeichnen kann, müssen wir hier und heute schnell handeln. Wir müssen *schnell* forschen – schneller, als es die strenge gesetzliche Regelung mit ihren vielen Auflagen bisher erlaubt hat.

Es ist ein gutes Zeichen, dass auch die Politik aufgewacht ist, wenn ich das so sagen darf, und für das Leuchtturmprojekt der FrontPharma AG eine gesetzliche Ausnahmeregelung beschlossen hat. Diese Regelung ermöglicht es uns, das Seniorenwohnheim Die RESIDENZ in ein Großlabor umzugestalten und mit den Probanden eine Reihe von klinischen Tests durchzuführen, die bislang aus gesetzlichen Gründen nicht möglich waren. Es geht um die Prüfung von Wirkstoffkombinationen, die sich noch im Frühstadium der Entwicklung befinden und normalerweise in langwierigen Tierversuchen unter vielen Aspekten untersucht werden müssten. Toxizität, Verträglichkeit, unerwünschte Nebenwirkungen et cetera. Dank der Unterstützung durch die Regierung, ganz besonders durch die Ministerin für Familie, Senioren, Frauen und Jugend, können wir die Phase vorklinischer Tierversuche überspringen und sofort in die sogenannte First-in-human-Phase einsteigen. Bereits heute Nachmittag werden meine Mitarbeiter und ich damit beginnen, die Probanden hinsichtlich ihrer Tauglichkeit für die jeweiligen Wirkstoffkombinationen zu untersuchen. Diese Voruntersuchung wird einige Tage in Anspruch nehmen, in komplexen Fällen einige Wochen. Danach werden wir Fokusgruppen bilden, in denen unter der Leitung jeweils eines Experten aus meinem Team der jeweilige Wirkstoff im kontrollierten Testverfahren an die Probanden verabreicht wird. Wie lange die Tests dauern, hängt von den laufenden Ergebnissen ab. Und natürlich von der Mortalitätsrate.

Das Pflegepersonal der RESIDENZ wird ergänzend zu den bisherigen Tätigkeiten neue Aufgabenbereiche zugewiesen bekommen, zum Beispiel die lückenlose Kontrolle beziehungsweise Überwachung der Probanden, oder die medizinische Versorgung bei den zu erwartenden pathologischen Reaktionen auf die Wirkstoffe. Dabei wird die leitende Oberschwester der RESIDENZ ...«

Maldtnaz zebberck.

Maldtnaz zebberck, oh Gott, bitte nicht. Bitte lass es nicht zu, nicht *Schwester Terese, oh bitte, Maldtnaz zebberck.*

»... wird die leitende Oberschwester der RESIDENZ als zentrale Koordinatorin und Supervisorin fungieren. Die Entlohnung des Pflegepersonals inklusive einer angemessenen Gehaltssteigerung übernimmt die FrontPharma AG.

Meine Damen und Herren, liebe Probanden, die Ministerin für Familie, Senioren, Frauen und Jugend wird Ihnen nun den Namen unseres Leuchtturmprojekts bekanntgeben. Bitte, Frau Minister.«

Die Ministerin lächelt und beugt sich nahe ans Mikrophon.

»Barrierefrei forschen: Heute testen, was wir morgen brauchen.«

»Danke, Frau Minister. Sofern dieses Projekt erfolgreich ist, wovon wir ausgehen, wird es die Regierung als Standardmodell einführen, und jeder pflegebedürftige ältere Leistungsbezieher hat sich bei Bedarf als Proband zur Verfügung zu stellen. Ich möchte in diesem Zusammenhang betonen, dass es keinerlei Zwang gibt. Es steht natürlich jedem frei, die Zukunft aktiv mitzugestalten oder sich dieser Verantwortung zu entziehen. Wer Letzteres vorzieht, hat mit keinerlei Strafmaßnahmen zu rechnen, und der Entzug des Pflegegeldes sowie des Heimplatzes sind keine Strafmaßnahmen, sondern notwendige

Maßnahmen. Wir benötigen alle Ressourcen für die freiwilligen Probanden.

›Barrierefrei forschen‹ ist ein Projekt, mit dem wir heute im kleinen Rahmen beginnen und morgen im großen weitermachen. Heute, morgen, übermorgen – so lange, bis sich die demographische Lage entspannt hat und es auch in unseren Breiten wieder mehr junge Menschen gibt als Menschen, die – und bitte missverstehen Sie das jetzt nicht als Zynismus, es ist ein Faktum –, als Menschen, die zu lange leben.

Meine Damen und Herren, liebe Probanden: Es wird eine spannende Zeit!«

3

Knack. 08:52.

Es ist still auf dem Gang, wir sind allein. Nur die Uhr und ich, sie schimmert in sattem Nagellackrot, ich habe eine Kaffeekanne in der Hand, das Porzellan schimmert in mattem Weiß.

Ich warte.

Vor der Klotür.

Auf die Ministerin.

Die Pressekonferenz ist seit ein paar Minuten vorbei, jetzt bekommen die Journalisten Kaffee und Kuchen, es hat nicht viele Fragen gegeben, schon gar keine kritischen, und das ist okay.

Die sind alle so zwischen zwanzig und vierzig, die Presseleute, und deswegen ist das sehr verständlich, dass niemand besonders kritisch war. Schon wegen der Pressemappe. Alle haben darin geblättert, und ich kann mir gut vorstellen, was da drinsteht. Statistiken, Zahlen, Tabellen. Demographische Entwicklung, harte Fakten. Wer woran stirbt in vierzig Jahren oder fünfzig, weil es welches Medikament wofür oder wogegen noch nicht gibt.

Schlimmer noch: Wer woran *nicht* stirbt.

In fünfzig Jahren ist so ein vierzigjähriger Pressemensch neunzig, und er wird leben, laut Statistik, aber er wird verschlissene Gelenke haben und verstopfte Arterien. Er wird halbblind sein und so gut wie taub, er wird seinen Urin nicht mehr halten können.

Ein ganz normaler alter Mensch.

Laut Statistik stehen die Chancen gut, dass er plemplem ist, und da wäre es schon nicht schlecht, wenn die FrontPharma AG rasch etwas finden würde, zum Beispiel eine Injektionslösung, die alle Probleme auf einen Schlag löst.

Eine Injektionslösung gegen das Altwerden.

Die Kanne in meiner Hand ist noch fast voll, sie ist schwer, ich halte sie trotzdem die ganze Zeit in die Höhe, ich sehe aus wie die Freiheitsstatue mit ihrer Fackel. Ziemlich idiotisch, keine Frage, aber so sieht das eben aus, wenn man für die Freiheit kämpft.

In meiner Hosentasche steckt die Serviette von Schwochow, ich habe ihn um das eklige Ding gebeten, er hat es mir gegeben. »Aber gerne mein Täubchen höhö *knick knack.*«

Dann bin ich der Ministerin nachgegangen, hinaus aus dem Speisesaal. Keiner hat es bemerkt, alle waren beschäftigt mit ihren Kuchengabeln, auch die Alten. Sie haben auch Kuchen bekommen, und jetzt essen sie den Kuchen, und ich weiß nicht, wie viele eigentlich kapiert haben, was da gerade abgegangen ist. Frau Fitz hat sicher nichts kapiert, und Frau Wimmer auch nicht. Frau Sonne vielleicht, aber die ist die Letzte, die sich wehrt. Frau Schnalke macht alles, was Schwester Terese ihr sagt, und Schwochow ist schon aus sportlichen Gründen ein Mitläufer. Bleibt nur die Gräfin, und der ist alles egal. Die Vergangenheit, die Gegenwart, alles egal, nur die Zukunft zählt, und die Zukunft ist der Tod.

Durch die Klotür höre ich das Rauschen der Spülung, ich hebe die Hand noch ein Stück weiter nach oben, gleich kommt sie heraus, die Ministerin. Wenigstens weiß ich jetzt, wohin Attila das Auge von Fips gespuckt hat, und für einen Moment bin ich froh, dass Marlen schon seit vierzig Jahren tot ist. Sie würde mir jetzt den Hals umdrehen mit ihren Krallenhänden, weil ich uns schon wieder hineingeritten habe in die Scheiße.

Weil ich nicht wachsam war.

Weil ich es verpennt habe.

Die Klotür geht auf, die Ministerin macht einen Schritt auf den Gang hinaus, für den Bruchteil einer Sekunde überlege ich, ob ich etwas sagen soll.

»Hallo, Ministerin« zum Beispiel.

Oder: »Wissen Sie eigentlich, dass man uns alte Leute im alten Japan verehrt hat wie Gottheiten?«

Aber das würde alles zu lange dauern, ich schlage der Ministerin die Kanne über den Kopf, das Porzellan bricht, im Kopf der Ministerin bricht auch etwas, vielleicht ein Stück vom Schädelknochen, Kaffee rinnt ihr übers Gesicht, schwarz wie das Blut der Verdammten. Für einen Moment starrt sie mich entgeistert an, dann klappt sie zusammen.

Keine Ahnung, wie ich das geschafft habe ganz allein. So eine Ministerin für Familie, Senioren, Frauen und Jugend wiegt nicht viel, rein politisch, aber als ohnmächtiger Körper ist sie verdammt schwer.

Ich habe es trotzdem geschafft.

Erst den Gang entlang, *schleif, zerr,* dann die Treppen hinunter, *holterdipolter,* jetzt bin ich im Keller.

Die Waschküche, der Vorratsraum, der Heizungsraum. Alles nicht gut. Kann überall jederzeit jemand reinplatzen, und das kann ich gerade nicht brauchen. Was ich gerade brauche, ist Ruhe. Ruhe und ein bisschen Zeit für mich und die Ministerin.

Ich sehe mich um, ganz hinten neben dem Heizungsraum ist noch eine Tür.

Das Raucherzimmer!

Zerr, schleif, mein Gott, ist die Frau anstrengend, und die Tür zum Raucherzimmer ist sicher abgeschlossen, wie immer. Den Schlüssel hat Schwester Terese, jetzt finde ich es wieder weniger günstig, dass Marlen schon seit vierzig Jahren tot ist, weil mit Marlen wäre das jetzt kein Problem. Autoschlösser, Türschlösser, lässt sich alles locker knacken mit einem hochwertigen Kunstfingernagel.

Zur Not aufbrechen, denke ich und lege die Ministerin vor der Tür ab. Ich drücke probehalber die Klinke hinunter, die Tür geht auf.

Sie geht auf!

Aber nur schwer. Da ist etwas hinter der Tür, ein Widerstand. Ich stemme mich dagegen, das Etwas gibt nach, Stück für Stück, jetzt ist die Tür offen, ich ziehe die Ministerin hinein ins Raucherzimmer.

Der Professor.

Er liegt auf dem Boden, hinter der Tür, leblos. Ich weiß nicht, ob er tot ist oder nur völlig entkräftet. Sein Gesicht ist kalkweiß, die Lippen sind spröde und rissig, er hat seit vierundzwanzig Stunden nichts getrunken, und das ist lange, wenn du ein alter Mensch bist und sowieso immer ein bisschen dehydriert.

Ich schließe die Tür, ich betrachte den Professor, dann die Ministerin.

Ich muss mich entscheiden.

Er oder sie.

Er: wiederbeleben, Mund-zu-Mund-Beatmung, Hilfe holen.

Sie: ein bisschen Spaß haben.

Ich entscheide mich.

Ich beuge mich zum Professor hinunter und öffne den Knoten an seiner Krawatte. Mit der Krawatte fessle ich die Ministerin an den Händen, dann drehe ich sie auf den Rücken und stopfe ihr Schwochows Serviette in den Mund. Ich setze mich rittlings auf die Ministerin, mein Hintern drückt ihr den Magen ein, sie stöhnt leise, aber ihre Augen sind immer noch geschlossen. Aus der Platzwunde an ihrem Kopf sickert Blut, aber nur ein bisschen, und das ist gut.

Wehe, wenn sie mir jetzt einfach verblutet, ohne noch einmal aufzuwachen!

Ich betrachte ihr Gesicht. Hübsche Frau, die Ministerin. Nicht so schön wie Schwester Terese, aber hübsch. Feine Züge, zarte Haut, alles sehr appetitlich, nur die Nase ist ein bisschen zu breit geraten, aber das macht nichts. Wird ja sowieso nicht mehr viel übrig sein von der Nase, wenn ich fertig bin mit der Ministerin, und ich muss sie ja nicht essen, die Nase, nachdem ich sie abgebissen habe.

Alle echt.

Meine Zähne sind alle echt und sehr stabil, aber das habe ich ja schon oft genug erwähnt.

»Frau Block?«

»Ja?«

Doktor Klupp hat sein Notizbuch zugeklappt, jetzt steckt er den Kugelschreiber in die Sakkotasche.

»Sie wissen es, nicht wahr?«, sagt er.

Ja, ich weiß es, Schätzchen. Aber es war trotzdem einen Versuch wert. Immerhin steht in der Kontaktanzeige, die ich nie geschrieben habe *Hobby: Gewaltphantasien.*

»Es war einen Versuch wert«, sage ich. »Eine gute Geschichte ist immer einen Versuch wert. Ich hätte das gerne gemacht mit der Ministerin, nach der Pressekonferenz. Mir war nicht so nach Kuchen zumute, ich habe ihn trotzdem gegessen damals.«

»Das meine ich nicht«, sagt er, »oder nicht nur. Sie wissen, wo wir hier sind. Und Sie wissen auch, wer *ich* bin, nicht wahr?«

»Ja, jetzt schon. Keine schwere Körperverletzung, keine Untersuchungshaft. Und das heißt: kein Gerichtspsychiater. Welche Fokusgruppe leiten Sie, Herr Doktor? Die für Alterspsychosen nehme ich an. Halluzinatorische Wahnerkrankungen und so, dann bin ich ja mit dem Professor in einer Gruppe, oder?«

Doktor Klupp nickt.

»Wo ist er denn abgeblieben damals, der Professor?«

»Wir haben ihn am Tag vor der Pressekonferenz weggebracht. Die Sache mit dem Gerontozid war uns zu heikel. Der Professor ist wirklich Spezialist auf diesem Gebiet, und wir wollten das Risiko nicht eingehen, dass er sich bei der Pressekonferenz in irgendeiner Weise … nun ja: kritisch äußert. Er war der Einzige, von dem wir etwas in der Art befürchtet hatten, schließlich ist er Wissenschaftler, daran ändert auch die Psychose nichts.«

»Verstehe. Aber jetzt ist er wieder hier in der RESI… im LABOR, oder?«

Doktor Klupp nickt.

»Und was ist mit mir? Nehme an, die charmanten Gespräche, die wir in den letzten Wochen geführt haben hier im Raucherzi… im Untersuchungsraum waren nichts anderes als die Voruntersuchung, von der bei der Pressekonferenz die Rede war. Probandentauglichkeit und so. Also: Was ist mit mir? Bin ich tauglich oder nicht, Herr Doktor?«

Doktor Klupp seufzt. Er nimmt die Brille ab und massiert seine Augen, er setzt die Brille wieder auf, er sieht mich an.

»Sie *waren* tauglich, Frau Block. Sehr sogar. Schwere schizophrene Störung als Spätfolge einer posttraumatischen Belastungsstörung, aber das wissen Sie ja selbst mittlerweile, und genau *das* ist das Problem.«

Er seufzt wieder.

»Die Sache mit Ihnen, Frau Block, die ist mir … nun ja … aus dem Ruder gelaufen. Der Arzt in mir hat den Forscher in mir … wie soll ich sagen …«

»Ausgetrickst?«, sage ich.

Er nickt.

»Klingt schizo«, sage ich.

Er lächelt, aber es sieht ein bisschen verzweifelt aus.

»Sie waren die perfekte Probandin für ein Präparat, von dem wir vermuten, dass es ein sehr effizientes Psychopharmakon sein könnte, wenn es einmal ausgereift ist. Wir wissen noch nicht viel darüber, aber es ist äußerst vielversprechend. Jetzt sind Sie als Probandin nicht mehr geeignet, weil ich … nun ja …«

»Sie haben's verschissen, Herr Doktor, ganz einfach. Sie haben mich geheilt.«

Verzweifeltes Lächeln.

»Und wie wollen Sie das Ihrer graublauen Chefin mit den blutroten Nägeln erklären? Oder soll *ich* zu ihr gehen und sagen: Mein Name ist Almut Block, ich war die perfekte Probandin, aber jemand aus Ihrem Team hat's verschissen. Ein junger Mann, er könnte mein Enkel sein, er hat eine steile Karriere vor sich.

Korrektur: *hatte.*

Jetzt nicht mehr, weil er die perfekte Probandin für ein äußerst vielversprechendes Präparat gegen das Plemplemwerden im Alter durch Gespräche geheilt hat, statt sie mit dem Zeug vollzupumpen. Der junge Mann heißt übrigens Norbert Klupp, und ich, Almut Block, gehe jetzt nach Hause. Ich weiß zwar nicht, wo das sein soll, aber ich gehe trotzdem dorthin.

Ins Bett.

Schlafen.

Ich bin nämlich geheilt.

Soll ich das machen, Herr Doktor?«

Aschfahles Gesicht, er sieht mich flehend an.

»Wir könnten das doch irgendwie anders regeln, Frau Block. Ich bringe Sie weg von hier, irgendwohin, wo Sie fürs Erste in Sicherheit sind, und für Ihr Verschwinden finde ich schon irgendeine Erklärung, aber ich bitte Sie inständig …«

»Vergessen Sie's«, sage ich und mache eine Bewegung mit der Hand, als würde ich Dreck abstreifen. »Der Spaß ist vorbei. Wird es wehtun?«

»Wie?«

»Ob es wehtun wird. Das Präparat. Die Tests. Ich habe kein Zuhause außerhalb vom LABOR, Herr Doktor. Ich habe nichts und niemanden. Keine Freunde, keinen Hund, nicht einmal einen neuseeländischen Farn, also was soll ich da draußen? Ich bleibe hier. Im LABOR. Ich werde niemandem etwas sagen und weiter einen auf plemplem machen. Stumm die Lippen bewegen, mit toten Leuten reden, das volle Programm. Und ab und zu, wenn wir zwei allein sind, dann reden *wir* miteinander. Sie und ich. Über dies und das, ganz normal, ich mache ein paar schlechte Witze, und Sie lachen darüber oder tun zumindest so, einverstanden?«

Doktor Klupp starrt mich an. Dann kehrt ein Hauch von Farbe zurück in sein Gesicht.

»Danke«, sagt er leise.

»Wird es wehtun?«

Er schüttelt den Kopf. »Wir wissen noch so wenig über das Präparat. Aber es ist sehr unwahrscheinlich, dass ...«

»Die Wahrheit«, sage ich.

Tiefes Seufzen.

»Es ist sehr unwahrscheinlich, dass es *keine* schweren Nebenwirkungen hat. Also: ja. Es wird wehtun.«

»Das ist gut«, sage ich. »Es gibt nichts Besseres gegen den Schmerz als den Schmerz. Wenn das Zeug so richtig weh tut, dann werde ich es hier«, ich zeige auf meine Brust, »nicht mehr so spüren. Vielleicht vergesse ich sogar für einen Augenblick, dass die drei Nervensägen jetzt endgültig tot sind, und dann werde ich die Trauer nicht mehr fühlen.

Und jetzt, Herr Doktor, lade ich Sie zur Feier des Tages auf einen kleinen Ausflug ein. Nicht ins Grüne, keine Angst, eher ins Graue. Ich denke da an einen Ort, an dem wir beide noch nie gewesen sind, und wir werden es auch heute nicht schaffen, nicht wirklich. Aber mit ein bisschen Phantasie kommt man überallhin, nicht wahr.«

Wir stehen am Strand, es ist Winter.

Ostsee.

Grauer Himmel, graues Meer, ein paar Möwen hängen in den Windkurven.

Doktor Klupp zieht fröstelnd sein Sakko enger zusammen.

»Kalt?«, sage ich.

»Geht schon«, sagt er.

»Zigarette?«

Er nickt.

Wir stehen, wir rauchen. Er hüstelt ab und zu, die Möwen kreischen, ich denke an nichts.

Die Autorin dankt: Susann Rehlein – für alles.

Stefan Behrendt, Jonas Knecht, Bettina Bruinier, Claudia Rohner, Agnes Vavtar, Christa Widmann – für ihre Treue.

Und natürlich: Susanne Dretnik, Magdalena Pöschl, Kristin Vavtar – *for all of those happy days.*

Claire Vaye Watkins
Geister, Cowboys

Aus dem Amerikanischen von Dirk van Gunsteren
304 Seiten. Gebunden mit Schutzumschlag
ISBN 978-3-550-08882-7

Ein alter Mann findet in der Wüste ein junges Mädchen und rettet sie vor dem sicheren Tod, ihre Anwesenheit verändert für eine kurze Zeit sein Einsiedlerleben. Ein Fremder betritt den Mikrokosmos eines Bordells und bringt die fragile Ordnung aus Emotion und Kalkül durcheinander. Ein Haus in Nevada wird über Jahrzehnte hinweg Zeuge, wie seine Bewohner lieben und leiden, hoffen und scheitern, sich neu erfinden und gefunden werden. In dieser Erzählung greift die Autorin, Tochter von Charles Mansons rechter Hand Paul Watkins, auch ihre eigene Familiengeschichte auf.

In zehn beeindruckenden Stories erzählt Claire Vaye Watkins den Mythos des Wilden Westens neu. Sie handeln von Verlassenden und Zurückgelassenen, Suchenden und Verfolgten, sie spielen vor der gewaltigen Landschaft des Westens, unter dem weiten amerikanischen Himmel, in der Glitzerhölle von Las Vegas und in entlegenen Geisterstädten.